EL APRENDIZ

EL APRENDIZ

Jon Echanove

Papel certificado por el Forest Stewardship Council®

MIXTO
Papel | Apoyando la silvicultura responsable
FSC® C117695

Penguin Random House Grupo Editorial

Primera edición: noviembre de 2024

Printed in Spain – Impreso en España

ISBN: 978-84-666-8038-7
Depósito legal: B-14.549-2024

Compuesto en Llibresimes

Impreso en Liberdúplex
Sant Llorenç d'Hortons (Barcelona)

BS 8 0 3 8 7

A mi madre, de quien descubrí el placer de viajar.
A mi padre, que me abrió las puertas de la historia

PRIMERA PARTE

1

Sevilla, principios del siglo XVII

—Con eso lo mató —sentenció el Manco, siempre alerta de cuanto sucedía a su alrededor, pese a que, oculto en las sombras, parecía no haber prestado atención a la conversación, concentrado en ordenar las baratijas y los pocos maravedíes que habían amasado durante la jornada.

El Lagartija había visto la peculiar palmada con la que el soldado se despidió del pescadero, pero no fue hasta mucho más tarde, ya debajo del hocino de las escaleras que hacía las veces de habitación, cuando, relatando la pelea al resto de la cuadrilla, rememoró aquel dedo de tamaño desproporcionado que despuntaba entre los demás. Uno de los gemelos, al que llamaban Gordo, frunció el ceño, incrédulo, aún incapaz de resolver el misterio de que alguien pudiera morir tan de repente.

—¿Con un dedo?

—No digas bobadas. —El Manco emergió de su esquina con el gesto taciturno que le ensombrecía el rostro desde que regresaron. Agitó con desgana los maravedíes antes de guardarlos en un morral de cuero tan desgastado, fino y suave que entre ellos lo llamaban «la bolsa de seda»—. A ver si nos dan algo.

Sin esperar respuesta, el Manco retiró las tres pútridas maderas con ínfulas de puerta y se aventuró hacia la oscuridad del patio de los corrales, contraviniendo una norma básica de supervivencia: ponerse a resguardo después de la caída del sol. Todos en la banda sabían que los rateros trabajaban de día, y los matones, de noche, así que, salvo una acuciante necesidad, nunca salían de su cuchitril una vez la oscuridad se adueñaba de las calles. En todo el tiempo que había vivido con el Manco, él nunca lo había hecho, y las historias que les contaba y lo que oía en los corrales sobre peleas y asesinatos le sobraba para eliminar cualquier traza de curiosidad que tuviera por conocer Triana o Sevilla bajo la lúgubre iluminación de las antorchas.

El Lagartija vio al Manco desaparecer en la noche y lamentó que el jefe de la cuadrilla no les diera más detalles de su teoría, pero no quiso enfrentarse a su mal humor. Apenas si habían conseguido comida. Todo lo que habían encontrado, robado o ganado no daba ni para tres huevos. Era sin duda una de las peores «cosechas» que recordaban, y eso que, con el regreso de la flota hacía unos días, el Arenal y el mercado se habían transformado en un hormiguero atestado de gente y, por tanto, de oportunidades. Así que, si el Manco no volvía con algo, tendrían que contentarse con el mendrugo duro y mohoso y las peras medio podridas que habían rescatado los gemelos antes de que una esclava se deshiciera de ellas. El Lagartija, por culpa de la muerte del pescadero, no había aportado nada.

No era el primer muerto que veía, pues ese honor le correspondía a su padre. El recuerdo más vívido que tenía de él era su cuerpo inerte, poco más que unos huesos pegados a un pellejo ceniciento, los ojos cerrados y, sobre todo, el hedor que emanaba de su boca cuando, por orden de su madre, se acercó a él para confirmar si todavía respiraba. Fuera lo que fuese lo que mató a su padre lo pudrió por dentro.

Desde la esquina opuesta de la habitación, para evitar el tufo, había contemplado su cuerpo desmadejado, convencido de que no se movería ni volvería de entre los muertos para asustarlo, al contrario que la sensación de peligro que le causaron los cadáveres del río. No hacía mucho, una mañana en que el hambre los había despertado antes de la salida del sol, mientras se distraían tirando piedras al Guadalquivir desde la orilla de Triana, cerca de las fábricas donde se hacía el jabón habían visto dos cuerpos arrastrados por la corriente. El Manco los había apremiado para sacarlos del agua y quedarse con las ropas que, incluso bajo la tenue luz del amanecer, parecían nuevas y de calidad. Pequeño, el gemelo más flacucho y enfermizo, encontró un palo y trató de pescarlos inútilmente. Acuciado por los gritos del Manco, el Lagartija, que era el que mejor nadaba, o el que mejor flotaba, dio unos pasos vacilantes dentro del río antes de retroceder preocupado por la fuerza de la corriente y aterrado por la mirada vidriosa que le obsequió uno de los muertos cuando lo volteó un remolino. «Una lástima», fue todo lo que dijo el Manco mientras el Lagartija, aliviado, se vestía de nuevo con sus harapos.

Sin embargo, la muerte que de verdad le había impresionado había sido la del pescadero, porque no era solo un cadáver. Aunque podría decirse que también había visto morir a su padre, la realidad era que en su memoria no se había quedado grabada ninguna diferencia entre su progenitor en vida, postrado sobre lo que un día debió de ser un colchón de paja, y el apestoso cadáver en que se transformó al cabo de los meses, o tal vez semanas. En cualquier caso, no lo recordaba de pie ni hablando ni haciendo nada que no fuera parecer estar muerto.

Al pescadero lo había visto lleno de vitalidad utilizando su cuerpo ancho y musculoso para amedrentar al soldado con la amenaza de darle unos azotes en el trasero segundos antes de que este le propinara aquel golpe veloz, como un latigazo. Era el terror que había visto cuajarse en los ojos del pescadero lo que le había helado la sangre y le había infectado el pecho con una pegajosa ansiedad que lo acompañaría toda la tarde mientras fantaseaba sobre cómo iban a ser los últimos segundos de su propia vida. La noche lo sorprendió sin haber encontrado nada a lo que hincarle el diente y aún angustiado por la idea de que a él también le daría pavor saber que estaba a punto de morir.

Aquella mañana se habían dirigido al Arenal tal y como habían hecho desde que la flota llegara. Entre el gentío, siempre había alguien que necesitaba una mano extra para cargar o descargar, alguna moneda que se perdía o alguna bolsa a la vista, floja y desprotegida que, con un poco de maña y mucha suerte, se podía birlar. El Manco no los animaba a robar, a no ser que el riesgo fuera mínimo. Él era, en sus propias palabras, un buscador de tesoros y, como por arte de magia, o por una habilidad extraordinaria, siempre estaba en el sitio oportuno: allí donde se extraviaba un maravedí entre la basura, alguien de buena cuna desechaba una manzana o un agotado comerciante alzaba la mirada en busca de ayuda.

La muchedumbre se había desparramado desde la Puerta del Arenal hasta la de Triana, y sorteaba como podía los pestilentes muladares de excrementos y desechos que se habían ido acumulando junto a la muralla, a pesar de estar estrictamente prohibido arrojarlos allí. En el Puente de Barcas, que se bamboleaba al paso de los carros y carretas, avanzaban cientos de optimistas campesinos dispuestos a aprovechar un día más la bonanza que traía el regreso de la flota y el pago de los salarios a los marineros.

A orillas de la muralla, sobre la superficie de la arena endurecida, los carros colocados a modo de mostradores, cubiertos con toldaduras de paño de un color desvaído y triste, habían formado una maraña de callejuelas laberínticas donde el Manco y su séquito buscarían cómo sobrevivir un día más.

El Lagartija aún no había superado el asombro que le causaba ver tan de cerca los galeones, las galeras y las naos que inundaban la orilla y el lecho del río y, pese a los reproches del Manco, se pasaba más tiempo mirando fascinado aquellos monstruos de madera que escrutando el suelo polvoriento y sucio donde debían ganarse la pitanza.

Los gritos de las mujeres, sobre todo los pintorescos insultos que les estaban dedicando a los soldados, consiguieron que apartara la vista de los barcos.

Las peleas, les había aleccionado el Manco, eran el sitio perfecto para rebañar objetos olvidados o perdidos, aunque no estaban exentas de riesgo. El Manco aseguraba que la única forma de sobrevivir en la calle era ser invisible a la autoridad, y las peleas atraían a los alguaciles como la miel a las abejas. Además, como vagabundos, debían andarse con extremo cuidado. Por lo que habían podido comprobar con viejos y no tan viejos, resultaba mucho menos engorroso para los señores acomodados acabar con la vida de un ratero en el acto que tener que perder unos preciosos minutos explicando a los alguaciles la infamia que aquellos muertos de hambre les habían causado. Afortunadamente, vivir en la ciudad más esplendorosa del mundo, si uno tenía la destreza o la velocidad para escaparse de un hurto menor, con el permanente trasiego de gente, noticias, nuevas mercancías y fabulosas oportunidades, hacía que el asunto pronto se olvidara, y solo un golpe de horrorosa mala suerte le haría volver a coincidir con su víctima y que, para colmo de males, esta lo reconociera.

No obstante, siguiendo una rigurosa disciplina, los cuatro acataban una norma crucial tanto en peleas como en cualquier otra fructífera aglomeración: ignorar la curiosidad morbosa y acertar a retirarse antes de que volviera la calma. Sin ir más lejos, la valiosísima cadena de la que colgaba una figura de león con cabeza de águila de oro puro —o al menos ese esperaban ellos que fuera el material del tesoro que el Manco guardaba con celo tras un ladrillo de la pared de su escondrijo— la había extraído de una acalorada disputa por el honor de una joven. Les había contado el Manco que la joya había volado por los aires en medio de un tumulto que se formó en la calle Especiería de las Mujeres, donde era habitual que las damas compraran productos de belleza y perfumes y donde algún mozalbete había faltado a una de ellas en el preciso instante en que él pasaba por allí, dispuesto a recibir con deleite la cadenita, que había encontrado la forma de meterse entre los pliegos de su camisa.

La de aquel día en el Arenal era una pelea de las buenas, rodeada de una maraña de entrometidos que cruzaban los dedos para que los alguaciles tardaran en hacer acto de presencia o ni siquiera llegaran a intervenir.

El Lagartija se había escabullido por entre el gentío y había conseguido un sitio en la primera fila del corrillo que se había formado en torno a la refriega. La mujer más joven, la que llevaba la cesta cargada con la mercancía, tenía el pelo rubio alborotado, y la rabia, la vergüenza o el desasosiego le habían enrojecido las mejillas, que brillaban húmedas de sudor. En el suelo, su compañera, una mujer entrada en años, recogía los moluscos polvorientos que el soldado había lanzado al rostro de la joven al tiempo que la llamaba mentirosa y ladrona. Pero allí, entre las piernas de los curiosos, se había desaprovechado casi un quinto de sus ostras, y la mujer no estaba dispuesta a quedarse con un palmo de narices.

—Paga el real que me debes, hereje, hijo de mala madre.

El soldado, que había dejado de ser un niño hacía apenas un par de veranos, levantó el brazo para abofetearla allí mismo, pero, conteniendo la ira, resopló y, en lugar del sopapo, le pegó una patada al suelo, que cubrió con más suciedad el mugriento rostro de la otra mujer que, arrodillada y con dos ostras en la mano, se lamentaba de la pérdida. Después de soltar una risotada, se dirigió a la joven con asco:

—Ni siquiera un revolcón te daba yo a ti, ramera.

La muchacha dio un paso hacia él y lo apuntó con un diminuto cuchillo cuya hoja no mediría más que un mondadientes. El soldado, que aún tenía el real que debía a la vendedora en el puño, abrió el jubón para devolverlo a su bolsa cuando apareció el pescadero con su ropa impregnada de sangre y pedazos de vísceras de los albures que andaba limpiando en un carro contiguo.

Haciendo uso de su enorme tamaño y de la fuerza de sus manos, callosas y acostumbradas al trabajo sucio, sujetó el brazo del mozalbete, así lo llamó, despertando una risotada entre los espectadores, y forzó sus dedos para recuperar el real. El soldado, después de lanzar un afeminado gemido, juró matarlo allí mismo. Eso también hizo reír a la audiencia. El pescadero, que era el único que no se reía, liberó su brazo y blandió el cuchillo para indicarle la dirección en la que esperaba que se largara más que amenazándolo.

—Vete de aquí antes de que te patee el culo.

El soldado se había encogido, con los músculos tensos, la mirada cargada de odio y la mano dentro del jubón. Acto seguido, ya de pie, frente al pescadero, respondió relajado:

—Lo que tú digas, jefe.

Y lo despidió con ese latigazo al costado que todos vieron, esa palmadita que parecía confirmar su rendición, pero en la que el Lagartija había visto asomar un dedo demasiado largo y que el Manco aseguraba que era lo que había matado al pescadero. Estaba tan cerca de la escena que pudo ver el gesto de extrañeza del pescadero al tiempo que dejaba caer el cuchillo con el que había defendido a las mujeres. Una de ellas, la joven de la cesta, le dio las gracias. El pescadero sonrió y acto seguido se derrumbó. Entonces fue cuando su mirada inundada de pánico tropezó con la del Lagartija. Debieron de ser solo unos segundos, lo justo para que el pescadero abriera la boca y emitiera un tenue gemido antes de expirar. Al Lagartija, en cambio, le había dado la impresión de que le había estado rogando en silencio durante horas que lo rescatara de aquella oscuridad que se lo tragaba o lo que fuese que había visto.

Una vez que el cuerpo yacía en el suelo, alguien del acongojado público dijo que se había desmayado, la mujer joven gritó que estaba muerto y otros afirmaron con triste resignación que se había ganado el cielo. Aunque eso último, que parecía generar un reconfortante alivio a la mayoría, no encajaba demasiado bien con el pavor que el Lagartija había visto en los ojos del pescadero. A él, aparte de la inquietud que sentía, lo que más le aturdía era la idea de morirse en un suspiro y sin ninguna herida aparente. Morirse como por arte de magia. Aún pálido de miedo, se hubiera quedado a desvelar ese oscuro misterio, pero, siguiendo el consejo del Manco, se escabulló entre el bosque de piernas y se alejó del Arenal cargando con su angustia y confusión.

Por eso había perdido la tarde vagabundeando entre la multitud de tiendas que asediaban la catedral en lugar de buscar sustento mientras fantaseaba con esa muerte instantánea y la mirada suplicante del pescadero, incrustada en su memoria. Sentía de corazón defraudar al Manco y lo avergonzaba reconocer que no había pensado en ellos hasta el mismo instante en que regresó con una mano delante y otra detrás.

Las maderas pútridas se movieron y el Manco entró en el cuchitril con una sonrisa de oreja a oreja.

—Mirad.

Era un enorme trozo de queso tierno que cortó el aliento del Lagartija y los gemelos, estupefactos por el banquete que se avecinaba.

—Me lo encontré en la calle de la Cava.

Los gemelos celebraron la asombrosa fortuna del Manco, que miró de reojo al Lagartija con una sonrisa dubitativa. La tensión aún se reflejaba en su rostro, copiosos chorretones de sudor le caían por la frente y el pecho subía y bajaba acompasando una respiración acelerada y ansiosa. El Lagartija le devolvió la sonrisa y se contuvo para no preguntar qué era lo que lo había obligado a correr a tanta velocidad, aparte, claro está, del miedo de exponerse a la violencia que usualmente traía la noche.

Después de repartir unos generosos pedazos del banquete con que les había agraciado el Manco, del que aún quedó para el día siguiente, apagaron la vela y comieron en silencio deleitándose con el sabor del queso de cabra, un manjar que no probaban desde hacía meses. El Lagartija vio en las sombras cómo la figura del Manco se recostaba contra el muro y exhalaba lleno de placer. Acabó de tragar su parte del queso y se dirigió hacia el rincón oscuro donde estaba el jefe de la banda.

—¿Cómo lo mató?

El Manco tardó unos segundos en responder, con la pereza y la modorra que le daba la inusual sensación de tener la tripa llena.

—Con un punzón. Directo al corazón.

El pescadero había caído a sus pies, había sido a él al que había mirado en busca de ayuda y tenía la certeza de que aquel cuerpo no albergaba herida alguna.

—No había sangre.

—Había mucha.

La displicencia del gesto del Manco con el que acompañó su respuesta le confirió una autoridad incontestable. El Lagartija, que había aprendido a hacer caso a aquel adolescente desgarbado al que le faltaban dos dedos de la mano izquierda, se convenció de que la impresión que le causó la mirada del pescadero debía de haberle embotado los sentidos. Excepto que no recordaba haber visto al Manco por allí.

—¿Y tú cómo lo sabes?

—Lo sabe toda Sevilla. Los alguaciles están buscando al soldado por todas partes. —El Manco chascó la lengua con frustración y casi en un susurro lleno de compasión, como si hablara de sí mismo, espetó—: A ese lo mandan directo al garrote.

2

Despertarse con el barullo de los habitantes de los corrales, que se congregaban junto a la chimenea que servía de cocina, fue una grata sorpresa para los cuatro. Empezar el día de esa manera, sin la cotidiana tarea de atender a sus cuerpos ansiosos por salir a buscar comida con la primera claridad del cielo, resultaba muy placentero. Todavía se demoraron unas horas más en dejar su escondrijo, dando cuenta del pedazo de queso que aún les quedaba y recordando los otros dos o tres banquetes que habían disfrutado juntos. En esos contados momentos en que su vida casi era decente, ninguno de ellos hubiera cambiado su cuchitril por el orfanato que, ya fuera por las historias del Manco o por lo que habían visto con sus propios ojos, les parecía una prisión donde, a cambio de una sopa aguada cada noche y una sarta de azotainas semanales, había que trabajar a destajo un día sí y otro también. Los niños del orfanato se convertían en los esclavos de aquellos que no se podían permitir uno. Pero esa libertad de la que creían disfrutar no les privaba de reconocer lo frágil de su existencia, y, si había momentos en los que los ojos o la mente no lo apreciaban en su justa medida, el doloroso runrún de las tripas vacías o el tener que disputarse la comida con perros y ratas, encantados de vivir entre tanta basura, era suficiente recordatorio.

Pequeño insistió en escuchar una vez más cómo el Manco había perdido los dedos de su mano y este, tras hacerse de rogar un par de minutos, se acarició la pelusa que le había crecido en las patillas y comenzó como siempre por cuando era un mocoso como ellos y vivía en casa del maestre Rodrigo. Esa primera frase y que los dedos se los había tragado algún tipo de monstruo marino eran, por regla general, las dos únicas cosas inmutables en la historia del Manco. Todo lo demás cambiaba en cada versión, desde el mar donde se encontraba, el tipo de barco y las razones que allí lo enviaban hasta el talante del maestre Rodrigo, a veces temerario y otras acobardado, o los mismos monstruos, que la mayoría de las veces eran descritos como criaturas fabulosas, gigantescas y terribles. Era esto último, más que cualquier otra cosa, lo que le garantizaba la inquebrantable atención del grupo. El favorito del Lagartija era aquella bestia que según el Manco podía tragarse un galeón de un solo bocado y en cuya cabeza, como en la de los búhos, resplandecían unos ojos penetrantes, horribles, que mataban de puro miedo al que se atrevía a mirarlos. Habían sido las plumas de la piel del monstruo, venenosas y capaces de pudrir todo aquello que tocaban, las que habían reducido los dos dedos del Manco a una mugre grisácea cuando accidentalmente las rozó en el momento en que la bestia regresaba a las profundidades del mar, ahíta después de haberse tragado a toda la tripulación, excepto al Manco y al maestre Rodrigo, que en esa versión era un tipo afable y barrigón, fofa carne de infortunio.

Cuando el Manco estaba cansado o inapetente, como ese día, la narración era acelerada y confusa, hecha de retales desordenados de otras versiones y rematada sin gracia con un monstruo más vulgar y terrenal. En esa ocasión tuvieron que conformarse con una ordinaria serpiente marina, cuya única cualidad, aparte del hambre infinita y el deseo de acabar con todos los navegantes que compartía con el resto de las bestias, era su incansable verborrea en un tono de voz tan agudo que hacía sangrar los oídos.

Antes de que ninguno de ellos pudiera abrir la boca para rogar que les explicara cómo era el brillo de las escamas o el ruido de las olas, el Manco decidió que ya estaba bien de charla y que había que empezar a recolectar monedas, comida o lo que fuera, porque el queso, aun estirándolo, no llegaría al día siguiente.

Una vez que los gemelos dejaron el escondrijo y mientras el Lagartija se encorvaba para pasar entre las maderas, el Manco chistó para llamar su atención.

—Yo no voy.

El único día que recordaba el Lagartija en que el Manco se había quedado sin mendigar fue antes de que se encontraran a los gemelos. De eso hacía ya casi un año, cuando un mal paso correteando por el barrio de San Lorenzo le había dejado el tobillo hinchado como una naranja y a la mañana siguiente la piel había adquirido el tono amoratado de una breva, lo cual los obligó a pensar lo peor. El tobillo derecho seguía siendo una bola, pero sin ningún color extraño y, sobre todo, sin dolor. Aun así, instintivamente, el Lagartija fijó la vista en la pierna del Manco.

—¿Te duele algo?

A este pareció irritarle la preocupación del Lagartija o la inquisitiva mirada con la que recorría su cuerpo de arriba abajo en busca de alguna herida.

—¡¿Qué me va a doler?! Tira *p'allá*.

Los gemelos ya estaban fuera de los corrales, en la esquina de la calle esperando a que se les uniera el resto. Gordo preguntó por el Manco y el Lagartija no supo qué responder, excepto que no iría con ellos. Pequeño estaba apagado, como le ocurría de cuando en cuando, y daba la impresión de que algo o alguien le había absorbido una parte de su vitalidad. Estaban acostumbrados a que enfermar fuera parte de su quehacer cotidiano y ni siquiera Gordo, siempre alerta para proteger a su hermano, mostraba preocupación alguna.

Cruzaron juntos el río: Gordo iba dos pasos por delante de ellos, lleno de la energía que le había reportado tener el estómago lleno; Pequeño caminaba cabizbajo, arrastrando los pies, y él miraba distraído con fascinación las naves que abarrotaban el río. El Manco añadía tantos detalles sobre barcos en sus historias que no les cabía duda de que había navegado, y hablaba del mar con tanta autoridad que con seguridad lo había visto, al menos una vez. Y con algún monstruo debía de haberse encontrado, aunque en realidad no fueran enormes ni tuvieran cabeza de búho. Al Lagartija se le hacía difícil imaginar algo tan gigantesco que pudiera comerse esas mastodónticas moles de madera, algunas armadas hasta los dientes, de un solo bocado. Habían oído con admiración el poderoso estruendo de las salvas que se lanzaban para celebrar el regreso de la flota y habían sentido el tremor en la tierra y en el aire. A ojos del Lagartija, el tamaño descomunal de las naves, la fila de cañones y el interminable reguero de personas y mercancías que vomitaban desde sus extrañas los hacían indestructibles, contara lo que contase el Manco.

La voz de Gordo lo rescató de sus ensoñaciones.

—Nos vamos a San Ildefonso, ¿vienes?

Allí estaban los baños y tenían comprobado que a los pudientes de Sevilla, o bien el agua gélida, o bien la hirviente, les avivaba la generosidad. Además, al lado de esa iglesia habían conseguido las reblandecidas peras el día anterior y, como muchas veces hacían, regresaban allí donde los desconocidos habían sido generosos con ellos para comprobar si todavía les quedaba en el alma algo más de compasión y en las despensas algo más que desechar.

—No. Yo voy al Arenal.

El asunto de la sangre seguía rondándole la cabeza. No tanto por desconfianza a lo que había contado el Manco, sino movido por la curiosidad y la necesidad de completar sus recuerdos que, a causa de la impresión, habían ignorado algo tan obvio como la herida del pescadero. Recordaba dónde había ocurrido la refriega, pero que los carromatos se hubieran colocado de la misma manera, dibujando las mismas calles, resultaba imposible. Además, con tanta gente pisoteando el terreno, lo más probable era que no quedara ninguna huella de lo sucedido.

Y eso fue en efecto lo que se encontró después de unos minutos de ansiedad abriéndose paso por entre el gentío, absolutamente nada. Ni sangre ni vendedoras de ostras ni el más remoto rastro de la pelea. Aparte de para los alguaciles que buscaban al soldado, esa muerte ordinaria había pasado al olvido. Por lo visto, a toda Sevilla, que ya sabía que el pescadero se había desangrado por un agujero que le llegaba directo al corazón, la inquietaba mucho menos esa pérdida que al Lagartija. Seguramente porque solo a él le había pedido ayuda con la mirada antes de expirar.

Se quedó en ese mismo lugar unos minutos, inmóvil, dejando que en su mente saltara una idea tras otra, como chinches en un camastro, sin que ninguna se quedara el tiempo suficiente para convertirse en pensamiento. Sin darse cuenta, pasó de la muerte al paraíso y después al cielo, de allí al mar y de este a los monstruos del Manco, y solo al recordar al cabecilla del grupo volvió a la realidad inundado por la culpa de no estar prestando la debida atención a lo que realmente importaba: comer. Más aún ese día, en que la cosecha dependía de él y de los gemelos, quienes sabía por experiencia que no conseguirían gran cosa.

Bastaron diez minutos de atención para que se presentara una oportunidad. Un comerciante de pelo cano, gesto quejoso y movimientos cansinos trataba de colocar la toldadura sobre un carro donde descansaban tres enormes cuencos de barro tapados por unos paños. El Lagartija se lanzó a arrimar el hombro sin preguntar ni pedir permiso. Con un par de manos más, a pesar de su reducido tamaño y fuerza, no tardaron en montar el toldo. El comerciante se colocó detrás de su mercancía evitando la mirada del Lagartija, quien se había quedado quieto frente a él con la mano estirada.

—Dame algo.

Contrariado por haber recibido aquella ayuda, que sin duda había simplificado su tarea, pero que tampoco necesitaba ni había requerido, el hombre suspiró con desdén y sacó tres insignificantes boquerones en salazón de uno de los cuencos sin levantar por completo el paño. El Lagartija los recibió con contenida satisfacción, cerró el puño sobre ellos y puso su mejor gesto de lástima al tiempo que estiraba su otro brazo.

—Somos cuatro hermanos.

Con el cuarto boquerón en su poder se alejó del comerciante y guardó los tesoros en una tela que había remendado con toscas y desiguales punzadas. La recolecta no podía haber empezado mejor. Se aupó sobre una montaña de basura apelmazada y oteó el Arenal para decidir dónde probar suerte de nuevo. El Manco habría deseado que se liara una pelea, pero el Lagartija no tenía el cuerpo para eso, aunque sabía que no podría ignorar la responsabilidad de plantarse allí si se daba el caso. Por suerte, solo reinaba el jaleo habitual de la multitud y los tenderos.

Fue entonces cuando su mirada se cruzó con la de un señor de barba negra tupida que vestía un sombrero emplumado y un jubón de cuero negro y usado, con un aire militar que le recordó al soldado del día anterior. El Lagartija fingió que no se había percatado de su presencia y desvió la vista a los barcos, que se mecían en la corriente. Luego recorrió toda la extensión del Arenal con disimulada indiferencia y de un modo casual volvió a mirar al hombre. Seguía con los ojos clavados en él y en su rostro había aparecido una mueca que, de ser una sonrisa, era sin duda de alguien muy poco acostumbrado a practicarla. Le indicó que se acercara con un gesto de la mano. La desconfianza era una herramienta básica de supervivencia, así que el Lagartija le devolvió la sonrisa y, nada más bajar de su atalaya de desechos, caminó en dirección contraria tratando de poner el mayor número de personas entre él y el adusto individuo. Zigzagueó entre los tenderetes, gateó por debajo de un par de carromatos para despistar a su posible perseguidor y se escondió tras un enorme barril, vigilando el lugar donde lo había dejado.

Había algo familiar en aquel rostro, le parecía haberlo visto antes. Frunció el ceño como si de ese modo pudiera exprimir sus recuerdos, pero lo único que se le venía a la cabeza era la pelea del día anterior. Y, una vez que esa idea entró en su mente, fue incapaz de no ver la barba espesa y negra de aquel hombre, entretenido con la disputa entre el soldado y el pescadero. Todo el mundo debía de haber visto al pescadero caer y señalar con la mirada a ese niño desarrapado. Quienes hubieran visto los ojos del moribundo habrían percibido lo mismo que él, que pedía ayuda o que clamaba piedad. Solo él sabía que de nada conocía a ese señor, que solo la curiosidad y la esperanza de encontrar unas monedas o cualquier otra cosa útil que pudiera trocarse por comida lo habían llevado hasta allí. Una idea absurda se posó en su cabeza y, a pesar de lo inverosímil, consiguió quedarse dentro de él hasta asustarlo: que los alguaciles pensaran que él era partícipe de aquella muerte. Se le aceleró el corazón imaginando que aquella podría ser la razón por la que lo estaban buscando.

Al sentir la pesada mano sobre el hombro dio un respingo acompañado de un gemido. Tan inmerso se había quedado en sus pensamientos que había estado mirando sin ver, y de algún modo el hombre de la barba y desangelada sonrisa había dado con él. El Lagartija recorrió la vestimenta de su perseguidor de arriba abajo, buscando descubrir si se trataba de un soldado o de un alguacil, cuya mano se cerró sobre su brazo y lo alzó con facilidad.

—Quiero hablar contigo, zagal.

El Lagartija hubiera respondido que él no tenía ninguna necesidad de hablar y que lo que más quería del mundo en ese momento era estar de vuelta en el cuchitril, protegido por la presencia tranquilizadora del Manco y seguramente comiendo entre risas e historias los restos del queso de cabra. Por desgracia, aterido de miedo por la mirada adusta y el gesto indescifrable del hombre, se encontró arrastrado medio en volandas en dirección a la orilla, donde se difuminaba el espontáneo mercadillo de aquellos días.

—En buen lío te has metido.

Aunque el Lagartija tenía la certeza de que se refería a la muerte del pescadero, lo que no podía entender era que el malentendido hubiese llevado a ese señor a creer que él tenía algo que ver con el asunto.

—Yo no he hecho nada. De verdad.

El hombre lo miró de soslayo y, sin dignarse a responder, continuó avanzando hacia el río. A medida que se alejaban de la multitud, crecía en él el miedo y la sensación de desamparo. El Manco solía decir que ellos eran invisibles porque a nadie le importaba un niño vagabundo. Excepto, según parecía, a ese señor malencarado que había reconocido al Lagartija y que había ido a buscarlo al Arenal. Por la fuerza con la que lo agarraba, no parecía tener la menor intención de dejarlo marchar.

Una vez que consideró que estaban lo bastante apartados, a poco más de veinte varas de un enorme galeón, el último antes del Puente de Barcas, el soldado, el malhechor o lo que él fuese lo obligó a detenerse con un breve pero poderoso apretón. No lejos de allí, un par de alguaciles que guardaban la pasarela del barco les llamaron la atención para que se alejaran un poco. Por un instante se aflojó la presión en su hombro y el Lagartija, al que no llamaban así por casualidad, aprovechó la oportunidad. Se liberó con un quiebro ágil y veloz y se lanzó en dirección al puente. Ya lo había trepado en otras ocasiones y tenía la esperanza de que, una vez se alzara por encima de la cabeza de su perseguidor, ya no podría alcanzarlo.

La sorpresa que le causó al señor malencarado fue suficiente para ganar unos metros sobre él. El Lagartija corrió como alma que lleva el diablo, dejando caer al suelo los cuatro tristes boquerones que había ganado mientras aguantaba las punzadas de dolor en el pecho y en las piernas e ignoraba los gritos del hombre, que en lugar de un tono iracundo o frustrado se limitaba a asegurarle que se volverían a ver. Esa invitación a encontrarse de nuevo consiguió que no mirara atrás ni una sola vez, y solo cuando estuvo sobre el puente, doblado y a punto de vomitar por el esfuerzo, giró la cabeza hacia la orilla. Desde allí, a través de la multitud, distinguió a su perseguidor, que seguía plantado frente al galeón observando sus movimientos y lo saludaba blandiendo el paño con los boquerones.

Si la angustia de verse atrapado no hubiera embotado sus pensamientos, habría avanzado hacia la ciudad para perderse dentro de la muralla. Pero eso lo pensó mucho después, cuando su cuerpo dejó de tiritar ya en Triana, más allá del castillo de San Jorge. No había vuelta atrás, pero cuando el miedo por fin dejó su cuerpo, lo sustituyó la frustración por haber desvelado accidentalmente al hombre el lado del Guadalquivir en el que vivía.

Tomó una calle en dirección opuesta a los corrales donde estaba su escondrijo y regresó por las callejuelas paralelas al río donde las casas aún conservaban en sus muros las cicatrices de la última crecida. Desde allí, oculto tras una esquina, vigiló el Puente de Barcas durante una hora para asegurarse de que nadie lo seguía. Después, aún incómodo con la idea de volver a su refugio, deambuló por la otra punta del barrio con la esperanza de encontrar algo de comida o de recibir algún encargo. Se ofreció a un campesino que empujaba un carromato, pero este lo ignoró por completo, y pidió a una señora un trozo de pan de la enorme hogaza que cargaba en una cesta, cuya respuesta se limitó a levantar las cejas en un gesto de sorpresa o indignación. Recorrió las calles con la mirada clavada en el suelo, inspeccionando cada centímetro, pero consumida la fe de hallar nada.

Finalmente, agotado por la tensión del día y el hambre, se encaminó al hueco de las escaleras. No era aún media tarde, pero por las voces que venían del otro lado de las maderas supo que los gemelos habían regresado. Eso solo podía significar que habían encontrado algún inesperado botín y esa posibilidad le levantó el ánimo. Hasta que entró.

Pequeño estaba postrado en el suelo, con la mirada perdida y con el cuerpo encogido. Sobre la camisa, cerca del cuello, se podían ver unas manchas redondas de un rojo brillante. Gordo estaba a su lado con el rostro cargado de angustia al tiempo que acariciaba con ternura el pelo sucio y apelmazado de su hermano.

—No para de toser sangre.

3

Al tercer día los tres habían asumido que Pequeño no se iba a curar descansando. La tos no le daba tregua, y, aunque no siempre le arrancaba esputos cargados de sangre, los ataques lo dejaban exhausto y tan pálido que el Lagartija no podía evitar ver replicada en aquel niño la agónica muerte de su padre.

El Manco seguía sin abandonar los corrales, así que él y Gordo se encargaban de la comida, tarea que, por fortuna, habían conseguido resolver con suficiencia. Estaba claro que la urgencia y no poder beneficiarse de las habilidades del Manco les había aguzado el ingenio, algo que al jefe de la banda le daba tanta satisfacción como rabia.

—Si siempre buscarais el sustento como lo hacéis estos días, no pasaríamos nunca hambre.

Al Lagartija no le quedaba más remedio que aceptar que era verdad y que las quejas del Manco estaban justificadas. Jamás había sido tan productivo y, en su fuero interno, reconocía que estar atento a todo lo que ocurría a su alrededor, lanzarse a ayudar aquí y allá y exponerse a una multitud de negativas y desplantes daban resultado. Que el Manco sugiriera que habían estado viviendo a su costa durante tantos meses le hacía sentirse un mocoso y un desagradecido, pero le aterraba la idea de que sobrevivir requiriera tal esfuerzo. Mientras él y Gordo habían puesto tanto empeño la tripa no le había dolido ni un segundo, pero tampoco había disfrutado un instante, y, si esos días eran un adelanto de lo que le deparaba el futuro, empezaba a dudar de que vagabundear por las calles fuera mejor que el orfanato. Allí, al menos eso decían, lo enseñaban a uno a leer y esas otras cosas que se aprendían en la escuela. En la calle, ociosos, simplemente dejaban pasar el tiempo, y el Manco tenía razón: ellos, de un modo más o menos inconsciente y también porque eran más jóvenes, vivían esperando que él les resolviera la supervivencia. No le entusiasmaba la idea de que el Manco decidiera no mendigar más o repartir la carga con ellos..., si ese era el trato, el Lagartija no estaba seguro de que esa fuera la vida que había imaginado para sí mismo. El jefe de la banda al menos había tenido la oportunidad de salir de Triana, disfrutar del mar y regresar con mil historias que compartir. Y, por si fuera poco, en esos viajes o en su vida previa a vivir debajo de esa escalera, había aprendido a leer y aquí y allá hacía gala de ese privilegio que al Lagartija le fascinaba, informándolos de mensajes o carteles que encontraban en las tiendas de la ciudad. Él, en cambio, solo conocía el hambre, la mugre y la peste de la urbe. Le ensuciaba el ánimo ese intenso deseo de que la fortuna le presentara la oportunidad de algo mejor que vivir en las calles, y, cuando finalmente se iban a dormir, o a intentarlo si el escándalo que montaba Pequeño les dejaba, le avergonzaba su falta de fe en la vida que le había ofrecido el Manco, la única que conocía.

Lamentaba no poder disfrutar con tranquilidad de la suerte de no haber pasado hambre esos últimos días, algo comprensible considerando lo que él intuía como la irremediable muerte de Pequeño, la falta de sueño y la preocupación de volver a encontrarse con el hombre de la barba tupida. Esa posibilidad lo mantenía en vela por la noche tanto como la tos de Pequeño. Le relató su historia al Manco el mismo día de la persecución, cuando los gemelos dormían. En la penumbra, había visto el brillo de sus ojos abiertos de par en par.

—¿Qué más te dijo?

—Nada más. Solo que nos habíamos metido en un lío.

—¿Estás seguro de que no te siguió hasta aquí?

—Sí.

—Ten cuidado de no traerlo.

El Lagartija dijo que lo tendría y preguntó quién era aquel señor. El Manco respondió con un casi inaudible «no lo sé» y se giró sobre la paja dando por concluida la conversación.

Desde ese día había mantenido la rutina de volver sobre sus pasos al regresar a Triana para asegurarse de que nadie lo seguía. Pero la negativa del Manco a decirle nada sobre ese tema y que no se atreviera a dejar el hueco de las escaleras más que para descargar su vejiga en el patio de los corrales lo desconcertaban. Mucho peor, lo aterraban.

Esa misma noche la temperatura descendió súbitamente, como un aviso de que dentro de un mes llegaría el invierno y tendrían que pensar en reemplazar alguna de las mantas que utilizaban como capa los días de mucho frío. Se le vino a la cabeza que hacía siglos que no comía caliente, y recordó una sopa de ajo que compartió con el Manco antes de que llegaran los gemelos. Apenas habían conseguido conciliar el sueño interrumpidos una y otra vez por la agónica y violenta tos de Pequeño, del que no se sabía si estaba consciente o no, y antes de que el cielo empezara a clarear estaban ya despiertos.

La tos se paró de golpe y lo que solía ser una fugaz pausa se alargó hasta que los tres se quedaron mirando al enfermo con extrañeza y preocupación. El Manco se aproximó hasta Pequeño mientras Gordo clavaba su mirada acuosa en su hermano y tartamudeaba incapaz de preguntar si estaba muerto o no.

—¿Está...? ¿Está...?

—No.

La respuesta del Manco no eliminó la angustia de Gordo y permanecieron en un tenso silencio hasta que el jefe de la banda se acercó a la entrada, desplazó las maderas de la puerta y habló a Gordo aún con la mirada fija en Pequeño.

—Coge a tu hermano. —Luego se dirigió al Lagartija—: Ayúdalo. Nos vemos en la Puerta de Triana.

Aturdido por el cansancio y espoleado por la autoridad de la voz del Manco, el Lagartija siguió por inercia a Gordo, que ya estaba tratando de cargar con su hermano. Cuando salieron al patio, el jefe de la banda, a la carrera, ya estaba fuera de los corrales.

Avanzaron a duras penas por las calles de Triana, donde el día no acababa de cuajar. Gordo soportaba casi todo el peso de Pequeño y el Lagartija fingía que ayudaba sujetando una pierna y mirando a derecha e izquierda ansiosamente en busca del hombre de la barba, tal y como se había acostumbrado a hacer. Sugirió tomar las calles adyacentes para llegar hasta el puente, pero Gordo se opuso a la idea, aceleró el paso y avanzó tirando de él y del enfermo, preocupado por llegar tarde, aunque no tenían ni la más remota idea de adónde iban.

—Las puertas todavía están cerradas —dijo el Lagartija mirando al cielo.

Gordo continuó su marcha con enérgicas zancadas y al cabo de diez o quince metros respondió con firmeza, como si lo hubiera pensado con detenimiento:

—Saltaremos la muralla.

No añadió nada más, ni tampoco el Lagartija, que prefirió que Gordo descubriera lo absurdo de alzar el peso muerto de su hermano seis o siete varas, sin contar con que colarse dentro de la ciudad antes de que se abrieran las puertas se castigaba con la pena capital.

Atravesar el Puente de Barcas con su natural bamboleo y el cansancio acumulado se le eternizó a Gordo, que alcanzó la otra orilla del río resoplando ruidosamente. Esperaron frente a la puerta, aún cerrada, a que el jefe de la banda llegara. Gordo sudoroso, Pequeño inconsciente y él incómodo por la ausencia del Manco, que no hacía sino ahondar en la misteriosa conducta del desgarbado adolescente desde el día que trajo el queso. En la orilla de Triana el castillo de San Jorge, donde la Santa Inquisición tenía su prisión, seguía siendo una sombra oscura y amenazante.

Tras la aparición de los primeros rayos de luz, se empezó a oír el trasiego de los guardias al otro lado de la puerta, y sobre el puente vieron al Manco cruzar a gran velocidad, pero sin llegar a correr. Con movimientos nerviosos de cabeza, miraba incesantemente por encima de su hombro.

La puerta se abrió al tiempo que llegaba el Manco, quien no se detuvo al alcanzar su altura y los apremió a que lo siguieran imitando su animado paso, lo que los obligaba a llevar a Pequeño golpeándose contra el hombro de Gordo cada tres o cuatro zancadas. Durante unos minutos, el Lagartija buscó cómo colocarse para evitarle al desfallecido compañero semejante viaje, pero harto de trastabillarse y de retorcerse para mantener la distancia con Gordo, abandonó su tarea. Aceptó, no sin cierta culpa, que, con o sin su ayuda, nada cambiaría para los gemelos, y uno seguiría cargando y corriendo sin inmutarse y el otro continuaría rebotando.

Al llegar a una esquina el Manco se paró de golpe y, mientras el resto de la banda llegaba a su lado, se inclinó para mirar desconfiado al otro extremo de la plaza. Las primeras luces del día hacían brillar la arcilla ocre de los tejados, pero las sombras seguían encadenadas al empedrado, escondiendo la mugre y los desechos. Gordo jadeaba por el esfuerzo, resistiéndose a dejar a su hermano ni un segundo en el suelo. El Manco se aseguró de que lo mirara a los ojos antes de hablar.

—El orfanato es su única oportunidad. Allí pueden intentar curarlo.

Se habían regodeado tan a menudo en la libertad de vivir en las calles y no ser esclavos de los frailes que la propuesta del Manco, aunque muy razonable, tenía un agrio sabor a derrota. Al menos, para el Lagartija. Frente al silencio de los otros, el desgarbado adolescente continuó:

—Ahora estarán todos en la capilla. Podemos dejarlo en la puerta, llamar y volver aquí para asegurarnos de que lo recogen. O...

Gordo no le dejó terminar.

—Yo me voy con Pequeño.

El Lagartija, que aún no se había recuperado de la sensación de estar enviando a Pequeño a una cárcel de misas, trabajos forzados y palizas, no pudo contener su asombro.

—¿Te vas a quedar en el orfanato?

Gordo no respondió y con su hermano sobre el hombro entró en la plaza con paso decidido. El Manco le silbó y le indicó que regresara al tiempo que sacaba algo de dentro de su camisa.

—Toma. Sin esto ni se molestarán en mirar a Pequeño.

El Lagartija contuvo el aliento observando el ducado. No había visto tanto dinero junto en su vida. Gordo tampoco había sido nunca tan rico, ni juntando todo lo que habían amasado durante un año en la banda del Manco. Pero, al contrario que el Lagartija, cuya cabeza daba vueltas tratando de encontrar una explicación al origen de esa fortuna, esperando que un gesto o una palabra del Manco desvelara el enigma, Gordo recibió la moneda con naturalidad y entereza, como una parte necesaria del plan. Asintió con gravedad y recolocó a Pequeño, cuyo peso debía de estar empezando a cansarle los músculos e irritarle la piel por el roce de la ruda camisa.

—Nos vemos en unas semanas.

El Manco no respondió y se retiró detrás del muro de la esquina hasta confirmar que se abría la puerta. Un minuto más tarde, Gordo cruzó el enorme portalón del orfanato sin mirar a su espalda ni una sola vez.

Esperaron a que la puerta se cerrara detrás de su amigo y regresaron por donde habían venido a toda velocidad. El Lagartija tuvo la impresión de que el Manco evitaba cruzar la mirada con él, lo que no hacía sino aumentar su suspicacia. Solo se permitieron una breve pausa al llegar a la Puerta de Triana para observar el puente, que los dejaría totalmente al descubierto, y recuperar el aliento antes de cruzar al otro lado aparentando tranquilidad, pero con el deseo de encontrar el refugio de los corrales... Nada más alcanzar la orilla de Triana se perdieron en las angostas y hediondas callejuelas alejadas del tráfico de gentes y mercancías. El rostro del Manco pareció al fin relajarse. El Lagartija quería preguntarle por el origen del ducado, pero en cambio, inseguro de la reacción del adolescente, indagó sobre el futuro de los gemelos:

—¿Crees que tardarán solo unas semanas en volver?

Sin mirarlo o detenerse para responderle, el Manco negó con la cabeza. Siguieron su camino en dirección a los corrales y, una vez convencido de que el Manco no iba a decir nada, insistió:

—¿Tardarán más?

—No creo que vayan a volver.

Le hubiera gustado conocer el razonamiento del jefe de la banda, pero sabía por experiencia que no diría una palabra más sobre el tema. El tono dramático del Manco sugería que ahora estaban ellos dos solos, como al principio. Solos, sucios y sin nada que comer. El recuerdo del hambre, de cómo llegaba a doler el cuerpo antes de quedarse aletargado, le dio el coraje suficiente para preguntarle:

—¿Te quedan más monedas?

El Manco respondió automáticamente en un tono neutro, lo que dio la impresión de que había estado esperando esa pregunta concreta.

—No. Era todo lo que tenía.

Aunque no le reprochaba que les hubiera dado el ducado a los gemelos, y deseaba de corazón que les fuera bien en el orfanato, que no quedara nada para él, y, por tanto, que desde esa misma mañana tuviera que lanzarse una vez más a rebañar los desechos de la ciudad si quería comer, anegó al Lagartija de una hiriente sensación de injusticia.

—Les podrías haber dado la cadena en lugar de todo el dinero.

Al Manco pareció extrañarle aquel comentario y titubeó antes de pararse.

—¿A qué viene eso de la cadena? No vale para nada.

A él no le satisfizo la respuesta. Si era verdad que no tenía ningún valor, ¿para qué la había estado guardando con tanto celo?

—Parece de oro.

—Da igual que sea de oro.

—A mí no. Yo prefiero que sea de oro y poder comprar mucha comida.

Aquella insignificante pero inusitada desconfianza, porque nunca había cuestionado las decisiones y la autoridad del jefe de la banda, quien era además su salvador, acabó por desconcertar al Manco, que enrojeció de rabia o vergüenza.

—Es una baratija. Y, aunque fuera de oro, tiene un nombre grabado. Se nota que es robada.

—Podríamos haberla encontrado tirada.

—Yo no voy a arriesgarme a que me encierren. Ve tú a cambiarla si quieres.

Él tampoco deseaba ir a los peristas, de los que no se fiaban ni sus propios familiares, y que con seguridad no les darían el valor de la baratija, o de la joya, o no tendrían escrúpulos en venderlos a ellos si con eso ganaban una moneda de más o un poco de respeto de un cliente de buena cuna. La otra alternativa, visitar el baratillo, ese mercadillo al final del Arenal donde desembocaba toda la mercancía robada en la ciudad, era a todas luces peor. Ellos no iban nunca, porque todos en Sevilla sabían que allí era más difícil ganar un solo maravedí que caer en las garras del crimen organizado, de esa banda que lideraba un tal Monipondio, cuyo nombre bastaba para estremecerlos. El Manco sintió la indecisión del Lagartija y quiso apuntalar su victoria.

—Vamos a dejarnos de bobadas y a pensar en cómo llevarnos algo a la boca.

El adolescente avanzó en dirección a su refugio y él lo siguió a regañadientes, aún frustrado con la idea de que, si en lugar del ducado, les hubiera dado la mitad a los gemelos, tal vez les hubiese sido suficiente y a ellos les habría resuelto la vida durante unos cuantos meses. Le agradó, y le pareció justo, sentir que el jefe de la banda también estaba incómodo con esa conversación mientras caminaba con la mirada en el suelo refunfuñando.

Al llegar a la esquina de la calle atisbó por el rabillo del ojo un brazo que avanzó a su derecha hasta agarrar al Manco, que se detuvo al instante, como si se hubiera chocado contra una pared invisible. Extrañado, se giró hacia su amigo para encontrarse con la daga apuntando hacia él y al hombre de la barba practicando esa esquinada sonrisa que no tenía nada de graciosa.

—Bueno, bueno. Por fin nos encontramos.

Buscó el rostro del Manco a la espera de que, como siempre, le ofreciera algo de protección o de consuelo, pero, aparte de una palidez inusual, solo encontró miedo.

4

Ninguno habló hasta que llegaron a los corrales, tal y como se les había ordenado. Al Manco lo había convencido para que caminara con la amenaza de la daga y al Lagartija, como la vez anterior, lo había arrastrado medio en volandas, agarrado por el codo.

El hombre saludó cortésmente a un par de individuos que salían en aquel momento y ni el Manco ni él dieron la menor muestra de que los estuviera llevando contra su voluntad. No hizo ningún comentario sobre el cuchitril en el que vivían y se limitó a indicarles que entraran delante de él. Los obligó a sentarse en la parte más alejada de las maderas que hacían de puerta y él se acomodó cortándoles la salida con la misma elegancia de quien se encuentra en uno de los confortables palacios de la ciudad.

—¿Y los otros dos?

El Lagartija, que se había quedado observando intrigado al funesto invitado —su acento delataba que no era de Sevilla, pero no aclaraba su origen—, apartó la vista en cuanto sus miradas se cruzaron para no tener que responder. El hueco de las escaleras no había sido nunca tan asfixiante, y el sonido de los pasos sobre sus cabezas y las conversaciones en el patio de gentes indiferentes a la vida de unos niñatos fue la confirmación de que nadie tenía ningún interés en ayudarlos. Por fortuna, aún le quedaba el Manco, que había conseguido reemplazar el miedo de sus ojos por un brillo orgulloso y chulesco que usó para contestar con displicencia:

—Se han ido.

A una velocidad sorprendente, el hombre agarró la muñeca del adolescente, que al instante se retorció de dolor, aunque no llegó a gritar.

—Vais siempre juntos. ¿Dónde están?

El Lagartija salió en defensa de su protector.

—Uno está muy enfermo. Ya no viven aquí.

El Manco había empezado a gemir quedamente por el apretón del invitado mientras este reflexionaba unos instantes sin apartar la mirada del Lagartija, que insistió:

—Es la verdad.

Su palabra pareció ser suficiente garantía y por fin liberó al Manco, al tiempo que reparaba en su tullida mano.

—¿Y eso?

El adolescente escondió los dedos que le quedaban debajo de su pantorrilla, bien por vergüenza, o por el escozor, e ignoró la pregunta. A pesar de la tensión del momento y la sensación de que estaban en peligro, al Lagartija le hubiera encantado descubrir qué versión de la historia le habría contado al desconocido, y sintió una punzada de insatisfacción al ver que el Manco no pensaba responder. Manteniendo oculta su mano, el jefe de la banda recobró la entereza justa para contestar:

—Déjanos en paz. No hemos hecho nada.

La daga basculó y señaló al Lagartija.

—¿Y a ti también te faltan dedos?

Él negó con la cabeza y le enseñó las manos extendidas sin saber muy bien por qué lo estaba complaciendo en lugar de oponer alguna resistencia, tal y como había demostrado el Manco. El hombre masculló un tétrico «mejor» y se dirigió al adolescente.

—Un ducado, nueve reales y algunos maravedíes que pertenecen al joven Alfonso Gelves. De una familia muy noble, pero un inútil a caballo, como pudimos comprobar el otro día. Y está deseando saber quién le birló la bolsa en medio del espectáculo ecuestre que organizó en la calle Santo Domingo.

La mandíbula del Lagartija se cayó de golpe y delató su asombro, convencido de que, después de haber visto con sus propios ojos el ducado que les había regalado a los gemelos, el dinero del tal Alfonso, igual que la famosa cadenita, había ido a parar al Manco. Sintió un gélido resentimiento crecer en su pecho. El adolescente se giró hacia él y al sentir su turbación negó con la cabeza mientras el hombre continuaba hablando.

—Unas manos rápidas, pero no tanto. —Balanceó la daga nuevamente, sin que fuera una amenaza, pero sus ojos, en cambio, transmitían todo lo contrario—. No me hagáis perder más el tiempo. Sé que fuiste tú.

El Lagartija no tenía nada que decir ni hacer, excepto mirar al jefe de la banda con una mezcla de indignación y fastidio. Bajo la insistente mirada de los otros dos, el Manco se decidió a romper el silencio.

—No lo tengo aquí.

El hombre los agasajó una vez más con su desangelada e inquietante sonrisa.

—No quiero el dinero.

Esa respuesta no encajaba con ninguna de las posibilidades que habían imaginado el Manco y el Lagartija. Se miraron el uno al otro incómodos, retrepándose en sus sitios sin poder ocultar su sorpresa ni saber cómo reaccionar. Su estupefacción divirtió a su sañudo invitado, que dejó escapar una sonora risotada.

—No sabéis la suerte que tenéis de que haya sido yo y no otro el que te vio robar la bolsa al señorito Gelves.

Él no se sentía tan afortunado como por lo visto debía estar, y tampoco debía de hacerlo el Manco, que volvió a tensar los músculos del cuello y a hablar con rabia contenida:

—¿Qué quieres?

El hombre apuntó al Lagartija.

—Vas a trabajar para mí. Si lo haces bien, chico, comerás todos los días. Pero si no me gusta cómo me sirves, os mandaré directos al palacio de los Gelves. Alfonsito estará encantado de conoceros.

Al Manco no le divirtió el sarcasmo del hombre, pero, pese al gesto de suficiencia, el Lagartija había aprendido a leer el rostro de su protector y podía intuir que estaba aterrado, con las pupilas dilatadas y el labio inferior temblando casi imperceptiblemente.

—¿Por qué no te compras un esclavo y nos dejas en paz?

Una brutal bofetada resonó en el cuchitril y el cuerpo del Manco chocó desmadejado contra la pared. El malencarado señor, indiferente a los lamentos del adolescente, se dirigió al Lagartija, quien se retiró hacia el interior de las escaleras temiendo que la siguiente torta fuera para él.

—¿Tienes que coger algo?

Negó con la cabeza.

—Pues, espabila, que tenemos mucho que hacer.

A lo más que se atrevió fue a levantar la mano a modo de despedida en dirección al Manco, quien todavía se acariciaba la mejilla y el cuello.

En esa ocasión, su recién estrenado amo no sintió la necesidad de llevarlo sujeto por el brazo o de amenazarlo con la daga. Anduvo a un ritmo acelerado y sostenido, solo mirando de reojo en las esquinas mientras lo apremiaba para que lo alcanzara. Llegaron a la calle Larga y se detuvieron frente a una casa baja, con un portalón de madera enorme y una aldaba en forma de corazón rematada con una rama de olivo que aparentaba una dignidad y un confort inexistentes, como descubrió una vez dentro, cuando sus ojos se acostumbraron a la penumbra por la falta de ventanas. Era un espacio de una única habitación, con el fuego en un lado y el camastro en la pared opuesta, y todo el mobiliario consistía en un baúl de gigantescas dimensiones con un candado igual de basto. Una tímida luz entró en el cubil cuando su amo abrió una portezuela al fondo de la estancia, pero no cambió el aspecto sombrío, casi tétrico, del que, al parecer, sería su nuevo alojamiento durante un tiempo.

Mientras el hombre se quitaba la capa, el cinturón y las armas, la daga que ya conocía y una pistola de chispa de madera ennegrecida, el Lagartija se quedó de pie junto a la puerta, paralizado por la incertidumbre de lo que se esperaba de él y defraudado con la pobreza que rezumaba la habitación. Reconocía que era un sitio con mucha más clase que un hueco debajo de las escaleras, y nada perdería por permanecer unos días bajo aquel techo, pero, en el poco tiempo que había tenido para reflexionar sobre lo que le estaba pasando, habría preferido ser un esclavo de alguien con más recursos de los que aquel señor malencarado parecía tener. La voz áspera y de acento indefinido de su nuevo amo lo rescató de su ensimismamiento.

—Allí hay unas cebollas en aceite y una jarra con vino. Tráeme un vaso. —Con el brazo indicó el rincón oscurecido por el humo al otro lado del hogar—. Puedes servirte uno si quieres.

Obediente, el Lagartija se acercó a la jarra y vertió el vino sobre el único cuenco de madera que encontró. Sorprendido por la falta de color, olisqueó el contenido del recipiente mientras lo servía. Aunque apenas recordaba al olor del vino, le pareció suficiente para enmascarar la dureza e insalubridad del agua del río que ellos usualmente bebían. Después de acercarle el cuenco, sacó una cebolla, ocre y pringosa, y la devoró sin llegar a saborearla. La alarmante falta de alimento y de utensilios de cocina lo hizo sospechar de que la promesa de darle de comer si le servía bien había sido una artimaña para llevarlo hasta la casa, a menos que esa desolación se debiera a que el hombre comía siempre en tabernas. Se agarró a esa idea para evitar mostrar la desilusión en su rostro.

—¿Cómo te llamas?

Se limpió los chorretones de aceite que le caían por la comisura de los labios con el dorso de la mano antes de responder.

—Lagartija.

—Tu nombre verdadero.

El único otro nombre que conocía era Miguel, pero, en cuanto a si era más o menos verdadero, no lo tenía claro. Para él, su nombre era Lagartija, y hacía tanto tiempo que así era que no recordaba el momento en que el Manco lo bautizó con ese mote y desplazó el otro para siempre.

—Miguel.

—¿Miguel qué?

—Miguel el Lagartija.

El hombre murmuró con pesadez «de acuerdo» y se acabó lo que quedaba del aguado vino de un solo trago.

—Mi nombre es Hendrick van Belle. Ahora eres mi criado y me llamarás señor.

Aceptó su nuevo papel con un susurrado «como vusted

diga» y se quedó mirando al suelo para no delatar su sorpresa. En su imaginación, un flamenco, alguien de Amberes o Bruselas, debía de ser un mercader rico y no un adusto pobretón cuyas únicas pertenencias eran un baúl, dos armas y ahora un criado gratis. Pero qué sabría él que no había abandonado ni un día en su vida la pestilencia de las callejuelas de Sevilla. Además, la idea de convertirse en un criado en lugar de un vagabundo era más atractiva y, de modo inconsciente, sonrió.

—¿Qué te hace tanta gracia?

Borró la sonrisa al instante y la reemplazó por el pánico a haberlo importunado y a recibir una bofetada como la que había lanzado al Manco contra la pared.

—Nada.

Hendrick suspiró y el Lagartija supo que no le había gustado su sonrisa. Bajó la vista y se quedó inmóvil mirándose los pies. Al cabo de un minuto eterno, se atrevió a levantar la mirada. Los ojos del Flamenco, o lo que fuera Hendrick, seguían clavados en él. Satisfecho con la sumisión del Lagartija, señaló la portezuela por donde entraba la única luz de la estancia.

—Allí está la letrina. No quiero que la casa apeste a mierda. Te encargarás de que esté limpia.

El Lagartija recorrió la casa buscando sin éxito algo con lo que realizar aquella tarea. Por un instante, temió que el Flamenco esperara que lo hiciera con las manos.

—Hay un cubo fuera —dijo Hendrick al fin—. Pero no quiero que lo vacíes frente a la casa.

Una vez el Manco le había contado que estaba prohibido tirar basura a la calle, pero bastaba un paseo dentro y fuera de la muralla para comprobar que poca gente respetaba esa prohibición y, por lo visto, a nadie parecía importarle. Lo peor de aquella porquería eran los lodazales que se formaban con las lluvias o cuando se rompía algún canal. El agua y la humedad parecían confabular con la mierda, los restos putrefactos de animales muertos y las raspas de pescado y los desechos para alcanzar un hedor que incluso ellos, acostumbrados a vagar por la ciudad, no podían soportar. En silencio estuvo de acuerdo con el Flamenco y recordó el muladar que había al final de la calle Castilla, donde podría vaciar el cubo.

Hendrick se levantó de golpe y él se sobresaltó, sin saber muy bien si tenía que quedarse quieto o, por el contrario, debía salir al patio trasero de inmediato para verificar si había heces de las que deshacerse o no. Pero el Flamenco sonreía, o al menos lo intentaba, y le indicó que se acercara hasta el camastro. Después abrió el enorme baúl y sacó unos bombachos y una camisa.

—Pruébatelos.

En la camisa podrían haber entrado tres como él y los pantalones le caían hasta los tobillos. Aun así, pese a resultar evidente que esa ropa no le pertenecía, el Lagartija no había estado nunca tan elegante. Lo mismo debió de pensar el Flamenco, que graznó un «estupendo» al tiempo que le daba una palmada en la espalda y avanzaba hasta la puerta.

—A trabajar.

El Flamenco caminaba ligero, con una pose señorial y altiva, y, tanto si era su intención como si no, parecía asqueado con la presencia de todas y cada una de las personas con las que se cruzaban. Por lo que era capaz de ver e interpretar, el Lagartija tenía la impresión de que Hendrick no pertenecía a Triana. No era usual entre sus mugrientos habitantes insistir en que su casa no oliera a mierda ni su acento se correspondía a lo que cabía esperarse de alguien oriundo de ese lado del Guadalquivir.

Sin detenerse ni un instante llegaron hasta las puertas del Consulado de Cargadores, y allí se sentaron, casi ocultos, al abrigo de unos naranjos. El Flamenco, que no había pronunciado una palabra desde que dejaron la casa, siguió sin hablar, ocupado en observar con detenimiento a todas las personas que entraban y salían. Continuaron en ese tedioso silencio un tiempo interminable, el Lagartija ocultando su aburrimiento y su enigmático amo concentrado, impertérrito en su tarea de espía. De pronto Hendrick se enderezó al ver a una mujer, en cuyo rostro se podían distinguir la angustia y las lágrimas.

—¡Esa! Síguela sin que te vea, chico, y descubre dónde vive. Si tiene hombre, vuelve al instante. También si tiene hijos. Si crees que está sola, quédate cerca de su casa y fíjate en cuánta gente va a visitarla y cómo son. —Levantó la cabeza hacia la catedral—. En cualquier caso, vuelve cuando el sol esté a la altura de la torre.

El Lagartija se puso de inmediato en camino, pero se detuvo en cuanto el Flamenco le chistó.

—Recuerda. Si no vuelves, tú y tu amigo sin dedos os podéis dar por muertos.

Respondió que regresaría, convencido de que la amenaza del Flamenco era tan cierta como la violencia de sus bofetadas. No obstante, además del miedo que lo impulsaba a obedecerlo, sentía una enorme curiosidad. No estaba seguro de tener alternativa, pero le atraía la novedad de, al menos por un día, entretenerse con algo diferente a buscar comida o mendigar. Espiar a una mujer a cambio de comer caliente, quién sabía si en una taberna, le parecía un buen trueque, aunque no tuviera ni la más remota idea de qué se esperaba de él. Pero, sobre todo, lo que él quería era castigar al Manco por lo que sentía como una traición por haberle ocultado la fortuna que había robado. Servir bien a Hendrick era un acicate para demostrarle que podía sobrevivir sin su ayuda. Quería regresar a su lado victorioso y poder echarle en cara que había sido él quien los había salvado teniendo que convertirse en un esclavo para enmendar el error del jefe de la banda. Su mente saltó de golpe a los gemelos y, abrumado por una indefinida nostalgia, perdió de vista a la mujer un instante. Aterrado, trotó hasta el otro lado de la plaza y, al volver a verla entre el gentío, resopló con alivio.

La mujer, que llevaba un manto oscuro y sucio sobre los hombros y un pañuelo que le cubría la cabeza, caminaba con la vista fija al suelo tan despacio que el Lagartija, incluso queriendo mantener la distancia, acababa una y otra vez pegado a su espalda, tan cerca que podía oír sus tenues sollozos. Cruzaron San Salvador, donde los pescaderos preparaban su mercancía que, aún fresca, no se había encargado de contaminar el aire con sus desechos pútridos. Siguieron recto, alejándose del barullo del mercado hasta la plaza de la Laguna que, inundada de álamos blancos, naranjos, cipreses y paraísos, ofrecía un notable contraste con las callejuelas angostas y sin pavimentar por las que continuó la mujer rumbo a la Puerta de la Macarena. El Lagartija iba dando saltos con los pantalones levantados para evitar que el espeso barro le ensuciara la ropa y le diera una excusa al Flamenco para castigarlo o deshacerse de él antes de llenar el buche. Al fin, la mujer se detuvo frente a una casucha y entró sin llamar. El Lagartija pasó por delante, despacio y fingiendo que escrutaba el suelo en busca de algún tesoro, como había hecho todos los días de su vida. Cerca de la puerta oyó el innegable lloro de un niño en el interior de la casa. A través del ventanuco vio a la mujer, con los ojos enrojecidos por el llanto, dar de mamar a un bebé, y el Lagartija, satisfecho de haber cumplido su tarea, siguió puntillosamente las instrucciones del que ahora era su amo y regresó al Consulado.

Nada más divisar el edificio, descubrió que el Flamenco no estaba bajo el árbol donde habían pasado el tiempo vigilando. Paseó por los alrededores del majestuoso Consulado, por si acaso Hendrick había cambiado de atalaya, y, al no encontrarlo, regresó al naranjo y se sentó en el suelo a esperar, intranquilo y confundido.

El Flamenco apareció antes de que la ansiedad se apoderara de él por completo y empezara a dudar si debía seguir esperándolo. Se paró frente a él con los brazos en jarra y el ceño fruncido.

—¿Qué ha pasado?

Hendrick utilizó un tono de voz tan brusco y violento que el Lagartija tuvo la certeza de que lo había ofendido, aunque desconocía la causa. Tragó saliva antes de responder con su voz infantil y aguda:

—Tenía un niño.

Su amo maldijo en un idioma que le recordó al portugués o al italiano y volvió a sentarse con cara de pocos amigos sin apartar la vista de la entrada al Consulado.

5

Esa tarde no pasó nada más, excepto, por lo que pudo constatar de primera mano el Lagartija, que empeoró aún más el humor del Flamenco. Con un áspero «vámonos» dio por terminado el día y emprendieron el camino de regreso a Triana. El Lagartija estaba acostumbrado a pasar todo un día con su noche sin probar bocado, sin embargo, e ignorando que en la habitación había algunas cebollas y el vino aguado que parecían bastar a su amo, aún conservaba la esperanza de comer caliente. Al atravesar la muralla y ver que algunos pescadores vendían los restos de su mercancía en el Arenal, se atrevió a preguntar:

—¿Cenará vusted, señor?

El Flamenco tardó en responder, inmerso en sus ensoñaciones, con la mirada perdida y la frustración patente en su gesto.

—Sí. Cuando lleguemos a Triana.

El Lagartija ocultó su entusiasmo y siguió a su maestro conteniendo a duras penas sus fantasías, en las que daba cuenta de unas albóndigas o de una sopa de salmorejo o, por qué no, de un pedazo de carne. Su ilusión desapareció de un plumazo al ver al Flamenco detenerse en la tahona y regresar con un pan sobado con manteca, que lo saciaría, pero que distaba demasiado de los manjares que había imaginado.

Hendrick se comió su parte sin soltar una palabra, excepto para indicarle hoscamente la esquina sobre el suelo de arena donde debía dormir y entregarle una manta perlada de pulgas. El Lagartija salió al patio donde estaba la letrina y sacudió la manta para deshacerse de algunas de ellas, que parecían saltar entusiasmadas anticipando el banquete que se darían esa noche. Hasta los asquerosos insectos eran más afortunados que él y saborearían su sangre en lugar de estar condenados a comer cebollas en aceite y pan. Se acurrucó junto al fuego tiritando mientras imaginaba qué estaría haciendo el Manco, quien, por lo visto, aún tenía tres reales que con toda seguridad habría utilizado para darse un festín que espantara el dolor de la torta. Volvió a llenarse del resentimiento que le producía el que su amigo le hubiera ocultado su tesoro. Más le valdría disculparse y agasajarlo con un buen regalo cuando regresara a los corrales.

Poco, o nada, cambió la rutina del día siguiente: cebollas y pan para llenar el estómago y esperar frente al Consulado de Cargadores desde la salida del sol. Una vez allí, bajo los naranjos, Hendrick entraba y salía constantemente del edificio, y solo requería de él que siguiera a las mujeres que le indicaba.

Al mediodía, cuando el Flamenco trajo un cuenco con dos escuetas cucharadas de migas de las que ya solo quedaba el pan duro como los guijarros del río y el recuerdo aceitoso de que allí hubo un chorizo, ya había seguido a tres mujeres, y dos de ellas, en vista de la reacción de su maestro, eran lo que estaba buscando. Él, en cambio, seguía sin comer caliente pese a esforzarse en cumplir con su trabajo con la mayor diligencia que el hambre le permitía. Reunía los detalles que le pedía sobre la morada de las mujeres, los vecinos, las visitas o el tipo de calzado y se lo relataba al Flamenco, que lo escuchaba concentrado sin delatar si la información era de su gusto o no.

Hendrick lo apremió para que acabara el banquete de chinarros de pan, que tenía que reblandecer con saliva durante una infinidad de tiempo antes de atreverse a tragarlos. En cuanto se metió el último en la boca, su nuevo amo le dio una palmada en la espalda llena de impaciencia y lo envió a buscar agua en la misma jarra donde antes había también algunas gotas de vino mientras él se perdía una vez más dentro del Consulado.

Regresó a la plaza con paso distraído hasta encontrarse con el Flamenco, que avanzaba hacia él velozmente, con los ojos abiertos de par en par, los puños cerrados y mordiéndose con ansiedad el labio inferior. Se plantó frente a él en un santiamén y, por puro instinto, el Lagartija, que se había quedado paralizado por el terror de haber enfadado a su maestro, Dios sabía cómo, se cubrió la cara con las manos, que aún sujetaban la jarra.

—¿Pero qué haces, tarugo? —Le arrebató el agua y lo giró bruscamente para hacerle mirar al final de la calle—. ¿Ves a la mujer del mantón rojo?

Respondió que sí tartamudeando.

—Síguela. —Lo empujó con tanta fuerza que aterrizó de rodillas sobre el enladrillado. Antes de que el Flamenco lo hiciera volar hasta la mujer de otro empujón, se levantó de un salto y empezó a correr. Aún le dio tiempo de escuchar a Hendrick amenazarlo—. ¡Ay de ti como la pierdas!

El llamativo color del mantón fue su salvación, su estrella polar en esas primeras calles atestadas de gente, carros y tenderetes. Todas las mujeres a las que había seguido habían acabado entrando en casuchas pobres, en calles enlodadas y hediondas. Mujeres, había pensado el Lagartija, tan pobres como él, pero, a todas luces, no tan acostumbradas a mendigar. Todas ellas vivían en habitaciones tan decentes como la del Flamenco, aunque era muy posible que no la conservaran tan limpia porque ninguna tenía un criado como su amo. Él no conocía más techo que la zanca mugrienta de una escalera y, al contrario que muchas de ellas, no recordaba llorar tanto, ni él ni ninguno de la cuadrilla. Ni siquiera Pequeño.

Para su sorpresa, en mitad de la calle Sierpe, siempre repleta de tráfico de gentes y carros que iban y venían desde el palacio del duque de Medina Sidonia hasta San Francisco, la mujer entró en una casa de ladrillo, bien construida y con una planta alta con ventanas, como a los pudientes de la ciudad les gustaba. La puerta se había quedado abierta e, impulsado por una pizca de curiosidad y una montaña de miedo por no poder ofrecerle nada más al Flamenco que la dirección, se atrevió a meter la cabeza para fisgonear. En una esquina estaba la letrina, llenando la casapuerta de un olor húmedo y acre que lo hizo retirarse un instante. Entonces oyó los gritos a través de la puerta que daba al portal. Como el reptil cuyo nombre ostentaba, recorrió la habitación pegado a la pared y se quedó en la penumbra acallando su respiración para escuchar la discusión. La mujer rogaba y el hombre, al que imaginaba un ricachón, la amenazaba con una voz nasal y desagradable. Ella le pedía misericordia y paciencia. Solo un poco más de tiempo, bien sabía él que su marido se fue a hacer la carrera de las Indias y que no había regresado con la flota, pero ella estaba peleando el salario que le debían en el Consulado.

—Ni un día más. Mañana mismo se va. ¡Ya está bien, señora! ¡Ya está bien! Yo también tengo que vivir.

Una puerta se cerró de golpe y el Lagartija salió de la casa como una centella. Se sentó al otro lado de la calle, semioculto tras las columnas del soportal, y esperó inmóvil sin tener mucha idea de cuánto debía seguir allí o si, al contrario, debía regresar. La sombra cubría ya la mitad de la calle cuando la puerta se abrió y, en lugar de la mujer, salió un señor delgado de movimientos nerviosos, vestido modestamente, pero con ropas aún brillantes por la falta de uso. Se fijó en el calzado, como lo había instruido el Flamenco. Eran unas botas de cuero bajas y limpias, de esas que uno calza cuando ha conseguido solucionar el problema del hambre y la vivienda. El hombre estaría escuálido, pero a todas luces no era de los que pasaban hambre. Avanzó hacia la catedral, en la misma dirección que el Consulado, hablando consigo mismo y agitando las manos y la cabeza con desesperación. Lo siguió en la distancia hasta que entró en un mesón y, al verlo desde la puerta tomar asiento, regresó corriendo a informar al Flamenco.

Hendrick estaba apostado en la puerta del Consulado y bajó los escalones de dos en dos al verlo llegar.

—¿Averiguaste dónde vive?

El Lagartija asintió mientras recuperaba el resuello.

—En la calle Sierpe. —Volvió a coger aire—. En una casa muy nueva.

—¡Ajá!

El Flamenco acompañó su grito de felicidad con una sonora palmada en la espalda del Lagartija que, entre su poco peso y la debilidad de la carrera, tuvo que hacer acrobacias para no caerse. Siguió a su amo hasta los naranjos, donde había dejado la jarra de agua a la sombra, y Hendrick le ofreció un trago antes de exigirle que le contara todos los detalles de lo que había visto y oído. Los ojos del Flamenco brillaban de emoción a medida que avanzaba la historia mientras se atusaba nervioso la barba una y otra vez.

Se acercaba el final de la tarde y toda la excitación de las últimas dos horas no le había hecho olvidar el hambre de su consciencia, y tampoco a su tripa, que bramó sonoramente. Como si respondiera a ese sonido gutural, Hendrick se levantó y le tendió la mano para que él también se incorporara.

—No hay tiempo que perder. Memoriza bien lo que te voy a decir.

El Lagartija se concentró en aprender el discurso del Flamenco mientras andaban a toda velocidad en dirección a Santa Catalina. Tras cinco intentos y unos puntuales y enérgicos capones del Flamenco a cada error que cometía, consiguió reproducirlo sin una sola falta: «Señora mía, doña Ana Gómez, mi maestro, el licenciado Van Belle, de familia de cargadores en Amberes, y conocedor de los peligros del mar, desearía conversar con vuestra merced. Su padre, Dios lo acoja en su gloria, perdió la vida en las Molucas, cuando una tormenta hizo desaparecer la nao. Su madre, viuda y con tres hijos, tomó las riendas de los negocios con sus dos hermanos mayores. Mi maestro, el menor, acaba de llegar a Sevilla para representar a la familia. Se ha cruzado accidentalmente con vuestra merced en el Consulado y no ha podido evitar escuchar su desgracia. En ocasiones, ha ayudado a mujeres que, igual que su madre, han perdido a su marido en la carrera de las Indias. Me envía para ofrecerle sus servicios. Al menos para escuchar su historia y poder aconsejarle».

Pararon en un mesón en la calle Catalanes, y el Lagartija creyó desmayarse pensando que iban a pagarle su buen servicio con una comilona. Pero el Flamenco salió al instante y sin soltar una palabra se dirigió a la calle Alhóndiga, en la que se podían contar alineados hasta nueve mesones. En el cuarto que visitaron, el Mesón del Rincón, el Flamenco pudo rentar la habitación que buscaba y liberar la ira y la frustración que se habían ido acumulando en su rostro tras cada negativa. Del deseado banquete, nada de nada. Una vez en la calle su amo inspeccionó el cielo y lo agarró del hombro para asegurarse de que lo escuchaba:

—Ve a la calle Sierpe. Espera la llamada a la oración y entonces preséntate a doña Ana. Cuéntale lo que te he dicho sin que nadie más te oiga y convéncela para traerla aquí. Pregunta al mesonero. Si no estoy, ya le he dado instrucciones para que te deje subir a la habitación. —Frunció el ceño y lo cogió por la manga antes de que se pusiera en marcha—. Si no consigues que venga o no está, regresa y espérame en la puerta.

El Flamenco le dio un empujón para que se pusiera en marcha. Aparte de la tensión por tener que memorizar el mensaje para la tal doña Ana, lo que más le turbaba era la intensidad y la ansiedad de Hendrick. Aunque no lo había amenazado de ningún modo, y hasta había aceptado la posibilidad de que él no tuviera éxito y la mujer no quisiera acompañarlo, el Lagartija, por los movimientos erráticos y la agitación en la voz de su amo, sentía que estaba frente a una tarea de vida o muerte. Bajó la calle Alhóndiga, cruzó San Salvador, fétida de pescado podrido, y torció para meterse en el principio de la calle Sierpe. Se había pasado todo el camino recitando su discurso, satisfecho de poder decirlo de un tirón, sin necesidad ni siquiera de parar para respirar, y, al llegar a la casa, se plantó bajo los soportales que estaban frente a ella, mirando alternativamente la Giralda y la puerta. El sol caía con una exasperante lentitud y la campana no acababa de sonar. Esa eterna espera le dio el tiempo y el espacio para pensar en las consecuencias de no seducir a la viuda y, fantaseando con las posibles reprimendas del Flamenco, su confianza se fue evaporando. Cuando finalmente se oyó la llamada a la oración e introdujo la cabeza en la casapuerta, sintió un nudo en la garganta y ya no quedaba nada de la convicción de que sabría declamar su discurso como le había enseñado su maestro.

Una señorona baja y rolliza lo miraba con indiferencia mientras se limpiaba las manos en un cuenco con agua. En una cesta descansaba la cabeza de un cerdo, con los ojos cerrados y la boca torcida. El Lagartija se fijó en las manos rechonchas, de dedos cortos y gruesos que parecían no poder doblarse y por los que la sangre viscosa del animal resbalaba hasta el agua del cubo. La mujer avanzó hacia él.

—Quita. —Y, antes de que el Lagartija pudiera moverse, lanzó el agua sucia por el hueco de la puerta, lo que lo obligó a saltar para que no lo pringara de goterones rojizos. Concluida la tarea, la mujer se dirigió a él—. ¿Qué haces aquí?

Lleno de alivio por haber evitado mancharse la ropa y quién sabía si también la regañina del Flamenco, preguntó:

—¿Está doña Ana?

La señora le indicó con la cabeza una entrada que daba al portal. El Lagartija se dirigió hacia allí y vio con el rabillo del ojo que dejaba el cubo en el suelo y lo seguía. Suspiró con frustración y golpeó la puerta, primero con timidez y luego con más energía. Se abrió al instante. Reconoció a doña Ana, todavía con el mismo vestido y el rostro apagado por la pena.

—¿Qué quieres, chico?

El Lagartija había imaginado que doña Ana le haría entrar y él podría soltar su discurso en la intimidad de la habitación, pero al parecer tendría que recitarlo en aquel lugar de paso. Recordando las instrucciones del Flamenco de asegurarse de que nadie lo escuchaba, el Lagartija miró con indignación a la señorona de la casapuerta con la esperanza de que esta sintiera suficiente embarazo y dejara de cotillear. No se movió. Doña Ana lo azuzó con una voz impaciente y debilitada por el llanto:

—Habla de una vez o vete.

Las frases que el Flamenco le había forzado a memorizar desaparecieron de su mente. Tartamudeó unos instantes, rogando que salieran de él por arte de magia o por pura obstinación. Y, aunque no lo hicieron, al menos logró decir algo.

—Mi maestro puede ayudarla, doña Ana. Él sabe de esas cosas. Del Consulado, de los barcos y de los marineros que no vuelven. —A doña Ana se le escapó un tenue gemido que el Lagartija oyó, pero que no supo interpretar—. Ha ayudado a otras mujeres para que les den lo que les deben. —El Flamenco no había mencionado ninguna en concreto, pero la falta de reacción de doña Ana lo urgió a continuar—: Ha salvado a muchas, a muchísimas. —Ella estaba inmóvil con la mirada perdida—. Se lo ruego, señora, acompáñeme.

Sus ojos se cruzaron y el Lagartija apenas pudo emitir un imperceptible «por favor», consciente de que no había cumplido con lo que le había pedido Hendrick. Ella dejó caer los párpados con pesadez antes de responder.

—¿Cómo se llama tu maestro?

Al Lagartija se le iluminó el rostro lleno de esperanza.

—Hendrick van Belle, mi señora. Es Flamenco, un licenciado.

Doña Ana preguntó dónde se encontraba y, tras meditar unos segundos, alcanzó de dentro de la estancia el mantón rojo con el que la había visto esa tarde y le pidió que la guiara. Le hizo un par de preguntas sobre la familia del Flamenco que él no supo responder y, para consuelo del Lagartija, no volvieron a hablar. Tal y como le había dicho Hendrick, el mesonero estaba advertido y los acompañó hasta las escaleras.

—La puerta del fondo.

El Lagartija llamó y la voz grave del Flamenco los invitó a entrar. Sentado tras una mesa llena de papeles y un par de libros, Hendrick se había cambiado de camisa y vestía un jubón púrpura con bordados de seda que le daba un aspecto imponente. Había una única silla frente a la mesa y, tras una cortés reverencia a doña Ana, le indicó con la mano que tomara asiento. En el otro lado de la modesta habitación descansaba un camastro con un colchón de paja poco utilizado que el Lagartija no se atrevió a ocupar para no atraer la atención de su amo, así que decidió quedarse de pie junto a la puerta. Un suspiro acongojado de Hendrick inició la conversación:

—Discúlpeme, señora, por recibirla de esta guisa y en esta morada. Unos corsarios nos atacaron en el cabo de San Vicente no ha dos semanas. Lo perdimos todo. —El Flamenco se santiguó—. Menos la vida. Todavía estoy a la espera de recibir de Amberes mis credenciales y mi sustento...

Doña Ana miró en derredor suyo, buscando con la mirada al Lagartija.

—Su criado dice que vuestra merced puede ayudarme.

Hendrick se atusó la barba y respondió con cautela:

—Es posible. Necesitaría conocer los detalles de la situación en la que se encuentra.

—¿Cómo sabe si el Consulado me debe algo o no?

El Flamenco se removió nervioso en la silla, sorprendido por una pregunta que debería haber resuelto el Lagartija, a quien le lanzó una mirada furiosa.

—De nuevo mis disculpas, señora. Debí haber empezado por ahí. —El rostro de Hendrick se llenó de tristeza, y al Lagartija le sorprendió la velocidad con la que sus ojos habían mutado de la ira a la compasión—. Coincidí con vuestra merced esta tarde en el Consulado. Seguramente no se acuerde, pero a mí me resultó imposible ignorar su disputa con el oficial y, sobre todo, su desesperación.

Doña Ana bajó el rostro al recordar la escena del Consulado, claramente compungida. Hendrick continuó en un tono lleno de ternura que dejó estupefacto al Lagartija. A él no le había agraciado ni con un gramo del cariño que le estaba ofreciendo a esa mujer.

—Mi madre también perdió a su esposo en la mar. —El Lagartija se puso rojo como un tomate y rogó al Señor que doña Ana no desvelara que eso tampoco se lo había contado o, al menos, para que su maestro no le dirigiera su iracunda mirada para confirmarlo. Nada de eso pasó y el Flamenco continuó—: Hubo de pelear todo un año para que le pagaran el salario que le correspondía. Es un abuso. Pero, si hay alguna correspondencia, el recibo del adelanto del salario o algún testigo…, algo podremos rescatar.

La viuda dejó aflorar una sonrisa cargada de gratitud, lloró en silencio sin que el Flamenco la interrumpiera y, cuando consiguió tranquilizarse, le dijo:

—Diego, mi marido, se embarcó con el general Pedro Ramírez Cortés. Invirtió todo nuestro dinero en aceite y ropas, también mi dote. Dijo que seríamos ricos.

6

Entre sollozos, doña Ana les contó sus desgracias: una historia de un matrimonio que la había alejado de su familia, un marido que en poco o nada se parecía al Orlando el Furioso que ella había imaginado antes de desposarse y que, para colmo, había tenido la desfachatez de morir antes de recuperar ni un solo ducado de aquella fabulosa inversión, que se había quedado en nada. Al menos, decía la viuda con resignación, no había acudido a los prestamistas para su aventura comercial. Hendrick la dejaba hablar asintiendo con empatía y paciencia. Al Lagartija lo que más le ocupaba la mente era el agotamiento de estar de pie, inmóvil junto a la puerta, y el hecho, nada baladí, de que hacía horas que los restos de migas que habían comido al mediodía habían dejado de hacer efecto. Además, aburrido por la infinidad de detalles y las vueltas y revueltas que daba la historia de la viuda, pensaba que tampoco la vida la había tratado tan mal. Mucho peor estaba Pequeño, escupiendo sangre en un orfanato. Sin duda, todo sería más fácil para doña Ana si el tal Diego hubiera regresado, pero, hasta la fecha, había vivido y seguía viviendo en una estancia de una habitación y una cámara, y no daba muestras de que le hubiera faltado la comida ni un día, ni siquiera durante los meses en que su visionario esposo desapareció en el intento de convertirse en un hombre pudiente. Y, si es que había oído bien, aún conservaba una joya de la familia, que era lo que perseguía su casero, un tal Francisco Escalante, que sí que había triunfado en su juventud en aquello en lo que Diego había fracasado: hacer la carrera de las Indias y labrarse un nombre en Sevilla.

Por fin, a la viuda se le acabaron los recuerdos y las lágrimas y al Flamenco las preguntas.

—No prometo nada, mi señora. Pero tiene vuestra merced mi palabra de que haré lo imposible para que se haga justicia.

Tras unas palabras de agradecimiento de doña Ana y otras de disculpa de Hendrick por ser un recién llegado a la ciudad y no poder adelantarle lamentablemente ni un real, acordaron acompañarla hasta su casa en la calle Sierpe para mantener una conversación con el casero.

La noche había caído cuando salieron y el aire estaba cargado de una humedad fría que se infiltró debajo de su ropa. El Lagartija anheló la manta infestada de pulgas con la que lo había agasajado el Flamenco la noche anterior, y fue en ese momento cuando cayó en la cuenta de que las puertas ya estarían cerradas y se imaginó durmiendo en la posada. Incapaz de contener su fantasía, se deleitó con la posibilidad de despertarse allí y desayunar un estofado de carne y judías que había visto servir.

El Flamenco sujetó con cortesía la puerta a la viuda para que lo guiara al interior y una vez dentro de la casapuerta le indicó a él que esperara en la calle. A los pocos minutos, con la piel de gallina e inquieto por la lúgubre iluminación de la ciudad, empezó a crepitar en su estómago y en su cabeza la aprensión que les había insuflado el Manco a callejear por la noche. Tiritando de frío o de miedo, se recordaba que aquella debía de ser la primera vez que no estaba a resguardo tras la caída del sol. Lo poco que sabía él de la noche era que resultaba el mejor momento para que algunos mataran y otros murieran. Salvo cuando en el Arenal, a pleno sol, el soldado había utilizado un certero golpe de punzón para acabar con la vida del pescadero. En cualquier caso, encontrarse a la intemperie rodeado de sombras lo aterraba más que la ira del Flamenco. La noche le llenaba la cabeza de horribles entelequias, y la insufrible incertidumbre de si se harían realidad o no se le agarraba al pecho, igual que la tos a Pequeño, dejándolo paralizado y asustado ante cualquier ruido. Al mismo tiempo, en su imaginación el castigo de su amo se le aparecía predecible y concreto, una bofetada monumental, pero mucho menos espeluznante que todas las posibles formas de ser asesinado en la calle con las que había fantaseado.

Tras llegar a aquella conclusión, desplazó la hoja de la puerta con un cuidado inmenso y se introdujo en la casapuerta, donde, a pesar del olor, sintió de inmediato el calor y la sensación de protección de estar bajo techo. De fondo se podían escuchar las voces del Flamenco y la viuda, que mantenían una conversación lenta y entrecortada.

El Lagartija no se atrevió a acercarse hasta el portal para tratar de entenderla y prefirió quedarse junto a la letrina, dispuesto a huir como un rayo en cuanto sintiera el menor movimiento.

Tan concentrado estaba en los ruidos del interior de la vivienda que no se percató de que a su espalda la puerta de la calle se abrió de par en par y se encontró con el casero de doña Ana, que lo observaba entre perplejo e irritado.

—¿Qué haces tú aquí?

El Lagartija, después de tragar saliva y preguntarse si debía avisar de algún modo al Flamenco, intimidado por el rostro enjuto del casero, señaló la puerta y habló con timidez.

—Espero a mi amo. Está con doña Ana.

Tras espirar sonoramente por la nariz, el casero se dirigió hacia el interior mascullando «qué amo ni qué niño muerto». El Lagartija no se atrevió a seguirlo, pero se acercó a la puerta con la esperanza de descubrir cómo se resolvería el encuentro entre los dos hombres. Fue el Flamenco quien abrió la puerta y quien recibió a Francisco Escalante, cuya agitación en la voz era la misma que había demostrado esa misma tarde con doña Ana. La de Hendrick, en cambio, estaba llena de humildad y empatía.

—Lo entiendo perfectamente, señor Escalante. Pase dentro y hablemos. Se lo suplico.

El casero entró tras hacerse de rogar un par de veces más y ya no se escucharon ni gritos ni voces altisonantes. Solo, en una ocasión, le pareció oír los sollozos de doña Ana. Con el paso del tiempo se aburrió de no captar más que sonidos y palabras sueltas y se sentó sobre el suelo de barro, en la esquina opuesta a la letrina.

En parte por el cansancio y en parte por el hambre, se quedó adormilado, imaginando qué estaría haciendo el Manco, y sintió de golpe la necesidad de verlo, de estar con él y recuperar su precaria vida. Tenía la satisfacción de haber vivido una aventura, una que lo había entretenido sin paliar su hambre y que deseaba que llegara cuanto antes a su fin. Anhelaba la sencillez que había en despertarse y tratar de sobrevivir, que contrastaba con la permanente inseguridad que le causaban el carácter y los enrevesados planes del Flamenco. Pero, sobre todo, no estaba acostumbrado a tener que complacer a un adulto, y aún menos a tener miedo de no conseguirlo. En la distancia, sin llegar a ser consciente de ello, escuchó una puerta abrirse, seguida de la voz tensa y amenazante del casero. Un par de minutos después, el Flamenco entró en la casapuerta y se lo encontró repantingado en una esquina con la culpa y la sorpresa adheridas al rostro. Le habló con un tono neutro que no indicaba si le había disgustado o no hallar a su criado de aquel modo tan relajado.

—Ven.

Doña Ana los esperaba sentada sobre una cama de madera, sin duda parte de la dote, que llamaba la atención por su tamaño y su sensación de confort. Una vez dentro, el Flamenco pidió permiso a la viuda y se acercó hasta la puerta del fondo, que daba acceso a una minúscula cámara en la que ya no había nada, pero que, tal y como le contaba ella, había sido donde hacía la labor y pasaba el tiempo leyendo. Antes, claro, de que Diego dilapidara su limitado patrimonio para convertirse en un mercader y morir en el tornaviaje.

—Será mejor que mi criado duerma aquí esta noche.

La viuda levantó las cejas de forma casi imperceptible, pero lo suficiente para que Hendrick lo advirtiera.

—Solo esta noche. Una vez le paguemos algo, el señor Escalante la dejará en paz. Pero no tiene vuestra merced familia ni gente pudiente en la que apoyarse. El chico no saldrá de la cámara y, si ocurriera algo con su casero, vendría a buscarme al instante. —Dirigió la vista al Lagartija, que intimidado por la intensidad de la mirada asintió nerviosamente—. Yo me quedo más tranquilo así, mi señora.

El Lagartija aprovechó para mirar de reojo la cámara, no mucho más espaciosa que el hueco de las escaleras en las que se habían apretujado los cuatro durante un año y sin nada que se le asemejara a un camastro o a una manta. Dormir al raso no tenía nada de novedoso ni peliagudo, pero no pudo evitar sentir celos de la hermosa cama en la que doña Ana dormiría y de la otra más humilde, pero no menos cómoda, que utilizaría el Flamenco en el mesón.

Cuando volvió la vista hacia la habitación, la viuda tenía el puño cerrado con fuerza sobre su pecho cubierto por la otra mano.

—¿Está seguro, señor Van Belle? Es lo único que tengo. Era de mi madre, que en paz descanse.

«También tiene una cama por la que le darían un buen precio», pensó el Lagartija fijando la vista en las manos para desvelar el misterioso objeto que escondía entre ellas.

—Se lo prometo. Ya me ha escuchado decírselo al señor Escalante. En diez días, máximo dos semanas, llegará mi correspondencia desde Amberes y recuperaremos el anillo del perista. Entonces también podré adelantarle algo de dinero para pagar la habitación hasta que se resuelva la deuda del salario.

La viuda dejó escapar un débil «de acuerdo», pero sus brazos no se movieron de donde estaban ni la tensión del puño pareció disminuir. Hendrick acercó su mano abierta y dejó a doña Ana todo el tiempo del mundo para que, con una dolorosa lentitud, acabara por depositar el anillo en la palma del Flamenco. Todo lo que el Lagartija vio del objeto fue un reflejo de la luz de la vela antes de que su amo lo guardara dentro de su jubón.

—Todo va a salir bien. Ya lo verá.

Una sonrisa forzada apareció en el rostro de doña Ana, de cuyos ojos no se había evaporado la angustia. Hendrick volvió a darle al Lagartija instrucciones precisas de lo que debía hacer, en particular no molestar a doña Ana, y lo acompañó hasta la cámara. Preguntó a la viuda si había otra vela que pudiera utilizar su aprendiz y ella negó con la cabeza.

—No es problema. El chico está acostumbrado a la oscuridad.

Como nadie le preguntó, no dijo si aquello era verdad ni tampoco que no había ni paja ni manta en la cámara, y, por descontado, no remató su rosario de quejas señalando que en su estómago solo habían caído dos cucharadas de aburridas migas en todo el día. El Flamenco lo empujó suavemente dentro de la cámara y lo dejó encerrado. La completa oscuridad fue desvaneciéndose y, poco a poco, por el tenue hilo de luz que entraba por debajo de la puerta, se quedó en una penumbra azulada en la que se distinguía el contorno de la habitación. Oyó al Flamenco despedirse y el Lagartija se sentó en el suelo debatiendo consigo mismo cómo haría para orinar. Aunque, claro, sin haber tomado ni un sorbo en toda la tarde, poco o nada habría que mear. Se acercó hasta la puerta para llamar, acuciado por un repentino deseo de beber. Pero no llegó a hacerlo y regresó a su esquina concentrándose en cómo engañar a su cuerpo hasta la mañana.

Ya estaba acurrucado, inmerso en un duermevela en el que paseaba por Sevilla con el Manco, Pequeño no estaba malo y Gordo reía a carcajadas, cuando la viuda llamó a la puerta.

—¿Seguro que estás bien ahí?

—Sí, señora.

—¿No necesitas nada?

La sola mención de la palabra «necesidad» volvió a despertar el deseo de beber que había desechado con tanta habilidad y experiencia y regresó con una intensidad que eliminó de su cabeza el juramento que le había dado al Flamenco de no causar la menor molestia a la viuda.

—Solo un poco de agua.

Esta respondió con un «claro, claro» y se oyeron sus pasos cortos recorrer la habitación y servir el agua sobre un cuenco. La luz de la vela iluminó la cámara y el rostro de doña Ana, al que las sombras y los reflejos anaranjados daban un aspecto aún más afligido de lo que había mostrado en compañía del Flamenco. Con un esfuerzo monumental, el Lagartija se contuvo para no bebérselo de un trago y conservar algo para el resto de la noche si ella se lo permitía. Sin poder evitarlo, dejó escapar un suspiro lleno de alivio y placer que hizo sonreír a la viuda.

—Hay restos de lentejas. Muy poco, pero yo no me lo voy a terminar.

El sonido de sus tripas anticipando el inesperado festín acompañó la respuesta entusiasta del Lagartija.

Era en verdad una paupérrima pitanza. Apenas una cucharada y media y dos trozos de oreja de cerdo de los que solo quedaba el cartílago, pero que hacían perfectamente las veces de carne y con las que se entretuvo durante un buen rato masticando. Doña Ana se disculpó por tener que cerrar la puerta y, cuando ella apagó la vela, se quedó por completo a oscuras, saboreando las lentejas grano a grano.

Dejó los cuencos junto a la pared y se volvió a su esquina con la esperanza de recuperar esa imagen de los cuatro amigos que había abandonado abruptamente. Sin embargo, cuando su consciencia empezó a deslizarse hacia el sueño, se encontró mirando de frente la cabeza de cerdo con el gesto torcido y a la cocinera que había encontrado esa tarde, exigiéndole que le devolviera la oreja que le faltaba.

7

Era muy temprano cuando se despertó, y por los ruidos que le llegaban, o más bien por la falta de ellos, dedujo que aún no había amanecido y que la ciudad seguía cerrada. Esperó con paciencia a que la viuda le permitiera salir, pero pasó mucho rato antes de que se oyera a alguien llamando a la puerta enérgicamente y a doña Ana, con voz soñolienta, rogar un momento para adecentarse.

Escuchó al Flamenco darle los buenos días, asegurarle que ya había conseguido un precio razonable por el empeño del anillo y pagado una sustancial parte de su deuda al casero. Doña Ana suspiró, aunque no supo si de alivio o por sentirse compungida por la pérdida temporal de la joya familiar. Al final, los pasos pesados de su amo se acercaron hasta la cámara y abrieron la puerta. Lo saludó con un ligero movimiento de barbilla y preguntó a la viuda sin quitarle a este los ojos de encima:

—¿Se ha portado bien?

Doña Ana no tenía nada de lo que quejarse y el Flamenco gruñó con satisfacción al tiempo que con la mano le indicaba que saliera de la estancia. Hendrick vestía el jubón púrpura al que había añadido un ferreruelo negro con un borde dorado que dejaba caer con naturalidad sobre su hombro derecho.

Las calzas, negras como el hollín, parecían nuevas, o al menos con muy poco uso, y un bonete sobrio pero elegante sustituía al sombrero de ala ancha. Así ataviado, tenía un aire mucho menos temerario que cuando vestía el jubón de cuero y las botas militares. Hasta su sonrisa parecía auténtica.

Con brevedad y sin entrar en detalles, el Flamenco le aseguró a la viuda que se encargaría de sus asuntos al tiempo que él avanzaba en las gestiones comerciales de su familia. Era prioritario establecer contacto con algún oficial del Consulado que pudiera agilizar esos trámites y consultaría con una escribanía para asegurarse de que él podía representarla legítimamente sin despertar sospechas o habladurías sobre su relación que comprometieran la honra de doña Ana. Eso, aparte de la infamia que suponía, constituiría un obstáculo aún mayor para que su causa fuera vista con buenos ojos.

Ya en la calle, mientras avanzaban con pasos vivaces hacia la catedral, el Flamenco indagó si había tenido alguna conversación con doña Ana o si alguien había ido a visitarla. Hendrick respondió a su respuesta con un lacónico «muy bien» que el Lagartija quiso entender como un elogio a su discreción, y se atrevió a señalar que la noche anterior no había tenido ocasión de cenar. El Flamenco se paró en seco y al Lagartija se le encogió el estómago, aunque esa vez no fue por el hambre. Pero, en lugar de dirigirse a él para reprenderlo o castigarlo, alzó la cabeza mirando calle arriba hasta dar con lo que buscaba.

—Es verdad. Sígueme.

Un panadero vendía su mercancía bajo los soportales y el Flamenco compró un mollete y se lo entregó al Lagartija. No era un estofado, pero tampoco es que formara parte de su dieta habitual aquel pan de harina blanca, redondo y tierno, que disfrutó como si se tratara de un capón guisado en salsa.

Llegaron a las gradas de la catedral, embaldosadas de mármoles con su fuente semioculta en el centro del bosque de naranjos, donde ya había empezado el ajetreo de mercaderes, prestamistas y aspirantes a lo uno y a lo otro, que se arremolinaban como hormigas en la boca del hormiguero, chocando unos con otros en un baile caótico, pero que, igual que guiaba a los insectos allí donde había comida, conseguía que entre todos ellos se establecieran las relaciones necesarias para vender, comprar y enriquecerse con la plata y las mercancías que había traído la Flota de Tierra Firme.

El Flamenco se pavoneó unos instantes, saludando con suficiencia aquí y allá, y finalmente encontró asiento en una esquina cerca de algunos miembros del Consulado, quienes debatían apasionados los pagos que la Corona tendría que acometer para devolver el préstamo que los cargadores con tanta generosidad le habían concedido ese mismo año a Su Majestad.

Hendrick sacó una cartera de cuero y ojeó concentrado unos papeles. Después le pidió al Lagartija que volviera a visitar a algunas de las mujeres que había seguido los días anteriores, solo a aquellas que parecían estar solas y sin hijos, y le pidió que regresara al mediodía para confirmar si seguían solas, las posibles visitas que hubieran recibido y su estado de ánimo.

No aprendió nada nuevo de la vida de las viudas y en general, por lo poco que podía ver, su estado de ánimo parecía el mismo: un poco de tristeza, un poco de rabia y un mucho de angustia. Exactamente igual que doña Ana, salvo por la rabia, que en su caso parecía haber sido reemplazada por la sumisión.

Regresó a las gradas una vez completó su tarea. El Flamenco estaba en pie, integrado a la perfección en una conversación con aquellos que creía miembros del Consulado, y, por lo animado de la charla y la sonrisa con la que premiaba a sus interlocutores, supuso que las cosas iban por donde Hendrick quería. Y tan a gusto se lo veía en ese corrillo de comerciantes que parecía imposible no creer que no fuera el representante de la familia Van Belle. Excepto que este no se hubiera dedicado a observar a una panda de huérfanos callejeros y no habría tenido que amenazarlos para conseguir un esclavo, como decía el Manco.

Se acercó a las gradas y se hizo notar sin interrumpir la conversación. Hendrick confirmó con un gesto que lo había visto, pero no le indicó nada más, así que se buscó un sitio apartado, aún dentro del campo visual del Flamenco, para sentarse y descansar. Desde ese rectángulo irregular lleno de actividad mercantil que eran las gradas, el punto más alto y fresco de la ciudad, se divisaba el río y, en la lontananza, los campos de Aljarafe. Le satisfizo no sentir nada de culpa por deleitarse ocioso con el paisaje en lugar de tener que buscar ávidamente entre los pies de la multitud un paupérrimo tesoro en forma de moneda o comida. No había pasado suficiente tiempo para empezar a aburrirse o a inquietarse cuando Hendrick abandonó el corrillo despidiéndose con cortesía y maneras de gran señor, o por lo menos así se lo imaginaba el Lagartija, y con un gesto de la mano le pidió que lo siguiera.

Caminaron despacio, el Lagartija contándole lo poco que había averiguado y el Flamenco mirando al frente, sin dar muestras de estar interesado o siquiera escuchándolo. Lo guio hasta la casa de doña Ana y le pidió que lo esperara fuera. Salió al poco rato y bajaron paseando en silencio hasta el Arenal y de allí se encaminaron a la casa de la calle Larga. Esa vez, gracias a Dios, el Flamenco también tenía hambre y consiguió en la tahona un generoso plato de migas, y, para el deleite del Lagartija, en esa ocasión la manteca aún humeaba y se distinguían algunos trozos de tocino. Envió al chico a por un cuartillo de vino blanco y, cuando regresó, ya había dado cuenta de la mayor parte de las migas, al menos de todas aquellas que tenían más sabor que el del pan, y le entregó los restos, en los que no quedaba ni la sombra del tocino.

—Acábatelas si quieres.

Así lo hizo, y trató de alargar ese instante todo lo que pudo, imaginando que cada pedacito de pan era un mendrugo para al menos llenarse la cabeza con algo, porque estaba claro que la tripa tampoco se colmaría demasiado con semejante banquete. Mientras tanto, el Flamenco había abierto su baúl y había sacado una camisa nueva y unos calzones humildes pero sin remiendos.

—Ponte esto. —Le arrimó la jarra, en la que todavía no había vertido el vino, y le señaló el agua—. Y adecéntate la cara y el pelo.

Masticando la última miga, se arregló de la mejor manera posible y después se vistió con la nueva ropa que, aunque limpia, aún olía a humedad y de la que, como todas las prendas que le ofrecía el Flamenco, le sobraba tela por todos lados.

—Quiero que vayas a casa del señor Juan Cabrillo. En la calle Las Palmas. —Sacó de debajo de su jubón la daga que tan bien conocía—. Debe de ser una casa que hace esquina con San Lorenzo. Pregunta cuando estés allí. —Frotó la hoja del arma hasta que no quedó una sola mota de polvo—. Dile que soy socio de don Tomás Vicentelo. Por un negocio con los salarios pendientes de pago. Y quiero que le lleves esta daga de regalo. —Le mostró la base del mango, donde había una inscripción en árabe—. Era de mi padre, la trajo de Ternate, en las Molucas. Perteneció al sultán Baab Ulláh.

El Flamenco se aseguró de que había memorizado el mensaje y lo mandó de vuelta a Sevilla con la advertencia de no perder ni un minuto de su tiempo y, sobre todo, de no entretenerse con don Juan Cabrillo ni responder una sola pregunta.

No tardó en encontrar la casa que, tal y como había descrito Hendrick, hacía esquina. Frente a ella había un concurrido mesón donde le confirmaron que aquella era la propiedad del señor Cabrillo. También allí se enteró de que este era oficial del Consulado de Cargadores. Para su sorpresa, la casa no tenía nada de palaciega, como había imaginado que debían de vivir todos esos mercaderes que se congregaban en las gradas de la catedral. Pero, reflexionó el Lagartija antes de agarrar la aldaba de la puerta, tampoco el Flamenco vivía en un palacio, ni siquiera en una casa decente, y daba la impresión de conocer al dedillo todos los tejemanejes de ese mundo.

Le abrió un esclavo negro, un mozo que no debía de tener mucha más edad que el Manco, pero que, por la abertura de su camisa, mostraba un torso musculoso y más desarrollado que el de su amigo. Algo no especialmente complicado dada la pobre dieta de los niños vagabundos, que ni siquiera estaba a la altura, saltaba a la vista, de la de los esclavos de Juan Cabrillo.

Turbado por la incontestable sensación de salud y belleza que emanaba el cuerpo del criado, el Lagartija consiguió articular que tenía un presente de parte de su amo para el señor Juan Cabrillo. En el mismo momento en que acababa de hablar, una señora mayor, escuálida y vestida toda de negro, apartó al muchacho y le preguntó qué deseaba. Esta vez, sin la intimidación de la vitalidad de un cuerpo joven y bien alimentado, repitió su petición con mucha más convicción.

Tras hacerlo esperar en la casapuerta unos minutos, la mujer de negro regresó para acompañarlo hasta el despacho del señor Cabrillo. Dada la seriedad con la que el Flamenco había hablado de él, le sorprendió encontrarse con un joven que no llegaba a la treintena, que lo recibió con una sonrisa abierta y unas maneras informales y acogedoras. Tanto que lo invitó a tomar asiento frente a su monumental escritorio, aunque el Lagartija declinó la invitación.

—Como gustes, chico. —Le sonrió con cierta ternura aceptando seguramente que habría recibido instrucciones de no importunar más de lo necesario—. ¿Qué puedo hacer por ti?

Antes de poder abrir la boca, lo primero que se le vino a la cabeza fue lo diferente que sería servir a ese señor en lugar de al malencarado Hendrick. Después, amparado por la sonrisa y la paciencia de Juan Cabrillo, le solicitó la cita como le había enseñado el Flamenco y dio un paso al frente para entregarle la daga. Este estiró el brazo y cogió el regalo de sus manos, rozándolas con unos dedos delicados y cálidos, de alguien que no había hecho un trabajo manual en su vida.

Juan Cabrillo apenas le dedicó una mirada de soslayo a la daga, y le dio la impresión de que no aceptaría la invitación y de que le tocaría a él la papeleta de explicárselo a Hendrick. El joven oficial del Consulado se retrepó en su silla de cuero haciéndola rechinar con suavidad.

—Dile al señor Van Belle que venga a primera hora de la tarde.

El Lagartija respiró con alivio y pidió permiso para marcharse con las mismas palabras que le había inculcado su amo para esas ocasiones. Juan Cabrillo, aún manteniendo la sonrisa afable, asintió y lo despidió con un gesto de la mano.

Regresó a la carrera a Triana, contento por informar al

Flamenco de su éxito y al mismo tiempo deseando que esas buenas nuevas pudieran transformar a Hendrick en un ser menos oscuro y más generoso en el trato, tal y como había percibido al oficial Cabrillo.

Hendrick no se inmutó al escuchar las noticias, pero, tras un instante en el que el Lagartija temió una reprimenda, lanzó una carcajada que llenó por completo la estancia y se levantó para darle una enérgica palmada en su huesuda espalda.

—Me has traído suerte, muchacho.

El Flamenco le dedicó esa mueca que el Lagartija había aprendido a interpretar como una sonrisa y luego se sentó en el camastro con el ceño fruncido, concentrado en sus pensamientos e ignorando su presencia por completo. Así pasó lo que quedaba de tarde hasta el ocaso, y ni siquiera la falta de luz lo animó a regresar de sus maquinaciones. La oscuridad se apoderó de la habitación y el Lagartija se atrevió a encender una vela, sobresaltando a su amo y obligándolo a volver a la realidad.

—¿Tienes hambre?

Le contestó que un poco, y eso fue suficiente para que el Flamenco se pusiera en pie y dejara la casa después de estirarse con gesto de satisfacción. No mucho tiempo después entró con una cazuela de barro cubierta con un paño. Al destaparla, le mostró una menestra aún caliente que le iluminó el rostro igual que si hubiera visto a un santo.

—Come a tu gusto, pero déjame algo.

Después de la primera cucharada, inundado por el olor de las judías y la berenjena, se le humedecieron los ojos. Pensó en dónde estaría el Manco y qué diría de ese atracón que se estaba dando. Comió todo lo que pudo, a sabiendas de que la cantidad era tal que no sería capaz de acabársela. Su cuerpo se quedó satisfecho mucho antes que su mente, que deseaba seguir engullendo para acumular reservas y tener al menos un recuerdo de lo que se sentía cuando uno enfermaba de tanto comer. Pero, contraviniendo sus intenciones y debido a su falta de costumbre, quedó harto cuando aún quedaba una generosa cantidad de menestra y no enfermó. Con un resoplido, dejó la cuchara de madera dentro de la cazuela y le acercó los restos al Flamenco.

Hendrick comió despacio, saboreando pensativamente cada bocado. Cuando sus miradas se cruzaron, lo apuntó con la cuchara.

—Mañana es un día importante. Espero que sigas tan callado y discreto como hasta ahora.

Le respondió que sí mientras trataba de imaginar qué los esperaba al día siguiente. La naturalidad de Juan Cabrillo y la facilidad con la que había aceptado reunirse con su amo le habían llenado de esperanza, aunque no tuviera ni idea de qué era lo que tenía que pasar. Fuese lo que fuese que esperaba el Flamenco, él deseaba que le saliera bien y entonces poder volver con el Manco y contarle sus aventuras, que había conocido a un oficial del Consulado y, sobre todo, darle envidia con la menestra. Empezaba a estar cansado de seguir al Flamenco, que era como avanzar en medio de la niebla, sin poder anticipar más que unos metros, siempre temiendo dar un mal paso y no ver nunca el final. Por lo que a él respectaba, ya había tenido su premio por servir a Hendrick: una comida caliente que recordaría hasta su tumba.

El Flamenco lo miraba distraído, sin la dureza habitual ni con su terrorífica sonrisa. En los días anteriores se lo había imaginado como un prisionero enfurecido, atrapado por unos grilletes a una pared húmeda y oscura que le impedían liberarse y descargar toda su ira. Sin embargo, en ese momento, parecía un caballero listo para entrar en combate, tenso pero ligero, visualizando la carga que estaba a punto de empezar.

Esa imagen le transmitió una sensación agradable de confianza y, aunque era a todas luces una estupidez pensarlo, de compañerismo. Se portaría todo lo bien que le pedía el Flamenco y lo ayudaría a tener éxito, pues el final estaba cerca.

—¿Podré regresar mañana?

Hendrick lo miró frunciendo el ceño, visiblemente confundido.

—¿Regresar adónde?

—Con mi amigo. A los corrales.

8

Hendrick tardó unos segundos en responder. La pregunta del Lagartija había devuelto a su rostro esa imagen antipática que evocaba peligro.

—No. Tú te quedas conmigo. Tu amigo ahora soy yo —remató en un tono autoritario que zanjaba el asunto.

Esa fue la primera vez que comprendió que la estancia con el Flamenco no iba a ser únicamente de unos días, y un escalofrío cargado de miedo y desazón le hizo estremecerse. Inclinado en dirección a él, Hendrick seguía inmóvil, sin ni siquiera pestañear, evaluando cada uno de sus gestos. Aun así, sin atreverse a mirarlo a los ojos, el Lagartija consiguió preguntar:

—¿Tendré que quedarme mucho tiempo?

Hendrick respondió al instante con un tono seco y amenazador:

—Todo el que yo quiera.

El Lagartija regresó a su esquina junto al fuego y, sentado en el suelo, aturdido por la idea de que su vida se desligaba irremediablemente del Manco, su mente se llenó de sus imágenes y rememoró su primer encuentro.

Dos días antes de conocerlo, la madre del Lagartija, a pesar de las continuas sangrías que con tanto cuidado le había administrado el médico, no había vencido las fiebres y le había aparecido en el cuello una llaga roja brillante. Esa fatídica señal fue suficiente para que todo el mundo, incluido el médico, dejara de visitarlos. En su lugar, se congregó una multitud de moscas que se alimentaban en la sangre oscura y coagulada de su madre, pegada a un cuenco junto al camastro. Ella nunca había hablado demasiado, ni antes ni después de enfermar, o, por lo menos, así la recordaba él. Durante la enfermedad lo había enviado a la calle a mendigar, y el Lagartija, al que entonces llamaban Miguel, paseaba durante horas entre las casuchas más allá de la fábrica de jabones, pidiendo y buscando con desigual fortuna. Algunas veces comía, muchas no.

El segundo día, cuando aún no había conseguido ni un pedazo de pan, regresó a su casa arrastrando los pies, mareado por el hambre y el calor que asolaba la ciudad esos eternos días de verano. Un hombre enjuto al que se le oía respirar con dificultad revolvía la paja del camastro en el que ya no estaba su madre. Se enderezó al oírlo entrar y se bajó el paño que le cubría medio rostro.

—¿Tú también estás enfermo?

El Lagartija negó con la cabeza, aunque sin ninguna certeza. Le dolía la tripa por el hambre, hacía unas horas que no había bebido, pero las fiebres, el sudor y las llagas no habían llegado tal y como el médico, antes de dejar de visitarlos, había vaticinado que sucedería. El hombre giró la cabeza a derecha e izquierda señalando la habitación con la palma abierta.

—¿Dónde guarda tu madre el dinero?

Volvió a negar con la cabeza. Las únicas monedas que había visto eran las que el médico había guardado en su jubón.

Otro hombre, enorme como un gigante, asomó la cabeza por la puerta.

—Ya está cargada. Vámonos.

Su enjuto compañero se volvió a cubrir la boca con el paño y dio un último repaso a la habitación antes de dirigirse a la entrada maldiciendo que no hubieran encontrado nada. El Lagartija avanzó un par de pasos rápidos hasta él y le tiró de la manga. Con un respingo, como si le hubiera mordido una rata, el hombre retiró el brazo con un latigazo y se apartó del Lagartija que, del sobresalto, a punto estuvo de olvidar lo que quería preguntar.

—¿Y mi madre?

El hombre le respondió sin mirarlo:

—No está.

De su memoria ya se había borrado cuánto tiempo había permanecido sentado en el suelo, agarrado tercamente a la esperanza de que su madre volvería a por él. Pero en algún momento debió de dejar de esperar, se aburrió de su lloriqueo y aceptó que ella no regresaría, al menos no de inmediato. El miedo y la conmoción habían dejado paso a la pena y la angustia, y salió a recorrer las calles, preguntando aquí y allá por el médico achaparrado de cejas negras y espesas del que no sabía el nombre. Todo lo que consiguió fue que le indicaran el camino del Hospital de Santa María de las Cuevas. Salió de Triana y anduvo por los campos yermos hasta ver el edificio, solitario e intimidador. Allí no sabían si estaba su madre, de la que no pudo dar más detalles salvo que su nombre era Gerónima y que estaba enferma.

La noche lo alcanzó de regreso y decidió refugiarse en las ruinas de una casa de ladrillo y adobe que se había convertido en el hogar de un muladar tan hediondo como los de la ciudad, pero que, posiblemente por su lejanía, no parecía contener heces humanas. Rebuscó entre los desechos algo de comida con ansiedad y desesperanza. Sin nada que llevarse a la boca, derrotado, se acurrucó junto a la pared y, tumbado sobre la arena aún cálida, se durmió.

El sol caía a plomo cuando alguien le golpeó con suavidad el pie. Se sentó sobre la arena y trató de colocarse bajo la sombra de aquella persona para que la luz no lo cegara. Las tripas se contrajeron de dolor y lamentó estar despierto y tener que lidiar de nuevo con el hambre. Volvieron a golpearle la pierna y pudo reconocer la silueta de un adolescente que lo miraba disgustado.

—¿Qué haces aquí?

El Lagartija, sobresaltado, se arrastró sobre sus manos y piernas, balanceando su cadera de un lado a otro igual que un reptil.

—Este sitio es mío. Lárgate —continuó el joven.

La falta de alimento y el rudo despertar lo habían dejado más debilitado si cabía. Se incorporó pesadamente, dio un primer paso vacilante y se desplomó sobre sus rodillas.

—No tendrás la pestilencia, ¿no?

—Creo que no. —Se sentía muy débil, pero no tenía la piel grisácea ni la tiritona de las fiebres ni las toses ni las llagas. Él solo era un niño retorcido por el hambre. Algo en la mirada del joven lo invitó a pensar que lo había creído y lo animó a confesarle que su madre sí que estaba enferma, pero le ocultó que el médico había sentenciado que era solo cuestión de tiempo que él también se muriera. Y, si ya había fallecido, la muerte se parecía como dos gotas de agua al sufrimiento que apenas soportaba gracias al forzado ayuno—. Estoy buscando a mi madre. Se la llevaron ayer. Ya no podía pagar las sangrías.

El joven lo observó en silencio como si estuviera ponderando la información que había recibido y luego levantó la mano, a la que le faltaban un par de dedos, para señalar una de las esquinas de la casa que aún estaba en pie.

—Vete ahí detrás.

Así lo hizo el Lagartija y, aunque no se atrevió a mirar, pudo oír el ruido de ladrillos o piedras al moverse. Unos instantes después el joven apareció por la esquina jugueteando con un par de maravedíes.

—Si tiene el garrotillo, la habrán llevado al Hospital de las Cinco Llagas. Nadie sale vivo de ahí.

El Lagartija no había sentido nunca un especial amor por su madre, esa figura oscura que habitaba la misma habitación que él y que nunca le hablaba, pero que le daba de comer. Imaginar su ausencia lo llenó de una abrumadora confusión, y más que triste se sentía desorientado, como si ya no hubiera sitio para él en ese inhóspito mundo donde lo único que parecía abundar eran el hambre y la muerte. Su vida había consistido en quedarse en los alrededores de su casa hasta que su madre regresara, algunas veces con pescado, las menos con carne, y muchas con poco más que pan y queso. Su mundo resultaba predecible, una rutina a la que se había acostumbrado que terminaba siempre con el alivio que le producía el reencuentro con su madre, que no le ofrecía más cariño que un lacónico «come». Hasta que cayó enferma, como antes su padre, el vecino y otros tantos de la calle, quienes tras la llegada de las fiebres veían crecer una llaga en el cuello que poco a poco los estrangulaba, igual que, al menos así decían, a los que ejecutaban al garrote. Los ojos se le emborronaron con los recuerdos mientras el joven avanzó hasta el camino y lo apremió.

—Vamos, ¿o quieres pasarte el día al sol como una lagartija?

Se levantó y lo siguió a una distancia prudencial. Después de que el joven le dijera que lo llamaban Manco y que lo iba a acompañar hasta el hospital, no volvió a revelarle nada de su vida ni de sus quehaceres. En un par de ocasiones, al ver árboles frutales en los lindes del camino, el Manco ordenó escalar al Lagartija, que era mucho más menudo y fibroso y, aunque era algo que nunca había intentado, parecía tener una habilidad innata para trepar que deleitó a su nuevo amigo. Toda su habilidad, no obstante, solo había servido para rescatar una naranja fofa, picada por los insectos. Pasaron el día frente al hospital, el Manco desapareció para volver con un cazón en salazón que compartió con él, y cuando el sol se escondió regresaron a las ruinas. Esa noche lloró hasta quedarse dormido. Al día siguiente repitieron la misma rutina y, al tercero, el Manco concluyó que no había nada que hacer con respecto a su madre.

—Seguro que está muerta, y, si no lo está, te buscará en Triana.

El Manco gastó los últimos maravedíes que sacó de su escondite del muladar en un poco de queso y unos ajos en aceite, y pasaron el resto del día de corral en corral y de casa en casa hasta encontrar un sitio donde quedarse, no muy alejado de su antigua morada, que ya estaba rentada a otra familia. Aquella noche, el Manco le contó su viaje a las Indias y cómo un monstruo de tres cabezas le había arrancado los dedos de la mano. Distraído por la fabulosa historia, acurrucado junto al Manco en el hocino de una escalera, esa noche ya no lloró.

Pero ahora sí lo hacía. Sin darse cuenta, el recuerdo del Manco le había arrancado unas lágrimas silenciosas y el pecho empezó a dolerle por la angustia de no volver a verlo. El Flamenco se había recostado sobre el camastro, nuevamente con la mirada perdida, concentrado en sus maquinaciones. Tras armarse de todo el coraje que cabía en su menudo y fibroso cuerpo, el Lagartija alzó la voz para asegurarse de que

Hendrick lo oía a la primera, porque no estaba seguro de tener los arrestos para repetirlo.

—¿Puedo ir a visitarlo solo un momento?

Durante un minuto interminable el Flamenco no cambió ni de posición ni de gesto, pero él estaba seguro de que lo había oído. Hendrick se levantó de un salto, sobrecogiendo al Lagartija, que se aplastó contra la pared anticipando el golpe que anunciaba el enfurecido rostro de su maestro. En cambio, al llegar a su altura, lo alzó del sobaco hasta ponerlo en pie. Su mirada era aún más aterradora de lo que había conocido hasta el momento.

—Vete a ver a tu amigo, dile lo que tengas que decirle y vuelve de inmediato. Si no llegas antes de que toquen a rosario, os arranco la piel a los dos. ¿Te queda claro?

El Lagartija dijo que así lo haría y salió despedido hacia la puerta dispuesto a aprovechar todos y cada uno de los pocos rayos de sol que le quedaban antes de las campanadas, temiendo que su amo cambiara de opinión en el último instante.

Corrió a toda velocidad, liberado de la zozobra que había sentido imaginando la pérdida de la única relación que le había dado cariño y protección, su única familia. Feliz por descubrir que el Flamenco le hubiera permitido visitarlo, alimentó la esperanza de que, si seguía trayéndole suerte como decía, seguro que habría otras ocasiones en las que encontrarse con su amigo. Más aún, quién sabía si no habría un trabajo también para el Manco. Al fin y al cabo, era gracias a él que se había aprendido la enrevesada geografía de la ciudad como la palma de la mano y de quien había heredado esa consciente discreción que casi los hacía pasar por invisibles y que, intuía, era muy del agrado del Flamenco.

Entró en los corrales llamando a gritos al Manco, quien, por lo avanzado de la tarde, tendría que estar ya refugiado debajo de la escalera. La emoción del momento le impidió percatarse de que las maderas que hacían las veces de puerta ya no estaban. Se detuvo de golpe al ver el hueco vacío, sin rastro de las roídas mantas ni de un cabo de vela... Confundido y resistiéndose a aceptar que el Manco ya no estaba, se sentó para esperarlo en el que antaño había sido su rincón. Desde ahí pudo ver la pared y el ladrillo suelto donde el Manco había guardado aquella cadena que se resistía a vender y que ahora mostraba un agujero vacío. Su amigo se había ido y comprendió que necesitaría un extraordinario golpe de buena suerte para volver a verlo. En un instante, igual que si lo hubieran atizado con un madero, se derrumbó y se puso a sollozar como no lo había hecho desde que se encontrara con el Manco hacía cuatro años. La sensación de soledad que le quemaba las entrañas salió desgarrándole la garganta en cada gemido, y con ellos se desbordaba también la culpa por haber aceptado tan inconscientemente acompañar al Flamenco. Junto con los estertores del llanto, se liberó por un instante de la tensión y del miedo que le generaba el hermético Hendrick. Cuando por fin pudo relajarse, agotado, suspiró con tristeza, asumiendo que ya no volvería a escuchar historias de los océanos ni de monstruos ni de aquellas aventuras imposibles que habían coloreado su gris cotidianidad. Acurrucado en el suelo, dejó que el cansancio lo venciera y en su duermevela oyó tocar a rosario, pero a él le pareció que era la campana de la nao, que alertaba a la tripulación de la presencia de un monstruo, uno con cara de búho, que se alzaba por encima de las olas en medio de la tempestad.

Lo despertó una fuerte sacudida. La oscuridad impenetrable que había en las escaleras le hizo comprender que se había dormido y se despabiló al instante, abriendo los ojos de par en par para inspeccionar la negrura, aterido por el pánico. Reconoció la sombra de un hombre y el contorno de las botas del Flamenco. Se arrastró tiritando fuera del cubículo sin atreverse a mirar a la cara a Hendrick, reprimiendo la sensación de que podría vomitar allí mismo a causa del terror.

—Me dormí. Lo siento mucho —tartamudeó.

El Lagartija podía oír la respiración vacilante de Hendrick, llena de ira contenida y violencia. Volvió a pedir perdón, esta vez mucho más bajo, casi como un susurro, mientras el Flamenco lo levantaba hasta tener la cara frente a la suya, tan cerca que podía sentir su aliento.

—¿Y tu amigo?

—No estaba. Me quedé a esperar y me dormí. No miento, señor.

9

Hendrick apartó la vista un instante mordiéndose el labio inferior y apretó su mano en torno al cuello del Lagartija. Curiosamente, esos instantes de puntillas, agarrado con toda su fuerza a las manos del Flamenco para impedir que lo estrangulara, en lugar de acrecentar su miedo, le permitieron relajarse, observar lo que le estaba pasando como si se tratara de otra persona, alguien asomado al balcón de los corrales, intrigado por conocer cómo acabaría esa escena. Ese inesperado desapego lo llenó de paz. La certeza de haberlo perdido todo, incluido a su único amigo, convertía la posible paliza del Flamenco en una anécdota menor, inevitable, dolorosa, pero al mismo tiempo insignificante.

Cuando sus miradas volvieron a cruzarse, el cuerpo del Lagartija se había relajado y colgaba del brazo de Hendrick sin oponer resistencia. Pensó en lo poco que debía de pesar para un hombre hecho y derecho como el Flamenco, que lo sostenía con una insultante facilidad.

La violenta tempestad que se adivinaba en los ojos de su maestro y en su respiración iracunda no eclosionó. En cambio, lo depositó en el suelo asegurándose de que el Lagartija se sostenía por sí mismo y avanzó hacia la puerta de los corrales sin volver a mirarlo.

—Vámonos.

Lo siguió en silencio por las calles de Triana, torpemente iluminadas por solitarias antorchas en torno a las que se formaban pequeños corros de personas que el Lagartija, sin más información que su fantasía y las historias del Manco, bautizó como malhechores. Una vez en la casa de la calle Larga, el Flamenco abrió la puerta y lo dejó pasar primero. La súbita templanza de Hendrick acabó por desconcertarlo y el miedo le heló la sangre. Al entrar en la estancia, totalmente a oscuras, tuvo el presentimiento de que iba a matarlo allí mismo, de un modo más íntimo, pero igual de brutal, desollándolo, tal y como había prometido. Cerró la puerta tras de sí y sintió un escalofrío recorriéndole toda la espalda hasta erizarle el vello de la nuca. El Flamenco pasó a su lado sin tocarlo.

—Vacía el cubo al otro lado de la calle. Ya sabes que aborrezco que la casa huela a mierda.

El Lagartija obedeció, preguntándose si sería el olor a heces lo que impedía a Hendrick concentrarse en quitarle la piel a tiras. Contempló la idea de la muerte sin miedo, convencido de que el Señor le dejaría un hueco a su lado a alguien tan joven, pobre e insignificante como él. Por alguna razón, al pensar en san Pedro recibiendo su inocente alma, se lo imaginó como ese tal Juan Cabrillo, con sus delicados modales, su voz cálida y su sonrisa tierna.

Mientras se ayudaba de un palo para rebañar los restos de la letrina, podía ver de reojo al Flamenco de pie bajo el portalón, iluminado por la trémula luz de una vela que acababa de encender en el interior. Allí se esperó hasta que el Lagartija acabó su tarea y, cuando los dos estuvieron dentro, cerró con llave.

Tras dejar el cubo en el patio trasero, regresó al interior lamentando en silencio que sus pantalones se hubieran manchado y preguntándose qué tipo de ropa se llevaría consigo al cielo cuando el Flamenco acabara con él. Si pudiera, le gustaría ese jubón color púrpura con bordados de plata que se ponía su maestro y que lo hacían parecer tan apuesto y decente. Hendrick le habló con una voz cavernosa y cansada:

—Tendría que matarte aquí mismo por desobedecerme.

La aspereza con la que habló su amo le sugirió el dolor que iba a provocarle la muerte. El Manco los había convencido de que, si uno tiene mala suerte en esta vida, en la siguiente la buena fortuna estaba garantizada. No habían nacido en el seno de una familia de nobles o ricos comerciantes, así que, cuando se acabara esta vida terrenal, solo les quedarían por delante cosas buenas, y además serían para la eternidad. Al Lagartija le consolaba saber que su alma sería feliz tras su muerte, pero los ojos vidriosos de los cadáveres del río, la agónica decadencia por la peste y, sobre todo, el miedo en la mirada del pescadero le hacían temer el tránsito entre las penurias de este mundo y la paz del siguiente. Algo muy hondo dentro de él le gritaba que en ese viaje había mucho sufrimiento y que, aunque al final de ese espanto solo hubiese un remanso de luz y felicidad, no estaba ansioso por descubrirlo.

—No fue a propósito —consiguió decir con voz trémula.

Sus palabras no tuvieron ningún efecto en Hendrick, que siguió absorto mirando la luz anaranjada de la vela y le respondió con un tono gélido y afilado como una daga.

—¿Cómo puedo confiar ahora en ti?

El Lagartija no tenía problema alguno con obedecerlo, mucho menos ahora que el Manco había desaparecido y que no tenía ningún sitio al que ir. Lo que no sabía era cómo convencer a su malencarado amo de que él habría vuelto antes de las campanadas si no se hubiera dormido, si no hubiera sentido esa punzante y brutal pérdida que lo dejó paralizado por la pena. Y, como él no hablaba, lo hizo Hendrick.

—Llevo mucho tiempo esperando una oportunidad como esta. Si mañana algo sale mal, tendrás que buscar a tu amigo en el fondo del río, si es que aún vive. Y, si eres tú la causa de que yo fracase, te haré comerte la lengua antes de tirarte al agua atado de pies y manos.

La idea de tener que masticar su propia lengua le provocó náuseas, pero lo que llenó su mente fue la brutalidad de las amenazas del Flamenco, una colección de torturas que parecían sacadas de la mismísima Santa Inquisición. Aun así, la noticia de que lo mataría al día siguiente significaba que no tenía intención de acabar con su vida en ese mismo instante, y eso le permitió dejar de balbucear y acabar de disculparse.

—No pretendía desobedecer. Me dormí. —El Flamenco miraba al suelo y el Lagartija continuó—: He tratado de servirle bien.

Le pareció que Hendrick respondía un «sí» en un susurro y que mencionaba algo sobre doña Ana mirando distraído el cabo de la vela a punto de consumirse por completo. Se recostó sobre el camastro y le indicó con la mano que él también se fuera a dormir.

—A mi lado vas a tener una vida tan confortable que no te la puedes ni imaginar. Solo tienes que obedecerme en todo. —Hizo una pausa y repitió la palabra «todo» dos veces—. No lo estropees. Ahora a dormir.

En algo tenía razón Hendrick: era incapaz de imaginarse una buena vida a su lado. Pareciera que tener la tripa llena, algo mucho menos frecuente de lo esperado, requería sufrir esa permanente incertidumbre y confusión en la que no tenía ni la más remota idea de cuál era su papel. Pero, si el Flamenco necesitaba un esclavo, no le quedaba otra alternativa que convertirse en uno. Antes de que lo venciera el sueño, descubrió que Hendrick evocaba en él una sensación similar al recuerdo de su madre, estaba ligado a ella y dependía de ella, pero no había calor ni ternura. Tampoco había albergado ningún deseo de que esa relación fuera diferente. Nunca desobedeció a su madre y solo se aventuró a dejar las callejuelas en torno a su vivienda el día que ella desapareció. A cada persona le tocaba una familia y un destino; a él le había tocado su madre y la pobreza. El Manco, al contrario que ella, nunca consiguió darle de comer regularmente, y gracias a ello había aprendido a ignorar las necesidades de su cuerpo, pero, en su compañía, había disfrutado de estar vivo y, sobre todo, había descubierto el cariño, algo que a todas luces el Flamenco desconocía.

Lo despertó el barullo que hacía Hendrick rebuscando en el baúl y sacando papeles y documentos. Al verlo sentado, su amo le lanzó un real que rodó hasta sus pies.

—Despabila y trae unos panes sobados.

Que la comida fuera una de las primeras preocupaciones del día para el Flamenco era una inesperada novedad y no hacía más que resaltar la importancia que tenía esa reunión con Juan Cabrillo. Hasta la fecha parecía que siempre había tenido que recordarle que él, al contrario que el Flamenco, no podía vivir del aire. El Lagartija, desacostumbrado a tomar dos comidas seguidas, habría preferido comprar los panes al mediodía porque aún no le dolía el estómago y, si los reservaba para más adelante, una vez que la manteca se enfriaba, eran mucho menos apetitosos. Aunque por experiencia sabía que, pasados unos días y endurecidos como ladrillos,

los mendrugos nutrían lo mismo. De todos modos, aquellas reflexiones no le privaron del placer de devorar un pan caliente y grasiento.

Aparte de aburrirse, no tuvo más obligación en toda la mañana, salvo reflexionar sobre las palabras del Flamenco, que no se olvidó de recordarle al menos un par de veces lo que iba a ocurrirle a su lengua u otros de sus miembros si soltaba una palabra sin permiso delante del oficial del Consulado. Como había imaginado, Hendrick se olvidó de la comida al mediodía y lamentó aún más no tener su pan sobado en el bolsillo. El Flamenco se vistió con sus mejores galas y se esforzó para que el Lagartija no pareciera un mástil sujetando una vela de lo holgada que le quedaba la camisa. Satisfecho o rendido, Hendrick abandonó la tarea y se pusieron en marcha en dirección a la calle Las Palmas. Su amo resumió lo que esperaba de él mientras cruzaban el Puente de Barcas:

—Que se note que te trato justamente, como hiciste con doña Ana.

El Lagartija no tenía ni la más remota idea de cómo debía comportarse ni le daba la impresión de que hubiera tratado a doña Ana de ninguna manera especial, excepto que había intentado ser invisible, como le había exigido el Flamenco. Sin embargo, sí intuía que la sumisión a su amo y la confianza que este exhibía en que el Lagartija lo seguiría como un corderito le daban a este un aire de señor acostumbrado a tener gente a su servicio. Además, intuía que acoger a un despojo como el Lagartija lo hacía parecer más humano, como si estuviera realizando una obra de caridad cristiana.

Frente a la casa de Juan Cabrillo, el Flamenco, que había atravesado la ciudad taciturno y ansioso, respiró hondamente y su rostro se transformó en un remanso de calma, rematado con una sonrisa natural llena de calidez. Abrió la puerta el mismo esclavo negro joven e imponente que había recibido al Lagartija el día anterior y los condujo hasta el portal después de asegurarse de que no tenía que llevar ningún animal a las caballerizas. Allí les hicieron esperar una eternidad, lo que inquietó al Lagartija, que temía que algo hubiera salido mal y que, por alguna misteriosa razón que se le escapaba, hubiera sido por su culpa. Pero la espera no inmutó a Hendrick, que permaneció sereno sentado sobre el banco de piedra. En la casa reinaba un silencio absoluto, lo que les permitía oír el canturreo del agua de una fuente y disfrutar en calma del dulce olor del jazmín que arrastraban las revoltosas corrientes de aire que atravesaban la estancia desde la puerta del patio hasta la casapuerta. Fue el mismo Juan Cabrillo quien apareció por aquella entrada y ofreció sus manos de dedos largos y delicados al Flamenco.

—Señor Van Belle, sea bienvenido. Lamento enormemente la demora en atenderlo.

Hendrick se levantó negando con la cabeza y dedicó al oficial del Consulado una elaborada y elegante reverencia.

—En absoluto. Soy yo quien debería disculparse por alterar su ocupada agenda.

Juan Cabrillo les ofreció esa sonrisa llena de ternura que el Lagartija recordaba del día anterior y que le había despertado el anhelo de que su amo se pareciera más a él. A continuación, el oficial señaló la ancha escalera de piedra.

—Acompáñeme.

—Después de vuestra merced. —El Flamenco se giró hacia el Lagartija con un tono autoritario pero relajado—. Espérame aquí.

—No, no, que el chico suba también. Me han traído unos pastelitos deliciosos. —Juan Cabrillo debió de intuir el azoramiento del Flamenco y continuó casi riendo—: No se preocupe, señor Van Belle, no tengo secretos tan inconfesables que no los pueda oír su criado.

Hendrick, tras darle la espalda al oficial, le dedicó una mirada al Lagartija que le paró el corazón y lo dejó clavado en el suelo como una estaca, incapaz de deducir qué se esperaba de él en esa situación. Tras esos segundos de pánico, le palmeó la espalda en un gesto de forzada camaradería.

—Dale las gracias al señor Cabrillo.

El Lagartija balbuceó su agradecimiento imitando la misma sonrisa incómoda de su amo y los siguió al primer piso, hasta la misma habitación en la que Juan Cabrillo lo había recibido el día anterior. El balcón estaba abierto y, frente a la ventana, en una mesa de madera tan pulida que reflejaba la luz del sol, descansaba una bandeja de plata con un surtido de pasteles de almendra y miel y otro delicado cuenco con aceitunas, que refulgían como esmeraldas. El oficial le puso la mano en el hombro y lo guio con delicadeza hasta una de las sillas que rodeaban la mesa.

—Come todo lo que quieras.

Ya no le quedó la menor duda de que Juan Cabrillo sería un amo mucho más generoso que el suyo. El Lagartija siguió de pie hasta que, desde el otro lado de la habitación, el Flamenco, con un gesto hosco, asintió. En cuanto dejó de sentir el peso de la adusta mirada de Hendrick, se atrevió a coger uno de los pringosos pastelitos y llenarse la boca con el dulzor de la miel y la crujiente textura de la almendra. Viendo la reacción de su amo, cuyo fastidio era notable, pensó cuán injusto era el mundo: mientras había gente que podía saborear esos manjares un día sí y otro también, él estaba destinado a comerse su propia lengua el mismísimo día en que los probaba por primera vez.

De regreso a su escritorio, el oficial invitó al Flamenco a tomar asiento.

—Le tengo que confesar, señor Van Belle, que no había dado mucho valor a su daga. —Juan Cabrillo hizo una pausa enorme que llamó la atención del Lagartija. El oficial tenía la mirada clavada en el Flamenco y observaba con minuciosidad sus gestos. Se recostó sobre el respaldo de la silla y sacó de su cinto el regalo que le había ofrecido Hendrick—. Sin embargo, un buen amigo mío me ha asegurado que casi con toda seguridad viene de las Molucas y que, si no es de un rey, es posible que sea de un noble. —La sopesó sujetándola con las dos manos y la dejó con delicadeza sobre la mesa—. Gracias por tanta consideración.

—Es un honor poder complacerlo.

Desde su rincón, el Lagartija pudo sentir que mucha de la tensión y la frustración que había exhibido el Flamenco desde que Juan Cabrillo insistiera en que él los acompañara se había disipado. De golpe, el oficial cambió el gesto y su voz sonó áspera e irritada.

—En cambio, lo de que te envía Tomás Vicentelo, de quien soy su secretario, es una burda mentira.

En ese mismo instante el imponente esclavo abrió la puerta y se plantó en medio de la habitación intimidando con la tensión de sus músculos. El Lagartija dejó de masticar, aturdido por el cambio de actitud de Juan Cabrillo, quien intentaba descaradamente humillar a su amo tuteándolo. Tuvo la impresión de que invitarlo a él a entrar en sus oficinas tenía poco que ver con el deseo de hacerlo probar unos pastelitos y mucho con incomodar al Flamenco todo lo posible. El dulzor de la miel se le hizo empalagoso mientras se masticaba la tensión en la estancia.

En cambio, la respuesta de Hendrick, tan relajado y sereno que ni siquiera se giró al oír abrir la puerta ni prestó interés al esclavo, lo convenció de que su amo ya había previsto que algo similar podía ocurrir.

—Así es. Y no tengo excusa, mi señor. Pero no hay maldad alguna por mi parte. Sin esa inocente mentira vuestra merced no me hubiera recibido y yo no tendría la oportunidad de ofrecerle mi ayuda para ese negocio que tiene en mente.

10

Juan Cabrillo levantó la barbilla para invitar al Flamenco a continuar hablando.

—Puedo imaginarme lo difícil que habrá sido conseguir financiación para fletar navíos sueltos. Sobre todo, ahora que se ha nombrado un nuevo administrador de la avería para asegurarse de que ni un solo barco se escapa de pagar las tasas.

El Lagartija imaginó que en un barco así, solitario y sin la protección que otorgaba viajar en una flota acompañado de otros cincuenta o cien navíos, era donde habría navegado el Manco en aquel fatídico viaje en el que había perdido los dedos. El oficial le ordenó a su esclavo, al que llamaba Manuel, que saliera de la estancia y, cuando la puerta se cerró detrás de este, se dirigió al Flamenco con tono inquisitivo.

—Sigue.

Hendrick se giró para mirar al Lagartija, quien, con un nuevo pastelito en la mano, sorprendido y sintiéndose culpable por estar disfrutando él solo de aquel banquete, lo hizo desaparecer en su boca de un solo bocado.

—¿Y él?

Desde su esquina frente al balcón, el Lagartija se quedó inmóvil, angustiado porque lo obligaran a hablar y así tener que tragarse de golpe la inmensa bola de miel y almendra que le obstruía la boca hasta casi asfixiarlo. Juan Cabrillo habló sin mirarlo, concentrado en los movimientos y en las palabras del Flamenco.

—Prefiero que se quede.

Justo lo contrario que el Lagartija quería que ocurriera, pues prefería que lo dejaran marchar y quedarse rezongando en el patio, disfrutando de la fragancia del jazmín y el gorgoteo de la fuente, lo que era un grato contraste con las hediondas y bulliciosas calles de la ciudad. Pero el Flamenco no insistió y él se concentró en la tarea de liberar su boca del pastelillo.

—Se dice que el señor Vicentelo, para no desairar a la Corona, que tanto dinero le debe, habrá tenido que posponer súbitamente esas actividades fuera de la flota. Más aún, que tendría que soportar muchas pérdidas si los barcos ya fletados no pudieran partir.

Con un sostenido esfuerzo y mucha paciencia, el Lagartija consiguió ablandar la masa y, tras mucho masticar y salivar, la bola bajó pesadamente al tiempo que dilataba las paredes del esófago. Sin poder evitarlo, cuando la comida alcanzó el estómago se le escapó un suspiro de alivio que distrajo por un instante a su amo y al oficial, que depositaron sus miradas en él, Hendrick con ira y Juan Cabrillo complacido. Gracias a Dios, la interrupción fue mínima y los dos hombres pudieron continuar con su charla mientras el Lagartija batallaba contra unas incipientes náuseas de empacho.

—Elige bien tus palabras, Van Belle. Cualquiera diría que estás a punto de acusar al señor Vicentelo de no haber pagado sus impuestos.

El Lagartija no sabía lo que eran los impuestos, pero la frase, aunque dicha de un modo despreocupado y chistoso, había sonado a amenaza. También así lo debió de pensar el Flamenco, que se tomó su tiempo en responder, haciendo caso a la advertencia del oficial. Y, mientras su amo se decidía a hablar, el Lagartija miró de reojo las aceitunas, gordas, espléndidas, pero que no iba a ser capaz de probar, y no creía que Juan Cabrillo, por mucha sonrisa bondadosa que tuviera, fuera a dárselas para que se las comiera en el camino de vuelta.

—No se me ocurriría acusar al señor Vicentelo de nada. Yo no soy más que un insignificante mercader dispuesto a asumir riesgos que otros no quieren para ayudar en una situación imprevista.

«No solo a asumir riesgos», pensó el Lagartija, también estaba dispuesto a matar o a torturar, al menos a él y al Manco. Le vino una primera arcada que le llenó la garganta de un líquido agrio, pero pudo contenerla. No tenía ningún recuerdo de haber vomitado nunca, pero sí había visto a Pequeño, al que casi todo le sentaba mal, hacerlo a menudo. La reacción del Flamenco si no era capaz de retener el vómito y ensuciaba el suelo impoluto del oficial lo hizo estremecer. Trató de apartar aquel pensamiento y se recreó en el recuerdo de los gemelos, imaginando que Pequeño había sobrevivido y que Gordo aún cuidaba de él en el orfanato. El Manco les había contado que a los niños del orfanato los hacían trabajar en casas de buenas familias, en mesones o en iglesias. Cabía la posibilidad de que los gemelos hubieran tenido suerte y en ese instante estuvieran sirviendo en la casa de alguien como Juan Cabrillo, templado y amable, que alimentaba con generosidad a sus esclavos. El oficial se levantó y miró por la ventana, digiriendo las palabras de Hendrick.

—Un insignificante mercader que, no obstante, puede invertir una sorprendente cantidad de ducados en un breve plazo de tiempo, ¿no es así, señor Van Belle?

Juan Cabrillo había dejado de tutear a su amo y eso parecía indicar que la conversación iba por buen camino. Pero, si era cierto que el Flamenco podía invertir una cantidad asombrosa de dinero, ya no le cabía duda alguna de que su amo era el ser más tacaño que había conocido en su vida, ya que lo mantenía a pan sobados y una triste menestra durante días en lugar de gastar unos miserables maravedíes en comer como era propio de un mercader, incluso de uno insignificante.

—Así es, señor Cabrillo. Con un poco de ayuda de su parte.

—¡Ah! Y algo me dice que es aquí donde encajan los salarios de los marineros que mencionó el chico.

El Lagartija asintió mecánicamente. Eso era lo que le había pedido que dijera su amo y eso era lo que le había relatado palabra por palabra al oficial, quien, por fortuna, lo recordaba.

—En efecto.

Juan Cabrillo volvió a tomar asiento. El interés había reemplazado la sensación de amenaza o divertimento con las propuestas del Flamenco.

—Suponiendo que esos salarios encontraran la forma de llegar a la bolsa de un insignificante mercader, serían unos pocos ducados, nada más.

—Salvo por uno, señor Cabrillo: si mis cálculos son correctos, tras la venta de la mercancía contratada, su viuda debería recibir cerca de trescientos ducados, suficiente capital como para solicitar un préstamo razonable.

—¿Quién? ¿De qué navío?

Hendrick se disculpó cortésmente; primero quería tener garantías de que esos salarios llegarían a sus manos antes que a las de las viudas. De que ellas no se quejaran ya se encargaría él. Si el oficial se aseguraba de que los ducados, contantes y sonantes, estuvieran en su bolsa, los utilizarían en su totalidad para financiar la nao que, una vez fletada, se había quedado ociosa en Sanlúcar de Barrameda, a media carga y sin tripulación. Llevaba un mes allí a la espera de que decayera el entusiasmo por hacer cumplir la ley del nuevo administrador de la avería antes de que las pérdidas fueran irrecuperables. Remató su perorata con un «al menos, eso se oye en las gradas», como si toda aquella información le hubiera caído del cielo.

Juan Cabrillo cerró los ojos analizando con cuidado la oferta del Flamenco.

—Suponiendo que fuera cierto eso que se dice en las gradas, ¿por qué habría de preocuparle al señor Vicentelo las pérdidas de un barco, insignificante comparado con los innumerables navíos que fleta anualmente en las flotas?

—Cierto. No creo que las pérdidas monetarias sean motivo de preocupación. Pero, hasta la fecha, en las colonias de la Nueva España no ha habido lugar a la duda de quién controla el comercio, fuera y dentro de las flotas. Si me permite el atrevimiento, se cuchichea por las gradas que tal vez estemos contemplando el ocaso del señor Vicentelo, y mi impresión, como mercader, es que conservar la reputación resulta tan valioso como hacer lo propio con la mercancía.

—Tiene vuestra merced una mente de lo más creativa, señor Van Belle.

El Flamenco le dio las gracias, pero al Lagartija las palabras de Juan Cabrillo le habían sonado más a una burla que a un cumplido. El oficial se acercó hasta la puerta.

—Me va a disculpar, señor Van Belle, pero otras obligaciones requieren mi atención.

—Por supuesto.

El Flamenco le indicó con la mirada al Lagartija que lo

siguiera. A este, revuelto y atiborrado de miel y almendra, el malestar del estómago se le multiplicó con el esfuerzo de levantarse y andar hasta la altura de Juan Cabrillo, quien posó su mano sobre su hombro con una suave caricia.

—¿Qué te han parecido los pastelitos?

El Lagartija acertó a escupir la palabra «deliciosos» antes de que una nueva arcada le inundara la garganta. El oficial le revolvió el pelo hirsuto y abrió la puerta para dejarlos salir.

—¿Dónde podría encontrarlo en caso de necesidad?

Los ojos del Flamenco brillaron de felicidad.

—En las gradas, señor Cabrillo.

El imponente esclavo seguía de pie frente a la balconada por la que se entraba a los aposentos de Juan Cabrillo, quien allí mismo se despidió. Con aire indiferente, el joven los acompañó hasta la casapuerta, abrió el portalón y lo cerró de inmediato detrás de ellos sin soltar una sola palabra.

El Flamenco se encaminó hacia San Francisco a paso ligero, dando vivarachas zancadas que evocaban una enorme satisfacción y que obligaban al Lagartija a dar cortas y veloces carreritas cada vez que se quedaba atrás retorcido por el dolor de estómago. Ya desde la lejanía se oía el murmullo de la multitud en la plaza. Hendrick, inmerso en sus pensamientos, a todas luces gratos, entró en ella sin prestar atención a la estructura de madera en el lado opuesto de la iglesia. El Lagartija sí se fijó en ella, en los trajes de los consultores del Santo Oficio y en el verdugo. Pero sobre todo en el reo, aquel joven soldado del Arenal, con el miedo a la muerte clavado en la mirada, el mismo terror que el Lagartija había visto en su víctima, ese pescadero grandote que había perdido la vida al socorrer a las dos vendedoras de ostras. Ya lo había advertido el Manco, y todos habían asumido que al engreído soldado, no mucho mayor que ellos, solo lo salvaría huir de Sevilla.

Pero ahí estaba, tiritando, con la cara humedecida por el llanto y los mocos mientras murmuraba para sí mismo lo que parecía una oración. La plaza se quedó en silencio y él se propuso evitar los ojos del reo, pero la curiosidad morbosa fue más poderosa. El verdugo giró maquinalmente la manivela detrás de la nuca del soldado, estrujándole las vértebras con el borne al tiempo que le presionaba el cuello contra el tosco collarín de hierro. El rostro del joven se desencajó, se hinchó y se amorató de un modo grotesco, la lengua se estremeció como si quisiera desertar de la boca y los ojos se inflamaron hasta casi hacerlos saltar. Los grilletes que sujetaban las piernas tintinearon con los últimos estertores del reo. Finalmente, asqueado por las babas y la mirada animalesca del cadáver, el Lagartija vomitó.

La plasta cayó a los pies de un señor mayor que, más enojado por haber sido distraído en el momento álgido del espectáculo que por las salpicaduras ocres sobre sus calzas, premió al Lagartija con una colleja que lo lanzó contra el Flamenco, quien avanzaba delante de él. La ira con la que se revolvió Hendrick fue suficiente para calmar los ánimos del señor. Al comprender lo que había pasado, el Flamenco se miró la ropa y, satisfecho de no encontrar una sola mancha de vómito, se dirigió al Lagartija, al que aún le brillaba un sudor frío en la frente:

—Y a ti, ¿qué te pasa? ¿No has visto nunca un ajusticiamiento?

Una vez que toda la miel y la almendra abandonaron su cuerpo, se sintió aliviado de inmediato, libre de un manjar que por lo visto no quería formar parte de él. Lamentando haber desperdiciado de un modo tan estúpido ese banquete y forzándose a no volver la vista sobre el escenario, le respondió que no.

—Pues más vale que te acostumbres.

Sin dar ninguna explicación de a qué se refería, y dejándole al Lagartija un regusto más amargo que el propio vómito, reemprendió la marcha y cruzó la plaza hasta la calle Joyería, en la que las vendedoras de ropas, camisones y tocas, reticentes a abandonar sus tiendas, se acercaban al centro de la calle para tratar de robar alguna imagen de la ejecución. Continuaron por la calle Monteros evitando el agua inmunda de un canal que se derramaba sobre el envejecido empedrado de la calle, marcado para siempre por el interminable trasiego de carros y, al final de esta, torcieron hasta llegar a un portal detrás de La Magdalena. El Flamenco se aventuró sin llamar. Era una habitación en penumbra, con un ventanuco por el que la luz se negaba a entrar y unas escuálidas velas con tan poco interés como el sol en iluminar la tienda. Dentro de una alhacena se exhibía una colección desigual de joyas y otros utensilios. El perista los recibió con indiferencia mientras Hendrick recorría con la mirada el armario.

—Hace unos días dejé un anillo. Una piedra de lapislázuli sobre una montura de plata. ¿Todavía la tiene?

El perista paró la vista un segundo en la alacena y después rebuscó en un cajón del mostrador.

—¿Este?

Si no se trataba del anillo de doña Ana era una copia muy similar. El Flamenco lo miró con detenimiento.

—Este es. Voy a volver a recuperarlo en unos días. ¿Cuál es el precio para que no se lo lleve nadie hasta entonces?

Tras un tenso tira y afloja llegaron a un acuerdo y volvieron sobre sus pasos hasta las gradas y allí, mientras el Lagartija descansaba después de beber un poco de agua en una fuente que le quitó los últimos rastros del vómito, el Flamenco se unió a los grupúsculos de mercaderes, prestamistas y marinos. Juan Cabrillo no apareció para encontrarse con ellos.

La Giralda tocó a rosario y emprendieron el camino de vuelta a Triana. Esa noche no tocó menestra ni migas, o siquiera un pan sobado. Una hogaza dura y una nueva ración de cebollas y ajos en aceite le parecieron al Flamenco suficiente manjar. El estómago del Lagartija se revolvió con los primeros bocados, como si intuyera que la cena iba a causarle el mismo trastorno que los pastelitos, pero el hambre venció a la náusea y todo se quedó dentro de su cuerpo.

La vela, a punto de consumirse por completo, apenas iluminaba la estancia. Hendrick comía sentado sobre su camastro y el Lagartija mordisqueaba el pan en su rincón cuando se escuchó el sonido de la aldaba. El Flamenco sacó su pistola y le ordenó que abriera. Allí estaba Manuel, el imponente esclavo, que se apartó en cuanto vio al Lagartija, y apareció Juan Cabrillo, cubierto por una capa de pies a cabeza.

—¿Puedo pasar?

Antes de que pudiera girarse para recibir las instrucciones de su amo, el Flamenco dijo que sí y se quedó rígido de pie junto al camastro, visiblemente incómodo por la inesperada visita. El oficial, que parecía incapaz de perder esa amorosa sonrisa, se quitó la capucha y recorrió la desangelada estancia con la mirada al tiempo que levantaba las cejas con burla.

—Sin duda es vuestra merced un insignificante mercader venido a menos, señor Van Belle.

11

—La fortuna es caprichosa, señor Cabrillo.

El Flamenco había tratado de aparentar confianza y tranquilidad, pero incluso en la penumbra de la habitación se podía percibir en su gesto la tensión y la rabia contenida que le había provocado el sarcástico comentario del oficial.

—Así es —corroboró Juan Cabrillo distraído, recorriendo la habitación con la mirada hasta acabar posándose en los ojos del Lagartija, quien le sonrió con agradecimiento. Por alguna razón, su presencia hacía parecer menos peligroso a Hendrick. El oficial repitió una vez más «así es» y luego, con voz más firme y dirigiéndose al Flamenco, continuó—: *Audaces fortuna iuvat*, ¿no cree, señor Van Belle?

Su amo respondió con una amplia sonrisa y el Lagartija, que no había entendido nada, dedujo que no tendría que comerse su lengua esa noche. De hecho, a medida que Hendrick se animaba desgranando su plan, pensó que cabría la posibilidad de no tener que preocuparse por su sentido del gusto o su vida en unos cuantos meses.

De entre los detalles de la conversación, el Lagartija creyó entender que, con la ayuda de una escribanía conocida de Juan Cabrillo, que lo ratificaría como el representante de las viudas, los salarios de los marineros pasarían primero por las manos del Flamenco. Este se encargaría de gestionar ese dinero y de conseguir la inversión para la nao que esperaba en Sanlúcar de Barrameda. Juan Cabrillo insistió en no querer saber nada de cómo se las arreglaría Hendrick para manejar a las viudas y al prestamista. Sus condiciones eran tan simples que le quedaron claras hasta al mismo Lagartija: si su nombre o el del señor Vicentelo aparecían relacionados con esa operación, aunque fuera de un modo remoto y accidental, el Flamenco sería entregado al Santo Oficio por corrupto, donde se lo ajusticiaría adecuadamente. Justo el mismo final le esperaba a Hendrick si las viudas denunciaban al Consulado, si no lograba la financiación o si él, o su criado, se iban de la lengua. En resumen, al Lagartija le pareció que, tal y como lo había presentado Juan Cabrillo, o el Flamenco se hacía rico, o iba directo al garrote. Y, aunque no podía evitar la satisfacción de observar cómo el oficial despreciaba la vida de su amo del mismo modo que Hendrick despreciaba la suya, lo inquietaba la certeza de que el fracaso del Flamenco volvería también efímera su vida en este mundo.

Acordaron que no habría más contacto directo entre ellos hasta el regreso de la nao de la Nueva España y que toda comunicación se realizaría a través de sus criados, que podrían encontrarse en las gradas después del toque del ángelus. Pero, en caso de tener que mantener conversaciones más extensas, no podría ser ni en los alrededores de la catedral ni en el Arenal, ni por supuesto cerca del Consulado. Juan Cabrillo sugirió que utilizaran los breves y casuales encuentros en las gradas para citarse en el Hospital de las Cinco Llagas cuando fuera necesario, y así quedó acordado.

Una vez estuvieron solos, el Flamenco suspiró de alivio, como quien acaba de escapar de las garras de la muerte, que no evocó un gramo de confianza en el Lagartija. Si Hendrick hubiera tenido el talante del oficial del Consulado, el Lagartija se habría atrevido a confesarle que lo aterraba morir en el garrote y que se sentía tan desorientado en esa nueva realidad, a la que sabía que tenía que agarrarse porque su otra vida, aquella miserable existencia rebuscando en los desechos para sobrevivir, con el Manco desaparecido, ya no era una opción para él. Con un regusto tan amargo como el vómito, volvió a recordarse que su vida estaba ligada al éxito del Flamenco. Aunque muy dentro de su ser, casi oculto por la prudencia de quien ha sido siempre pobre y sabe de la inutilidad de desear nada, también había brotado en él el germen de una esperanza, la imposible pero fabulosa oportunidad de convertirse un día en sirviente de Juan Cabrillo.

En cambio, su inconsciente tenía una idea más realista del futuro que le aguardaba y en su sueño se encargó de ahogar aquellos débiles brotes de felicidad, mostrándole la mueca grotesca que se le quedaría al ser estrangulado en el garrote, y a su lado, observando su muerte con una afable e imperturbable sonrisa, lo acompañaba Juan Cabrillo. Tanto como la impresión de observar su propia muerte, le perturbó que en su sueño no había ni rastro del Flamenco, como si así confirmara lo que tantas veces le había repetido Hendrick, que no tendría problemas en deshacerse de él en cuanto no le fuera útil o cometiera algún error.

El Flamenco ya estaba despierto, vestido de gala y rebosante de energía. Tanta que, sin que el Lagartija se hubiera percatado, ya había salido a la calle a comprar un pan y un plato de sardinas fritas que alimentaban con solo mirarlas.

—Come algo y presta mucha atención.

Antes de empezar a explicarle lo que habría de pasar ese

día, el Flamenco le dejó unos instantes para disfrutar en silencio del primer pescado, aún caliente, tierno y delicioso, que le pareció una adecuada compensación por el desabrido trato que recibía de su malencarado amo. Al empezar el segundo, Hendrick requirió su atención y ya no tuvo ocasión de saborear la comida. A pesar del esfuerzo para concentrarse en las palabras del Flamenco, su mente encontró la forma de divagar e imaginar la cara que pondría el Manco si un día llegaba a contarle que había comido pastelitos hasta empacharse y que al día siguiente se había zampado unas sardinas.

Gracias a Dios, lo único que Hendrick seguía requiriendo de él era que fuese un discreto mensajero, un entregado y agradecido criado y, esto era una novedad, que demostrara ser un afortunado huérfano rescatado de una muerte segura por la caridad del Flamenco.

—¿Tengo que repetir eso?

—Solo si te preguntan de dónde vienes.

Con las instrucciones bien aprendidas, dejaron la casa en dirección a Sevilla y callejearon hasta llegar al Mesón del Rincón, donde el Flamenco quiso rentar la misma habitación que había utilizado unos días atrás, pero hubo de conformarse con otra más humilde, cuya mesa, vieja y destartalada, tenía mucha menos prestancia que la anterior. Una vez Hendrick estuvo instalado, el Lagartija comenzó su tarea de buscar a las dos viudas que habían identificado y convencerlas, del mismo modo que había engatusado a doña Ana, de que su señor, el licenciado Van Belle, sería capaz de recuperar el salario de sus difuntos esposos.

En esa ocasión, el Lagartija se puso en camino con mucha más confianza en sus habilidades y mucho menos distraído por el hambre. La primera de ellas no se encontraba en la casa y, siguiendo las instrucciones de su amo, se quedó junto a la puerta «el tiempo que hiciera falta». Finalmente apareció a media mañana y, como habían acordado, esperó a estar a solas con ella para soltarle la parrafada. Para su sorpresa y deleite, la mujer aceptó al instante y la guio hasta el Flamenco henchido de orgullo.

Hendrick le repitió la historia que le había contado a doña Ana. Le dedicó la misma cordialidad, confianza y seducción, y, como en el caso de esta, también lo creyó a pies juntillas Isabel Batallón, originaria de Medina de Rioseco y casada con un vizcaíno que lo único para lo que valía era para ser marinero y que, por lo visto, ni siquiera eso había sabido hacerlo bien. Hendrick le prometió que haría todo lo que estaba en su mano y que solo requería de ella por un lado paciencia, ya que el Consulado no era una institución conocida ni por su generosidad ni por su transparencia, y, por el otro, que lo acompañara al día siguiente a la escribanía para formalizar su derecho a representarla. Isabel chascó la lengua y recordó que una vecina a la que se la llevó por delante un catarro hacía unos años le había advertido al inútil de su esposo que recibir el anticipo antes de partir con la flota era pan comido, pero que conseguir el resto de regreso en Sevilla requería mucho esfuerzo y persistencia, y que no era inusual tener que pelearlo durante meses.

Entre viuda y viuda, el Lagartija aún tuvo tiempo de pasar por las gradas justo tras las campanadas y buscar entre la privilegiada audiencia al esclavo de Juan Cabrillo. Lo encontró subiendo por la calle de la Mar y avanzó en su dirección para, una vez que cruzaron miradas, negar con la cabeza y así indicarle que aún no había nada que informar. De allí se encaminó a las casuchas frente a la Puerta del Sol, donde residía la segunda viuda.

Resultó mucho más complicado convencer a la tal Brígida

Vila, cuyo marido había muerto dejando en la ruina a su mujer igual que el inútil esposo de Isabel Batallón, pero que, al contrario de aquel, había sido un abnegado trabajador de la tierra, al que la mala fortuna, y sobre todo las malas cosechas, lo había abocado a lanzarse a la mar, algo que, por lo visto, no solo había sucedido metafóricamente. Por suerte, la inocencia del Lagartija fue suficiente para que, tras mucho hacerse de rogar, aceptara realizarle una breve visita al Flamenco. Una vez en el mesón, enredada entre los halagos y las promesas de Hendrick, también accedió a que la asistiera en la monumental tarea de recuperar el dinero que con tanto sacrificio había ganado su esforzado esposo.

Entre el ir y el venir, el hablar y el convencer, ya estaba bien entrada la tarde cuando Brígida se despidió de ellos, también del Lagartija, cosa que Isabel no había hecho. Para ella, desde el momento en que se encontró con el Flamenco, no hubo otra persona en la estancia. No así Brígida, que una y otra vez había buscado la aceptación del muchacho en su mirada siempre que se había referido a las bondades de su marido.

Como esperaba, Hendrick estaba radiante, tan lleno de energía como esa mañana y sus ojos brillaban con tanta intensidad que daban la impresión de estar a punto de lanzar un rayo de fuego. Sin permitirle tomar asiento, lo azuzó para que cumpliera la tarea de visitar a doña Ana, como ya habían discutido, indicándole que, si no llegaba a encontrarse con ella, al menos hablara con el señor Escalante, el casero.

Ya no debían de quedar muchas horas de luz, así que corrió como una centella hasta la calle Sierpe, a la que llegó sudoroso y sin apenas resuello. Esperó frente al portalón a recuperar el aliento, preocupado de que al verlo así doña Ana pensara que había ocurrido alguna tragedia o algo urgente. Recobrada la compostura, cruzó el portal hasta la habitación. Por fortuna, la viuda se encontraba allí y lo recibió animada, confesando que la llenaba de ansiedad no saber si las gestiones del licenciado Van Belle estaban dando sus frutos o no.

—No tengo mucho que contarle, doña Ana, salvo que mi señor sigue trabajando para ayudarla y que me ha pedido que no se inquiete por la falta de noticias. Él vendrá a visitarla en dos o tres días para ponerle a vusted al corriente.

También le preguntó si tenía necesidad de dineros o si el casero la había importunado, y, como la respuesta fue un no rotundo en ambos casos, el Lagartija se despidió de ella satisfecho de haber cumplido con celeridad su misión y así poder regresar a Triana antes de que se cerraran las puertas. Sin embargo, no hubo necesidad de apresurarse para salir de la ciudad. Tras informar al Flamenco, este le ordenó acercarse a una tahona a por unos panes sobados que acompañaron una sopa de ajo que les sirvió el mesonero en la habitación. Con la tripa llena, sobre todo de agua, el Lagartija se acurrucó junto a una estufa en la que aún quedaba alguna brasa y durmió sobre el suelo de madera.

A primera hora de la mañana, tal y como les había prometido Isabel, se encontraron al final de la calle Catalanes, donde estaba la escribanía de Juan de Velasco, amigo o socio de Juan Cabrillo. Primero esta, y antes del mediodía Brígida, firmaron un documento en flamenco por petición de Hendrick, pero tanto daba que fuese en castellano, portugués o en mismísimo latín, porque ninguna de las dos viudas sabía leer. Juan de Velasco, con un impecable rigor profesional, les explicó en tres escuetas frases el contenido de las dos páginas y les indicó lleno de cortesía el lugar donde debían escribir su nombre o, en su defecto, trazar cualquier garabato.

Completas las formalidades, el Flamenco despidió a Brígida en la calle, rogándole igual que a Isabel paciencia y fe. A él, en cambio, lo apremió con un bufido para que llegara a tiempo a las gradas y comunicara al esclavo de Juan Cabrillo que estaban listos «con las dos pequeñas». Así lo hizo y regresó con Hendrick, que lo esperaba en la Puerta del Arenal.

—¿Cuándo estará preparado el dinero?

El Lagartija respondió rememorando la voz grave de Manuel, tan imponente como su físico.

—Mañana.

—¿Te ha dicho algo más?

Estaba seguro de que nada más había salido de la boca del esclavo, pero la intensidad en la mirada del Flamenco lo hizo dudar y repasar mentalmente el breve encuentro antes de responder que no.

—Muy bien. Vámonos.

El Arenal bullía de actividad y antes de bajar hasta el Puente de Barcas para cruzar a Triana compraron unas naranjas y unas tortas que el Lagartija ya intuía que serían la única comida y cena de ese día.

12

El nuevo día lo sorprendió con el Flamenco, que parecía no dormir nunca, urgiéndolo para salir en dirección a Sevilla. Esa mañana no hubo sardinas ni pan sobado, pero tampoco ninguna detallada descripción de cómo tendría que tragarse su propia lengua.

Mientras cruzaba la Puerta de Triana prestó atención al paso elegante y lleno de confianza del Flamenco, que lo elevaba por encima de la multitud ordinaria, la mayoría satisfechos, como él, con solo sobrevivir. Observando la determinación y el abolengo de su amo, se preguntó si habría alguien más en Sevilla, o en cualquier otro lugar del mundo, que conociera el envés de Hendrick, aquello que él se sabía al dedillo: la mirada iracunda, la violencia de sus palabras y sus gestos y el terror que era capaz de inspirar, al menos en un niño de su edad.

Encontraron un sitio en las gradas y el Lagartija se quedó sobre la piedra fría, aburrido, dejando pasar la mañana, inmóvil y pendiente de si aparecía el esclavo de Juan Cabrillo, quien, como sospechaban, lo hizo tras la llamada del ángelus. No fue necesario acercase hasta él. Tan solo asintió desde la distancia y el Flamenco, que también vio el gesto, se encaminó decidido hacia el Consulado.

—Tú te quedas aquí.

La noche anterior ya le había advertido de que, cuando Manuel les indicara que había llegado el momento, él iría al Consulado para recoger el dinero, mientras que el Lagartija se quedaría en las gradas.

Aterrado de que algo saliera mal, la espera se convirtió en una tortura. No le sorprendería que Juan Cabrillo le hubiera tendido una trampa al Flamenco para atrapar a un ladrón sin escrúpulos que se aprovechaba de viudas indefensas. Cada vez que un par de alguaciles subían por las gradas, el corazón se le aceleraba y se le tensaban los músculos imaginando que iban directos a apresarlo por ser cómplice de Hendrick para ejecutarlo en el garrote, aunque tendrían que encontrar una silla y un collarín de hierro mucho más estrechos que los que habían utilizado con el soldado. Eso le recordó que el Manco siempre decía que a los niños no los matan ni al garrote ni colgados, pero nunca le aclaró cómo lo hacían. Una vez vieron a una mujer meter en una bolsa toda una camada de gatos diminutos que gemían ateridos de miedo, después la cerró y la lanzó al río, donde desapareció poco a poco arrastrada por la corriente. Quizá eso era también lo que hacían con los niños. Pero tendrían que atarles las manos y los pies para que no patalearan con histeria igual que los gatitos.

El Flamenco dobló la esquina sin desvelar, ni en sus gestos ni en sus movimientos, si su empresa iba por buen camino y si cargaba con él los casi diez ducados que se les debía a los marineros. Sin embargo, en cuanto llegó a su altura y le ordenó seguirlo hasta el Mesón del Rincón, el Lagartija supo que, en alguna parte de su atuendo, Hendrick escondía una pequeña fortuna.

No quedaba libre ni una sola habitación, y el Lagartija fue testigo por primera vez del poder que tenía una buena cantidad de ducados, pues, sin más, el mesonero le prometió desalojar la más señorial de entre todas y tenerla lista en un santiamén. Entretanto, a él le tocó buscar a Isabel Batallón e informarla de que su amo tenía noticias. Por el camino, la viuda asentía y hablaba consigo misma, dando la impresión de que algo le turbaba el ánimo. Fuese lo que fuese, en cuanto cayó en brazos de la seductora amabilidad del Flamenco, desapareció de sus ojos. Una vez sentados frente a frente, Hendrick suspiró con pesadumbre consiguiendo que Isabel se inquietara.

—No le han dado nada, no me diga más, señor Van Belle.

El Flamenco chascó la lengua y sacó de su jubón un pañuelo que hacía las veces de bolsa donde tintineaban las monedas.

—Por lo visto su marido nunca llegó a hacer el tornaviaje. —La viuda tenía la mirada clavada en el paño que Hendrick cubría con la mano sobre la mesa—. Pero, gracias a mis contactos, el Consulado se aviene a pagar la mitad de sus honorarios.

Remató las noticias con otro chasquido de lengua y un gesto de dolorosa desolación.

—Dos ducados, descontando el adelanto ya recibido.

Los tres se quedaron en silencio, la viuda rascándose la frente, el Flamenco todavía con la mano sobre el dinero y el Lagartija conteniendo la respiración, imaginando qué tendría pensado su amo si a Isabel se le ocurría acusarlo de ladrón. La viuda se puso en pie y le tendió la mano al Flamenco.

—Seguro que es verdad. Ese idiota era incapaz de hacer nada como es debido. Dos ducados es más de lo que nunca consiguió en vida. —Algo cambió en la posición del cuerpo de la viuda, que pareció desinflarse, dejando caer los hombros y la cabeza ligeramente hacia delante, lo que evocaba una horrorosa sensación de derrota.

Hendrick, imperturbable, empujó el pañuelo hacia ella.

—Compruebe que están todos los reales que le corresponde, se lo ruego. Mi padre, que en gloria esté, decía que el dinero está para contarlo.

La viuda deshizo el nudo del hatillo y trasteó con las monedas unos instantes para luego cerrarlo de nuevo y guardarlo debajo de su blusa. Antes de que pudiera hablar, Hendrick ya había desplegado frente a ella el documento de la escribanía.

—El Consulado y yo necesitamos su conformidad para cerrar el asunto.

Isabel consintió con poca convicción, lo que no impidió que hiciera un garabato donde Hendrick le indicó.

—Haga buen uso de esos reales, señora mía. Es una cantidad de dinero que pondría los dientes largos a mucha gente.

—Sí, sí, claro... —Liberada de la tensión de aceptar o no la oferta del Consulado, al fin claudicó—. Tiene vusted razón. Le agradezco mucho sus gestiones, señor Van Belle.

—Estoy a su servicio, mi señora.

El Flamenco la acompañó hasta la puerta y esperó en silencio un buen rato antes de ordenar al Lagartija que fuera a por Brígida Vila.

Todo pasó igual que con Isabel, hasta el momento en que el Flamenco la informó, lleno de compasión, de que solo le correspondía la mitad del salario al haber fallecido su marido en el viaje de ida. A lo que había que descontar el adelanto, lógicamente. A la viuda se le escapó un lamento quejumbroso y preguntó cómo había muerto. Hendrick relató con una espontaneidad sorprendente los minuciosos detalles de la muerte del sacrificado esposo, que transformaron el llanto silencioso de Brígida en hipidos incontrolables. Aun así, encajando palabras en la sonora e irregular respiración, tanteó al Flamenco para saber si cabía la posibilidad de, con un poco más de esfuerzo de tan respetado señor como Hendrick, recuperar la totalidad del salario.

—No lo creo. Pero, mi señora, es vuestra merced quien debe creerlo. La decisión es suya. Puede coger estos dos ducados y vivir decentemente o rechazarlos. En ese caso, tenga la certeza de que podrá contar con mi incondicional apoyo durante los dos o tres años que llevará la litigación.

Sin más lamentos Brígida aceptó el hatillo con las monedas y así, como de la noche a la mañana, el Flamenco dejó de ser un mercader venido a menos para convertirse en uno con posibilidades de hacer realidad sus ambiciones.

Tocaba visitar a doña Ana. De camino, Hendrick rescató el anillo de lapislázuli y, antes de llamar a su habitación, preguntó a la cocinera por el señor Escalante y le pagó a este las deudas de la viuda y el alquiler de la habitación para lo que restaba del año. Se interesó por alquilar una estancia de dos habitaciones para él, a ser posible en la misma calle Sierpe, y el casero, seducido por la generosa bolsa que enseñaba ostentosamente el Flamenco, y por comprobar que este era un hombre de palabra, se ofreció a encontrarle algo esa misma tarde, o al día siguiente a más tardar.

Doña Ana los recibió con la misma ilusión y ansiedad con la que el Lagartija la había dejado dos días antes, y se le humedecieron los ojos por la emoción al recibir la joya. Le dio calurosamente las gracias y el Flamenco la invitó a tomar asiento.

—No traigo aún buenas noticias, doña Ana. —Ella sostuvo la mirada con entereza mientras colocaba en su dedo la valiosa herencia familiar. Hendrick sacó unos ducados y los dejó en la cama, al alcance de la viuda—. Como le prometí, he recibido la correspondencia desde Amberes. Eso me ha permitido recuperar el anillo, he pagado su renta hasta final del año y aquí le dejo una manutención para su uso y disfrute. —Doña Ana miró los ducados, pero no se atrevió a tocarlos. El Flamenco abandonó el tono serio y continuó con otro mucho más distendido—: Por supuesto, no tendrá vuestra merced que preocuparse en devolverme ni un solo maravedí a menos que consigamos recuperar el salario y los beneficios de la inversión que pertenecen a su esposo.

De nuevo, recibió los cumplidos de la viuda y el Flamenco se metió de lleno en la complejidad y los escollos que habrían de salvar para recibir un solo real. Conforme a sus averiguaciones, nada podría resolverse en menos de seis o nueve meses. Pero la paciencia y la perseverancia tendrían recompensa. Eso sí, lo primero y más inmediato era formalizar en la escribanía de Juan de Velasco los poderes para representarla en el Consulado. Doña Ana tan solo les pidió un instante para adecentarse, lo que al Lagartija le pareció un pretexto para echarlos de la habitación y poner a salvo el dinero. El único cambio que se apreciaba en el vestir de la viuda era una toquilla bordada que le cubría la cabeza y que se movía inquieta por la brisa que soplaba en la plaza de San Francisco.

El escribano presentó los papeles a doña Ana en flamenco y, para conveniencia de la viuda, volvió a condensar todas las cláusulas en dos sencillas frases que remató mostrándole el lugar exacto en el que debía plasmar su firma. Al contrario de las otras dos viudas, a las que el Flamenco se había referido como «las pequeñas», doña Ana sabía escribir su nombre y lo hizo con una letra clara y elegante.

Regresaron a la calle Sierpe, el Flamenco desmigajando una vez más los detalles de la colosal tarea a la que se enfrentaban y su compromiso inamovible de servirla.

—Dios le oiga, señor Van Belle. Es vuestra merced todo un caballero.

Hendrick le rogó que no lo bendijera con tan inmerecido halago y le recomendó tener una vida recluida y prudente para que el Consulado no pudiera utilizar la excusa de imaginar alguna indecencia para no pagar su parte.

El señor Escalante los esperaba al otro lado del patio con una sonrisa cumplidora e informó al Flamenco de una casa, a poco más de cien metros, que pertenecía a un familiar suyo y en la que rentaba dos habitaciones que parecían hechas para él. Sobre el precio, no debía preocuparse: el casero, que insistió en que era un familiar cercano, ofrecería uno justo y acorde con la calidad de la casa, ni un maravedí más.

Esa tarde el Flamenco cerró el acuerdo, pero no quiso dormir allí. A la mañana siguiente, compraron ropas y utensilios de cocina y de escritura y lo cargaron junto con el enorme baúl del Flamenco en un carro tirado por una mula vieja y testaruda, a la que su amo insultaba grotescamente para hacerle arrastrar las patas. Se instalaron antes del mediodía. Una habitación se transformó en dormitorio con una cama recia y confortable, acorde a la condición del señor Van Belle, y opuesto a ella, retirado en una esquina, se escondía un camastro poco alentador, por lo visto también acorde a la condición del Lagartija. La otra habitación se convirtió en la oficina de Hendrick, en la que colocó algunos libros que traía en el baúl sobre una cómoda. Sentado frente a la mesa, colocando papeles a un lado y otro, poco o nada quedaba en el Flamenco de aquel aspecto de delincuente violento. Quien allí se aposentaba era sin duda un mercader, a quien las nuevas prendas, sobrias pero elegantes, le sentaban como anillo al dedo. También el Lagartija tenía unas calzas y una camisa nueva, pero Hendrick, haciendo alarde de su meticulosa previsión, las había comprado bien grandes para que le sirvieran durante unos meses o incluso años. Poco antes de que tocaran al ángelus, el Flamenco le indicó con una sonora colleja que tenía que partir de inmediato a su cita con el esclavo.

Lo encontró en los soportales y su conversación, con esa voz grave, volvió a limitarse a un escueto y desapasionado «mañana». Eso mismo informó a su regreso a su amo, quien se marchó a «hacer negocios» después de instruir al Lagartija sobre cómo despachar a las visitas cortésmente y encomendarle no abrir la puerta. Nadie fue a visitarlos y no hizo falta poner en práctica lo aprendido antes de la vuelta de su amo. El Lagartija se fue a dormir poco después de que el sol se escondiera y dejó a Hendrick encorvado sobre sus documentos a la luz de una vela.

Tampoco se le permitió abandonar la casa a la mañana siguiente. Hendrick se despidió con las campanadas que llamaban a misa y antes del mediodía regresó con una bolsa enorme y rebosante de monedas que no podían ser otra cosa sino los casi trescientos ducados que se le debían a doña Ana.

—Hoy no hace falta que vayas a las gradas. —Esperó a que él respondiera «de acuerdo» para continuar—: Vamos a ir a visitar a Garcilaso Spínola, el banquero. —El Lagartija asintió como si el nombre y la profesión del tal Garcilaso le fueran conocidos—. Uno de sus aprendices ha enfermado. Como gesto de buena voluntad entre socios, le he ofrecido tus servicios hasta que encuentre un reemplazo. Si decide quedarse contigo, más te vale servirle con la misma discreción que tienes conmigo. —Volvió a sus ojos la violencia de su mirada, que estremeció al Lagartija—. No hace falta que te diga lo que haré contigo si no me sirves bien.

No, no hacía falta. Pero se había imaginado ya tantas veces cómo se comería su lengua que, aunque le llenó del mismo terror, al menos esa vez no sintió asco.

El banquero Spínola vivía en la calle Linos, a dos cuadras de la iglesia de Omnium Sanctorum, en un palacio que volvía vulgar y humilde la casa de Juan Cabrillo. Lo intimidaron la actividad de las caballerizas y la multitud de sirvientes y esclavos que iban y venían por un patio interior por el que se accedía a la cocina y que acomodaba un inmenso corral. A ellos los acompañaron en dirección opuesta a través del zaguán y de otro patio cubierto de enredaderas hasta una cámara en el primer piso. Garcilaso, a quien el pelo cano y el rostro anguloso hacían parecer mayor de lo que probablemente era, les dedicó una amable sonrisa al verlos entrar y Hendrick le correspondió con sumisa cortesía. Las alfombras y los cortinajes de la estancia indicaban hasta al más paleto de los hombres una suntuosidad digna de la nobleza. Dirigiéndose al Flamenco con voz amistosa y cercana, el banquero le dijo que todo estaba listo y de inmediato se giró hacia el Lagartija y lo escrutó con la mirada. Luego midió el grosor de sus brazos con un enérgico pellizco.

—Es todo huesos. ¿Sabe leer y escribir?

Hendrick mintió sin inmutarse.

—Está aprendiendo.

Un inesperado deseo se despertó dentro del Lagartija. Siempre había dependido del Manco para descubrir el significado de las palabras y, en ese instante, con la mentira del Flamenco, recordó la admiración que había sentido por quienes dominaban el secreto de leer, una habilidad que siempre le había parecido estar fuera de su alcance. El banquero volvió a mirarlo, esta vez sin curiosidad.

—Le agradezco la oferta. Ha sido vuestra merced muy amable, pero necesitaría que supiera leer.

El Flamenco se comprometió a buscarle otro sirviente, algo que el señor Spínola rechazó con elegancia. Después se acercó a su mesa y regresó con unos documentos artísticamente lacrados.

—Aquí tiene, señor Van Belle. —Hendrick le ofreció una reverencia y cogió los papeles con aire casual. Antes de liberarlos, el señor Spínola le dedicó una sonrisa pícara—. Toma vuestra merced muchos riesgos. Le deseo mucha suerte. También para mí, claro está. —Los dos rieron la ocurrencia del banquero y el Lagartija sonrió confuso sin verle la gracia al asunto. Garcilaso continuó—: Pero ya me han hablado de su determinación y su ambición inquebrantables.

—No más que las que vuestra merced mostró en sus inicios.

El señor Spínola soltó una carcajada y golpeó el hombro de Hendrick con familiaridad.

—Es vuestra merced un seductor, señor Van Belle, un peligroso seductor.

Se despidió de ellos en la puerta de su alcoba y un criado los guio hasta la salida. Al atravesar el patio rebosante de enredaderas, vieron a una joven apenas mayor que el Manco sentada en un banco de piedra. La despreocupada ociosidad, su vestimenta, impecable y de colores vívidos, y la forma de su rostro, un calco de la del señor Spínola, no dejaban lugar a dudas de que se trataba de un familiar del banquero. Se había colocado mirando al sol, con la barbilla ligeramente levantada, lo que daba la impresión de que la luz le recorría la cara y el pelo como si de agua se tratara. Al verlos, se desentendió de su baño solar y los saludó con naturalidad. El Flamenco la correspondió con una leve reverencia y, al hacerlo ella, la luz se reflejó en la cadena que le colgaba al cuello. Era de oro con un león con cabeza de águila, la misma figura, el mismo tamaño y el mismo color que la baratija que con tanto celo había conservado el Manco. Turbado por el hallazgo, el Lagartija se quedó petrificado mientras observaba sin decoro a la joven contemplando la posibilidad de preguntarle por el paradero de su amigo. Antes de poder abrir la boca, Hendrick lo forzó a desestimar la empresa de un topetazo con los nudillos en la coronilla que hizo que se le saltaran las lágrimas y que aún le dolía cuando llegaron a sus habitaciones de la calle Sierpe.

Tras una lección de modales que prometió al Flamenco que seguiría a rajatabla, su amo eligió un libro de entre los que descansaban en la cómoda.

—*Diana enamorada*, de Gil Polo. Vas a trabajar todos los días hasta que puedas leerlo de corrido.

Lo había soltado como un ultimátum —el tono de voz, el gesto agrio y el golpe con el libro en la mesa así lo atestiguaban—, pero el Lagartija recibió la noticia como un regalo y solo la pena de intuir que si la cadena había vuelto a su dueña significaba que el Manco podría estar muerto o encarcelado le impidió expresar ninguna alegría. Él ya había llorado la pérdida de su amigo el día que regresó a los corrales y en ese momento, más que la tristeza, los sentimientos que lo embargaron fueron la ternura y el cariño. Esa noche, mientras el Flamenco roncaba sonora y orgullosamente, él se empeñó en rescatar de su memoria todo aquello que recordaba del Manco y los gemelos, unos recuerdos agridulces en los que la certeza de pertenecer a un grupo no compensaba la miseria de aquella existencia, una fragilidad que su nueva vida con el Flamenco había puesto aún más al descubierto. Se convenció a sí mismo de que, de no haber acompañado al Flamenco, no habría tardado en morir, como de seguro lo estaban ya Pequeño y el Manco. Hendrick le había dicho que a su lado disfrutaría de un confort que no se podía ni imaginar. Después de haber conocido cómo vivían Juan Cabrillo y el banquero Spínola, y otros no tan acomodados como doña Ana y su casero, el tal Escalante, fantaseaba con muchos posibles futuros, todos mejores de lo que le había tocado en sus pocos años de vida. Dentro de su pecho, a pesar de la culpa por renegar de su banda, deseaba que el Flamenco estuviera en lo cierto, que aún tenía que descubrir lo mejor de la vida y que no tendría que comerse la lengua.

Se pasó las siguientes semanas acompañando a Hendrick de aquí para allá, esperándolo en la mayoría de las ocasiones frente a la puerta de casas lujosas y otras en Triana, donde vivían pilotos y experimentados marineros. Pronto no quedaron más que las migajas de la fortuna de doña Ana.

Su amo, contra todo pronóstico, demostraba una paciencia exquisita en su labor de maestro y soportaba sin demasiadas quejas la dolorosa lentitud con la que el Lagartija aprendía a leer. Pero más sorprendente que esa inesperada faceta amable de su amo era que en todos esos días no había tenido hambre y que, acostumbrado a tres comidas diarias, la búsqueda de sustento o el mismo acto de comer habían desaparecido por completo de su consciencia. Una tarde, Hendrick llevó los pastelitos de miel y almendra con los que se empachó en casa de Juan Cabrillo y él los rechazó sobrecogido por la náusea que le despertaron. El Flamenco explotó en una carcajada.

—¡Mira lo melindroso que te has vuelto con la comida!

Solo en ese instante, por primera vez en semanas, recordó la carencia en la que había crecido, en la que, salvo por las historias del Manco, comer para sobrevivir un día más llenaba casi por completo la cotidianidad y consumía toda su energía.

SEGUNDA PARTE

13

Desde el momento en que Nuestra Señora de la Consolación dejó de estar ociosa en Sanlúcar de Barrameda y partió rumbo a la Nueva España cargada de mercancías que el Flamenco había pagado, y con marineros también contratados por él, el Lagartija había asumido que su vida pendía del aire, como si se tratara de una de las bolas de un malabarista que uno observa siempre con la angustia de que acabe en el suelo arruinando la función. No así el Flamenco, pues ni en sus cálculos ni en los del señor Spínola cabía el fracaso. Todo lo que había necesitado el banquero como garantía fue revisar la mercancía que tenía previsto cargar Hendrick y los precios de adquisición, para estimar el beneficio de la empresa y, por tanto, el interés del préstamo.

Una noche, después de que el piadoso Santo Oficio los librara de otro malhechor, una ejecución que el Lagartija se había obligado a ver para asegurarse de que no se trataba del Manco, de quien no sabía nada desde hacía meses —tampoco es que él hubiera intentado averiguar demasiado, ocupado como estaba al servicio de su amo—, se le anegó el alma de una congoja violenta al imaginar que ese y no otro era el destino que los esperaba al Flamenco y a él. Tal era la angustia que le resultaba difícil leer el capítulo del libro que le exigía cada día Hendrick, quien se recostaba en su cama para escucharlo y corregirlo mientras bebía un vaso de vino, por lo visto uno de excelente calidad que le había regalado Juan Cabrillo el día de la partida de Nuestra Señora de la Consolación.

—¡Para! Vaya porquería. Empieza de nuevo desde el principio.

El Lagartija acercó el libro a la lánguida luz de la vela, retrocedió unas páginas, a una parte del libro que casi se sabía de memoria, pero siguió sin poder reconocer ninguno de los caracteres. Relató lo que recordaba sin intentar leer, intercalando aquí y allá algunas de esas palabras extrañas de las que desconocía su significado. Hendrick se giró hacia él perplejo.

—¿Se puede saber qué haces, mentecato?

Tampoco él lo sabía. Lo más que hubiera podido decirle es que de golpe se había olvidado de leer, algo que, por otro lado, era ciertamente improbable.

—Discúlpeme.

El Flamenco vació el vaso de un trago y se relamió complacido los labios.

—Deja el libro. No vamos a gastar una vela para escucharte declamar bobadas.

Cuando se quedaron a oscuras y se sintió protegido de la mirada de su amo, se atrevió a hablar:

—¿Cree que me ejecutarán si el navío no regresa?

El Flamenco se estiró en la cama y respondió con fastidio:

—De cada cien barcos que van a las Indias regresan noventa y cinco. Y raro es el caso del cargador que no se enriquece a su vuelta. Si hemos de morir, moriremos. Pero, salvo que ocurra una desgracia más improbable que fallecer el siguiente invierno de una pestilencia, dentro de unos meses yo seré rico y tú seguirás vivo.

Al parecer, Hendrick no solo estaba dispuesto a matar —al menos, así lo creía el Lagartija, aunque nunca le hubiera visto hacerlo—, también estaba dispuesto a morir. Lo único que vagamente calmaba su turbación, como un tosco vendaje que no detiene la hemorragia, pero evita ensuciar la ropa, era la certeza con la que describía las posibilidades de éxito. En el tiempo que llevaba sirviéndolo se había convencido de que el Flamenco era un mercader, a la vista de cómo se relacionaba con unos y con otros, su porte y sus modales o la credibilidad que despertaba en gente importante como Juan Cabrillo. Lo que no comprendía era qué hacía viviendo en Triana con una mano delante y otra detrás, tan empobrecido que había tenido que buscar un sirviente entre unos huérfanos escuálidos y vagabundos. Ahora que Hendrick había mencionado lo difícil que era fracasar en esas aventuras comerciales, ¿qué le había pasado a él para ser, tal y como lo había descrito el oficial del Consulado, un mercader venido a menos? Al confirmar que su amo estaba despierto por el ruido que hacía al girarse en la cama y consumido por la curiosidad, se lanzó a preguntar:

—¿Dónde aprendió vusted todo eso?

Sobrevino un silencio sepulcral que lo inquietó tanto o más que la posibilidad de que Nuestra Señora de la Consolación no encontrara la forma de regresar a Sevilla. Apenas se distinguían los bordes de la cama en la oscuridad, y ni siquiera podía garantizar que lo que veía fuera realmente el mueble y no el recuerdo que tenía de él. Se imaginó el brillo de los ojos del Flamenco, iracundos y peligrosos, clavados en él desde el otro lado de la estancia, dispuesto a castigarlo por indagar en un pasado del que nunca mostraba ni siquiera un destello. Pasó una hora y luego otra en la que al Lagartija le costaba mantenerse despierto. Tras una nueva cabezada, oyó al Flamenco roncar, y él se relajó, convencido de que no volvería a reunir el valor suficiente para preguntarle sobre su vida.

Esa noche soñó que su madre lo buscaba por todo Triana, con esa llaga rojiza al cuello que acababa estrangulando a los enfermos del garrotillo. Cuando al final se encontraron en el hocino de la escalera, no era su madre quien lo reclamaba, sino el Manco, de cuyo cuello colgaba el collarín del garrote. Se despertó de un sobresalto aturdido, pero con la sensación de haber descansado. No soñó de nuevo con su madre ni con el Manco, pero, para asegurarse de que no volvieran a atormentarlo los ajusticiados, dejó de presenciar las ejecuciones.

Mientras el Lagartija vivía esperando el regreso del navío lleno de ansiedad y anticipación, el Flamenco, en cambio, vivía planificando y construyendo su futuro, del que apenas compartía las migajas con él. Sin embargo, había ido hilvanando los retales que sacaba de las conversaciones en las gradas y las visitas a comerciantes y prestamistas para adivinar que el siguiente objetivo de Hendrick era la Flota de Tierra Firme, no con uno, sino haciéndose cargo de varios navíos. Su contribución a aquella empresa, aparte de aprender a leer, era pasarse el día siguiendo de aquí para allá a su amo o llevando cartas a un comerciante u otro, requiriendo la presencia de un piloto o concertando una cita con un maestre.

Al único al que no visitaba, y eso era una lástima, era a Juan Cabrillo. Todos los encuentros con el oficial del Consulado eran casuales, breves y en grupo, la mayoría de las ocasiones en las gradas, debatiendo con cargadores y prestamistas el porvenir de las guerras en las que la Corona se había embarcado y las jugosas oportunidades que ofrecía abastecer a los ejércitos, así como los inasumibles riesgos de prestarle dineros a un rey que no daba muestras de poder pagar.

No era extraño, se oía a veces murmurar, que fuera más rentable arriesgarse a hacer la carrera de las Indias sin la protección de la Armada que tener toda la plata confiscada el mismo día que regresaba la flota y verse obligado a solventar las necesidades financieras del reino.

El Lagartija seguía admirando a Juan Cabrillo, con su trato amable y espontáneo, como si tuviera tanta confianza en él que no necesitara esconder nada. En comparación con lo que conocía del Flamenco, el oficial se mostraba en todo momento tal y como era, sin dobleces ni oscuros escondrijos en el alma, acompañado siempre por esa acogedora y tierna sonrisa. No se le escapaba, en cambio, que lo mismo podrían pensar otros de su amo, siempre correcto y sereno. Solo él, y cada vez tenía menos dudas el Lagartija de que eso fuera cierto, había visto al verdadero Hendrick y la tormenta violenta que acechaba bajo su piel.

Casi sin darse cuenta, pasaron cuatro meses desde que el navío partió de Sevilla y el Lagartija leía, al fin, con cierta soltura. Al menos eso creía él, porque había leído y releído tantas veces *Diana enamorada* que bien hubiera podido recitarla en una corrala de teatro. Aún peor, tantas veces había pasado por las rimas de Gil Polo que poco a poco estaba perdiendo el interés en la lectura. Se preguntaba, aburrido de tanto romance, si alguien había tenido la oportunidad de vivir las aventuras que les relataba el Manco y ponerlas en verso. Eso sí que habría sido una lectura fascinante. Entretanto, hasta el mismo Flamenco estaba cansado de los amores de Diana y, satisfecho con el progreso del Lagartija, se había propuesto enseñarle a escribir, cosa que resultó mucho más sencilla que leer, aunque Hendrick acabara las lecciones criticando el estilo tosco y trémulo de su criado.

Al terminar una de aquellas clases, el Flamenco escribió

una misiva, la cerró con un sello lacrado y se la acercó desde el otro lado de la mesa.

—Es un mensaje urgente para el señor Cabrillo. Dile que necesito una respuesta hoy mismo.

El Lagartija cogió la carta y salió de la habitación al instante para dirigirse a la calle Las Palmas, feliz por la oportunidad de volver a sentir la calidez del oficial del Consulado. Al contrario que el resto de los personajes importantes que se encontraban en las gradas y que lo ignoraban por completo —y, cuando no lo hacían, le mostraban un evidente desdén—, Juan Cabrillo solía saludarlo con un gesto de la cabeza y una sonrisa; incluso le había dirigido la palabra una o dos veces. La primera vez que ocurrió, temió que el Flamenco lo considerara una intromisión y, tras responder con frialdad al oficial, se giró hacia Hendrick para comprobar su estado de ánimo. Su amo también le devolvió una sonrisa, de esas que por norma general estaban destinadas a sus iguales y no al niño famélico que había rescatado de las calles de Triana. Ese y otros momentos posteriores le confirmaron que el Flamenco consideraba ventajosa la compasión que Juan Cabrillo parecía sentir por su criado.

El ama de Juan Cabrillo, esa señora de ropas y tez oscura que en ocasiones saludaban por las calles de la ciudad, sobre todo en los alrededores del mercado de San Salvador, lo recibió y, sin decir una sola palabra, le indicó que esperara en el banco de piedra del patio de suelo adoquinado que un criado regaba con una palangana para que la evaporación del agua engañara al calor de la tarde. Allí se quedó, inmóvil, durante tanto tiempo que empezó a temer que el Flamenco se presentara él mismo en casa del oficial para reprenderlo. Pero, antes de que eso ocurriera, el ama al fin regresó y lo guio hasta las estancias de Juan Cabrillo que recordaba de su visita anterior. Se lo encontró sentado frente a su escritorio, con las ventanas abiertas y el sol iluminando la mesita con las bandejas de comida, igual que el día que se empachó con los pastelitos de miel y almendra.

—Adelante, adelante. Ahora estoy contigo. Siéntate allí y coge un dulce si quieres.

Aunque se trataba de otros pasteles, también habían sido bañados en miel, y el recuerdo de la pasta pegajosa llenando su boca y del vómito agrio le hizo tener una náusea y buscar un asiento que le ocultara la visión de los dulces.

En lugar de pedirle que se acercara, Juan Cabrillo se levantó y se sentó frente a él.

—¿Qué me traes?

El Lagartija no pudo evitar sonreír ante el modo casual y cercano con que lo trataba el oficial.

—Es un mensaje urgente. Mi señor requiere una respuesta hoy mismo... —Juan Cabrillo frunció ligeramente el ceño dando la impresión al Lagartija de haber dicho algo equivocado. Con voz más insegura suavizó su mensaje—. Si a usted le place.

La sonrisa tierna volvió al rostro del oficial y le puso con delicadeza la mano en el hombro.

—Me place, me place. —Posó un instante la mirada en la bandeja—. ¿No quieres uno? Me han asegurado que son únicos.

Le volvió a asaltar la náusea.

—Seguro que lo son, mi señor. Pero la última vez comí tantos que enfermé y ahora mi cuerpo no se aviene ni siquiera a mirarlos.

La historia del Lagartija divirtió al oficial, que mandó llamar a su ama para que les sirviera unas rodajas de un chorizo que le habían traído de Medina del Campo. En cuanto llegó el tentempié, Juan Cabrillo lo dejó a solas mientras preparaba la respuesta para el Flamenco. Se comió un trozo de chorizo por cortesía, pero, aunque tuvo la impresión de que el embutido era de una calidad suprema, no pudo disfrutarlo, acosado como estaba por la visión de los empalagosos dulces. En parte para huir de ellos y sobre todo por aburrimiento y curiosidad, se aproximó a la alacena que ocupaba una de las paredes donde descansaban algunos libros. Allí lo encontró Juan Cabrillo inclinado sobre el mueble y leyendo en voz alta y dubitativa.

—Así que sabes leer.

El Lagartija se apartó de la alacena de un salto, como si se hubiera quemado al tocarla. El oficial se acercó al mueble, buscó entre sus libros y le ofreció uno.

—¿Te gustan las novelas de caballería?

El Lagartija, que nunca había leído una y que, con total honestidad, hubiera preferido historias de navegantes que pelearan contra monstruos, respondió que sí por complacerlo.

—Pues toma asiento y lee un rato este, *El caballero del Sol*. Es uno de mis preferidos.

Aún hubo de insistir un par de veces más hasta convencer al Lagartija de que no estaba haciendo nada equivocado por aceptar el ofrecimiento y sentarse en las estancias de Juan Cabrillo a leer una novela mientras el oficial trabajaba. Y aunque lo hizo a regañadientes, imaginando qué diría el Flamenco, una vez que empezó a leer, entusiasmado por la frescura de encontrar unos versos que nada tenían que ver con Diana, se olvidó de Hendrick, de Juan Cabrillo y hasta de los empalagosos pastelillos.

Al poco rato, o al menos así le pareció al Lagartija, el oficial le tendió la respuesta para el Flamenco.

—Es entretenido, ¿verdad?

Respondió con un entusiasta «sí, señor, mucho» y le entregó el libro con una mano mientras cogía la carta con la otra.

El oficial se despidió de él con un «hasta dentro de un par de semanas», dejándolo confundido e incapaz de responder más allá de un formal «como a vusted le plazca».

Con la expectativa de regresar a la casa de Juan Cabrillo en un futuro cercano, salió a la calle ligero rememorando cómo el caballero del Sol había abandonado la corte de don Carlos, el emperador, para peregrinar por los campos en busca de aventura y renunciar a sus rentas a cambio de honor y fama.

La inquietud y el fastidio del Flamenco eran evidentes antes de que abriera la boca para interrogarlo por la tardanza. Por suerte, una vez leyó la respuesta de Juan Cabrillo, que sin duda eran buenas noticias, se relajó y lo miró intrigado.

—El señor Cabrillo quiere un informe quincenal. —Se detuvo pensativo mientras se rascaba la barba—. Y que seas tú quien se lo lleve.

Si no supiera del carácter mutable y violento de Hendrick, se habría alegrado. En cambio, contuvo la ilusión que le generaba estar lejos de su amo durante unas horas y respondió con gravedad:

—Si vusted lo quiere.

El Flamenco le respondió con una colleja débil, pero lo bastante fuerte como para que dudara de si se trataba de un castigo o una carantoña.

—¡Claro que lo quiero, mendrugo! Y asegúrate de que Juan Cabrillo sigue confiando en ti, sea lo que sea que hagas.

14

Tras *El caballero del Sol*, le tocó el turno a *Florindo*, así que las sesiones ociosas de lectura continuaron, construyendo una cercanía con el oficial que no parecía del agrado del esclavo Manuel, en vista de las miradas de desprecio con las que agasajaba al Lagartija cuando salía de la alcoba de Juan Cabrillo feliz y absorto en las historias que acababa de leer. Por mucho que disfrutara de novelas, no le entretenían tanto como las furtivas y veloces ojeadas que robaba a la correspondencia entre el Flamenco y Juan Cabrillo. Unas cartas que, como resultado de la familiaridad y la frecuencia, habían dejado de lacrar. En ellas, el Flamenco, con contenida ansiedad, y el oficial, con manifiesta indolencia, discutían sobre cuál debía ser la composición de la mercancía que enviarían con la flota de junio. Al Lagartija se le escapaban los argumentos que uno y otro exponían, y tanto le daba a él una cosa como la otra, pero le divertía observar la creciente frustración de Hendrick, siempre sumiso al oficial del Consulado, pero buscando una y otra vez el modo de convencerlo de que debía olvidarse de los vinos y los aceites y centrarse en las telas, en todas ellas: paños, lanas, algodón, sedas... Para Juan Cabrillo, por contra, aquel era un comercio de pobres. Peor aún, de los portugueses, herejes en su mayoría, judíos convertidos de palabra, pero en cuyos corazones no había sitio para la religión verdadera. Para el Flamenco —a quien, pese a sus esfuerzos, se le notaba la inmensa indiferencia que le provocaba la fe— resultaba obvio que los textiles eran un negocio más lucrativo y seguro. En algunos mensajes se intuían las acrobacias lingüísticas de Hendrick para no llamar ignorante al oficial y tratar de explicar su enfoque sin ofenderlo, sin disgustar a ese contacto que había establecido con el centro del poder de los mercaderes de Sevilla y que, a todas luces, le estaba abriendo de par en par las puertas para hacerse un hueco entre la élite de la ciudad.

Pasaban las semanas y el Lagartija cada vez tenía menos quejas del trato que recibía del Flamenco. No se acordaba de la última vez que lo había amenazado con comerse la lengua u otra dulzura semejante. Seguía repartiendo collejas con generosidad, pero habían perdido su fuerza, hasta el punto de parecerse a veces más a una caricia que a una reprimenda. El muchacho tenía claro que una parte de aquel incipiente respeto —que en nada se parecía al cariño— se debía a doña Ana, quien pasaba cada vez más tiempo en compañía de Hendrick y con la que sí era capaz de practicar la ternura, tal vez apaciguando su natural violencia. La visita semanal, que al principio se había establecido como parte de los servicios del Flamenco para informarla sobre sus gestiones, se convirtió de un modo natural en una actividad cotidiana en la que doña Ana ponía mucho interés en agasajar a su representante con viandas, vestimentas y cortesías. Y no había vez en la que doña Ana, llena de gratitud y vergüenza, no interrogara a Hendrick sobre los más mínimos detalles de sus gestiones, convencida de ser una carga para él. A veces, decía ella, daba gracias al Señor por haber puesto en su camino a un ser tan generoso como el Flamenco. Prueba de que a su amo también le complacía la dirección que había tomado la relación con la viuda fue prescindir por completo de los servicios y la presencia del Lagartija. De modo que, a las pocas semanas, el Flamenco se convirtió en el único destinatario de las lisonjas y las sonrisas de doña Ana.

Hendrick se ocupaba de que el Lagartija nunca estuviera ocioso, ni siquiera cuando él disfrutaba de la compañía de la viuda. Unos días se encargaba de la compra, otros de visitar ciertas tiendas y traer muestras de productos, casi siempre telas. Y, tal y como llevaba haciendo desde que entrara al servicio del Flamenco, la mayor parte del día la ocupaba con visitas a contactos que había entablado su amo, a los que les entregaba cartas acompañadas de las muestras textiles que le habían satisfecho. Y, si después de completar todas aquellas obligaciones Hendrick pensaba que le había quedado algún segundo de ocio, se encargaba de erradicarlo obligándolo a practicar la lectura y la escritura mediante la copia de párrafos enteros de *Diana enamorada* que ahondaban en él el odio que había desarrollado por el libro. Su verdadero tiempo libre eran las visitas a Juan Cabrillo. Allí podía sentarse a leer, probar embutidos, quesos, alguna vez vinos y conversar despreocupadamente sobre los libros con el oficial del Consulado. En la soledad de sus paseos, arriba y abajo por las calles de Sevilla y de Triana, el Lagartija fantaseaba con que un día el oficial del Consulado lo rescataría del áspero Hendrick y lo acogería en su casa. A pesar de lo agradable de aquel sueño, no se atrevía a compartirlo con nadie y confirmar si había algo de verdad en él.

De entre todas las vidas que se podía imaginar, servir en una casa como la de Juan Cabrillo, sin tener que estar pendiente de cada gesto, de cada palabra o permanentemente interpretando los posibles estados de humor del Flamenco, era la mejor. De un modo más o menos explícito había puntuado los entornos que le había tocado vivir. En el último lugar de la lista estaba la vida con sus padres en aquella miserable casucha de la que no recordaba mucho, y, aunque se le antojaba algo más amable que su experiencia como vagabundo, aquella había sido una sin amigos ni historias fabulosas y llena de soledad. Le seguía la vida bajo la escalera. Pese a que echaba de menos la camaradería y la libertad dentro de la banda, el dolor del hambre reducía aquella idealizada nostalgia a un lejano y vago deseo. En el antepenúltimo lugar, situaba su vida con el Flamenco, sobre todo una vez que tuvo la certeza de que este no acabaría por desollarlo vivo y el miedo no inundaba todos sus pensamientos. Pero ninguna de esas vidas podía compararse a la calidez y la paz que le transmitían los momentos con Juan Cabrillo y la vida que imaginaba a su servicio, que ocupaba el primer puesto de la lista. En su fuero interno sabía que no dudaría en plantar al Flamenco para irse con el oficial si se presentaba la oportunidad, a no ser que eso pudiera costarle la vida.

La misiva de Hendrick aquel día era muy extensa. Por lo que había curioseado el Lagartija camino de la casa de Juan Cabrillo, hablaba de nuevo de unas telas, en este caso de un algodón de una calidad superlativa llamado *daka* que haría las delicias de los pudientes en la Nueva España y que, por la ligereza del tejido y lo desconocido del mismo, se podría pasar entre otras prendas de menor calidad, rebajando notablemente su valor, y así evitar el gravoso pago del impuesto de la avería. Luego le seguían párrafos enteros de números que no significaban nada para el Lagartija, al contrario que para Juan Cabrillo, quien, visto el interés con que leyó y releyó y su gesto de gravedad, lo trataba como un asunto de suma importancia. El Lagartija abandonó por un momento su novela y puso su atención en el oficial, quien, después de dejar la carta sobre la mesa, continuaba haciendo gestos y murmurando por lo bajo hasta que sus miradas se cruzaron. Juan Cabrillo dejó de fruncir el ceño y volvió a su rostro la sonrisa cercana que tanto agradaba al Lagartija.

—¿Ha llegado nuestro héroe al Castillo de las Siete Venturas?

El Lagartija levantó el libro que aún sostenía en sus manos.

—Sí, mi señor. Acaba de salvar a su padre.

—¡Ah! Esa es mi parte favorita.

Juan Cabrillo dejó su escritorio y avanzó hasta el balcón donde invitaba al Lagartija a sentarse. Cogió un trozo de queso de la bandeja de plata y lo saboreó con placer.

—¿Qué te parece el queso?

El Lagartija había comido solo un par de trozos, pero luego se había enfrascado en la lectura y del queso no le había quedado ni un recuerdo, excepto que sabía como tal.

—Delicioso, mi señor.

—Dicen que el mismo don Cristóbal Colón se llevó estos quesos de las islas Canarias en su primer viaje.

Para complacer al oficial, el Lagartija cogió otro trozo, lo masticó lentamente y emitió un gruñido de satisfacción. Juan Cabrillo se sentó frente a él, reposando la mano sobre la pierna del Lagartija, quien no sabía si sentirse incómodo o agradecido por esa espontánea caricia.

—¿Cómo te trata el señor Van Belle?

Decir que Hendrick abusaba de él era faltar a la verdad y, aunque casi siempre malencarado e inescrutable, se había encargado de enseñarle a leer, algo que se había convertido, con la ayuda de Juan Cabrillo, en una auténtica pasión. Lo que no había desaparecido era el miedo a que el voluble y violento carácter del Flamenco se tornara en su contra. Reprimió el deseo de mentirle, de decirle que lo maltrataba un día sí y otro también y que su única esperanza y lo que más deseaba del mundo era entrar a su servicio, pero sus labios no se movieron. Sabía que, a pesar de los pesares, vivía mejor que nunca y hacía meses que no le zurraban. Además, sin que pudiera encontrar ninguna explicación a ello, sentía cierta lealtad hacia Hendrick y lo que esperaba era que fueran él mismo o Juan Cabrillo los que, por intervención divina, llegaran a la conclusión de que lo mejor para todos era que pasara a trabajar para el oficial sin que él arriesgara nada. Por otro lado, barruntaba en su cabeza que, si siempre se mostraba satisfecho y feliz al servicio del Flamenco, ¿qué posibilidades había de acabar sirviendo en la casa de la calle Las Palmas? Frustrado por su indecisión, todo lo que acertó a decir de un modo semiinconsciente fue un «no sé» susurrado y esquivo.

—¿Qué es lo que no sabes? ¿Si te tratan bien?

Sintió cómo se ruborizaba por la torpeza de su respuesta y a toda velocidad rebuscó dentro de sí una salida airosa.

—Ahora me trata mucho mejor, mi señor.

La respuesta desató una risotada en Juan Cabrillo, quien, sin añadir ningún comentario, cogió otro trozo de queso, que comió sin quitarle la mirada de encima. Avergonzado al sentirse expuesto frente al oficial y abrumado por una súbita culpa al recordar que una de las condiciones del Flamenco era convencer a todo el mundo de lo justo y generoso que era con él, el Lagartija abrió el libro de nuevo para desviar la conversación. El oficial acabó de tragar y le preguntó, aún en un tono jovial, casi burlón:

—¿Y qué es lo que ha cambiado?

A los ojos del Lagartija, la transformación del Flamenco se debía a haber dejado de ser un mercader venido a menos y a la posibilidad cada vez más cercana de convertirse en alguien respetable, algo que ocurriría en cuanto el solitario barco que habían enviado a la Nueva España regresara. Aunque Hendrick se mostraba mucho más humano con él ahora que tenía dinero y las sonrisas de doña Ana, estaba convencido de que, si llegaba a sus oídos que había manifestado ante Juan Cabrillo que le pegaba porque le molestaba haber sido pobre, tendría que volver a preocuparse por cómo tragarse su propia lengua. Pero, una vez dicho que algo había cambiado en la vida del Flamenco, se sintió en la obligación de justificarlo.

—Bueno, ahora pasa más tiempo con doña Ana y tengo menos tareas a las que atender —se escabulló.

El oficial preguntó con desgana:

—¿Tanto tiempo pasa con la viuda?

—Tres o cuatro tardes por semana. —Juan Cabrillo mostró un gesto de extrañeza que acabó en una sonrisa y una leve inclinación de cabeza que lo animó a continuar—. A veces pasa toda la tarde.

Esa vez sí, la sonrisa del oficial fue nítida y cuando, después de ofrecerle un nuevo trozo de queso, le preguntó qué pensaba él sobre lo que hacían el Flamenco y la viuda, dijo la verdad, que él no sabía nada, pero se atrevió a contarle los comentarios que la cocinera de la casa de doña Ana desaguaba con inquina y asco. Juan Cabrillo lo escuchó entretenido hasta que el Lagartija no tuvo nada más que decir y no quedaba ningún pedazo de queso canario en la bandeja. Entonces el oficial se levantó de un salto, volvió a su mesa y escribió una breve respuesta al Flamenco, que luego lacró con parsimonia.

—Dile a tu señor que no se olvide de sellar la correspondencia.

Aunque no tenía ningún indicio de que el oficial sospechara que él había leído alguna de las cartas, la mayoría de las veces solo fragmentos de estas, no pudo evitar inquietarse y temer que, en la breve respuesta al Flamenco, fuera incluida una reprimenda destinada a él. También, aunque de un modo más difuso, pensaba que no debería haber hablado de doña Ana y Hendrick, y menos aún de las capciosas interpretaciones que hacía la cocinera. Que llegara a oídos del Flamenco que se había ido de la lengua le causaba terror, pero lo que le hacía sentir más miedo aún era que su falta de discreción hubiera decepcionado a Juan Cabrillo, arruinando la posibilidad de trabajar para él, una que, por otro lado, tal vez solo existiera en su imaginación.

Con ese mal sabor de boca regresó a la casa. El Flamenco estaba en la habitación que hacía las veces de oficina y el Lagartija le entregó la carta con mano temblorosa mientras intentaba convencerse de que no había ninguna razón para pensar que Juan Cabrillo estuviera molesto ni que lo que había escrito enfadara a Hendrick. El tono adusto de su amo al recibir la carta no ayudó a dispersar sus temores, con toda probabilidad infundados.

—¿Por qué has tardado tanto?

No se le ocurrió ninguna justificación más allá de la que el Flamenco ya sabía y nunca había cuestionado, que se quedaba leyendo un rato mientras el oficial trabajaba, así que solo levantó los hombros a modo de respuesta. Hendrick negó con la cabeza con un inequívoco gesto de desprecio y luego leyó la carta. Al hacerlo levantó las cejas con sorpresa y acabó murmurando un «hideputa» que el Lagartija oyó, aunque las palabras no iban destinadas a él. La ira o la frustración del Flamenco eran evidentes, pero también quedaba claro que el Lagartija no era la causa ni el objeto de su furia, y eso lo llenó de sosiego y buen ánimo.

—¿Todo bien, señor?

Hendrick le dirigió una mirada llena de ira y desprecio.

—¿Y a ti qué te importa?

El humor del Flamenco no mejoró al día siguiente ni en toda la semana, pero no lo amenazó ni le pegó. Siguió manteniendo la correspondencia con Juan Cabrillo, toda bien sellada y secreta, que generaba en Hendrick la misma frustración que las que el Lagartija se había atrevido a leer. Florindo regresó del Castillo de las Siete Venturas cargado de honor y gloria, y, cuando su aventura se acabó, Juan Cabrillo no le ofreció una nueva novela de su colección. Sin los ratos leyendo y despachando con el oficial ni el goce de husmear en las cartas, su ocio, si es que así se le podía llamar, se limitó a copiar una y otra vez párrafos de la fastidiosa Diana. Y todo siguió así hasta que un día, por fin, un correo de Sanlúcar de Barrameda llegó para informar al Flamenco del avistamiento de Nuestra Señora de la Concepción.

15

Llegó el día en que el navío atracó en el Arenal y el Lagartija, para su sorpresa, lo encontró, aparte de vacío, viejo y agotado, como un despojo baqueteado por el mar. Se había imaginado un barco rebosante de plata y mercancías exóticas que solo había visto en contadas ocasiones: jengibre, carey o cacao. Pero lo único que expulsaron sus entrañas de madera fueron unos pocos esclavos, escuálidos, sucios y confundidos. Nada tenía que ver ese desangelado desembarco con las semanas llenas de actividad y energía que seguían al regreso de la flota y, curiosamente, el Flamenco evocaba una felicidad contagiosa. Más aún, en alguna ocasión se le había quedado mirando en la penumbra de una vela sonriéndole de verdad, con la misma sonrisa que le ofrecía a doña Ana, una que se sentía en los ojos y no en los labios.

—Eres un buen muchacho.

El Lagartija había aceptado que eso era lo más próximo a darle las gracias que podía esperar de Hendrick. Pero, con toda justicia, él no le daba tanto valor a haberse comportado con la discreción y la disciplina que exigía ese mercader venido a menos. El Lagartija sabía que su sometimiento era más el resultado del miedo y la necesidad que verdadera abnegación o el deseo de servirlo. Lo que más lo inquietaba de esa nueva felicidad de su amo era la supersticiosa idea de que él, un crío que era poco más que un amasijo de huesos forrado de pellejo, fuera el responsable directo o indirecto de tanta fortuna. A veces, tumbado en su camastro, en las noches en que no podía conciliar el sueño, se imaginaba su vida futura, día tras día pegado al Flamenco, esperando que uno de ellos, al fin, falleciera. Quería imaginarse que la parca buscaría primero a su amo y que ese momento de libertad le sobrevendría mientras él aún fuese joven, con todo un futuro por labrarse, a ser posible para acabar sirviendo a alguien como Juan Cabrillo. Desafortunadamente, en sus ensoñaciones su razón se imponía a sus deseos y se veía a sí mismo liberado de servir al Flamenco, pero ya muy mayor, envejecido, lento y derrotado, igual que aquellos esclavos llenos de desesperanza que había visto emerger del navío.

La impresión de que el valor de la triste y moribunda mercancía que había bajado la pasarela arrastrando las cadenas era el origen de la fortuna de Hendrick se desvaneció en cuanto empezaron a llegar los carros desde Sanlúcar. Igual que el goteo de un caño, cada tarde arribaban uno o dos y con discreción se dirigían a las caballerizas de Garcilaso Spínola. Allí los recibía el Flamenco, quien en compañía de un secretario del banquero inspeccionaba y contaba la plata con una asombrosa paciencia y cuidado, convenciendo al Lagartija de que ese, y no la pobreza, era el mundo al que pertenecía Hendrick. Nada se esperaba de él entretanto, salvo que aguardara en el jardín, donde a veces, las menos, se encontraba con la hija del señor Spínola, que aún llevaba al cuello una cadena idéntica a la del Manco. Cuando se acababa la contabilidad, si aún era una hora decente, su amo regresaba por la calle Las Palmas y despachaba con Juan Cabrillo.

Una vez dejaron de llegar los carros, y se completó la venta de los esclavos, de cuyas ganancias se pagó al Consulado un porcentaje que el Flamenco consideró excesivo e indignante, la actividad frenética de visitas a potenciales proveedores y clientes se multiplicó, y a estas se añadieron infinitas reuniones en el Consulado, donde el Lagartija no tenía permitido entrar.

Las visitas de su amo a doña Ana continuaron sin interrupción y, a medida que las preparaciones para la flota de junio se hacían más complejas y delicadas, fue él mismo quien decidió tomar las riendas de la relación con Juan Cabrillo y, aunque siempre se lo llevaba con él, las novelas de caballería y las atenciones que antaño el oficial le había ofrecido al Lagartija desaparecieron por completo.

Hendrick, el nuevo mercader del que todo el mundo hablaba en las gradas, celebró el comienzo de su nueva vida mudándose a una casa palaciega en la calle Ancha de San Pablo, a no más de cien varas de la Puerta de Triana. Aunque más modesta que la de Juan Cabrillo y lejos de la opulencia de la mansión del banquero Spínola, su nueva vivienda nada tenía que envidiar a la de otros pudientes de la ciudad. Desde luego, a los mercaderes venidos a menos, como lo había sido el Flamenco, se les debían de poner los dientes largos. La segunda planta, que el Lagartija llamaba la parte noble, tenía tres alcobas, todas con ventanas que daban al patio interior y con un mobiliario sencillo pero de calidad. Salvo que Hendrick tuviera que tratar con él, nunca ponía voluntariamente un pie en esa zona vetada al servicio. Él vivía en la planta baja y se repartía el cuidado de la casa con Rayssa, una esclava de piel oscura y de edad indeterminada, pero cuyos andares y mirada traslucían mucho sufrimiento y pena. Para dormir, le había asignado una cámara de suelo de tierra pegada a las cuadras, donde descansaba la nueva montura, de nombre Generoso, que había comprado el Flamenco con la promesa de descuartizar a quien dañara un solo pelo del caballo, incluido el Lagartija. Si bien por las noches no tenía más remedio que compartir su espacio con las ratas, durante el día podía escaparse a ratos para descansar en el patio, donde en medio del pavimento estrellado destacaba un pozo rodeado de azulejos blancos y azules que reflejaban la luz del sol. O, si su amo no andaba por la casa, podía holgazanear en el jardín por el que se accedía a través de la cocina, en el que unos escuálidos naranjos recién plantados prometían dar en un futuro lejano sombra y perfume.

Completaba la felicidad de Hendrick el que doña Ana, aún vestida de luto, hubiera accedido a mudarse con él, a una parte de la casa a la que se accedía por una puerta trasera y que, salvo que ella dejara el acceso interior abierto, quedaba completamente separada del resto. Ese aislamiento era mucho más apariencia que realidad, ya que esa parte de la casa carecía de cocina y de servicio, de modo que doña Ana vivía con ellos durante el día y, a juzgar por los ruidos que en ocasiones escuchaba cuando descansaba en el patio a la luz de las estrellas, también compartía algunas noches con el Flamenco.

Allí se encontraba aquella tarde, sacaba agua del pozo tal y como le había ordenado Rayssa lanzando con desdén el cubo a sus pies, cuando lo sorprendió la inesperada visita de Juan Cabrillo, que no se había molestado en llamar a la puerta. Entró en el patio acompañado de su imponente esclavo, Manuel, y lo saludó con su natural sonrisa mientras recorría con la mirada el exquisito pavimento del patio y la balconada que daba al mismo.

—No tiene mal gusto el señor Van Belle, ¿verdad?

El Lagartija, que aún sujetaba el cubo vacío, inspeccionó con la vista las paredes imitando al oficial.

—Sí, señor. Es una casa muy bonita.

Sin esperar nada más de él, Juan Cabrillo señaló una puerta.

—¿Es ese el acceso a la sala?

El Lagartija dio unos pasos rápidos para abrir la puerta e invitarlos a entrar. Juan Cabrillo le revolvió con cariño el pelo al pasar a su lado.

—Dile a Hendrick que estoy aquí.

No hizo falta. En ese mismo momento entraba el Flamenco en el patio mostrando todo su encanto, igual que un pavo real con la cola extendida.

—¡Qué maravillosa sorpresa, señor Cabrillo!

El oficial lo invitó a sentarse a la mesa como si se tratara de su propia casa y ordenó al Lagartija que fuera a buscar vino y algo de comer. Desde el patio se podía seguir la animada conversación de los dos señores, que desbordaba felicidad mientras repasaban los últimos barcos fletados y se felicitaban por la adquisición de algunos jugosos contratos. Manuel se había sentado en el único taburete alejado de la mesa, así que, cuando regresó con las viandas, tuvo que quedarse de pie detrás del Flamenco, observando la sádica sonrisa del esclavo. Juan Cabrillo, de nuevo haciendo los honores como si Hendrick fuera su invitado, sirvió dos copas y alzó la suya para proponer un brindis:

—¡Por el nuevo maestre de plata de la próxima flota, don Juan Cabrillo!

El Flamenco celebró el nombramiento por todo lo alto, a pesar de ser algo esperado. Al menos por lo que había podido intuir el Lagartija, que el oficial se convirtiera en el maestre de plata era una parte esencial de los entresijos del plan que este y Hendrick habían estado elaborando durante meses para evadir el impuesto de la avería y optimizar la arriesgada inversión en la que se habían embarcado. Una vez que Juan Cabrillo había sido designado para estimar el valor de la carga y la calidad de la plata que traerían de vuelta a Sevilla, no se le escapaba a nadie que el Flamenco y sus socios, que incluía al oficial, serían tratados con «mucha cortesía», como decía su amo.

Fue entonces cuando doña Ana entró en la sala, con su libro en la mano, en apariencia dispuesta a leer allí, como hacía siempre que la solana caía sobre el jardín y se refugiaba en la frescura que proporcionaban las gruesas paredes. Nada más verlos, la viuda dio un exagerado respingo simulando sorpresa, algo que el Lagartija estimó muy improbable. Tenía la certeza de que doña Ana descansaba en su alcoba cuando llegó el oficial, y, como todas las estancias, su ventana daba al patio. La única forma de que ella no supiera que tenían visita, además de saber de quién se trataba, era que hubiera estado durmiendo, en cuyo caso no habría aparecido tan prestamente ni tan arreglada.

La sorpresa del Flamenco, en cambio, sí parecía sincera, tanto como el leve pero inequívoco gesto de desagrado del oficial. Doña Ana rompió el incómodo silencio:

—Discúlpenme, no pretendía interrumpir su conferencia.

Juan Cabrillo se levantó y le ofreció una cortesía llena de una caballerosidad digna del mismísimo Florindo.

—En absoluto, mi señora.

También Hendrick se incorporó, con mucha menos elegancia y más turbación.

—Le presento a doña Ana. Es… —Se detuvo unos instantes mientras la viuda ofrecía su mano y Juan Cabrillo la besaba— mi inquilina.

El oficial clavó la mirada en el Flamenco antes de dirigirse de nuevo a doña Ana.

—Es un placer.

La viuda se ruborizó y se llevó el libro al pecho, sujetándolo con ambas manos y respirando aceleradamente.

—Disculpe mi impertinencia, señor Cabrillo, pero no he podido evitar escuchar que es vuestra merced maestre de plata. —Miró hacia el Flamenco llena de ternura—. Me consta que el señor Van Belle hace todo lo que está en su mano para ayudarme.

Las miradas cortas e impacientes al Flamenco exhibían lo poco que estaba disfrutando Juan Cabrillo de aquella inesperada conversación. Si la viuda era consciente de la incomodidad del oficial, no dio muestra de ello ni evitó que continuara con su perorata.

—El Consulado aún me adeuda el salario y las ganancias de mi esposo, que falleció en su viaje a las Indias. Dicen en la parroquia que debería escribir una carta a Su Majestad, pero el señor Van Belle no se aviene a ello. Me asegura que sería contraproducente. —Se giró de nuevo hacia él y le acarició el hombro en un gesto lleno de cercanía y confianza—. Pero comprenderá vuestra merced que no es propio que yo siga viviendo de la caridad de este buen hombre.

El oficial cerró con fuerza los labios y respiró sonoramente por la nariz antes de responder.

—Mi señora, yo no soy más que un triste oficial. No sabría cómo ayudarla en algo que está tan lejos de mis competencias.

Doña Ana contestó al instante, apresurada e insistente, como si esa negativa del nuevo maestre de plata acabara por cercenar su última oportunidad de recuperar lo que se le endeudaba.

—Pero seguro que conoce a alguien que pueda ayudarnos.

—Nadie más valioso que el señor Van Belle. Está vuestra merced en las mejores manos posibles.

La viuda pareció querer replicar al oficial, pero el Flamenco se levantó y, tras agarrarla del brazo con dulzura, la acompañó hasta la puerta para invitarla a salir.

—Doña Ana, por favor...

Desde la sala se escuchó a Hendrick susurrar mientras cruzaban el patio y después los pasos lentos de doña Ana subiendo las escaleras. Juan Cabrillo esperó de pie hasta que Hendrick regresó y cerró la puerta. Después habló mientras tomaba de nuevo asiento en busca de la esquiva mirada del Flamenco.

—Ya veo que es cierto lo que se comenta.

Su amo también se sentó. El Lagartija no podía verle la cara, pero sabía hasta qué punto Hendrick contenía su ira por el movimiento nervioso de su pierna oculta bajo la mesa.

—¿Qué se comenta?

—Que, por lo visto, no solo comparte vuestra merced la cocina con su inquilina. También la alcoba. —Esperó un instante como si quisiera darle la oportunidad de defenderse, pero, como no lo hizo, remató sus palabras con un comentario lleno de sarcasmo y desprecio—: Solo por caridad, claro está.

Hendrick seguía con la mirada clavada en la mesa.

—No hay nada por lo que preocuparse.

Juan Cabrillo arqueó las cejas con sorna.

—Claro, se trata solamente de una carta a Su Majestad.

Siguió un silencio sepulcral cargado de tanta tensión que el Lagartija apenas podía contener el deseo de huir de aquella estancia. Manuel, en cambio, continuaba impertérrito sentado en su taburete. Finalmente, el Flamenco levantó la vista.

—Le repito que no hay nada de lo que preocuparse.

El oficial se puso en pie y con la cabeza le indicó a su esclavo que lo siguiera. Al pasar a la altura del Flamenco, le puso la mano en el hombro y se aseguró de que lo miraba a los ojos.

—Eso, Hendrick, lo decido yo.

16

Esa noche, sentado en el patio, arrullado por los retazos de la conversación que Hendrick y doña Ana mantenían en su alcoba, el Lagartija se preguntaba cómo harían los pilotos para descifrar en aquella amalgama de estrellas la dirección que debían seguir en medio del mar. El Manco les había contado que, si uno aprendía a mirarlas como se debía, se podía encontrar en ellas el camino a cualquier lugar de la tierra. Los más expertos en ese arte, había dicho el Manco, también podían hallar el camino al cielo o al infierno. Una parte del Lagartija intuía que esa no era toda la verdad y tenía la impresión de que, pese a lo atractivo de esa idea, descubrir mensajes en las estrellas del mismo modo que en un libro resultaba exagerado. Pero, por otro lado, no era menos cierto que él había mirado las páginas de un libro con la misma confusión con la que ahora observaba la inmensidad del cosmos. En medio de la ignorancia, no había menos desorden ni menos falta de sentido en las tintineantes luces que en el barullo de líneas que formaban las letras. Él, sin embargo, gracias al deseo y la insistencia del Flamenco, había desvelado el misterio de la lectura. Y gracias a Juan Cabrillo se había enamorado de las historias que fluían de los versos de aquellas páginas amarillentas. Pensó que un día, Dios mediante, igual que había conseguido leer y escribir, aprendería a interpretar las estrellas.

La voz de doña Ana empezó a oírse con más claridad, mostrando en sus palabras una creciente frustración y rabia.

—¿Cuánto más tengo que esperar, Hendrick? ¿Cuánto más?

El Flamenco respondió casi en un susurro, y el Lagartija, que no llegaba a entender la conversación, se lo imaginó rogándole paciencia, diciendo «doña Ana, por favor, confíe en mí» o algo por el estilo, como le había escuchado hacerlo en otras muchas ocasiones. Pero, fuese lo que fuese que Hendrick le dijo a la viuda, no consiguió apaciguarla, si acaso lo contrario.

—¡No, no! Mañana mismo envío esa carta.

Antes de que pudiera acabar la frase, el Flamenco, con un tono mucho más severo y agrio, levantó la voz por encima de la de doña Ana.

—¿Tan poco valor tiene para ti mi palabra? ¿Con tan poco respeto te he tratado?

Permanecieron en silencio unos minutos eternos, tan largos que hasta el Lagartija había perdido el interés en seguir cotilleando. Luego llegó de nuevo hasta el patio la voz susurrante e hipnótica del Flamenco, como el siseo de una serpiente. Creyó distinguir un fugaz gemido del llanto contenido de la viuda y se oyó —o simplemente asumió, porque eso haría Florindo— que él la besaba. Y después se escuchó el inequívoco crujido de la madera de la cama. Por curiosidad, esperó a confirmar si a continuación se cerraba la puerta de la alcoba y le seguían los pasos de Hendrick en dirección a su habitación. Se aburrió de esperar.

Volvió a concentrarse en las estrellas tratando de imaginar su código secreto. Pero, poco a poco, el deseo de conocer el mensaje que escondían se fue diluyendo en la abrumadora inmensidad y belleza del cosmos. Inmerso en ese espectáculo de luz y oscuridad, también desaparecieron de su consciencia los tenues jadeos y lamentos que se escapaban de la alcoba de doña Ana. Cabeceó un par de veces antes de dormirse por completo y, sonámbulo, regresó a su estancia en algún momento de la noche.

Manuel, el esclavo de Juan Cabrillo, llamó a la puerta muy de mañana, despertando con sus golpes al Lagartija, que había cogido el hábito de levantarse con la primera claridad del día para así evitar alguna injusta y azarosa regañina del Flamenco. Abrió el portalón pesadamente y el esclavo, tan parco en palabras como siempre, le entregó una nota para Hendrick.

—Es urgente.

Lo invitó a aguardar en la casapuerta, pero Manuel se quedó clavado en su sitio recalcando que no tenía intención de estar allí mucho tiempo y de paso dejarle claro que también él esperaba completa obediencia de parte del Lagartija. Herido y confundido por el desprecio con que lo trataba Manuel, el Lagartija asintió y dudó si cerrar o no la puerta, cosa que al final hizo con delicadeza para no sobresaltar o incomodar al esclavo, que seguía impasible a unos pocos centímetros de esta.

Subió las escaleras molesto por la arrogancia del sirviente de Juan Cabrillo, quien, pensara lo que pensara, no dejaba de ser tan esclavo como él. La tácita competencia con Manuel desapareció de su consciencia cuando recordó que tal vez Hendrick no se encontrara en sus aposentos. Con las manos sudorosas llamó a la puerta deseando no tener que descubrir si albergaba el valor de ir a buscarlo a la alcoba de doña Ana.

Nadie respondió, así que volvió a golpear la puerta y a llamarlo enérgicamente, mucho más alto de lo necesario si el Flamenco hubiera estado durmiendo en su cuarto, con la esperanza de que sus gritos se oyeran al otro lado del edificio.

—¡Señor! ¡Ha llegado un mensaje urgente del oficial Cabrillo!

No llegó ningún sonido desde dentro de la habitación y volvió a gritar. Gracias a Dios, a los pocos instantes escuchó el chirriar de las bisagras y el taconeo de unas botas al otro lado del pasillo. El Lagartija se aseguró de que su amo lo encontraba con la oreja pegada a la madera de la puerta para fingir que desconocía por completo dónde había pasado la noche.

—Ahora es maestre Cabrillo, tarugo. Dame eso.

Aparentó que se sobresaltaba y dio unos pasos por el pasillo para acercarse al Flamenco y entregarle la carta evitando su mirada. Hendrick la leyó de pie, sin ni siquiera entrar en su habitación ni meterse la camisa o cerrarse el jubón. Acto seguido resopló y se acarició la barba mirando el techo con gesto indescifrable. Por si acaso, y aunque nada indicaba la ira contenida que precedía a las collejas o reprimendas de Hendrick, retrocedió con un paso inconscientemente.

—Dile a Manuel que voy con él a ver al maestre Cabrillo.

El Lagartija se preparó a toda velocidad con la esperanza de acompañar a su amo hasta la casa de la calle Las Palmas para saciar su curiosidad por el urgente mensaje, pero en esa ocasión el Flamenco le ordenó quedarse en casa y completar un inventario de textiles.

A media mañana, antes de que el hambre le hiciera escaparse a la cocina para robar un mollete o un pedazo de queso, ya había acabado con la lista de tejidos que tenía comprados a los distintos comerciantes de Sevilla y otras poblaciones por toda la geografía del reino. A veces, aunque las menos, su amo cerraba acuerdos con algunos comerciantes menores de Amberes. En la selección de socios el Flamenco era, al menos en la ignorante opinión del Lagartija, tan volátil como en la forma de tratarlo a él. Algunos tejidos, sobre todo los que venían de sitios tan remotos como Goa o Malaca, lo entusiasmaban, y Hendrick se lanzaba a establecer relaciones con los representantes, casi siempre portugueses, sin hacer mucha labor de investigación. En cambio, el mismo tejido, incluso a mejor precio, no despertaba en su amo la misma pasión si el comerciante era, precisamente, flamenco. En esos casos, se mostraba reticente, esquivo, como tratando de encontrar alguna excusa para no relacionarse con estos. Toda la explicación que el Lagartija había sacado de las dos únicas ocasiones en las que, Dios sabía por qué, se le ocurrió preguntar, fueron dos de aquellos reconocibles y certeros pescozones en la coronilla que aún le dolían cuando los recordaba.

Consciente de lo puntilloso que era el Flamenco con su inventario, el Lagartija había adquirido la costumbre de repasarlo casi a diario tratando de grabar en su memoria los tipos de tejidos y sus precios, sobre todo aquellos a los que Hendrick había prestado más atención. También hacía un esfuerzo por recordar los vinos, los aceites y los utensilios que componían la mercancía que planeaba embarcar hacia la Nueva España, pero todos aquellos productos no iluminaban el rostro de su amo como una sola vara de seda. Aun así, el Lagartija hubiera podido recitar el tipo de producto y el volumen, además del comerciante a quien se lo habían comprado, de casi todo lo que poseía el Flamenco. Lo único que realmente parecía alegrar a Hendrick de tener al Lagartija a su lado, aparte de su discreción y obediencia, eran esos escasos momentos en los que este recordaba mejor que su amo un producto, un lote o el nombre de un comerciante. El Flamenco sonreía sin mostrar los dientes y le guiñaba el ojo, y eso era lo más parecido a sentirse querido que había experimentado desde que dejó de vivir con el Manco.

Cuando el sol estaba en lo alto se acercó al patio frente a las cocinas y esperó, embriagado por el olor del pescado sobre la plancha, a que Rayssa sirviera a doña Ana en la estancia frente al patio antes de exigirle su ración. La cocinera regresó de su labor y le llenó la mitad de su plato con judías y berenjenas cocidas.

—¿Y el pescado?

Rayssa no se molestó en mirarlo.

—No es para ti.

Aún permaneció unos instantes mostrando el plato con los brazos extendidos con la esperanza de que no se tratara de un desplante más de la agria cocinera. No hubo más pitanza que las verduras y se sentó a comer bajo la ridícula y cuarteada sombra de los jóvenes y entecos árboles, a la vista de Rayssa, sin ninguna confianza en que le diera nada más, pero al menos convencido de que su presencia en lo que ella consideraba su territorio le era un incordio. Una vez hubo acabado, en lugar de retirarse se quedó plantado bajo el sol testarudo, deseando encontrarse con la mirada de la cocinera y descubrir fastidio en su gesto o en sus murmullos.

Se escuchó el ruido de la portezuela de entrada golpear contra la madera del portalón y, antes de que se volviera a oír el chasquido metálico del cerrojo, Hendrick lo llamó a gritos. Se levantó de golpe, lanzando el plato por los aires y sobresaltando a Rayssa al caer. Protegido por la excusa de tener que atender a la llamada del señor, le señaló los restos en el suelo para «recordarle» que tendría que ser ella quien los recogiera. La cocinera le bufó algo en árabe que con toda seguridad era una maldición.

El Flamenco estaba junto al pozo bebiendo agua fresca del cazo que dejaban en un cubo cubierto con una tapa de madera. Había algo nuevo en su mirada, un brillo animalesco que le recordó al Hendrick de las primeras semanas, ese que le hacía creer que su vida estaba siempre pendiente de un hilo. Pero había algo más, un matiz diferente. Si no hubiera sido el Flamenco, habría dicho que lo que veía en él era miedo. Pero como se trataba de su brutal amo, quien siempre parecía tenerlo todo bajo control, creyó que lo que transmitía era pena, esa clase de pérdida honda de la que ya no puede uno recuperarse. Igual que la que lo embargaba a él cuando se acordaba de que nunca volvería a ver al Manco ni a los gemelos. Hendrick le indicó con un gesto de cabeza las escaleras.

—Acompáñame.

Doña Ana salió al patio dando una carrerita alegre, sonriendo aliviada de ver a Hendrick. Se acercó a él y posó su mano sobre el brazo del Flamenco con delicadeza y ternura, más como una caricia que como un gesto para llamar su atención.

—¿Todo bien con el señor Cabrillo?

Que doña Ana conociera a quien había ido a visitar sorprendió al Flamenco y acto seguido buscó furioso la mirada del Lagartija, que de inmediato se llenó de la culpa a pesar de no haber sido él quien lo desvelara. Hendrick apartó la mano de la viuda con displicencia.

—Nada que le incumba a vuestra merced.

Un latigazo de dolor cruzó el rostro de doña Ana y, aunque levantó la barbilla con orgullo, la voz le tembló al responder:

—Lamento serle una molestia.

El Flamenco musitó «claro que no» y, antes de que doña Ana pudiera reaccionar, avanzó hasta las escaleras que subió de dos en dos hacia su estancia obligando al Lagartija a trotar tras él para no perder el paso. Antes de sentarse frente a su escritorio, Hendrick sacó un papel del jubón y se lo entregó.

—Prepara toda esta mercancía en dos carros con conductor. La mayoría es de la casa de los Corzo. Allí también te arreglarán el transporte.

El Lagartija repasó la lista de tejidos y utensilios que le había dado el Flamenco.

—¿A qué esperas?

Levantó el rostro ruborizado, como si lo hubieran pillado en una falta.

—Sí, señor. ¿Para cuándo los quiere?

Hendrick sacó otro par de cartas con el sello del maestre Cabrillo y, pensativo, las dejó sobre la mesa. El Lagartija volvió a reconocer en los ojos del Flamenco esa pena, o ese miedo, que antes había entrevisto. Observó a su amo sentarse pesadamente frente a su escritorio con la mirada clavada en el suelo antes de recordar la pregunta del Lagartija y responderle con voz cansada:

—Mañana a primera hora. Vamos a Medina del Campo. Y tú te vienes conmigo.

17

Antes de dejar la habitación, el Flamenco le ordenó que, al volver, pasara por la casa del señor Spínola para informarlo de que irían a la feria de Medina del Campo y ofrecerse para hacerle al banquero cualquier gestión o llevar alguna correspondencia.

Los Corzo eran familia de los Vicentelo, y estos, de algún modo, lo eran de Juan Cabrillo, y entre todos formaban esa exclusiva comunidad de pudientes en la que el Flamenco había conseguido hacerse un hueco, aunque fuera marginal y servicial. Su palacio, en la calle San Nicolás, antes de llegar a Santa María la Blanca, resultaba imponente. Al menos eso decían, porque el Lagartija solo había accedido a uno de los patios interiores tres o cuatro veces. Pero la ostentosa decoración de azulejos en el suelo y la elaborada celosía de las ventanas bastaban para imaginar el esplendor del patrimonio de aquella familia procedente de Córcega. En comparación con aquel palacio, la del Flamenco parecía una casucha de esas que uno se encontraba camino de la Puerta de la Macarena.

El criado que lo recibió en la casa de los Corzo ya estaba al corriente, a través del maestre Cabrillo, de que el señor Van Belle iría con una lista de mercancías. Revisó el papel que traía el Lagartija, lo informó de que los carros los esperarían al amanecer en la Puerta de Carmona y lo despidió sin más ceremonia. Camino de la casa de Garcilaso Spínola, liberado de la urgencia de la tarea que le había encomendado el Flamenco, fue consciente de que iba a salir de Sevilla por primera vez en su vida. Acompañando a Hendrick a los encuentros en las gradas o a las casas de los comerciantes, había escuchado repetidas veces hablar de las ferias y, entre ellas, naturalmente, de la de Medina del Campo. Por alguna razón, nunca había imaginado, ni tampoco deseado, visitar ninguna otra ciudad. Tal y como oía una y otra vez a los invitados del Flamenco, Sevilla era el centro del mundo y en ella convergían todas las culturas. Todo lo que merecía la pena, viniera de donde viniera, estaba ya presente en la ciudad. Y si no estaba en Sevilla, dentro o fuera de su muralla, era que no tenía el menor valor. En su mente, había asumido que lo único que Sevilla no podía ofrecerle mientras viviera en ella era cruzar el mar. Por eso, hasta ese momento, el único viaje que él consideraba digno de emprender era al océano, en busca de los monstruos que le habían arrebatado los dedos al Manco. Sin embargo, una vez que recorrer el reino de un extremo otro para ir hasta Medina del Campo se convirtió en una realidad inmediata, se le contrajo el estómago de la emoción y de los nervios de enfrentarse a lo desconocido. Y también de miedo, uno indefinido que le habían transmitido lo imprevisto del viaje y el notable cambio en el talante de Hendrick.

El banquero lo hizo esperar en el patio mientras redactaba unas cartas para que se las llevara a su amo. Su hija se sorprendió al verlo allí, sentado en el único banco al que daban sombra los naranjos. Le sonrió con un libro en las manos, y el Lagartija comprendió de inmediato. Se levantó del banco para retirarse cortésmente, exponiéndose al sol y dejando a la joven todo el espacio necesario para leer sin tener que preocuparse por su presencia. Ella se lo agradeció, y las cálidas palabras que utilizó le hicieron sentirse todo un caballero, como esos que había leído en la alcoba de Juan Cabrillo, lo que le compensó con creces la pérdida de su sombra. Le sobrevino una punzada de nostalgia al recordar las tardes que se había pasado con el nuevo maestre enfrascado en la lectura, igual que hacía la hija del banquero en ese instante, absorta en los versos. Aparte de los libros, echaba de menos el trato amable, casi cariñoso, de Juan Cabrillo, que, en comparación con el indiferente del Flamenco, no le hacía sentirse invisible. No se le hubiera ocurrido decir «querido», pero al menos en su compañía tenía la impresión de que el maestre se dignaba a mirarlo y sonreírle, como si él le importara, aunque fuera solo mínimamente. Ya se le estaban cansando las piernas cuando uno de los secretarios del banquero Spínola lo llamó desde la puerta y lo despachó con unas cuantas cartas bien lacradas.

Regresó a la casa palaciega de su amo, esa tosca propiedad que un Corzo no hubiera utilizado ni para sus criados, y se dirigió directo a la alcoba de Hendrick. Si se encontraba dentro de ella, después de insistir con golpes y voces, aceptó que este no tenía la menor intención de responderle. Ni siquiera cuando lo informó a través de la puerta de que traía varias cartas que le había dado el banquero. Preocupado de que más tarde lo reprendiera por no estar disponible en el mismo instante en que lo demandara, se sentó en las escaleras para esperarlo.

Empezaba a hartarse de estar allí plantado cuando Rayssa se le acercó para preguntarle si el amo iba a cenar o no. Respondió que no lo sabía, ni tampoco si lo haría doña Ana, quien, por lo visto, no había dejado su habitación en todo el día. Él, en cambio, sí que quería cenar y su estómago se quejaba ansioso con el aroma del estofado que llegaba desde las cocinas. De todos modos, por prudencia o supervivencia, incómodo por desconocer el estado de ánimo de Hendrick o la urgencia de la correspondencia que llevaba, se quedó en las escaleras mirando de forma distraída el pozo y la anaranjada luz de la tarde reflejarse en el agua derramada del suelo.

Hendrick regresó después de que el sol se escondiera y las puertas de la muralla se acabaran de cerrar. Incluso bajo la luz tenue de las linternas, que llenaban el patio de tantas luces como sombras, se podía intuir la mirada achispada del Flamenco y cierta vacilación al andar que le hizo sospechar al Lagartija que su amo había estado bebiendo más de lo habitual. A decir verdad, en todo el tiempo que llevaba a su servicio, había visto a muchos comerciantes celebrar acuerdos con un par de vasos más de los que sus cuerpos podían tolerar. Eso, en cambio, nunca le había pasado a Hendrick. Hasta esa noche.

Ya había empezado a subir las escaleras cuando el Flamenco se percató de su presencia.

—¿Qué quieres?

Estiró los brazos para mostrarle las cartas del banquero.

—Correspondencia del señor Spínola.

Hendrick se frotó la cara con la mano como si así pudiera quitarse la lentitud mental y de movimiento que parecía atenazar su cuerpo.

—Dámelas.

Las guardó dentro de su jubón sin siquiera mirarlas y continuó el parsimonioso ascenso hasta la puerta de su alcoba. Antes de que entrara, el Lagartija le recordó lo que le había dicho el esclavo de la familia Corzo.

—Los carros nos esperarán en la Puerta de Carmona.

El Flamenco refunfuñó molesto un «ya lo sé» y acto seguido cerró de un portazo. Al otro lado del pasillo pudo ver el rostro semioculto de doña Ana, que se desvaneció como una centella cuando sus ojos se cruzaron.

Recogido en su camastro, el sueño se resistió a llegar. Quería convencerse de que ir en carro hasta la feria no tenía nada de intrigante, de aventura o de riesgo. Ese trayecto lo hacían semanalmente gentes de todas partes de Europa. En nada podía compararse con los relatos que contaba el Manco, aquellos viajes a lo desconocido en los que se adentraban en la infinidad del mar sin más mapa que las estrellas. Y, no obstante, a pesar de lo ordinario de su viaje, la perspectiva de dejar su mundo de calles pestilentes, de perder de vista el Guadalquivir y el tañido de las campanas de la catedral, le erizaba el vello y le aceleraba el pulso igual que si avanzara hacia el cadalso.

Soñó algo agradable que no era capaz de recordar excepto las risas y la sensación, más que la imagen, de estar de nuevo en el hueco de las escaleras en Triana. Afortunadamente, el cansancio no venció al hábito y se congratuló de haberse despabilado cuando aún no había luz, tan solo una delicada claridad que prometía que el día estaba a punto de cuajar. Tampoco el vino había hecho mella en el Flamenco, que bajó las escaleras de dos en dos, vestido con ropa de viaje y con la espada y la pistola a la cintura.

—Prepara las alforjas con la ropa que he dejado sobre mi cama.

Su amo seguía taciturno y rechazó el queso y el vino que le ofreció Rayssa mientras esperaba inmóvil en medio del patio cuando el Lagartija bajó para poner las alforjas a Generoso, la montura de Hendrick.

Doña Ana apareció en lo alto de las escaleras.

—¿Os vais?

El Flamenco se calzó el sombrero de cuero que le daba aspecto de soldado y dio un par de pasos hacia la puerta de las caballerizas evitando mirar a la viuda.

—Sí.

En el silencio incómodo que siguió, el Lagartija y Rayssa intercambiaron unas miradas de camaradería, conscientes de que los dos sobraban en esa conversación. Doña Ana jugaba nerviosa con su anillo y apretaba los labios para contener un aluvión de preguntas que no se atrevía a articular. Al final, algunas palabras encontraron cómo escapar:

—Pues que tenga vuestra merced un buen viaje.

Hendrick siguió sin levantar la mirada y respondió de un modo escueto y cortante:

—Así será.

Sin despedirse de ella, el Flamenco entró en las caballerizas. El Lagartija lo siguió, también evitando cruzar la mirada con doña Ana, que negaba con la cabeza en un gesto inconfundible de rabia. Llegó hasta la altura de su amo y colocaron las alforjas entre los dos sin intercambiar ni una palabra. Con un movimiento de cabeza Hendrick le indicó que abriera el portalón y salieron a la calle en el mismo momento en que los primeros rayos de sol iluminaban la muralla. Cada uno de los movimientos o bufidos del Flamenco delataban una ira contenida que el Lagartija no deseaba desatar con ninguna torpeza. Lo siguió en silencio, esforzándose en parecer invisible.

Tal y como habían acordado, los criados de la familia Corzo los esperaban con los carros y el Flamenco se aseguró de que habían llevado un par de mosquetes con ellos. Ordenó al Lagartija que tomara asiento junto al conductor más rechoncho, un tal Remigio a quien Dios lo había agraciado con unos ojos minúsculos y separados que le hacían parecer dormido en todo momento. El otro se llamaba Fernando, y era un muchacho de movimientos rápidos y nerviosos, como si estuviera siempre alerta. La vista de las armas le recordó las múltiples historias que corrían en Sevilla sobre los bandoleros de la sierra, y por un segundo se le inundó el pecho de una súbita angustia y a punto estuvo de rogarle al Flamenco que le permitiera quedarse en la ciudad. O, por lo menos, que lo dejara sentarse con Fernando, que transmitía mucha más confianza en el uso del mosquete que el tal Remigio, quien bien pudiera estar dormido cuando los asaltaran.

Sin mayor ceremonia cruzaron la Puerta de Carmona, donde se apiñaban granjeros que entraban en Sevilla para vender sus productos. Al cabo de un buen rato ascendiendo, el Lagartija se giró para observar la ciudad en la distancia.

—¡Qué grande se ve!

Remigio levantó los hombros y a través de la ranura de sus minúsculos ojos le dio la impresión de que le había dirigido una mirada un segundo antes de chascar la lengua para animar a las mulas.

Interminables olivares se extendían por las colinas, en lontananza se perfilaban ermitas solitarias y, en las lindes del camino, se encontraban a menudo con casas rodeadas de un coqueto huerto o con alguna venta. Además, durante la primera hora, no dejaron de cruzarse con campesinos que se dirigían a Sevilla. El Lagartija observó el flujo de gentes y se imaginó la ciudad como un monumental desagüe donde iba a parar toda la inmundicia, esa que hacía que la ciudad apestara.

Hasta la misma Carmona, nadie dijo una palabra. Y una vez allí el único que habló fue el Flamenco para recordarles que se aseguraran de dar de comer y beber a las bestias porque ya no pararían hasta Écija. Remigio le acercó la bota con vino áspero y aguado, un pescado en salazón y ni una sola palabra. Se pusieron de nuevo en camino. El paisaje no cambió, excepto que había cada vez menos casas, menos ventas y ya no se cruzaban con nadie. La monotonía del viaje y la excelsa conversación de Remigio, unidos al desinterés que tan abiertamente demostraba Hendrick por todos ellos, le hicieron olvidarse casi por completo de las armas y los bandoleros y transformaron los nervios y la excitación en una modorra pesada que fue ganando terreno en su consciencia hasta quedarse dormido.

Un codazo de Remigio lo despertó de golpe, pero aún tardó unos instantes en darse cuenta de que ya estaban llegando a su destino. El Flamenco se había adelantado y esperaba de pie, junto a Generoso, frente a la puerta de una venta. A lo lejos, al otro lado del río, se distinguía la muralla de la ciudad y la torre de una iglesia, en la que se intuía la elaborada decoración.

Recibieron las instrucciones del Flamenco en la misma puerta de los establos, donde, aparte de cuidar bien de las mulas y de Generoso, trabajo que era responsabilidad en exclusiva del Lagartija, habrían de pasar la noche. Remigio y Fernando, bien acostumbrados a viajar y a dormir de esa guisa, se hicieron de inmediato unos lechos con paja y él los imitó, colocando el suyo a no más de dos pies.

Generoso coceaba inquieto, y al Lagartija le pareció que miraba desconfiado ese establo que en nada se asemejaba a sus espaciosas y nítidas caballerizas. Se le ocurrió pensar que también debía de ser esa la primera vez que el caballo salía de Sevilla. Lo cepilló con cariño y paciencia hasta que el animal se tranquilizó y se concentró en comer el forraje, que había aderezado con un par de zanahorias.

Terminada su tarea, salió al patio en busca de sus compañeros de viaje y algo que llevarse a la boca. Los conductores habían elegido un sitio a la puerta de los establos, desde donde se podía vigilar a las bestias y la mercancía, y descansaban en torno a una hoguera en la que bullía una sopa con garbanzos, algunas judías y, con un poco de suerte, si se miraba con mucho detenimiento el tiempo necesario, también podían verse unos a todas luces insuficientes trozos de carne, posiblemente oreja de cerdo. Fernando lo llamó para que se acercara y Remigio le ofreció la bota de vino agrio a modo de saludo. Antes de sentarse a disfrutar de la suntuosa cena, recordó que debía entregar al Flamenco las alforjas con sus ropas, algunos dineros y sus cartas y documentos.

Lo encontró sentado en una mesa cerca del fuego, disfrutando de un asado de cordero del que goteaba la grasa y una generosa bandeja con albaricoques, uvas, higos secos y un enorme queso. Avanzó hasta Hendrick sin poder apartar la vista de la comida, y seguía mirando la mesa cuando le alcanzó las alforjas a su amo. El Flamenco las dejó en el suelo y se dirigió a él mientras hurgaba dentro de ellas en busca de algo.

—Llévate la bandeja. Ofrécele algo a los conductores.

El Lagartija le dio las gracias con una enorme sonrisa y la agarró para regresar escopetado hasta la hoguera y completar la aguada sopa con un buen pedazo de queso y algo de fruta fresca. En el momento de girarse, lo arroyó un mozo y las viandas de la bandeja se desparramaron por el suelo. Con la ansiedad de quien conoce el valor de perder una buena cena, el Lagartija se lanzó al instante para recuperar la comida. Y lo mismo se le ocurrió al mozo mientras desde la puerta de la cocina el ventero lo reprendía con una extensa colección de invectivas. Sus cabezas casi chocaron al tratar los dos de rescatar el queso de entre las botas del Flamenco. El mozo, no más que un niño, se disculpó. Al levantar la vista, el Lagartija no pudo evitar que se le quedara un gesto bobalicón con la boca abierta.

—¿Gordo?

18

Tras unos segundos de confusión, Gordo abrió los ojos de par en par y apenas pudo articular un balbuceo al tiempo que, aún a cuatro patas, le tocaba el brazo admirado. El Lagartija, con el queso en una mano y la otra sobre la de Gordo, se levantó y tiró de su amigo para incorporarlo.

De pie frente a él, se limitó a mirarlo sonriendo, incapaz de traducir con palabras el torrente de emociones e imágenes que se le agolpaban en la cabeza. Hubiera deseado que, por arte de magia, Gordo pudiera entrar en su cuerpo y así compartir con él todo lo que estaba sintiendo en ese instante. Lo único que acertó a decir fue «qué estupenda sorpresa», pero se le quedó en la boca un regusto amargo, como si la tuviera llena de arena. Le apretó la mano con fuerza para tratar de comunicarle de algún modo esa amalgama de éxtasis y nostalgia, aquella extraña sensación de haber regresado a su hogar.

No tuvieron oportunidad de decirse nada más. El ventero, un hombre de mediana estatura, pero de pecho ancho y brazos musculosos, se lanzó sobre Gordo para enviarlo en dirección a la cocina con dos enérgicos empujones.

—Será hideputa este niñato. —Se volvió hacia el Flamenco, quien trataba de limpiarse con la manga el vino que la bandeja, en su errático vuelo, había derramado sobre su jubón—. Lo siento mucho, mi señor. Le puedo traer otra bandeja ahora mismo, a mi cuenta, como compensación.

Hendrick dijo que no era necesario sin apartar la mirada del Lagartija, quien, una vez Gordo desapareció de la estancia, se había quedado mirando ensimismado al ventero, fastidiado por su irrupción e intrigado por la ira que desprendía la retahíla de insultos y blasfemias que dedicaba a su amigo. En comparación, los violentos arrebatos del Flamenco parecían insignificantes rabietas.

—No te quedes ahí pasmado. Recoge la fruta y llévasela a los conductores.

El Lagartija respondió asintiendo con la cabeza y, cuando acabó de llenar la bandeja, salió de la venta absorto en sus pensamientos, rememorando la última vez que había visto a los gemelos. Entonces Pequeño tosía y Gordo llevaba a su hermano en brazos, con aquella mirada que irradiaba determinación. Había cruzado la plaza sin detenerse un instante. Ni siquiera el ducado que llevaba en el bolsillo parecía importarle. Todo lo contrario que al Lagartija, a quien la aparición de aquella fortuna le había inundado de envidia y desconfianza. Que él recordara, se había quedado tan perplejo frente a la moneda que ni siquiera la pena de despedirse de sus amigos había llegado a cristalizarse. Desde el momento en que entraron en el orfanato, había aceptado sin demasiada reflexión que, al menos a Gordo, le tenía que haber ido bien, porque ellos se habían llevado el dinero.

Sentado en torno a la hoguera, después de que Remigio gruñera algún agradecimiento por la fruta, una lacerante culpa le recorrió el cuerpo, consciente de que el paradero de los gemelos no le había inquietado en demasía. Trató de justificar su desapego recordando el dolor del hambre que había compartido con ellos, esa batalla cotidiana que en los buenos días era solo agotamiento y en los malos una desesperación fría y afilada que le hacía preguntarse qué sentido tenía vivir. Era normal no querer rememorar esos sufrimientos y, por extensión, a sus compañeros de desventuras. Por suerte, su vida ya no era así. Gracias al Flamenco podía llegar a quejarse de que no hubiera suficiente carne y demasiada col en una sopa. Tanto había cambiado que ahora un ducado no representaba para él una fortuna capaz de transformar tu vida. No era más que una moneda y del Flamenco había aprendido que había formas de conseguir mucho más dinero que eso. Sin hambre y al servicio de un mercader, vivir era más fácil. Pero le avergonzaba que inmerso en aquella nueva comodidad no se hubiera preocupado demasiado por el destino de sus antiguos amigos ni hubiese deseado estar cerca para poder cuidarlos, algo que cuando vivían debajo de la escalera hacía de un modo inconsciente y espontáneo. Centrados únicamente en aliviar el dolor instantáneo, no había tiempo ni espacio para planear su vida futura o, al menos, creer que otra diferente era posible. Ahora sí se podía permitir esas cavilaciones y por eso sentía culpa esa noche y no el día en que Gordo se llevó a su hermano al orfanato.

Mientras Fernando y Remigio preparaban los camastros para dormir, el Lagartija recorrió la venta en la oscuridad en busca de Gordo, iluminando tristemente el camino con una llama que había rescatado de la hoguera. No había ventanas a su altura que le permitieran husmear dentro de la venta, ni tampoco ruidos o conversaciones que le dieran una pista del paradero de su amigo. Aun así, susurraba el nombre de Gordo cada tres o cuatro pasos, con la esperanza de que él también estuviera alerta y buscando el momento para encontrarse con él.

Regresó a los establos sin haber averiguado nada sobre su paradero y se acomodó en su lecho. Fernando roncaba indecorosamente y al Lagartija le pareció que lo apropiado era que fuera el hosco Remigio y no su más sofisticado compañero el que bramara de semejante modo. Sin embargo, como debía ser, en el sueño los dos se comportaban como en la vigilia, uno hablando y el otro guardando un silencio sepulcral.

Se conjuró para no dormir anhelando que su amigo fuera a buscarlo y por eso se sobresaltó cuando Gordo lo despertó tirando con suavidad de su camisa. Solo con gestos, le indicó que lo siguiera y, con cuidado de no molestar o asustar a las bestias, salieron de los establos. Su amigo avanzó con seguridad en la oscuridad, guiándolo hasta el recodo del camino donde, si no recordaba mal, empezaba el bosque. Llegaron hasta los lindes de la arbolada, a la altura de un tronco caído, desde donde, una vez acostumbrado a la noche, podía verse el contorno de la venta, azulado bajo la tenue luz de una luna creciente.

—Aquí no nos pueden oír.

Antes de sentarse, Gordo se acercó hasta el Lagartija y se fundieron en un largo abrazo. Cuando se separaron, los dos tenían los ojos húmedos y el Lagartija se apartó unos pasos para mirar con detenimiento el rostro de su amigo, como si necesitara confirmar que su presencia era real y no estaba sufriendo algún encantamiento. Suspiró conforme y le acarició la mejilla con ternura y cierta zozobra al no reconocer en la mirada de Gordo la determinación ni la fuerza que recordaba. Ya sobre el tronco caído y polvoriento, seguro de la respuesta, se atrevió a compartir la incómoda pregunta que le ardía en el pecho.

—¿Y Pequeño?

Gordo negó con la cabeza y el Lagartija pudo ver el fugaz brillo de una lágrima descender desde los párpados hasta perderse en la comisura de los labios. El Lagartija le puso la mano sobre la pantorrilla y Gordo empezó a hablar con la mirada perdida en los recuerdos:

—Lo enterramos allí mismo, en el patio que hay detrás de la capilla del orfanato. Sufrió mucho, ¿sabes? Le dolía el pecho y no paraba de tiritar. Se fue de repente. Entonces, cuando ya no respiraba, pareció que sonreía.

El Lagartija recordó el miedo y la angustia en los ojos de aquel pescadero que mataron en el Arenal. Al menos Pequeño se fue en paz.

—Seguro que sí, seguro que te sonreía.

Gordo cabeceó repetidas veces y abrió la boca para, en medio de la emoción, intentar decir algo que no llegó a salir de sus labios. Se conformó con un esperanzador «sí». El Lagartija no se atrevió a romper el silencio, así que fue su amigo quien, tras un hondo suspiro que parecía aligerar el peso de aquellos recuerdos, cambió de conversación.

—A ti no te va nada mal, ¿no?

Levantó los hombros y enseñó la palma de las manos confirmando que así era y que nada había en él para merecer o desmerecerlo, solo la fortuna. Gordo le golpeó la tripa.

—De comer, desde luego, no te falta.

Le dijo que no y le contó que también le habían enseñado a escribir y a leer. Gordo silbó con admiración, pero en sus ojos solo había tristeza.

—En el orfanato teníamos que ir a clase. Se me daba fatal. Igual por eso me trajeron para servir en la venta. Dijeron que tendría que estar aquí uno o dos años.

Se fijó en las piernas y en los brazos de su amigo. Seguía teniendo el mismo cuerpo ancho y de huesos largos, pero le faltaba la redondez de antaño. Algo pasó por la mente de Gordo, que se quedó mirando al suelo, y el Lagartija sintió una pegajosa incomodidad. De golpe daba la impresión de que no sabían qué más decirse. Sobre todo, sintió que ya no tenía ninguna gana de hablar de él ni del Flamenco ni de nada de su vida. Finalmente, se le ocurrió preguntar por el Manco, y eso también debió de ser un alivio para Gordo, que volvió a levantar la mirada para responder.

—Está en la cárcel. Dicen que trabajaba para Monipondio.

El tono de voz de su amigo había sido lúgubre y cargado de derrota. En cambio, él, que había dado por sentado que el jefe de la banda estaba muerto, recibió la noticia con esperanza, incluso si ahora trabajaba para el más temido de los criminales de Triana, alguien a quien habían tratado de evitar a toda costa cuando vivían debajo de la escalera.

—¿Lo has visto?

Gordo negó y lo miró inquisitivamente.

—¿Echas de menos Triana?

El Lagartija respondió con un dubitativo «claro» que no convenció a su amigo en vista de la mueca cínica que le dedicó, pero no trató de corregirlo. Tampoco el Lagartija intentó justificar su vacilación a Gordo, pero en su cabeza sí lo hizo. Claro que echaba de menos la libertad y la compañía de sus amigos, pero no lo demás: volver a las calles, rebuscar comida entre desechos o no poder imaginar su vida más allá de la siguiente semana...

—Sobre todo, echo de menos las historias del Manco.

Los labios de Gordo dibujaron una sonrisa enorme.

—¡Cuántas patrañas nos contaba! ¿Sabes que no había salido al mar ni una sola vez?

El Lagartija tampoco se había creído nunca a pies juntillas el relato del Manco, sobre todo lo de los monstruos, pero había deseado que, al menos alguna parte, fuera verdad, y la constatación de que todo era una ficción le dejó un poso de desencanto que escondió tras un rápido e indiferente «ya, claro». Gordo se inclinó sobre él, como para compartir un secreto.

—Me contaron que fue el señor al que servía el que le cortó los dos dedos y lo devolvió al orfanato. Los monjes lo recibieron con una azotaina. Después le curaron la mano y el Manco se escapó.

—¿Qué hizo para que le cortaran los dedos?

—Robar, como siempre. ¿Qué otra cosa podría ser? —Gordo respondió extrañado por la pregunta de su amigo.

En eso estaba de acuerdo, el Manco siempre había alardeado de «encontrarse» cosas y había sido muy cuidadoso con no animarlos demasiado a ellos a robar, pero, con el paso del tiempo, se había convencido de que el jefe de la banda, más que protegerlos a ellos de ensuciarse las manos, se limitaba a protegerse a sí mismo porque solo confiaba en sus propias habilidades para el hurto. Recordó el collar que misteriosamente había caído en el regazo del Manco.

—¿Te acuerdas de la cadena que guardaba con tanto celo?

Gordo abrió con exageración los ojos y tuvo que contener una carcajada.

—¡Quién no se acordaría!

—Creo que la he visto. O al menos una exactamente igual.

—¿En serio? ¿Dónde?

—La lleva al cuello la hija del banquero Spínola.

La sonrisa desapareció del rostro de su amigo.

—Rodeado de pudientes… Yo tampoco echaría de menos vivir debajo de una escalera.

Respondió que él no se rodeaba de nadie salvo del Flamenco, pero no valió para tapar el abismo que había surgido entre ellos. Gordo miró hacia la venta.

—Será mejor que me vaya antes de que me lleve una paliza.

El Lagartija sintió en su cabeza los pescozones que le daba el Flamenco y se le vino a la mente la iracunda mirada del ventero.

—¿Te pegan mucho?

Gordo se levantó la camisa para mostrarle el torso amoratado y un par de cicatrices rojas y deformes.

—Me tiró encima de la horca.

Se quedó en silencio mordiéndose el labio inferior y tratando de ocultar la culpa que sentía por tener una vida, si no privilegiada, sí mucho mejor que la de sus amigos. Gordo se bajó la camisa y lo agarró del brazo. Su mirada estaba llena de ansiedad y deseo.

—Podría irme con vosotros. Dile a tu amo que me compre. Seguro que al ventero le da igual.

Era una idea descabellada y solo imaginarse proponiéndoselo a Hendrick le ponía los pelos de punta. Se sonrojó, pues tenía la certeza de que el Flamenco no aceptaría, pero se le pasó por la cabeza si no se habría convencido a sí mismo de aquella certidumbre por miedo a poner en riesgo el confort de su cotidianidad. Gordo insistió.

—Yo puedo hablar con él.

Negó con la cabeza varias veces dejando en evidencia su azoramiento.

—No, no... Eso no...

Los dedos de Gordo perdieron fuerza y sus brazos cayeron flácidos, colgados inertes de sus hombros.

—Me tengo que ir...

Una náusea le inundó la garganta al Lagartija y cerró los ojos con fuerza, en parte para no tener que ver a Gordo y también para estrujarse el cerebro y encontrar algo que decir.

—Se lo voy a preguntar. Pero necesito tiempo. Tengo que esperar el momento oportuno. —Gordo hizo el intento de esbozar una sonrisa y él continuó—: Ahora vamos a la feria de Medina. Seguro que dice que no. Se lo preguntaré a la vuelta, antes de que paremos aquí otra vez.

Su amigo asintió y suspiró mirando en dirección a la venta. El Lagartija le tiró del brazo para obligarlo a que lo mirara.

—Te lo prometo. A la vuelta.

Por un instante estuvo a punto de vomitar abrumado por la pena, el asco y la culpa, al tiempo que se repetía que encontraría la forma de hablar con el Flamenco, sin saber cuánto de verdad había en esa promesa.

Regresaron tan en silencio como habían ido y se despidieron sin hablar. El Lagartija le forzó a leer en sus labios un «te lo prometo» y Gordo aceptó con un movimiento de cabeza, tal vez para decirle que le creía o quizá solo para confirmar que lo había entendido.

Consiguió dormirse a pesar del desasosiego que sentía y de los ronquidos de Fernando, y se despertó en cuanto él y Remigio se levantaron para preparar las bestias y los carros. Comieron un poco de pan y queso que aún les sobraba de la noche anterior y, antes de que hubiera terminado de poner las alforjas a Generoso, Hendrick apareció en los establos listo para partir.

Cuando alcanzaron el camino, se giró y recorrió con la mirada la venta en busca de Gordo. No lo vio.

19

Llegaron a Córdoba en una jornada, donde lo único que rompió la monotonía fue un estornudo monumental e inesperado de Remigio que sobresaltó a todos, incluido al Flamenco que, durante todo el camino, no intercambió ni siquiera una orden, un reproche o un insulto con ninguno de sus compañeros de viaje. Acordaron pasar dos noches allí para unirse a otros viajeros y ser un grupo más numeroso que desalentara a los posibles bandoleros en Despeñaperros. Eran otros tres carros cargados con aceite y vino, acompañados de dos hombres a caballo con pistola y un arcabucero que presumía de acertar a una sandía a más de cien varas de distancia, incluso con el traqueteo del irregular camino. Fernando, junto al fuego, se mofó de aquella bravuconada, pero reconoció que llevar un arcabucero que se podía divisar desde lontananza amedrentaba a los ladrones. Un arcabuz, aunque fuera una antigualla, no era algo que pudiera ignorarse. Remigio gruñó con satisfacción y al Lagartija no le quedó claro si era para expresar su acuerdo con los argumentos de Fernando o por el trozo de panceta con la que los había agasajado el Flamenco.

La primera noche, mientras cepillaba a Generoso y los conductores se encargaban de las mulas, Hendrick se acercó para recoger sus alforjas. Tenía la ropa polvorienta, el gesto cansado y el mismo tono de voz irritado y ansioso que lo había acompañado desde que dejaron Sevilla. Lo agarró del brazo con brusquedad.

—¿De qué conocías al chico de la venta?

Como el Flamenco no había mostrado hasta ese momento ningún interés en el incidente de la bandeja ni en el recuerdo violáceo del vino que se había quedado en su camisa, lo pilló desprevenido, e intimidado por la súbita pregunta respondió rápido y escueto.

—Lo conocí en la calle.

—¿Era de tu grupo?

Hacía meses que el Flamenco había dejado de recordarle que le estaba terminantemente prohibido relatar cómo había entrado a su servicio ni contar ningún detalle de su vida pasada que desmintiera que Hendrick, en un acto de caridad cristiana, lo había recogido del orfanato. Y, si era sincero consigo mismo, tenía que reconocer que se había acostumbrado a ese pasado más amable hasta el punto de llegar a creérselo él mismo. Por un segundo se imaginó al Flamenco aquella noche en que le permitió visitar al Manco y no regresó a la hora acordada. Cuando Hendrick dio con él, algo en el tono de voz, en su mirada, lo había convencido de que le arrancaría la piel a tiras. El recuerdo de aquellos días en los que pensaba que su vida sería corta, o que perdería la lengua o le darían una paliza brutal, inundaron su cabeza, igual que el agua desparramada por el suelo, ocupando cada recoveco de su mente. Negó con la cabeza enérgicamente.

—No.

El Flamenco escrutó su rostro durante unos segundos eternos en los que el Lagartija consiguió sostener la mirada y repetir «no» con cierta entereza. Hendrick se giró con indiferencia y él se quedó con un regusto amargo, sintiendo una arrebatadora ira contra Gordo por sacudir la frágil paz que había conseguido en su vida. Y, al mismo tiempo, le tiznaba el ánimo esa evidente traición a su amigo que haría aún más difícil cumplir su promesa de hablarle de él a su amo.

Al día siguiente, el Lagartija no se separó de Fernando, quien, con su inagotable verborrea, conseguía al menos que su mente no tuviera tiempo de enredarse en sus propias emociones. En cada pausa que este hacía para rescatar de su imaginación o sus recuerdos otra historia insustancial, que Remigio acompañaba con un suspiro de alivio, la imagen de Gordo se le quedaba pegada en las retinas y sus pensamientos se le hacían espesos y pringosos. Había rememorado tantas veces el encuentro con su amigo, su mirada cargada de miedo y esperanza, sus cicatrices, que tenía la impresión de que se trataba de un recuerdo antiguo, que pertenecía al hatillo de aquellos de cuando compartían el suelo y los piojos debajo de una escalera. Deseaba con sinceridad que la vida de su amigo fuera distinta, que tuviera un poco más de suerte. Pero también sabía que sentirse responsable de ello, de cambiar el destino de Gordo, lo llenaba de inquietud, le tensaba los músculos y, a ratos, hasta le quitaba el apetito. Lo que el Lagartija quería era un golpe de suerte, un milagro que de la noche a la mañana transformara la vida de su amigo sin que él tuviera que intervenir. Y, sin embargo, como una mosca cojonera, su promesa a Gordo volvía una y otra vez, recordándole que debía intentar hablar con el Flamenco.

Con la primera claridad del día, dejaron Córdoba y durmieron en Andújar. Allí, limpiaron las armas con mimo y algunos rezaron antes de partir hacia Despeñaperros. Las oraciones, el arcabuz o quizá la suerte, que estaba de su lado, hicieron que el trayecto por la sierra fuera tan aburrido como lo había sido el resto del viaje hasta ese momento. A la mañana siguiente, aún sin noticias de los bandoleros, alcanzaron la meseta con sus tierras yermas, sus casas de adobe, más tristes y pobres que las que conocía el Lagartija en Triana, y, sobre todo, su cielo, un azul infinito que invitaba a tumbarse en el suelo polvoriento y dejarse acunar por esa inmensidad serena.

En Puerto Lápice, entre dos colinas que partían la meseta por la mitad, se podían ver las tierras de Toledo, la primera ciudad con entidad desde que dejaran Córdoba. Allí se despidieron de los mercaderes de aceite y vino y en la Posada del Sevillano descansaron un día entero pese a que la comida, decía el Flamenco, era indigna y desmerecía la fama del establecimiento. Hicieron noche en Aranjuez y al abandonarlo, en la distancia, vieron la villa de Madrid, que Fernando describió como una ciudad plena de diversiones, bailes, comedias, desfiles, paseos... Era el paraíso de las aventuras sentimentales y los encuentros amorosos. Remigio gruñó. Se unieron a otros mercaderes antes de cruzar Guadarrama y a otros más al pasar al otro lado, antes de llegar a Adanero, tras una jornada extenuante que los obligó a descansar allí dos días para que las bestias se recuperaran. De allí, Medina del Campo estaba a tiro de piedra. El camino rebosaba de carros y de una actividad llena de un optimismo contagioso que hasta despertó una sonrisa en Remigio. Fernando entabló conversación con una moza que vendía pan y vino a los viajeros, luego con otra que tenía melones y sandías y con una tercera que no llevaba nada, pero que hizo el ademán de subir al carro entre risotadas. El Lagartija acompañó con las palmas a unos músicos que también iban a probar fortuna en la feria, y el Flamenco, con su talante taciturno y agrio, los condujo hasta la Puerta de Ávila, donde esperaron cerca de una hora hasta que se acabó el papeleo, la inspección de la mercancía y el pago de las tasas.

Dentro de las murallas, gracias a las indicaciones de los alguaciles, evitaron la plaza Mayor, donde ya se habían instalado más de un centenar de puestos, y, siguiendo el cauce del río Zapardiel, llegaron hasta la plaza de San Juan de Sardón para que el Flamenco se cepillara el polvo del camino y, de paso, las bestias bebieran en el pilar. Antes de que tanto las mulas como los criados se hicieran los remolones, prefiriendo descansar junto a los caños, Hendrick los condujo por la calle de Santiago, donde estaba el casón del señor Simón Serrano, pariente, amigo o conocido de Juan Cabrillo, quien se había ofrecido a acomodarlos durante las semanas de la feria.

Los criados del insigne señor Serrano los guiaron a las caballerizas y a Hendrick a sus aposentos para descansar del viaje antes de la cena que habían organizado en su honor. El Flamenco le pidió que acompañara a los conductores y que le llevara sus alforjas una vez que Generoso estuviera bien acomodado.

Cepilló el caballo y lo dejó rodeado de heno y agua y cruzó al otro lado de la casa, hasta la habitación de Hendrick, pasando por la desangelada estancia con letrina donde habría de dormir con los conductores, siempre y cuando los dicharacheros ronquidos de Fernando lo permitieran.

Hendrick sacó todo el contenido de las alforjas y con mucha delicadeza dejó sobre la cama el jubón de terciopelo, la valona bordada y las calzas negras. En la mesa colocó la correspondencia, la pistola y la bolsa de dinero. Mientras ordenaba sus pertenencias le exigió al Lagartija que recitara de memoria el contenido de la mercancía que habían traído, las distintas calidades de los tejidos y el precio de coste al que las habían adquirido.

Acabó en unos pocos minutos y, tras haber dudado solo en un par de ocasiones, tuvo la certeza de que había sido capaz de completar el inventario sin falta. El Flamenco le guiñó un ojo con complicidad y al Lagartija se le escapó de un modo inconsciente una sonrisa llena de orgullo.

—Siéntate y coge ese papel y la pluma.

Para cada producto le indicó el precio de venta y qué cualidades y usos debería destacar de cada uno de ellos. Así, en medio de esa descripción, se enteró de que a partir de mañana se pasaría el día en un puesto de la plaza con algunas muestras para atender a todos los posibles compradores. El Flamenco le prohibió hablar de sus telas con nadie que previamente no le hubiera dado su nombre y lugar de alojamiento. Por supuesto, el Lagartija no tenía autoridad para cerrar ningún trato, pero para cada producto Hendrick le indicó un precio y una cantidad por la que estaba dispuesto a recibir a los clientes en la casa de Simón Serrano.

La perspectiva de pasarse el día vendiendo le pareció inmejorable en comparación con las horas de silencio en compañía de Remigio. También floreció en su pecho una agradable sensación de orgullo al sentir la confianza que Hendrick depositaba en él. Y no pudo evitar que le sudaran las manos con el súbito pánico que le causaba cargar con aquella responsabilidad. Paró de escribir por un instante para secarse las palmas húmedas y carraspeó con suavidad para llamar la atención de su amo.

—¿Por qué te detienes?

El Lagartija tragó saliva.

—¿Cree vusted que lo haré bien?

El Flamenco levantó las cejas y resopló por la nariz.

—Más te vale.

Con el alma en vilo y sin parar de recitar para sí mismo lo que Hendrick le había pedido escribir, se dirigió hasta las caballerizas, donde descansaban Fernando y Remigio. Entre los tres recogieron unas tablas y unos caballetes y se dirigieron a la plaza Mayor para montar el puesto en el lugar que estaba reservado para la familia Serrano, al que los condujo uno de los alguaciles que se encargaban del orden y la seguridad de la feria.

Una vez estuvo el puesto listo, sobre el que montaron un desabrido toldo para protegerse del sol, regresó a la casa para informar al Flamenco, quien ya se había cambiado de ropa y, vestido con los terciopelos y los bordados, tenía un aire imponente. Sobre una silla descansaban una camisa de paño, tan nueva que podría pasar por lino a alguien que no supiera de telas, y un jubón de cuero rojizo usado.

—Ponte esto. No quiero que parezcas un mendigo.

Para no perder la costumbre, la camisa le quedaba muy holgada, como si el Flamenco no fuera consciente de sus medidas o deseara que fuera mucho más adulto de lo que en realidad era. El jubón, en cambio, le quedaba como un guante. Era la primera vez que se veía de esa guisa y se sintió importante. Hendrick cogió las cartas lacradas del señor Spínola que descansaban en la mesa y le dio un par de indicaciones para llegar a la casa del banquero Gonzalo Núñez, al otro lado del río, en la calle de los Regidores.

Salió de la casa con un paso animado, casi como un danzarín, con la impresión de que todas las personas con las que se cruzaba le dedicaban una mirada llena de admiración, asombrados por la metamorfosis a la que había sido sometido.

Una vez allí, y para su sorpresa, lo invitaron a descansar

en una estancia ostentosamente amueblada y con unas vistosas ventanas con cristales y elaborados enrejados, en lugar de en la casapuerta o en las caballerizas, como estaba acostumbrado. Para rematar ese insólito deleite, que el Lagartija asumió como el resultado de su nueva indumentaria, le trajeron una jarra de vino para amenizar la espera. Antes de que pudiera acabarse el primer vaso le despidieron con un mensaje para Hendrick.

Regresó a paso ligero, acariciando su jubón que, como por arte de magia, había transformado al escuálido chico de los recados en el mismísimo secretario del señor Hendrick van Belle.

Los conductores estaban cenando al lado de las caballerizas. Remigio dejó de sorber la sopa en el momento en que vio al Lagartija y Fernando silbó asombrado. Él hubiera deseado reaccionar con naturalidad para restarle importancia a su recién estrenada elegancia y así no despertar la envidia de sus compañeros de camastro. Pero era incapaz de dejar de esbozar una sonrisa que le recorría la cara de oreja a oreja, tan amplia que ni siquiera le permitía hablar. Remigio volvió a su sopa, pero sin dejar de mirarlo por encima del cuenco, y Fernando le indicó que el Flamenco lo esperaba en el salón, donde estaban sirviendo la cena.

Preguntó a uno de los criados y subió las escaleras con un cosquilleo en el estómago, fantaseando con la idea de que, ahora que pasaba por ser su secretario, por qué no creer que Hendrick lo hubiera invitado a cenar con él. A través de la puerta del salón se distinguía la cacofonía de varias conversaciones solapadas. El Lagartija se remetió la camisa, estiró el jubón mágico y entró con paso decidido, aún con la sonrisa grabada en su rostro.

Bastó una mirada fugaz de Hendrick para comprender

que no había nada de lo que alegrarse. Bajó la cabeza y trató de hacerse invisible mientras se abría paso entre los corrillos de gente hasta la altura del Flamenco.

—¿Qué te hace tanta gracia?

El Lagartija negó con la cabeza y su amo chascó la lengua con disgusto.

—¿Te han dado algo para mí?

Como respuesta le entregó el mensaje de Gonzalo Núñez, con la esperanza de que distrajera a su amo de no tener que explicarle nada más sobre su incomprensible y efímera felicidad.

Hendrick aún no había terminado de leer la misiva cuando por una puerta en el otro lado de la estancia entró un anciano al que un criado ayudaba a dar pasos cortos y arrastrados. Las conversaciones se detuvieron y todos miraron en su dirección. En medio de su trabajoso camino, el anciano necesitó una pausa y la aprovechó para indicar con la mano al Flamenco un asiento junto al que presidía la mesa. Hendrick se colocó detrás de la silla y esperó con paciencia a que el anciano ocupara la suya. El Lagartija agradeció que la presencia de aquel viejo, que debía de tratarse del señor Simón Serrano, eliminaba la posibilidad de recibir una amonestación de su amo.

Como el Flamenco no le había indicado que se marchara, se quedó detrás de él, esperando rígido, como si se tratara de una pieza de mobiliario. Una vez el señor Simón Serrano consiguió sentarse, el resto de los comensales lo imitaron y, en medio del alboroto de sillas y conversaciones que se reanudaban, el Lagartija se atrevió a levantar la cabeza y a observar a la gente pudiente que allí se encontraba. Su mirada se detuvo en los ojos de una muchacha joven que tendría seis o siete años más que él. Llevaba un vestido de seda roja que se ajustaba a su figura con un bordado de hilo de oro que bajaba desde los hombros hasta su busto, como invitando a posar la vista en unos pechos pequeños y firmes. Le sonrió y el Lagartija sintió que se ruborizaba. La voz del anciano, grave y trémula, lo rescató de su azoramiento.

—Disculpe mi indiscreción, pero, desde que tuve noticias de su llegada, me ha consumido la curiosidad por saber si es vuestra merced familia de Willem van Belle.

Hendrick levantó la mano para indicar al criado que estaba sirviendo vino que era suficiente y se atusó la barba mientras sonreía.

—Me imagino que se refiere al propietario de la Compañía Universal de Amberes. —Con un leve movimiento de cabeza el anciano lo confirmó y el Flamenco continuó—: Familia lejana, mi señor Serrano. Tengo entendido que la rama de la familia de Willem van Belle y la mía se separaron hace cuatro generaciones. —Hendrick se llevó el vaso de vino a los labios mientras mantenía los ojos fijos en el rostro del anciano, quien asentía con gesto relajado y la mirada limpia. El Flamenco añadió—: Mi familia no tuvo tanta fortuna en los negocios.

El señor Serrano negó rotundamente.

—No se trata de fortuna. No, señor. No he conocido en mi vida persona menos honesta en los negocios que Willem van Belle.

Hendrick volvió a llevarse el vaso a los labios y durante un instante se instauró un silencio tenso que el anciano rompió, al tiempo que ponía la mano sobre el brazo de su invitado.

—Perdone vuestra merced mi brusquedad. Pero a mi edad creo haberme ganado el derecho de decir en mi casa lo que me venga en gana.

El Flamenco respondió a la caricia poniendo su mano encima de la del señor Serrano.

—Por supuesto. Y si me permite la misma franqueza... —Hendrick se detuvo para mirar a derecha e izquierda—. Le parecerá inusual, pero yo me resisto a hacer negocios con flamencos. —Se inclinó hacia el anciano y bajó la voz, pero no tanto para que el Lagartija no lo oyera—. La mayoría lleva sangre hereje por sus venas. No son de fiar.

El anciano miró divertido e intrigado a Hendrick.

—Tiene vuestra merced un acento peculiar. No es fácil saber que es de origen flamenco.

—Así es, mi señor. Mis padres eran de Bruselas, pero yo soy nacido y criado en Portugal. Y, gracias a Dios, súbdito de la Corona española.

El Lagartija no tenía ninguna duda de que el Flamenco no había naufragado cerca del cabo de San Vicente ni había escrito nunca a ningún pariente en Amberes, como había prometido en su día a doña Ana. Pero, por lo que él sabía, tampoco recordaba el menor esfuerzo para ponerse en contacto con su familia en Portugal, si es que había alguna.

La conversación con el anciano se alargó unos minutos más y, cuando hicieron una pausa y Hendrick se giró para pedir vino, el Lagartija le asintió servicialmente para demostrarle que no se había movido ni un codo. El Flamenco pareció desconcertado.

—¿Qué haces ahí?

El Lagartija abrió la boca, pero no supo qué decir. Hendrick tampoco le dio opción.

—¡Vete!

Sin soltar una sola palabra, abandonó el salón con pasos rápidos, pero sin llegar a correr para no llamar la atención. Antes de cerrar la puerta, superando el miedo de que el Flamenco estuviera vigilando sus movimientos, encontró el coraje para mirar en dirección a la joven y descubrir que ella lo observaba descaradamente con un mohín divertido en los labios. El Lagartija volvió a sonrojarse, pero en esta ocasión fue capaz de devolverle la sonrisa.

20

Gracias a Dios, y a su extraordinaria memoria, el Lagartija demostró en esos primeros días una sorprendente y liberadora habilidad para presentar las muestras e incentivar a los posibles compradores a reunirse con el Flamenco. En la cena del segundo día, Hendrick le llevó una bandeja de comida que el Lagartija interpretó como una felicitación por su trabajo. Fernando concluyó que el éxito del Lagartija se debía a que era un «crío con cara de bueno» y Remigio bostezó.

A pesar de su capacidad para recordar al dedillo las instrucciones de su amo, de su rostro de «cachorro aterrorizado», descripción con la que Fernando remató su disertación, o sencillamente de la buena suerte que lo acompañaba en el tenderete, el Lagartija se había pasado esos días con la sensación de caminar sobre una fina capa de hielo, convencido de que podría cometer un error imperdonable para Hendrick en su siguiente conversación con un potencial cliente. Así, como un malabarista que sostiene decenas de bolas en el aire, se acurrucaba en su camastro recitando una y otra vez la descripción de la mercancía y los acuerdos a los que había llegado el Flamenco para no vender lo que ya no tenía. Pero, debajo del velo de temor que siempre cubría su mente y sus acciones, el Lagartija reconocía que encontraba placer en esas pláticas sobre tejidos, usos y precios que, además, le hacían sentirse útil. En algunos momentos, le daba la impresión de saber más que algunos de aquellos mercaderes, o sus secretarios, vestidos con ropas de calidad y movimientos elegantes y calculados. Cada día que pasaba vendiendo en la plaza Mayor ganaba un conocimiento más detallado del producto y de las expectativas de los clientes, y todo lo que estaba aprendiendo en esa feria nada tenía que ver con su cara llena de inocencia y miedo, dijera lo que dijese Fernando y gruñese lo que gruñera Remigio.

Para su sorpresa, una vez que el cansancio le arrebataba la consciencia, no eran las telas ni los mercaderes, ni siquiera el deseo de que el Flamenco utilizara alguna palabra para felicitarlo, lo que ocupaba sus sueños. Sin remedio, desde aquella primera cena, siempre soñaba con la joven del vestido de seda roja a la que acompañaba una arrebatadora expectativa de aventura y que, al despertar, lo dejaba con la certeza de ser un impostor, aunque no tuviera ni la más remota pista de qué originaba esa sensación de fraude.

El Lagartija asumía su lugar debajo del toldo del puesto antes de que saliera el sol y solo se atrevía a dejar la plaza Mayor mucho después de que las campanas llamaran a rosario, cuando no quedaba ni un alma, no fuera que apareciera un posible cliente en el último momento y se quejara al Flamenco de que no había encontrado a nadie para atenderlo. De modo que, absorto por el ajetreo de la feria, no había tenido un instante para recorrer la casa y, quién sabía, encontrarse con Isabel Serrano, la joven que lo visitaba en sueños. Todo lo que había conseguido averiguar era su nombre, que era la única hija del malhadado Pedro Serrano, el oscuro y díscolo hijo del anciano Simón Serrano, y que, se rumoreaba, podría heredar un buen pellizco de los negocios de su abuelo. Una de las cocineras decía que el señor Serrano debería estar muerto hacía al menos una década, pero que, gracias a la raíz de una planta que había traído de las Indias y, que la obligaba a poner en todas las comidas que le servía, conseguiría mantenerse vivo hasta que todo su imperio estuviera en buenas manos, incluyendo casar bien a su nieta. También decía la cocinera, y en eso estaba de acuerdo una esclava con la cara picada de viruela, que no sería fácil encontrar un marido para la caprichosa Isabel —la Campana, como la apodaban en susurros—, porque había heredado de su padre la misma displicencia por el resto de la humanidad, a no ser que alguien fuera capaz de demostrarles alguna utilidad. Pese a aquel desprecio a cualquier persona, pensaba el Lagartija, era a él a quien la señorita Isabel había dedicado aquella abierta sonrisa.

Se acabó la primera semana y también la segunda, y, tanto por lo que él mismo había deducido como por lo que relataba Fernando, el Flamenco se había pasado horas interminables encerrado en las instancias del señor Simón Serrano, quien, en no pocas ocasiones, prescindía del criado, siendo el propio Hendrick el encargado de ayudarlo a arrastrarse por la casa o a sentarse a la sombra del patio o a ir a la biblioteca, donde solo accedían un grupo muy selecto de personas. En todo ese tiempo, el Lagartija se había ganado un pescozón del Flamenco tras ofrecer una mercancía de la que ya no quedaba ni una vara, pero eso no modificó la instrucción que Hendrick había dado a la cocinera para que le llevara la misma comida que se ofrecía a los señores. La primera vez que disfrutó de ese inesperado lujo, despertó una inevitable inquina en el resto de los criados, pero, una vez descubrieron que el Lagartija estaba dispuesto a compartirlo con todos los que por allí tenían la fortuna de pasar, aprendieron a apreciarlo o, al menos, a aparentarlo.

Una de esas noches en la que la mitad de los criados de la

casa tenían que, casualmente, dejarse caer por la estancia del Lagartija para una u otra tarea, y de paso aparentar sorpresa al confirmar que Hendrick había agasajado a su joven vendedor con unas cuantas bandejas de comida, entró una de las doncellas de la señorita Isabel.

—Mi señora quiere verte.

Toda la concurrencia de la estancia se quedó en silencio, y el Lagartija se levantó como impulsado por un resorte y se plantó en la puerta de un salto. La doncella levantó las cejas con sorna y recorrió su cuerpo de pies a cabeza con la mirada. Un tanto intimidado, el Lagartija se limpió lo mejor que pudo la pedrería de migas de pan que decoraba su jubón mágico.

Isabel Serrano estaba sentada frente a una mesa de madera oscura redonda con un tablero de mármol rosa. Sobre ella descansaban un montón de piezas de marfil y otras de ébano. La joven le señaló una silla frente a la suya, pero el Lagartija continuó de pie y ella tuvo que insistir para que él se decidiera a tomar asiento.

—¿Juegas al ajedrez?

Él negó con la cabeza, con la boca sellada en parte por los nervios de encontrarse frente a frente con esa belleza y en parte por sentirse un ser inferior que no había sido capaz de reconocer las piezas del ajedrez, que, en realidad, solo había visto en una ocasión en casa del banquero Spínola. Ella se encogió de hombros.

—Yo lo hago fatal.

Aturdido por ese encuentro inesperado e inusual, solo acertó a responder con una sonrisa tímida. Ella, en cambio, parecía estar a sus anchas, como si conociera al Lagartija de toda la vida. Le ofreció algo de comer o de beber, que él rechazó con un solitario «no» y sin desanimarse por su falta de conversación, ella siguió insistiendo, saltando de un tema a otro: si le gustaba Medina, cuál era su comida favorita, por qué lo llamaban Lagartija, qué le parecía la feria..., hasta que, poco a poco, él empezó a responder con frases sueltas en lugar de con tensos monosílabos.

—¿Qué tela es la que te gusta más?

—Mi señor dice que *daka* es la mejor.

—¿Y tú?

—A mí me gusta más la seda.

De forma involuntaria bajó la mirada para posarse en el torso de Isabel, recordando el traje ceñido de seda roja que llevaba en la cena. Cuando levantó los ojos, ella lo estaba esperando para continuar.

—¿Qué tal se vive en Sevilla?

Lo primero que se le vino a la cabeza era que, en Sevilla, como en cualquier parte, si se tenía dinero se vivía muy bien. Y, si no se tenía un triste maravedí, como le había pasado a él casi toda su vida, vivir era un milagro. Pero ¿qué iba a saber la nieta de Simón Serrano? A ella no le habría faltado de comer un solo día. Se estrujó el cerebro tratando de encontrar algo sofisticado que decir, a la altura de la clase de Isabel Serrano, pero la única otra chica rica que conocía era la hija del banquero Spínola y, de ella, todo lo que había averiguado era que le gustaba pasar las horas en el patio con un libro en las manos. Con ese recuerdo en la cabeza, respondió maquinalmente:

—Huele a jazmín y a naranjo.

La respuesta divirtió a Isabel, que se cubrió la boca con la mano al reír. El Lagartija murmuró «en los jardines», arrepentido de inmediato de su estupidez, porque incluso en Medina hasta la persona más alelada que pudiera encontrarse sabía que Sevilla olía a mierda y a desechos. Pero aquello no desanimó a la señorita, que siguió preguntándole por su casa, por la catedral, el río, la flota y, finalmente, por el Flamenco. No dudó en responderle que él lo había recogido del orfanato y, de acuerdo con las instrucciones de Hendrick, que no recordaba nada de su familia.

—¿Te trata bien?

Pensó en las cicatrices de Gordo y en los dedos que le faltaban al Manco, y los pescozones que le daba su amo le parecieron poca cosa. Muy a su pesar, recordaba con meridiana nitidez las amenazas de acabar con su vida o de tragarse su lengua, y el paso de los meses no habían menguado el terror de saber que eso habría ocurrido si no le hubiera traído suerte, como le repitió unas cuantas veces cuando dieron con doña Ana. El miedo a desilusionarlo seguía presente a diario, pero no era menos cierto que el Flamenco había cumplido la promesa que le hizo al conocerlo: estaba viviendo una vida que no se hubiera podido imaginar cuando mendigaba en la calle y dormía bajo el hocino de la escalera.

—Me ha enseñado a leer y a escribir. Y también a hacer cuentas.

A Isabel eso le pareció algo estupendo y durante un buen rato hablaron del *Caballero del Sol* y de *Florindo*, que ella también había leído y que la habían entretenido tanto como a él. La conversación le trajo el recuerdo de la oficina de Juan Cabrillo, y se lamentó, lleno de nostalgia, de que ya nunca hubiera ocasión para quedarse allí a leer y a comer, como tantas veces había disfrutado. Al poco, se les agotaron los comentarios sobre novelas de caballería, en cambio a Isabel aún le quedaban más preguntas.

—¿Y el señor Van Belle no se ha casado nunca?

Respondió con una negación tajante, pero luego se arrepintió de haber demostrado tanta certidumbre. Al fin y al cabo, lo que él quería decir era que no se había casado mientras estaba a su servicio. Pero ella lanzó una nueva pregunta y no le dio tiempo a rectificar.

—Me imagino que habrá muchas mujeres queriendo entrar en su alcoba, ¿no?

Volvió a responder que no. Ninguna mujer había pisado la alcoba del Flamenco. Ni siquiera doña Ana había puesto un pie dentro de ella. En cambio, Hendrick había puesto los dos en la de ella con mucha frecuencia. Pero no dijo nada. Y tampoco Isabel pudo profundizar en el asunto de las mujeres porque una criada llamó a la puerta.

—Su abuelo la espera en su alcoba, mi señora.

La joven bajó de la silla de un salto y se despidió del Lagartija con una imperceptible inclinación de cabeza, o al menos eso quiso creer él. Se dirigió hasta la puerta balanceándose de un lado a otro, como el badajo de una campana, y de un modo tan exagerado que el Lagartija estuvo a punto de romper a reír de no ser por la dureza de la mirada que le dedicó la criada que esperaba en la puerta a Isabel. Lo decente hubiera sido apartar la vista del bamboleo, pero la curiosidad fue más fuerte y no pudo evitar escrutar el cuerpo de la joven hasta descubrir que su pierna izquierda era un palmo más corta que la derecha.

Otra criada, la misma que lo había llevado hasta allí, le ordenó salir de la estancia de la señorita Isabel y el Lagartija regresó a la suya, donde aún quedaban algunos restos de comida y algunos criados conversaban animadamente con Fernando. Tal era la disputa sobre la futilidad de las guerras de la Corona con Inglaterra que nadie le prestó atención cuando se sentó en su camastro, salvo Remigio, que le dedicó una mueca y siguió limpiándose la mugre de las uñas con un cuchillo.

La conclusión de la bronca acerca de la guerra dejó claro

que entre los criados había al menos tres, incluido Fernando, que serían mejores reyes que los Austrias. El Lagartija agradeció el silencio de la estancia, pero Fernando no tardó en empezar su serenata nocturna. La oscuridad, el cansancio y la imposibilidad de conciliar el sueño lo llenaron de desasosiego y obsesivamente trató de digerir todo lo que le estaba ocurriendo esos días. Con el tiempo, y a base de mucha paciencia y observación, había encontrado cierto orden en el mundo del Flamenco en Sevilla, aunque fuera imposible predecir los movimientos de su amo, que con toda probabilidad sería capaz de ocultar sus pensamientos al mismísimo Dios. Y, como nada parecía fortuito o casual en la vida de Hendrick, tampoco lo era que se lo llevara con él a Medina, que lo vistiera de aquel modo, ni que lo hiciera llamar a la cena solo para saber si había recibido respuesta del banquero. De haber estado en Sevilla, su amo hubiera terminado la cena con tranquilidad y no habría tenido el menor inconveniente en despertarlo en mitad de la noche solo para confirmar si había o no un mensaje para él. Y tampoco podía ser casualidad que el Flamenco se hubiera pasado semanas seduciendo día y noche al anciano señor Serrano mientras él hacía todo el trabajo en la feria o que la señorita Isabel le hubiese dedicado esas atenciones sin previa intervención de Hendrick. Una idea a todas luces absurda, pero posible, se instaló en su cabeza: el Flamenco estaba dispuesto a hacerlo pasar por su secretario para tratar de casarlo con la tullida heredera. En sus fantasías, llegó a decidir que una vez casado tendría que cambiar su apodo de «Lagartija» a «Campanero».

A la mañana siguiente, los oscuros planes del Flamenco para quedarse con una parte del patrimonio del señor Simón Serrano le parecieron mucho menos probables que en la soledad de la noche. Más aún, una estupidez. Pero, aunque ni siquiera sus compañeros habían mostrado ninguna curiosidad por su encuentro con la Campana, había vivido suficiente con su amo para intuir que aquello tenía que ser necesariamente parte de sus tejemanejes. Lo que le costaba imaginar era su papel en todo el asunto y, por experiencia, sabía que el Flamenco no lo compartiría con él. Por eso, cuando antes de terminar el desayuno Hendrick apareció para informarlos de que regresaban a Sevilla en un par de días, se lo quedó mirando con intensidad, con un gesto misterioso, como se imaginaba que haría el confidente de un secreto, tratando de comunicar solo con su rosto que el plan iba por buen camino y que ya se había reunido con la señorita Isabel. El Flamenco lo miró perplejo.

—¿A ti qué te pasa?

A pesar del intimidante gesto de disgusto de su amo, consiguió hablar con naturalidad.

—Me preguntaba si ha conseguido vusted lo que deseaba de este viaje.

El Flamenco levantó las cejas sorprendido por la pregunta y se atusó la barba un buen rato, como si quisiera aliviar las emociones que se adivinaban en su mirada, una mezcla de orgullo, ira y pena que el Lagartija no tenía intención de explorar. Se giró y le respondió desde la puerta:

—Casi todo.

Esa misma mañana, cuando corrió la noticia de que Hendrick regresaba a Sevilla, se acercaron a la plaza Mayor antes de perder su oportunidad muchos de los que en las semanas anteriores habían merodeado por el tenderete sin animarse a comprar. Tanta gente se congregó que Fernando se pasó el día con él, ayudándolo a organizar y a presentar las muestras mientras el Lagartija describía las virtudes de sus productos saltando de cliente en cliente.

Cuando regresaron de la feria, cargando con las tablas y los caballetes con la ayuda de Remigio, el Flamenco reía a carcajadas en compañía de Simón Serrano. El Lagartija sintió una punzada de rencor; él nunca disfrutaba del buen humor de Hendrick. Esa tarde, agotado después de pasarse el día de pie, sin ni siquiera un momento para darle un bocado a un mendrugo, no lo consoló saber que no había nada espontáneo en la risa de su amo ni es sus modales ni en su felicidad y que dudaba de que anidara en Hendrick algo que no fuera ambición y amargor. Pero a él le hubiera gustado que le diera una palmada en el hombro, le dedicara una sonrisa o le dijera que había hecho un buen trabajo. Y, aunque agradecía que lo hubiera vestido con decencia, tenía el convencimiento de que aquello solo tenía el propósito de asegurar más ventas, no por darle gusto.

Para su sorpresa, fue el señor Serrano el que se dirigió a él.

—Un día muy largo y provechoso, ¿verdad, rapaz?

Antes de responder miró al Flamenco, que asintió imperceptiblemente.

—Un buen día, mi señor. Gracias a Dios.

Simón Serrano murmuró «muy bien» y Hendrick le ordenó que ayudara a preparar las bestias para partir a primera hora del día siguiente. Que el anciano se hubiera dignado a hablarle, casi como si fuera un igual, avivó en su cabeza la fantasiosa idea de que Hendrick estaba operando en la sombra para casarlo con la señorita Isabel, aunque aquello no tuviera más credibilidad que los monstruos marinos que se zamparon los dedos del Manco.

21

Lo primero que le ocupó la mente esa mañana, después de devolverle al Flamenco el jubón mágico y la camisa, fue si su labor como ficticio secretario había concluido para siempre y si, vestido otra vez con harapos, volvería a ser simplemente el chico de los recados. Lo segundo fue confirmar que el buen humor del que había hecho gala Hendrick ante el señor Serrano era una pura fachada y, por descontado, desapareció por completo en el mismo instante en que montó en Generoso para competir con Remigio a ver quién de los dos hablaba menos en el trayecto hasta Sevilla.

Fernando, también como era de esperar, se encargó de compensar la escueta conversación de los otros compartiendo sin tapujos todos los dimes y diretes que había recopilado durante su estancia en Medina del Campo. Pero, como desde su carro no tenía forma de saber si los otros lo escuchaban o no, el pobre hacía un esfuerzo inimaginable de contención y llegaba a la hora de la cena a punto de explotar por la necesidad de relatar sus oscuros descubrimientos, muchos relacionados con las alcobas de las señoras y la licenciosa vida de las criadas que, honestamente, el Lagartija ni entendía ni le parecían tan escandalosas. A tenor de las historias, Fernando había prestado especial atención a la cocinera más joven de la casa, muy popular entre los mancebos de la familia Serrano y que, por lo visto, un día sí y otro también había aprovechado las siestas para algo más que dormir. El Lagartija se sorprendió de que aquella sudorosa y deslenguada mujer fuera el objeto de las pasiones de los señoritos y no le ayudó la explicación de Fernando, que le describió con un gesto el enorme tamaño de los pechos, los cuales podían atisbarse fugazmente cuando se desataba el cordón que cerraba el cuello de su camisa. Es más, y eso lo decía casi en susurros, el único en la casa que no se había encamado con ella era el señor Simón Serrano. Bajando la voz aún más y obligándolos a acercar sus cabezas hasta casi chocarse, continuó:

—El que lo visita es el joven de tez oscura y tersa.

El Lagartija también había visitado al maestre Cabrillo infinitas veces y no le parecía nada del otro mundo y, dada la poca movilidad del anciano, no era de sorprender que buscara apoyo en alguien joven y fuerte. En cualquier caso, quien en realidad había acompañado al señor Serrano a todas horas del día era Hendrick, y nadie sospechaba nada profano. Fernando miró a izquierda y derecha para asegurarse de que nadie los oía, pese a estar en medio de la nada, rodeados únicamente de polvo y viento, y aclaró que, siempre de acuerdo con la cocinera de la cara picada de viruela, el anciano «quería de otro modo» a ese muchacho. Remigio carraspeó con desagrado mientras Fernando asentía y el Lagartija se preguntaba cuántos modos había de querer. Él conocía tres. En primer lugar, el de su madre, que nacía de la desesperación; a su padre no lo contaba porque no era posible querer si lo único a lo que dedicaba su tiempo era a morirse en el camastro. El de su madre era un cariño lleno de sopas, de pan sobado y legumbres, las justas para sobrevivir un día más. Pero, sobre todo, era un afecto colmado de silencio y de derrota. La otra forma de amar que él había conocido era la del Manco, que no satisfacía el hambre, pero a cambio llenaba la cabeza de millones de historias y el corazón de una certeza cálida y tierna de saber que pertenecía a ese mundo. El último tipo de amor, el del Flamenco, era estrictamente mercantil: garantizaba un estómago lleno, una educación, quién sabía si una profesión en el futuro, y algún coscorrón. De la parte del espíritu, eso que decía Pequeño que volaba al cielo cuando te morías y que el Manco aseguraba no haber visto nunca salir de ningún muerto, de esa parte, todo lo que ofrecía el amor del Flamenco era una inseguridad permanente frente a todo, algunos momentos de terror y una soledad que no sabía poner en palabras y que, pensando en sus amigos, hasta se avergonzaba de sentir. El Manco, sobre todo en los primeros años y antes de que se les unieran los gemelos, había insistido una y otra vez en que cuando uno es pobre se vive solo y se muere solo. Era mejor no contar con nadie. Pero, tal y como lo veía el Lagartija, el modo en que lo había acogido el Manco y lo cuidaba era una prueba fehaciente de que a veces incluso los muertos de hambre recibían ayuda. Además, desde que se encontró con el Flamenco, decir que estaba solo era faltar a la verdad. Nunca antes había conocido a tanta gente. En el mundo del Manco solo cabían ellos cuatro; el resto eran como sombras que, en contadas ocasiones, ofrecían algo de comer. En cambio, en el caso de Hendrick, su mundo se extendía a su paso; todo lo que abarcaba la vista, sobre todo si olía a estatus social o a dinero, podría pertenecerle. Con el Manco se sabían excluidos de antemano de cualquier lugar que no fuera su hueco debajo de la escalera. Justo lo contrario que el Flamenco, que solo tenía que llegar o conocer a alguien y convertirlo de inmediato en un posible socio o cliente. No había discusión, su vida era mejor, y, lamentablemente, a pesar de todos los beneficios, se sentía solo. Solo y usado. Al pensar en los contratos que había conseguido en la feria, y sin contar el número de horas en pie y sin probar bocado en el puesto, tenía la impresión de que quizá él ayudaba más a Hendrick que a la inversa. Aun así, era imposible negar cuánto se había beneficiado él. Tarde o temprano, el Flamenco se moriría, él sería libre y, por qué no, otro señor más amable, el maestre Juan Cabrillo u otro aún por aparecer en su vida, requeriría sus servicios. Recordaba el respeto con que le había hablado el señor Simón Serrano, pero no contaba con que él viviera más que Hendrick. De todas formas, en el caso de la familia Serrano, algo tramaba el Flamenco, y no le cabía duda de que su encuentro con la señorita Isabel tenía algo que ver. Como decía el refrán, oía campanas, pero no sabía dónde.

Hasta pasada Guadarrama, nadie cabalgó con ellos, excepto un viento húmedo y racheado que los acompañó con fidelidad día y noche. En aquella ocasión, para disgusto de Fernando, tampoco pasaron por Madrid. Aranjuez seguía teniendo unos jardines fabulosos y la meseta continuaba tan polvorienta y pobre como cuando la cruzaron la primera vez.

No trataron de juntarse con otros mercaderes para cruzar Despeñaperros, y lo único que se le ocurría al Lagartija que había cambiado para que el Flamenco se sintiera con la confianza de atravesar la sierra en soledad era la carga. En lugar de telas, a las que había que mimar para que no se ensuciaran, llevaban un surtido de utensilios de cocina, cubiertos de plata, vestidos de señora de los que se utilizaban en Amberes, algunas porcelanas que habían llegado desde Venecia y barriles de vino. Todo aquello destinado al rentable negocio de la carrera de las Indias, ya que las colonias estaban obligadas a comprar todo lo que necesitaran a los barcos de las flotas y tenían terminantemente prohibido producir nada. Excepto, claro está, cuando llegaba un barco de contrabando como el que había fletado el Flamenco en su día y que lo había convertido en un hombre rico de la noche a la mañana. O, por lo que se decía, lo que era capaz de ofrecer el grandísimo señor Tomás Vicentelo, quien tenía una fábrica no lejos de Quito, y de lo que se enorgullecía en secreto el nuevo maestre Juan Cabrillo, que había sido secretario suyo.

Llegaron a Córdoba sin tener que usar las pistolas y, una vez allí, al Lagartija lo invadió una inesperada ansiedad por llegar a su Sevilla. Estaba dispuesto, Dios sabría por qué, a soportar una retahíla de desplantes de Rayssa a cambio de descansar, deshecho después de tanto viaje, tantas horas atendiendo el puesto en la feria y tantas novedades. Deseaba, más que nada en el mundo, unos días de calma, alejado de la verborrea de Fernando y sin tener que repasar una y otra vez las ventas del día.

Fue allí cuando un pensamiento, que hasta entonces había mantenido apartado de su mente con bastante facilidad, se rebeló y se asentó en su consciencia muy a su pesar: Gordo. Solo en una ocasión, en el mismo instante en que salieron de Medina del Campo, pensó el Lagartija que, ahora que él formaba parte de los planes del Flamenco, sería más sencillo hablarle de su amigo. En sus imaginadas conversaciones, una vez el Lagartija se desposara con la señorita Isabel, alguien tendría que ocuparse de ir de aquí para allá sin descanso como le había correspondido a él. Y quién mejor que su amigo, que era de total confianza, aunque no supiera leer ni escribir. El mal talante de Hendrick le había hecho desistir de sus planes y no había vuelto a buscar el momento para hablar con él. Pero, ante la expectativa de pasar otra noche en la venta de Gordo, esa tarde en Córdoba, en vez de marcharse de inmediato tras entregarle las alforjas, se armó de todo el coraje del que fue capaz, se quedó frente al Flamenco y carraspeó. Hendrick no le respondió con un bufido o una colleja, aunque el fastidio de su mirada tampoco era una buena señal.

—¿Qué?

Consideró la posibilidad de responder un «nada» y regresar a la hoguera con los conductores, pero sabía que habría de enfrentarse a los ojos cargados de esperanza y miedo de Gordo y que a su amigo no le costaría ver en los suyos la vergüenza que le provocaba haber faltado a su palabra y no haberle hablado de él al Flamenco. Tragó saliva para abrir la garganta y dejar escapar el aire que se le acumulaba con dolor en el pecho.

—Mi señor, cuando paremos en Écija…

El Flamenco lo interrumpió cargado de impaciencia.

—No vamos a parar en Écija. ¿Qué se te ha perdido allí?

Entonces, tras un par de segundos en silencio, se acogió al plan inicial, respondió «nada» y regresó al lado de Fernando y Remigio. Se consoló con la idea de que más pronto que tarde tendrían que volver a Medina del Campo y que eso le brindaría una nueva oportunidad de hablar a Hendrick de Gordo. Sin embargo, pareciera que tragarse la culpa lo había dejado lleno y el solo olor de la comida le dio náuseas. Conteniendo las ganas de vomitar, se retiró a los establos e hizo todo lo posible por dormir, incluso con el ruido que armaron los conductores al volver horas más tarde. La claridad de la mañana lo sorprendió con los ojos abiertos y la sensación de no haber enlazado ni dos horas seguidas de sueño en toda la noche. Al menos, ya no tenía ganas de vomitar. Las había reemplazado por una oscura y honda pesadumbre en el ánimo que atribuyó al cansancio.

Hendrick quería llegar a Sevilla cuanto antes. El viaje estaba haciendo mella en su rostro, dibujándole unas cárdenas ojeras que, junto con la vestimenta de militar usada y polvorienta, le daban un aspecto triste y descuidado. Les dijo a los tres que en la venta lo habían prevenido de unas lluvias y que harían bien en avanzar lo más rápido posible. Ante el asombro de todos, los conminó a recorrer toda la distancia hasta su destino en un día, algo que era a todas luces imposible, y esas fueron justo las palabras que utilizó Remigio, las únicas que le había oído mascullar en casi un mes. La mirada de ira que le lanzó el Flamenco no amedrentó al conductor, quien simplemente aseguró que las bestias no lo aguantarían, incluido el generosísimo caballo de Hendrick. El Lagartija se imaginó durmiendo una vez más en Écija, pero Remigio aceptó llegar hasta Carmona y, si las bestias estaban en condiciones, completar las últimas leguas hasta Sevilla.

Pasaron por Écija y vieron la venta de Gordo en los lindes del camino. Durante unos breves segundos, el Lagartija se esforzó por hacerse visible subido encima del asiento del carro y, como su amigo no estaba por allí en ese mismo instante, volvió a sentarse y a camuflarse entre la mercancía. Llegaron a Carmona muy entrada la tarde y no hubo que convencer al Flamenco de que debían pasar allí la noche. Tampoco la necesidad de un merecido descanso para ellos y los animales alteró demasiado los planes y la ansiedad de Hendrick, que los despertó a las pocas horas, cuando aún era noche cerrada. Fernando se quejó, sin que el Flamenco lo oyera, de que no habían dormido ni cuatro horas y que era una locura viajar antes de que llegara la madrugada. El Lagartija le dio la razón al dicharachero conductor, pero la realidad era que una enorme luna iluminaba la tierra de una palidez azul que permitía distinguir el camino sin dificultad. Lo que a él le parecía que era una pérdida de tiempo porque, de cualquier manera, tendrían que esperar a que abrieran las puertas de la ciudad, aunque llegaran muy pronto. Fernando respondió con un bufido contenido.

—Ya se encargará el señor de pagar lo que se necesite. —Remigio gruñó y Fernando continuó—: Y si no, le pedimos el favor a Remigio, que tiene amigos en todas partes para entrar y salir cuando le da la gana.

Remigio volvió a rezongar una afirmación y el Lagartija se quedó asombrado, preguntándose si lo que había dicho Fernando era una broma. Se le hacía imposible imaginar que una persona como Remigio tuviera amigos, no tanto por ser mala gente, cosa que a todas luces no era, sino porque para entablar amistad, al menos así lo veía el Lagartija, había que compartir algo más que monosílabos y gruñidos.

Llegaron a Sevilla al mismo tiempo que los alguaciles abrían el postigo de la Puerta de Carmona, y con ello se frustró saciar la curiosidad del Lagartija, que se había pasado todo el trayecto deseando ver a Remigio en acción.

El Flamenco le ordenó al Lagartija bajarse del carro y Fernando y Remigio se desviaron para ir directos a los almacenes de los Corzo con el mensaje de que él mismo iría a visitarlos en unos días para discutir el destino de la mercancía. Hendrick no se apeó de su montura y, aunque contenía como podía su impaciencia y el paso de Generoso, el Lagartija tenía que ir detrás trotando como un cabritillo con las últimas fuerzas que le quedaban. Al menos, nada más llegar, tras ordenarle que almohazara el caballo, Hendrick pidió a Rayssa que les llevara algo de beber y comer. Cuando acabó su tarea y volvió al patio arrastrando los pies de la fatiga, la cocinera regresaba de uno de los salones donde había servido unos higos secos, vino, queso y uvas. Hendrick bajó de su alcoba vestido de mercader, impecable y fresco como una lechuga. Se encontró con él a la altura del pozo y le entregó la camisa de paño nueva y el jubón mágico.

—Come algo y cámbiate.

En ese momento se abrió la ventana de la alcoba de doña Ana, pero el Flamenco no se giró para comprobar si la viuda se mostraba o no y el Lagartija, que estaba encantado con volver a fingir ser el secretario del señor Van Belle, no quiso airarlo mirando él.

Hendrick sacó una carta del jubón.

—Para el señor Spínola. No hace falta que esperes su respuesta. Dile que iré mañana a visitarlo, hoy tengo que cerrar unos asuntos con el maestre Cabrillo.

Doña Ana se asomó con su camisón de noche y la melena revuelta.

—Ni siquiera tienes un segundo para saludar, ¿no?

El Flamenco respiró por la nariz sonoramente, tal vez incómodo con que lo tutearan en público.

—Por supuesto que sí, doña Ana. No quería molestarla tan de mañana.

La viuda negó con la cabeza y luego forzó una sonrisa.

—Eres todo un caballero, Hendrick.

Cerró la ventana con violencia y el ruido reverberó en el patio unos instantes. El Flamenco se fue y lo dejó a solas frente a la comida.

Su amo no le había exigido que se diera prisa, pero, acostumbrado a evitar sobresaltos, se tragó dos trozos de queso sin masticar y se llenó las manos de higos secos, que se fue comiendo poco a poco mientras se cambiaba.

En el palacio del banquero lo recibieron como de costumbre y su nueva vestimenta no se tradujo en un tentempié como en Medina del Campo. Lo despacharon al patio, como siempre, hasta confirmar si el señor Garcilaso Spínola tenía o no respuesta para su amo, ignorando que él había insistido en que no era requerida por el Flamenco.

Sentado allí, reconoció con placer el aroma del jazmín. Más que la fragancia de las plantas, lo que lo reconfortó fue recordar la conversación con la señorita Isabel y que, si un día ella viajaba a Sevilla, comprobaría que, a pesar de la suciedad de las calles, en esos patios que solo familias como la de ella se podían permitir, la ciudad olía tan bien como él le había descrito. Había un cacofónico ajetreo en las cocinas e imaginó que la demora en traerle la respuesta del banquero se debía a que aún se hallaban desayunando y, agotado como estaba del viaje y por las pocas horas de sueño, no le hubiera importado que se olvidaran de él indefinidamente, dejándolo allí ocioso, protegido de otros posibles recados del Flamenco hasta el mediodía. Como estaba adormilado no se dio cuenta de la presencia de la hija del señor Spínola hasta que la tuvo frente a él. Cuando se levantó de un salto para dejarle sitio con el susto clavado en la mirada, ella le rogó que no se levantara.

—Trabajáis para el señor Van Belle, ¿verdad?

Que el Lagartija recordara, esa era la primera vez que alguien le hablaba de vusted y se congratuló de confirmar que el jubón conservaba parte de su magia.

—Así es, mi señora.

Ella mantuvo la mirada confiada y serena unos instantes y, cuando estaba claro que no tenían nada más que decirse, abrió el libro que sostenía sobre el regazo y empezó a leer. La cadena quedó suspendida en el aire y el Lagartija observó su balanceo ensimismado, rememorando la conversación con Gordo y preguntándose cómo sería la vida del Manco en la cárcel, en caso de ser verdad que lo hubieran encarcelado, si habría sobrevivido allí dentro o si estaría libre después de cumplir su condena. La hija del banquero lo sacó de sus cavilaciones.

—¿Le gusta?

Había dejado la figura de oro, el león con cabeza de águila, descansando sobre la palma de su mano y lo miraba complacida. Las palabras le llenaron la boca al Lagartija antes de que pudiera pensar lo que estaba diciendo.

—Un amigo mío, Manco, tenía una igual.

Como si hubiera recibido un latigazo, ella cerró el puño con fuerza y escondió la cadena debajo de su valona.

—¿Cómo decís?

La inocencia desapareció del rostro de la joven y, aunque su voz todavía conservaba una cortesía exquisita, había un poso de odio en la mirada que lo dejó aturdido.

—Una muy parecida, quiero decir.

Ella forzó una sonrisa y prestó toda su atención al libro, aunque era evidente que no estaba leyendo. El Lagartija miró hacia el arco del patio deseando que alguien llegara para rescatarlo de la tensión que su torpeza había generado. De un modo infantil e involuntario, había desvelado que él era amigo de ladronzuelos y delincuentes que estaban en la cárcel, y la reacción de la joven reflejaba exactamente lo que se podría esperar de un rico al descubrir que estaba compartiendo asiento con un indeseable. Seguía el alboroto de platos, bandejas y criados y nadie entró a buscarlo. Tras unos angustiosos minutos, la hija del banquero levantó la cabeza y habló sin mirarlo al tiempo que señalaba las escaleras:

—Si me disculpáis.

Acertó a balbucear «claro», y ella lo dejó de nuevo solo en el patio rodeado de jazmines y embargado por la preocupación de haber importunado a la única hija del mismísimo Garcilaso Spínola. Trató de eliminar de su cabeza las tenebrosas consecuencias de que ella compartiera con su padre su accidental revelación: que el Lagartija era en verdad un criminal y que este, a su vez, fuera con el cuento al Flamenco.

Aún lo dejaron consumirse en la culpa y las posibles repercusiones de su error antes de que, con el sol ya en su cénit, lo despacharan con la instrucción de que Hendrick se presentara allí para reunirse con el banquero después de la primera llamada a misa. El tono autoritario que utilizó el criado, aunque solo el Lagartija podía escucharlo, era sin duda un mensaje para el Flamenco y eso le hizo temer lo peor: Garcilaso Spínola había recibido la queja de su hija.

Una vez fuera de la casa, mientras caminaba en dirección a la Giralda, sintió una gris y pesada desazón, un cansancio que brotaba de sus propias entrañas y que se sumaba al agotamiento físico. ¿Cómo hacía la gente para vivir sin tener que imaginar en cada momento las consecuencias de sus actos? No se atrevería a compartirlo con nadie, pero, de un modo trágico y derrotista, envidiaba la nueva vida del Manco: despertarse, comer y dormir. Sobrevivir físicamente no tenía dobleces ni misterio. Comer o no comer. En cambio, su vida le parecía una carrera de obstáculos en la que, hiciera lo que hiciera, nunca estaba más cerca del final. Quería llegar a la casa y encerrarse en su estancia junto a las caballerizas y que ese día, y también el siguiente y al otro, pasaran sin que nadie lo reclamara.

Pero, por lo visto, Dios no estaba para ruegos esa mañana. O, al menos, no para quien había sido un pobre ladronzuelo que se contentaba con sobrevivir. Ese pensamiento le ruborizó, consciente de lo orgulloso que había estado de su jubón mágico. No tuvo tiempo de llegar a su camastro. Hendrick lo esperaba en lo alto de las escaleras y lo llamó con un chasquido de la lengua, igual que con los que conducía a Generoso.

—¿En qué te has entretenido? —El Lagartija se encogió de hombros y balbució que posiblemente el banquero había estado desayunando mucho rato, o con muchas cosas a las que atender, y que querían que él fuera al día siguiente sin falta. En todo su descoyuntado relato, ni un solo músculo se movió en la cara del Flamenco—. Sube. Tienes que organizar la mercancía.

Trató de consolarse con la idea de que, al menos, en el almacén de los Corzo, estaría todo el día lejos de él y de su reacción si por algún casual llegaban malas noticias desde la casa del señor Spínola. Se oyeron los pasos cortos de doña Ana cruzando el patio a toda velocidad. El Flamenco se giró para meterse en su alcoba y ella subió las escaleras arremangándose el vestido y se plantó junto a ellos antes de que Hendrick pudiera cerrar.

—Quiero hablar contigo.

Su amo no levantó la mirada.

—Ahora no.

La viuda dio dos pasos hacia el interior de la alcoba, empujando al Lagartija a un lado, y agarró la manga del Flamenco.

—¿Es verdad?

Él le apartó la mano y con el brazo, sin decir una palabra, la invitó a salir. El Lagartija notó cómo le temblaban los labios a su amo, pero no había rabia en su mirada. Doña Ana insistió.

—¿Es verdad que te vas a casar con la nieta de un tal Simón Serrano?

22

El Flamenco respondió «así es» y dio la espalda a la viuda camino de su escritorio. El Lagartija tragó saliva intentando digerir la noticia del compromiso matrimonial de su amo, que se le había quedado atravesada en la garganta. Unos segundos después de la sorpresa, la futura boda de Hendrick con la Campana le pareció una obviedad y le avergonzó no haber sido capaz de deducirlo por sí mismo en lugar de fantasear con la posibilidad de ser él, un miserable huérfano sacado de las calles de Triana, el destinado a heredar un trocito de la fortuna del señor Simón Serrano.

El breve instante que él necesitó para recuperarse del asombro no le resultó suficiente a doña Ana. La miró de reojo, plantada bajo el marco de la puerta, inmóvil, siguiendo los movimientos del Flamenco, quien, con forzada y fingida despreocupación, se sentó para revisar unos papeles y se dirigió al Lagartija:

—Acércate.

No se atrevió a moverse con la sensación de estar invadiendo un espacio y una conversación que no le pertenecían. Hendrick insistió con un tono más severo y ansioso y él dedicó una última mirada a la viuda antes de dar unos inseguros pasos hacia la mesa. La desolación recorría el rostro de doña Ana, igual que si le hubieran anunciado que ese era su último día en la tierra. Su voz, sorprendentemente, sonó tranquila y llena de confianza.

—Si es necesario, dejaré la casa hoy mismo.

El Lagartija se miró los pies mientras esperaba la respuesta del Flamenco, incómodo y lleno de curiosidad por saber si el afecto de Hendrick por doña Ana sería suficiente para ofrecerle el dinero que precisaría ella si se disponía a sobrevivir por su cuenta.

—No será necesario. —La viuda hizo un ademán de responder, pero la autoritaria voz del Flamenco no dejó espacio a la réplica—. Ya me ha informado el maestre Cabrillo que la carta que vuestra merced envió en mi ausencia a la Corona ha dado sus frutos.

Tanto cuidado y tanto miedo había pasado el Lagartija para no desvelar que el salario del esposo de doña Ana se lo había quedado Hendrick que la mera mención de la carta y que, además, estuviera en conocimiento de Juan Cabrillo le aterró y comenzó a sudar. Doña Ana alzó la mano como si quisiera calmar a un perro rabioso a modo de disculpa por haberse atrevido a escribir una súplica al rey, algo que el Flamenco le tenía estrictamente prohibido. Volvió a su cabeza la idea de que él sobraba en esa alcoba y casi sin darse cuenta dio unos pasos diminutos en dirección a la puerta con la esperanza de que lo despacharan de allí al instante. Como respuesta a esa discreta huida, su amo extendió el brazo para darle el inventario de las mercancías que tenía que revisar y después continuó hablando a la viuda, ahora con los ojos clavados como estacas en los de ella.

—Por lo visto, su marido, don Diego, sigue vivo y bien asentado en la ciudad Nombre de Dios. Ya me he encargado de asegurarle a vuestra merced pasaje para viajar con nosotros en la flota.

Doña Ana dejó escapar un suspiro al tiempo que fruncía el ceño, tratando de aceptar que los muertos podían volver a la vida con una simple misiva al rey. El Lagartija no pudo evitar buscar la mirada de Hendrick para intentar leer en ella qué le estarían haciendo sentir a su amo aquellas noticias y si esa inesperada revelación era el motivo de la inusual pena que había visto en sus ojos.

La viuda dio un par de bocanadas, pero no llegó a emitir ningún sonido. Hendrick parecía disfrutar alargando ese embarazoso silencio, mientras que doña Ana probablemente se preguntaba cómo era posible que su aventurero Diego, a quien había prometido lealtad ante Dios, hubiera decidido abandonarla a su suerte en Sevilla mientras él vivía con comodidad en la Nueva España. Al menos eso era lo que se estaba preguntando el Lagartija y, aunque aquello era algo insospechado, lo que le había acelerado el corazón era que el Flamenco había dicho «nosotros». Bien podría referirse a que Hendrick viajaría en la flota con el maestre Cabrillo, pero nunca había escuchado a su amo utilizar el plural cuando se trataba de otros pudientes. Lo que el Lagartija había creído entender, fuera cierto o no, era que ese «nosotros» se refería a él, a que él viajaría en barco, vería el mar y visitaría la Nueva España. Aquello compensaba con creces la decepción de no ser el elegido para desposar a la nieta coja del señor Serrano, algo que, en cualquier caso, nunca hubiera ocurrido.

Hendrick carraspeó para llamar la atención de la viuda, cuyo rostro seguía desencajado, húmedo por unas lágrimas abundantes que ahora le desbordaban los párpados y la mirada perdida en el infinito. Aunque seguramente no se hallaba tan lejos, quizá perdida al otro lado del océano, preguntando a Diego en qué le había ofendido para que la hubiera despreciado de semejante modo.

—Si me disculpa, ahora tengo asuntos que atender.

Ella se retiró sin decir una sola palabra y regresó arrastrando los pies por el pasillo. Hendrick le explicó lo que necesitaba de él, pero notó que el Lagartija estaba ausente.

—¿Te has enterado o necesitas una colleja para que te entre todo en la mollera?

El Lagartija respondió con un rápido «no, señor, no es necesario» al tiempo que se apartaba con discreción del alcance del brazo del Flamenco.

—¿Pues a qué esperas para moverte?

Desacostumbrado a las amenazas del Flamenco en el pasado con cortarle la lengua o desollarlo vivo, pensó que todo lo que arriesgaba en ese momento por preguntar era un buen pescozón, y le pareció un precio razonable por confirmar las buenas nuevas.

—Me preguntaba si tenía vusted en mente que lo acompañara a la Nueva España.

Hendrick pareció sinceramente sorprendido y bufó mientras se ponía en pie.

—No. Me voy a llevar a Remigio para que me dé conversación.

El sarcasmo del Flamenco le confirmó que sería él y no el adusto conductor quien iría en la flota. Esa realización lo embargó de una súbita alegría que creció dentro de él hasta convertirse en una carcajada que Hendrick cercenó al momento con un violento coscorrón.

Llegó a la casa palacio de los Corzo del mismo modo en que abandonó la alcoba del Flamenco, acariciándose penosamente la coronilla, donde ya sentía el chichón que la caricia de Hendrick le iba a dejar. La habitual burocrática indiferencia con la que lo trataban los criados de los Corzo era lo que necesitaba para estar a su aire, divagar por sus fantasías de viajes en el mar y disfrutar de ese momento consigo mismo sin tener que servir a nadie y, sobre todo, sin fingir estar encantado de hacerlo.

Cansado como estaba hasta el tuétano y sin ninguna gana de regresar a su casa y seguir siendo testigo de la tensión entre el Flamenco y doña Ana, alargó todo lo que pudo su tarea, aparentando ser puntilloso en la composición de los bultos de tejidos y calculando una y otra vez el valor de la mercancía, tal y como le exigía Hendrick. Le palpitaba el incipiente chichón y aquello era suficiente para desechar cualquier otra pregunta a su amo. Sin embargo, le resultaba inevitable no pensar en el esposo de doña Ana. Que él supiera, su defunción nunca se había puesto en causa. De hecho, aunque a la viuda, que por lo visto había dejado de serlo, no le hubiera llamado la atención, era sorprendente que, en el curso de unas semanas, y sin que se hubiera producido el regreso de la flota, el rey, por muy rey que fuera, tuviera noticias de la Nueva España y que, entre aquellas, casualidad de las casualidades, la de que el tal Diego seguía vivito y coleando, retozando en el confort que le proporcionaba su recién estrenada fortuna.

Fernando lo rescató de sus cavilaciones con una palmada en la espalda y, antes de que el Lagartija acabara de saludarlo, el conductor se quejó con amargura de su mala fortuna y de tener que ponerse de nuevo en camino al día siguiente.

—¿Otra vez a Medina?

Fernando lo miró extrañado.

—No, hombre, si ya no hay feria. A Écija. A por un cargamento de aceite.

Una idea se formó espontáneamente en su cabeza y así salió de su boca, casi sin haber llegado a ser consciente de que era él quien hablaba.

—Me gustaría pedirte un favor.

El dicharachero conductor le respondió que le contara de qué se trataba y el Lagartija le describió lo mejor que pudo a Gordo y le rogó que le transmitiera que no se había olvidado de él y que, tal y como había prometido, hablaría «con quien él ya sabía» e iría a buscarlo. Fernando aceptó, pero previno al Lagartija de que no haría un esfuerzo por buscarlo si no estaba sirviendo en la venta cuando ellos pasaran por allí. Tanto si encontraba a su amigo como si no, de momento, la posibilidad de que le llegara su mensaje y mantuviera viva en Gordo la esperanza de huir de aquella venta mientras él encontraba el momento de hablar con Hendrick fue suficiente para aliviar la vergüenza de no haberse atrevido todavía.

Cuando ya no había forma de alargar su tarea y uno de los criados de los Corzo empezaba a impacientarse, el Lagartija puso rumbo a su casa renqueante dando un enorme rodeo que lo llevó cerca de la calle Las Palmas, antes de llegar al final de la calle Sierpe. Caminaba absorto en sus pensamientos, saltando de imágenes de naves, del mar, de épicos duelos contra tormentas tan violentas como las que les había descrito el Manco a otras fantasías de lo que sería su vida una vez regresaran de la Nueva España. Lo asaltó la feliz idea de que, tras el exitoso viaje y la boda del Flamenco, su amo, con la ristra de sirvientes del señor Serrano a su disposición, requeriría menos de él y, a cambio, el Lagartija podría dedicarse más al cuidado del anciano, quien parecía tenerlo en gran consideración. Le sorprendió una súbita tristeza. Si le hubieran dado a elegir, una y mil veces habría pedido no estar al servicio del Flamenco. Sin embargo, muy a su pesar, una parte de él se sentía ligada a aquel asilvestrado y violento mercader. Cada vez que recibía la más mísera felicitación, no podía evitar que se le despertara en el pecho una gratitud que hubiera querido sofocar, sobre todo porque tenía la certeza de que Hendrick jamás arriesgaría nada por él. Alguien lo agarró por el hombro y el Lagartija se revolvió como un reptil sobresaltado por el susto y por volver de golpe a la realidad, sorprendido de encontrarse de pronto a unos pasos de la catedral. El maestre Cabrillo reaccionó a su salto con una sonrisa tierna y juntó las palmas a modo de disculpa.

—No pretendía asustarte, muchacho.

El Lagartija enrojeció y fue él quien se disculpó repetidas veces, inclinando la cabeza, donde el chichón empezó a palpitar de nuevo, como si temiera que desairar al maestre fuera garantía para recibir otra ración de ese cariño especial con que lo agraciaba el Flamenco. Juan Cabrillo dedicó un gesto a alguien a la espalda del Lagartija y se despidió de él aún con la sonrisa en la boca.

—Dile a Hendrick que te envíe mañana. Tengo algo que darle.

Dijo que así lo haría y se quedó unos instantes parado, observando al maestre saludar a unos y a otros con esa aura de poder del que jamás hacía ostentación. El maestre siempre parecía tratar a todo el mundo como un igual, también cuando hablaba con él. Exactamente lo opuesto del Flamenco que, incluso cuando se esforzaba por felicitarlo por algo, le hacía sentir un ser inferior, poco más que un perro al que, después de merodear por la ciudad husmeando entre los desechos, le ofrecieran un buen hueso de vaca.

Hendrick no estaba en la casa o, si así era, no tenía intención de responder a su llamada ni a las voces de Rayssa, que anunciaba a doña Ana que la mesa estaba lista. El Lagartija decidió quedarse en una esquina del patio desde donde podía vigilar la alcoba del Flamenco y los movimientos de la cocinera para asegurarse de que también a él le servían, pues entre unas cosas y otras, y tantas cavilaciones sobre su futuro, no había tomado un bocado en todo el día.

Doña Ana apareció en la balconada y se detuvo un instante frente a la puerta de Hendrick, pero no llegó a llamar y bajó las escaleras para ir al salón, donde la cena ya estaba servida. A los pocos segundos de entrar llamó a Rayssa. La oyó preguntar por el Flamenco y a la cocinera responder que no estaba en la casa. Poco después, doña Ana sacó la cabeza del salón, miró en dirección a las escaleras durante un largo minuto y al regresar al interior de la estancia su mirada se cruzó con la suya y le indicó que se acercara.

Lo invitó a sentarse, pero el Lagartija, convencido de cuál sería la reacción de Hendrick si lo encontraba de esa guisa, miró de reojo hacia la puerta y declinó con una sonrisa vacilante. La viuda se sirvió un vaso de vino y le ofreció otro al Lagartija, que nuevamente volvió a rechazar. Ella levantó los hombros y bebió de su vaso.

—¿Ha sido una buena feria?

El Lagartija tardó unos segundos en comprender que se refería al viaje a Medina del Campo.

—Sí, mi señora. Así lo creo.

Doña Ana se llevó de nuevo el vaso a los labios y vació su contenido en un trago largo que remató con un suspiro. Todavía podía intuirse en sus ojos el llanto, pero esa tristeza, en lugar de empañar su belleza, la resaltaba, tiñéndola de una vulnerabilidad que despertaba en él un violento deseo de abrazarla. Y, por primera vez en su vida, el Lagartija se imaginó a sí mismo besando a una mujer.

—¿Conociste a la nieta del señor Serrano?

Antes de responder, se giró hacia las escaleras para comprobar que Hendrick no estaba cerca.

—Sí, mi señora.

—Dicen que es solo una niña.

Lo aterraba que el Flamenco lo encontrara de charla con doña Ana y, aún peor, que descubriera que ella lo estaba interrogando sobre su futura esposa y dilató la respuesta a la espera de que de pronto se escuchara el ruido de la puerta de su alcoba y así tener una excusa para huir del salón. No ocurrió y, cuando doña Ana insistió, no tuvo más remedio que responder.

—Es mayor que yo, mi señora.

Doña Ana levantó las cejas con sorna, volvió a servirse vino y dio un sorbo.

—La llaman Campanario, Campana... o algo así.

Sintió que empezaba a sudar y respondió casi en un susurro:

—Campana.

—¿Por qué?

Podría haber dicho que no lo sabía y largarse de allí. Sin embargo, como una pequeña e inconsciente venganza por no haberlo elegido a él como su esposo, o simplemente por haberlo utilizado para sonsacarle información del Flamenco, se encontró balanceándose de un lado a otro al tiempo que respondía:

—Porque cojea.

Le pareció leer en los labios de doña Ana que le daba las gracias y, en cuanto ella desvió su mirada, aprovechó para escaparse de aquella conversación. Fue directo a la cocina, se sirvió un plato de las judías verdes que había preparado Rayssa y se escondió en las caballerizas, atenazado por el miedo de que el Flamenco descubriera que había hablado a sus espaldas de la nieta de Simón Serrano, pero sobre todo turbado por el inesperado deseo de besar a doña Ana y por la súbita envidia hacia Hendrick, quien seguro que lo había disfrutado una infinidad de veces. Se tumbó en su camastro rememorando los ojos tristes de la viuda, el temblor de sus labios y el acompasado movimiento de su busto al respirar. Otra estúpida pero placentera idea se plantó en su cabeza y lo acompañó hasta quedarse dormido. Sería él quien desposaría a doña Ana una vez confirmaran que el famoso Diego descansaba en el fondo del mar, aunque eso requiriera desmentir al mismísimo rey.

23

No recordaba su sueño, pero se despertó impaciente y con ganas de encontrarse con doña Ana. Aturdido, se concentró en esa extraña necesidad de verla que lo incomodaba lo mismo que lo excitaba. Era como si de un modo mágico ella, o al menos su imagen, hubiera encontrado el modo de introducirse en sus pensamientos y quedarse allí. Tan solo había bastado esa breve imagen de un beso para despertar un violento anhelo y no poder desprenderse de él. Pensó que podría no ser el beso lo que lo había encadenado a la viuda, a pesar de que no paraba de preguntarse cómo sabría su boca, sino la compasión por ella al ser víctima de un rechazo, la impresión de vulnerabilidad que ella emitía, como si ya no perteneciera a ningún lugar. Él, en su corta vida, era un experto en el rechazo y en la pérdida. Se recordó vagabundeando por las calles de Triana en busca de su madre. En aquel momento no había lugar en el mundo para él y, de no ser por el Manco, no lo hubiera encontrado jamás.

Doña Ana estaba sola y, por alguna inexplicable razón, el Flamenco quería mantener en ella la esperanza de que su esposo estaba vivo y podría cuidarla. Se daba cuenta ahora de que, posiblemente como ella, él también había asumido que, de un modo u otro, doña Ana seguiría cerca del Flamenco para siempre. Ya no iba a ocurrir. Hendrick estaba dispuesto a enviarla a la Nueva España en busca de un muerto.

Con una punzada de celos que lo avergonzó, fue consciente de que una mujer como doña Ana no tendría problemas en encontrar otro esposo, ya fuera en Sevilla, en la Nueva España o en las mismísimas islas Molucas. Él, en cambio, tenía que agarrarse al Flamenco, convencido de que jamás se atrevería a poner en peligro su relación con él, arriesgándose a volver a las calles, a no pertenecer a nada.

Con cierta sorpresa, incluso orgullo, reconocía que, en esa nueva vida que le correspondía por ir tras el Flamenco como un perro faldero y seguir cumpliendo a rajatabla su compromiso de discreción y obediencia, gente como Juan Cabrillo, el maestre de la flota, o un pudiente como Simón Serrano encontraban el tiempo para hablarle y, además, hacerlo con respeto. Se había convencido, siguiendo las enseñanzas del Manco y la brutal realidad de su día a día, de que era invisible y de que moriría como tal. Pero, contra toda lógica, allí estaba él, de palacio en palacio, vestido con camisa y jubón y a unas semanas de embarcarse en la flota. No estaba del todo mal para un vagabundo.

Desayunó en el patio, haciéndose visible y disponible para Hendrick al tiempo que secretamente deseaba que doña Ana volviera a requerirlo. ¿Para qué? Sabía que no traicionaría al Flamenco, que no le contaría a ella nada más que pudiera incomodar a su amo. No tanto por un sentimiento de lealtad hacia él, sino más bien por el convencimiento de que traicionarlo equivaldría a renunciar para siempre a una vida decente. Pero aun así quería verla. Volver a estar cerca de su rostro y rescatar más detalles de sus labios para poder imaginarse con más precisión cómo sería besarlos. Nadie salió esa mañana. Ni por la tarde. Ni después de que las campanas de la catedral tocaran a rosario y cayera la noche.

Al día siguiente, después de cepillar a Generoso más por aburrimiento que por necesidad, Rayssa lo informó de que Hendrick quería que hiciera unas compras aquí y allá. Su primera reacción fue ignorar a la cocinera, herido como estaba en su orgullo de que el Flamenco hubiera tenido más necesidad de hablar con ella que con él. Se consoló pensando que, si su amo no había bajado a comer esos días, seguramente Rayssa le habría llevado la comida a su alcoba y, por esa razón, y no otra, era ella la que ahora le transmitía las instrucciones de Hendrick.

—Dile que tengo que ir a ver al maestre Cabrillo. Tiene algo para el señor.

Rayssa se encogió de hombros y se alejó sin decir más, dejando patente que no iba a ser ella quien interrumpiera al Flamenco.

Aún aguantó ese día sin molestarlo, ocupado en las compras que le había ordenado. Al atardecer, harto de esperar y, sobre todo, desacostumbrado a estar ocioso y preocupado de que esa falta de actividad fuera una premonición de que algo estaba mal y de que él, por una u otra razón, por ejemplo, ser amigo de un criminal, hubiera de cargar con la culpa, se decidió a llamar a su alcoba para ponerse al servicio de su amo.

Lo sorprendió la voz de Hendrick a su espalda, que caminaba pensativo desde el otro lado del pasillo, donde se encontraban las estancias de doña Ana.

—¿Qué quieres?

El Lagartija tardó en responder, escudriñando el rostro y la vestimenta del Flamenco, como si pudiera encontrar en ellos alguna prueba de que había estado con la viuda. Hendrick levantó las cejas con más impaciencia que curiosidad por su silencio. La posibilidad de recibir un nuevo pescozón encima del chichón que ya había madurado en su coronilla lo despabiló de inmediato.

—El maestre Cabrillo me ha dicho que tiene algo para vusted.

—¿Y a qué esperas?

Le habría respondido que si él hubiera ido a ver al maestre sin informarlo de antemano se habría ganado una sonora bofetada, así que, para seguir a pies juntillas lo que su amo esperaba de él, había buscado tener su aprobación. Pero, en cambio, dijo «ahora mismo voy» y salió despedido en dirección a la calle Las Palmas.

No había tenido la oportunidad de visitar a Juan Cabrillo en meses. Aun así, daba la impresión de que el tiempo no había pasado por su estancia. Junto a la ventana había una bandeja de dátiles que sudaban azúcar y una jarra de porcelana fina llena de un vino tinto, joven pero con cuerpo, como pudo comprobar el Lagartija cuando el maestre lo invitó a tomar asiento y a servirse algo mientras él buscaba la carta para el Flamenco.

No estuvo mucho, pero fue suficiente para disfrutar de la fruta, el vino y la cercanía del señor Cabrillo, a quien haberse convertido en el maestre de la flota parecía no haberlo cambiado un ápice. El contenido de la carta, fuese cual fuese, no ilusionó a Hendrick, cuya mirada desvelaba esa extraña mezcla de ira y tristeza que a veces mostraba desde que regresaron de Medina del Campo. Hubo de volver a la casa del maestre al día siguiente con la respuesta de su amo.

Juan Cabrillo reflexionaba sobre la carta que había recibido y él, por su parte, comía unas almendras saladas y trataba de leer sin disimulo los títulos de los libros que descansaban sobre el escritorio.

—¿Has leído *Orlando furioso*?

El Lagartija negó con la cabeza y Juan Cabrillo se levantó con el libro en la mano. Se sentó a su lado, tan cerca que sus piernas tocaban las suyas, y le entregó el libro abierto por una página que había buscado previamente.

—La pelea con el monstruo marino es mi parte preferida. Léelo en voz alta.

La única persona a la que había leído había sido al Flamenco y de eso hacía siglos, al menos así lo sentía él. Empezó a leer con mucha torpeza, pero, en parte por la paciencia que emanaba del maestre y en parte por la curiosidad de saber si el héroe, Rugiero, sería capaz de salvar a la princesa, su lengua se soltó y empezó a recitar con más y más soltura. Leyó hasta ese momento en que descubre a Angélica desnuda y encadenada al borde del mar, exponiendo toda su belleza al monstruo marino. Se imaginó el rostro de doña Ana coronando el cuerpo níveo de Angélica, de piel tersa e impoluta como una estatua de mármol, y se sonrojó. El maestre lo animó a continuar.

—Sigue, que ahora aparece el monstruo.

El Lagartija tartamudeó cuando llegó la descripción de los pechos de Angélica agitándose nerviosamente y de la pasión desatada que despertaba en Rugiero, una vez acabó con el monstruo. Juan Cabrillo le quitó el libro de las manos cuando terminó la secuencia.

—Menos mal, ¿eh?

El Lagartija volvió a sonrojarse. Al contrario que al maestre, el monstruo y el valor de Rugiero no le habían emocionado en demasía y no había tenido en ningún momento la sensación de que Angélica estuviera en peligro. Lo que a él lo había inquietado era la belleza de su cuerpo, imaginársela como doña Ana, y una vergüenza infinita de que Juan Cabrillo fuese capaz de leer sus pensamientos o de intuir la agitación que sentía en la entrepierna.

La imagen de Angélica lo acompañó en el camino de regreso. De pronto, tenía la sensación de que Sevilla estaba repleta de mujeres bellas, de pieles pálidas y pechos turgentes, y no entendía que antes no las hubiera visto ni que ahora sus ojos parecieran haber cobrado vida propia y buscaran damas esbeltas y voluptuosas en cada esquina.

El Flamenco leyó la misiva del maestre y resopló agotado.

—Mañana iré a hablar con él.

Esa noche, aunque el Lagartija sospechaba que su amo y doña Ana habían hablado y posiblemente resuelto sus diferencias, ella no acompañó a Hendrick en la cena. Por su parte, después de llenarse el estómago, él se quedó en su camastro y se recreó en la imagen de Angélica. Deseó tener la ocasión de admirar la desnudez de una mujer tal y como la había tenido Rugiero o el mismo Flamenco, que había disfrutado de la de doña Ana una noche sí y otra también.

Al día siguiente acompañó a Hendrick a visitar al maestre Cabrillo y, uniendo los retazos de una conversación que se oía a medias desde el patio y los preparativos que le encomendó su amo, pudo entender que la disputa entre los dos se centraba en el barco en el que viajaría doña Ana. Parecía que habían acordado que finalmente iría en el mismo que el Flamenco, pero el pésimo humor de Hendrick hacía difícil saber si aquella era su preferencia o la del maestre.

Desde la calle Las Palmas se dirigieron a las gradas, donde el Flamenco conversó con unos y con otros, transformando por completo su rostro y sus emociones, como si toda la tensión de la que había sido testigo el Lagartija en los últimos días desde que llegaran de Medina no fuera más que fruto de su imaginación.

Subiendo desde el Arenal atisbó a Fernando y, aunque no se atrevió a dejar su sitio y que Hendrick lo perdiera de vista, agitó los brazos con energía hasta asegurarse de que el criado de los Corzo lo reconocía. Desde la distancia, lo vio asentir en su dirección, y su caminar lento, arrastrando los pies, le dio la impresión de que este seguía agotado por ese inesperado viaje a Écija.

—Hemos llegado hace un rato —le dijo Fernando con voz ronca—. Nos cayó encima toda la lluvia del mundo.

El Lagartija le dijo que lo lamentaba y le deseó que ahora pudiera descansar. Fernando entornó los ojos con desesperanza.

—No lo creo. Con todo el ajetreo de la flota... —Después le puso la mano en el hombro y abandonó el tono quejumbroso por otro más sobrio—. Tengo malas noticias de tu amigo.

Lo primero que se le vino a la cabeza al Lagartija fue que Gordo había recibido otra paliza del ventero.

—¿Hablaste con él?

Fernando negó con la cabeza.

—Murió poco después de que pasáramos la noche allí camino de Medina.

De un modo maquinal, el Lagartija preguntó cómo había sido, pero apenas si prestó atención a la explicación del conductor, algo sobre una herida que no se curó y que acabó por pudrirle la piel y la sangre. Lo que más lo asustó fue su propia reacción. En el mismo momento en que supo que Gordo había fallecido, se escuchó decir que no le sorprendía, como si esa fuera la noticia que había estado esperando. Sobre todo, lo aterraron sus emociones, entre las que no encontró culpa, sino la liberación de una carga que no quería llevar. Había pena también, pero mucha menos de la que él creía que debería sentir, como si la muerte de sus amigos, de los huérfanos vagabundos, fuera una fatalidad inevitable contra la que no se podía luchar. Sintió una arcada crecer en su estómago al pensar que, en el caso de Gordo, su muerte había ocurrido en un momento oportuno, liberándolo de la responsabilidad de tener que hablar con el Flamenco o de vivir con la culpa de no hacerlo. Con una pringosa sensación de asco, pensó que se iba pareciendo más y más a Hendrick, solo preocupado por su propio destino.

Fernando se despidió y el Lagartija se quedó en medio del alboroto de las gradas observando el baile de Hendrick entre mercaderes, oficiales del Consulado y banqueros. Nadie hubiera podido imaginar la frialdad y la ira que se escondían detrás de la sonrisa y la ágil conversación del Flamenco. Se dio cuenta de que había algo que tanto él como Hendrick compartían: los dos estaban solos. La diferencia, o al menos así lo había creído hasta ese instante, era que él anhelaba que alguien, daba igual quién, acabara amándolo y aceptándolo. Su amo, en cambio, ponía toda su energía en manipular y someter al mundo. Y su éxito era incuestionable.

Un escalofrío le recorrió la espalda. ¿Cabía la posibilidad de que él estuviera maldito y por eso solo le era posible vivir al abrigo de un ser como el Flamenco? Todos aquellos con los que había compartido su vida habían muerto: su padre, su madre, Pequeño, Gordo... y quién sabía si el Manco había sobrevivido a la cárcel. También lo hizo aquel pescadero que murió apuñalado en el Arenal. Y su asesino, el joven soldado, fallecido en su presencia. Por lo visto solo era cuestión de tiempo que doña Ana, el maestre Juan Cabrillo, Rayssa y el resto murieran prematuramente. Todos menos Hendrick.

Al Flamenco le bastó una mirada para indicarle que regresaban a casa. No intercambiaron una sola palabra en el camino. En ese silencio, Hendrick rezumaba furia y pena, y el Lagartija, derrota. Un pensamiento le llenaba la consciencia sin dejar espacio a nada más: la vida de Gordo había sido el precio que había pagado para seguir al lado del Flamenco y tener la oportunidad de una vida mejor. Ojalá Gordo no estuviera muerto, aunque eso no cambiaría nada porque sabía que era muy improbable, conociendo el temperamento de su amo, que hubiera encontrado el momento, ni aunque viviera cien años, de proponerle que incorporara a su amigo como criado.

Recordó el dinero y la cadena que se había quedado el Manco. ¿No había hecho el jefe de la banda lo mismo que él, pensar únicamente en sí mismo? No, no era verdad. No había compartido las ganancias del robo al señorito Alfonso Gelves con él, pero les había dado a Pequeño y a Gordo casi la totalidad para que pudieran atenderlos en el orfanato. El recuerdo lo llenó de ternura, pero no de nostalgia. Él estaba vivo mientras que Pequeño y Gordo no.

En el instante en que llegaron a la casa, sintió crecer dentro de él un intenso deseo de encontrarse con el Manco. O al menos de saber si era posible.

Hendrick empezó a subir las escaleras. Doña Ana lo esperaba en lo alto y el Flamenco la ignoró por completo para meterse en su alcoba. Ella lo llamó repetidas veces y, como él no respondía, se dirigió a su habitación al tiempo que amenazaba con contarle al maestre Cabrillo el tipo de hombre que era Hendrick. No había alcanzado el final del pasillo cuando el Flamenco salió de su cuarto como un caballo desbocado, con la mirada centelleante de furia, y, aunque no lo vio, pudo oírlos pelear, intuir cómo Hendrick la inmovilizaba, ella se revolvía y chillaba, y hasta escuchó el ruido de la pistola al caer y el tintineo de monedas al rodar por el suelo.

A los pocos segundos se acabó la refriega. El Lagartija

subió las escaleras con cuidado y se asomó discretamente al pasillo. El Flamenco y la viuda ya no estaban. Sobre el suelo descansaban el arma, la bolsa de Hendrick con monedas desparramadas en todas las direcciones y el mantón de doña Ana, desgarrado hasta casi quedar dividido en dos mitades. Avanzó por el corredor hasta la bolsa. A sus pies podía distinguirse un ducado, igual que el que el Manco había regalado a Pequeño y a Gordo, y unos reales ennegrecidos por el uso. Desde la alcoba de doña Ana se la escuchaba gemir mientras la voz grave y tierna del Flamenco la consolaba. Evitando hacer el menor ruido, se agachó y cogió el ducado y los tres reales del suelo. Luego regresó sobre sus pasos. Al final de la escalera estaba Rayssa, que observaba con desconfianza los movimientos del Lagartija. Se esforzó por mostrarle la misma indiferencia con que la hubiera tratado cualquier otro día, pero al pasar a su lado ella lo agarró por el brazo.

—¿Qué ha pasado?

El Lagartija, apretando las monedas con fuerza en su puño empapado en sudor, se liberó del agarre de la cocinera de un tirón.

—Se han peleado.

—¿Y tú qué hacías?

Mantuvo como pudo la mirada inquisidora de Rayssa y consiguió responder con desapego:

—Acercarme para descubrir de qué hablaban. —Sonrió pícaro—. Parece que ya se han arreglado.

Rayssa avanzó un par de pasos y se quedó mirando el suelo. Luego se giró y, mostrando cierto fastidio, bajó al patio. El Lagartija se dirigió hasta el portalón, pero la cocinera lo llamó.

—¿Dónde vas?

—¿Y a ti qué te importa?

No esperó a que Rayssa respondiera y no volvió a mirarla. Ya en la calle, cambió el dinero de mano y se secó el sudor en el jubón. Aceleró el paso y se encaminó al final de la calle Sierpe, casi a la altura de la plaza de San Francisco, donde estaba la Cárcel Real.

En la puerta, un alguacil descansaba apoyado sobre su lanza. El Lagartija, con la respiración entrecortada y las gotas de sudor cayéndole por la frente, se plantó frente a él tratando de mostrar la mayor dignidad y señorío del que era capaz.

—Busco a un preso. Lo llaman el Manco.

24

El guardia lo miró con desgana y, sin cambiar de posición ni emitir ningún sonido, le indicó con la cabeza que entrara. La puerta estaba entreabierta y el Lagartija se escurrió al interior por la diminuta ranura que reaciamente permitía que la luz de la tarde iluminara la estancia. A su izquierda, unas escaleras anchas subían hasta un entrepiso al que se accedía por una inmaculada puerta de madera cuyo barniz brillaba con las escasas briznas de sol que llegaban directamente hasta ella desde un ridículo ventanuco que había casi a la altura del techo.

Frente a él, ennegrecida y mastodóntica, había otra puerta de madera sobre la que descansaba una reja de hierro oxidado con una solitaria ventanilla para mirar el interior y, aunque nada indicaba que el paso estuviera prohibido, por su aspecto tétrico, el Lagartija supuso que el camino de las escaleras era el más adecuado para las visitas.

No había subido ni dos escalones cuando un alguacil oculto en la sombra pegó un grito que fue suficiente para que retrocediera hasta la puerta de entrada de un salto y, después de una reverencia cargada de humildad, lo informó tímidamente de que estaba buscando a un recluso.

—¿Para qué quieres verlo?

La pregunta lo cogió desprevenido. Hasta ese instante, todo lo que se había propuesto era darle las monedas que había sustraído al Flamenco, si es que el Manco aún estaba con vida. Pero eso no era algo que quisiera pregonar a los cuatro vientos. Ni tampoco quería dar la impresión de tener una relación de cercanía con un preso de tan baja condición como su amigo. A punto estuvo de decir que sospechaba que el Manco había robado algo valioso a su señor, como una cadena de oro, pero se detuvo imaginando que aquello podría complicar aún más los infortunios de su amigo. Respiró hondo y respondió con la altivez que imaginó que tendría un verdadero secretario del señor Van Belle.

—Mi señor no me autoriza a desvelar el motivo.

El guardia levantó las cejas con sorpresa y volvió a sentarse en el minúsculo taburete medio oculto en las sombras. Apuntó a la brillante puerta en lo alto de la escalera.

—Ni yo puedo abrir sin autorización del alcaide.

Durante unos segundos el guardia siguió mirándolo, pero, probablemente aburrido de que el Lagartija ni se moviera ni hablara, lo despidió con un despectivo gesto de la mano.

—Puedes largarte. Ya ves que estoy muy ocupado.

Obedeció y se dio media vuelta, pero, antes de escurrirse por la rendija de la puerta y salir a la calle, se llevó la mano al jubón y con discreción separó uno de los reales que había robado al Flamenco. Se lo mostró al guardia sin decir una palabra. Afortunadamente, la visión del dinero ayudó al funcionario a encontrar el modo de abandonar un momento sus innumerables obligaciones y, con aire condescendiente, levantó la mano para indicarle que necesitaría dos de esos. El Lagartija sacó un segundo real, el guardia los escondió en su jubón y se desperezó pesadamente. Antes de abrir la puerta se giró hacia él y le habló con mucha más cordialidad, casi dando la impresión de estar dispuesto a prestarle ayuda o algún servicio.

—¿Sabes dónde está tu amigo?

El Lagartija contuvo la tentación de puntualizar que no se trataba de su amigo y negó con la cabeza. El guardia se rascó la incipiente barba que le crecía en la mejilla.

—¿Por qué está aquí? ¿Trabajaba para tu señor?

Antes de responder planeó con cuidado su respuesta.

—Dicen que por robar. Vivía en la calle.

El guardia sacó la pesada llave que llevaba atada a la cintura por una cadena.

—Prueba en el Laberinto. En la Galería Nueva, a la izquierda del patio.

Cuando el Lagartija pasó el marco de la puerta, el guardia le dio un golpecito en el hombro.

—Yo me marcho cuando llamen a oración. Si no has salido antes, tu señor necesitará más de dos reales para convencer al alcaide de que te libere.

Confirmó con un breve asentimiento que comprendía el riesgo y avanzó hasta una sólida reja por un angosto pasadizo con pasos rápidos, tratando de ir deprisa, pero sin que denotara su urgencia. Gradualmente, el murmullo que se oía al otro lado de la puerta se fue haciendo más cercano y pudo identificar el eco de las conversaciones. No vio que nadie custodiara la reja y bastó con empujarla para que se abriera de par en par. Nada más entrar, descubrió una muchedumbre que se agolpaba en el patio y en las balconadas, dándole la impresión de haber entrado en otra ciudad, una especie de mercado caótico que en nada desmerecía el baratillo del Arenal cuando regresaba la flota.

Durante unos instantes trató de orientarse por sí mismo; intimidado por la multitud, pero incapaz de distinguir por dónde se accedía a la Galería Nueva, se atrevió a preguntar a un señor enjuto, bien vestido, cuyo brazo izquierdo caía como un peso muerto a su costado y que se balanceaba nervioso al ritmo de la despreocupada marcha de su propietario. Solo cuando el tullido se giró para responderle, se le ocurrió al Lagartija que debía de ser de muy mal gusto preguntarle precisamente a él por otro manco y se contentó con averiguar el camino al Laberinto, donde, según aquel hombre, los presos se amontonaban igual que marranos en una pocilga.

La realidad en nada desmerecía la descripción del preso, se trataba de una estancia de techo bajo y tabiques desordenados, donde los reos habían ocupado con su presencia y sus pertenencias cada recodo de esta y donde caminar era una tarea imposible que acababa irremediablemente en una discusión o una disculpa con uno u otro por invadir lo que consideraban su espacio. Preguntó aquí y allá, avanzando a duras penas por aquella colección de rostros agrios que miraban con una mezcla de desprecio y codicia su precioso jubón.

Sin ser consciente, el Lagartija se llevó la mano al costado para sentir las monedas. Nada en ese Laberinto le hacía sentirse cómodo o seguro, aunque, con toda franqueza, no era mucho peor que el hocino de la escalera donde había vivido con el Manco, y las gentes no parecían ni más ni menos peligrosas que los indigentes que habitaban las calles de Triana, sobre todo por la noche. Lo que le hacía tener miedo era la certeza de que él ya no pertenecía a ese grupo. Al menos, de momento. La sensación de que por una u otra razón podría volver a vivir en la calle le recordó la mirada desconfiada de Rayssa. Se estremeció y, como quien choca con un muro, el Lagartija se detuvo de golpe, dispuesto a volver sobre sus pasos y regresar a la casa para devolverle el dinero al Flamenco.

Excepto, claro, los dos reales que ya había entregado al guardia y que no tendría forma de recuperar.

Entró de nuevo al patio sudando por la angustia, debilitado por la sensación de que había arruinado su vida por un arrebato de compasión hacia el Manco, quien ni siquiera sabía si estaba vivo. Solo podía pensar en cómo restituir el dinero a su amo. ¿Encontraría el ánimo necesario para rastrear las calles, como tantas veces había hecho en su vida pasada, y encontrar esos dos reales que le faltaban? Desafortunadamente, sabía de sobra que eso no había ocurrido jamás. Sí que se habían topado aquí y allá con un maravedí, pero eso había sido todo. Además, hacía tanto tiempo que no practicaba el hurto que ya no confiaba ni en la velocidad de sus manos ni en la agilidad mental para ello. En medio de esas cavilaciones avanzó hasta la reja del patio con la decisión tomada de salir de la cárcel lo antes posible.

Al levantar la cabeza se encontró de bruces con el Manco. Su amigo, que parecía mucho mejor nutrido que cuando vivían en Triana, avanzaba hacia él con aire campechano, una sonrisa abierta y los ojos humedecidos. Lo agarró por los hombros y lo miró con detenimiento, como para cerciorarse de que era real.

—Me pareció verte desde el balcón.

El Lagartija contuvo como pudo la emoción del momento y no llegó a llorar, pero no pudo evitar que los labios le temblaran, impidiéndole pronunciar una sola palabra. Agarró los brazos de su amigo y se recreó en ver nuevamente su rostro. Desaparecieron de su mente el Flamenco, la flota, la boca de doña Ana, los cuidados de Juan Cabrillo y todo aquello que había sido su vida desde que se separara del Manco. Si le hubieran dado a elegir, en ese instante habría decidido quedarse allí, al lado de su amigo, ajeno a la vida fuera de los muros. El

Manco, también henchido de felicidad y excitación, no pudo evitar reírse.

—¿Qué haces tú aquí, vestido de príncipe?

Quería contarle su vida con Hendrick, su trabajo en la feria, que comía a diario, sin falta, que se codeaba, o más bien servía, a gentes notables y que se embarcaría en la flota e iría al mar. Cruzaría el océano tal y como él les había relatado una y otra vez. Pero nada de eso salió de su boca. En cambio, una de las lágrimas que había conseguido contener se escapó y recorrió su mejilla hasta perderse en la comisura de los labios.

—Los gemelos están muertos.

La pena se reflejó en el gesto del Manco, pero no hubo ninguna indicación de que lo sorprendiera y, con un chasquido de la lengua, se deshizo de esos pensamientos en un segundo, como si cargar con ellos fuera más de lo que podía o quería soportar. Le puso la mano en el hombro al Lagartija y con la otra le secó discretamente el rostro.

—¿Qué te trae por aquí?

El Lagartija miró a izquierda y derecha y, cuando se sintió seguro, se abrió el jubón para enseñarle el ducado.

—Te he traído esto.

El Manco le cerró el jubón al instante.

—¿Estás loco? Si alguno de estos lo ven, eres hombre muerto.

—Pero ¿lo quieres?

—Para nada. —Se golpeó la tripa para mostrarle que había ganado peso—. Vivo mejor que nunca.

Aceptar que el Manco no necesitaba que él lo salvara le hizo sentirse inútil, pero, sobre todo, confundido. Él, que tan intensamente rechazaba la vida miserable que le había tocado mendigando en las calles, no podía entender la complacencia del Manco, en apariencia dichoso de encontrarse en la cárcel. Pero sobre todo ponía en cuestión sus propias decisiones, ese intenso rechazo a la pobreza que sentía a diario y que lo impulsaba a agarrarse al Flamenco como un clavo ardiendo. Claro que él no era el Manco, no tenía su destreza para vivir en cualquier sitio, para encontrar comida como por arte de magia... Y, al contrario que el Manco, a quien le resultaba indiferente estar solo, él necesitaba alguien con quien compartir la cotidianidad. Incluso Hendrick era mejor que sentirse solo y desamparado. Apartó como pudo la pesadumbre que lo invadió al compararse con su amigo.

—¿Cómo lo haces?

El Manco apuntó al caos del patio con la cabeza.

—Aquí se valoran mucho unos dedos ágiles.

Que él supiera, o al menos eso se decía en toda la ciudad, al contrario que en el castillo de San Jorge, en el correccional de la Santa Inquisición, dentro de la Cárcel Real, no había más ley que la que decidían los presos ni más control, dentro de los muros, que el que ellos acordaban. Y eso hacía que la vida de un hombre valiera aún menos que para el Tribunal del Santo Oficio, que ya la consideraban francamente irrelevante.

—¿Y si te cogen?

Su amigo negó con la cabeza.

—Nah. Yo no trabajo para mí. —El Lagartija lo miró fijamente esperando que continuara—. Aquí lo hago para Monipondio. Nadie se atrevería a ponerme la mano encima. —El Manco debió de sentir su sorpresa y añadió—: Es lo mejor.

Sin embargo, eso no tranquilizó al Lagartija, que había aprendido, adoctrinado por el Manco, a no acercarse, ni siquiera en sueños, al crimen organizado que lideraba Monipondio. La noticia, por otro lado, tuvo un efecto analgésico frente a su culpa. Al fin y al cabo, tampoco era tan diferente a su amigo. Mientras que él se había sometido al Flamenco, el Manco había buscado refugio detrás de un conocido criminal que no dudaba en matar a quien tratara de darle un mordisquito a su negocio de robo y extorsión.

Los dos se quedaron en un silencio incómodo mientras el Lagartija buscaba algo que decir y el Manco se acariciaba distraído los muñones de la mano izquierda.

—He visto a la hija del banquero Spínola.

El cuerpo de su amigo se retorció como si le hubieran clavado una daga en el vientre.

—Arggg. La muy zorra.

Fue suficiente para confirmar que ella lo había asociado al Manco. Eso no le hacía demasiada ilusión ni presagiaba nada bueno. Sobre todo si el Flamenco se enteraba. Pero en ese instante la curiosidad era más fuerte que el miedo.

—Tenía tu cadena.

El Manco asintió.

—Me la dio cuando trabajaba allí.

—¿Te la regaló?

El Manco se miró la mano y movió los tres dedos que aún le quedaban.

—No. Fue el precio por no decirle a su padre que se acostaba con su primo, un genovés que estuvo de visita unos meses. —Se encogió de hombros—. Los pillé de casualidad y me rogó que no los delatara. Ella no tenía dinero, así que me dio la cadena.

El Lagartija sintió una inevitable decepción. Había vivido durante años con la sensación de que un aura mágica rodeaba al Manco cuando se trataba de encontrar comida o dinero. Y que aquella cadena hubiera «deseado» caer en su regazo era la prueba más firme de que Dios estaba del lado de su amigo. El Manco suspiró y chascó la lengua con frustración.

—Hasta que me acusó de forzarla y perdí dos dedos.

—¿Para vengarse?

—Más o menos. —Se rascó la cabeza dubitativo—. Como no tenía nada más con qué pagar mi silencio le sugerí que se desnudara para mí. Cuando se quitó la ropa gritó y entró su criada.

Mientras el Manco parecía perdido en sus recuerdos, el Lagartija recordó el rostro de doña Ana y su sugerente busto. Sumido en esas fantasías, le pareció muy razonable el precio que su amigo le había pedido a la hija del banquero para que no contara su aventura.

—¿Cómo era?

El Manco lo miró extrañado.

—¿La hija?

El Lagartija asintió al tiempo que se ruborizaba y su amigo le enseñó la mano mutilada.

—No me mereció la pena.

Respondió un «ya, claro» convencido de que él tampoco hubiera puesto en juego perder el meñique y el dedo anular por la desnudez de una mujer, ni siquiera por la de doña Ana. Sin querer desvelar la agitación que esos días le causaba la perspectiva de ver o tocar el cuerpo desnudo de una mujer, cambió el rumbo de la conversación.

—¿Cómo es que tiene la cadena?

—Pensé que estaría dispuesta a pagar para recuperarla y restituir el dinero que le había quitado al señorito Alfonso Gelves antes de acabar con mis huesos en la cárcel... Me equivoqué.

Las campanas de la catedral empezaron a replicar y el Lagartija se estremeció.

—Me tengo que ir.

El Manco respondió con un gesto entre la sorpresa y la desilusión, pero reconoció que ya era el momento y lo acompañó casi corriendo hasta la salida. El Lagartija, angustiado por confirmar que el guardia no se había marchado, atravesó la primera reja y llamó a la puerta sin despedirse de su amigo. Solo cuando el guardia abrió el ventanuco y se escuchó la llave entrar en la cerradura se giró para buscar al Manco con la mirada. Seguía detrás de la reja, sonriendo, y en el momento en que el Lagartija levantó la mano para despedirse, ya con medio cuerpo fuera, escuchó a su amigo gritar «gracias».

25

Empezaba a oscurecer, dentro de poco las gentes decentes se retirarían a sus hogares, y los borrachos, maleantes, mendigos y los pocos huérfanos que todavía no habían aprendido a recogerse al llegar la noche serían los únicos que compartirían las calles con las ratas en busca de comida. El Lagartija caminaba despacio, con la mirada clavada en el suelo, esperando que un milagro le devolviera los dos reales que le faltaban. Y, aunque lo inquietaba tener que enfrentarse a Hendrick, la visita al Manco lo había liberado de la debilitante sensación de traición que lo atenazaba desde que se encontró con Gordo, o posiblemente desde antes, desde el mismo día en que, consciente o no, decidió no rebelarse contra el Flamenco. Sentía que, tras comprobar la felicidad del Manco y su absoluta falta de rencor por cómo se habían desarrollado sus vidas, podía afirmar sin ningún rastro de culpa que lo que él deseaba era seguir al lado de Hendrick, con la secreta esperanza de ser algún día secretario de un señor o, por qué no, convertirse él mismo en un mercader. Al Manco, al contrario que a los gemelos, también la vida le iría bien.

Una punzada de angustia le cortó la respiración y tuvo que detenerse unos instantes. La idea de servir al Flamenco por su beneficio y por propia voluntad, en lugar de por pura sumisión, magnificó aún más la pérdida de los dos reales que había pagado al guardia. Era una auténtica desgracia que, justo cuando, después de tanta confusión y desasosiego vital, había decidido cuál tenía que ser su camino, lo echara todo a perder por culpa de dos míseras monedas. No tenía ninguna certeza de que Rayssa lo hubiera visto coger el dinero, ni siquiera sabía si ella iría con el cuento al Flamenco, pero eso no bastó para contener un arrebato de odio y el deseo oscuro de que, si no conseguía dos reales antes de llegar a la casa, la fulminara un rayo divino. Al fin y al cabo, por lo poco que sabía de ella, la cocinera bien podría venir de tierras herejes.

Llegó a la puerta de la casa. El sol ya estaba por debajo de la muralla, no había encontrado ninguna moneda entre los desechos y la suciedad de las calles y, según el perfecto estado del tejado, ningún rayo había caído del cielo para castigar a Rayssa. Pensó que, si Hendrick tenía conocimiento o sospecha de que él se había quedado con las monedas, le sería imposible ocultárselo, así que era mucho más seguro, aunque le resultara chocante, dejar el dinero sin que nadie lo viera en la misma bolsa donde lo había encontrado o, si no se le presentaba la oportunidad, Dios no lo quisiera, entregárselo él mismo.

La esperanza de no tener que confrontar a su amo se desvaneció al alcanzar la mitad de las escaleras. Desde allí pudo ver que el pasillo estaba impoluto y no había ni rastro de la pelea entre el Flamenco y doña Ana. Plantado frente a la puerta de la alcoba, escuchó el ruido de una silla y unos murmullos le confirmaron que Hendrick estaba dentro. Suspiró, ya nada podía salvarlo de su destino. Se sentía a punto de orinarse en las calzas del miedo, igual que si lo condujeran al garrote. Mientras trataba de tranquilizarse y armarse de valor para llamar a la puerta, le llegó desde las cocinas el olor de la cena. Con el único propósito de demorar el inevitable encuentro con Hendrick, decidió visitar a Rayssa para, furtivamente, recabar algo más de información de lo que había ocurrido en la casa durante su ausencia y así adaptar la excusa que pensaba contar a su amo.

Nada más entrar en el patio de las cocinas se encontró frente a la cocinera con los brazos en jarra, dando la impresión de que hubiera estado esperándolo. No era un buen presagio. El Lagartija miró por encima de ella, como si estuviera buscando algo.

—¿Qué estás cocinando?

Como por instinto, la cocinera miró a sus espaldas, donde un guiso bullía en un caldero. Se volvió hacia él con gesto de fastidio.

—¿Qué quieres?

El Lagartija evitó su mirada y siguió fingiendo que inspeccionaba la cocina.

—Nada. —Se desperezó como si estuviera cansado después de un largo día de trabajo y continuó con forzada naturalidad, apuntando con la cabeza hacia el interior de la casa—: ¿Siguen peleados?

—A mí qué me importa.

—A mí tampoco. Pero como está todo recogido...

La única respuesta de Rayssa fue una sonrisa oscura y maliciosa que lo hizo estremecerse. No solo iba a echar su vida a perder por dos reales, encima eso haría las delicias de esa taimada cocinera que no soportaba que el Flamenco le mostrara más respeto a él en un día que a ella en diez años.

No había mucho más que sonsacarle, pero no quiso marcharse así, como un corderito aterrado. Dio dos pasos hacia ella, que se apartó sorprendida, y entró en la cocina para robar un pan sobado que descansaba en la mesa. Rayssa se limitó a bufar y avanzó hacia el caldero conservando su gélida sonrisa en la boca. Ya en su estancia, a pesar del hambre, fue incapaz de dar ni un solo mordisco y abandonó la idea de comer, cerrado el estómago como lo tenía por la perspectiva de confesar al Flamenco que él había cogido el dinero. Dejó el pan sobre su camastro y subió las escaleras arrastrando los pies.

Hendrick lo invitó a entrar con voz cansada. Algo estaba royendo a su amo por dentro y le consumía la energía. Y no se traslucía únicamente en su mirada, en aquella veta de pena que solo aquellos que lo conocían bien podían percibir. También le había cambiado la forma de hablar. Seguía tan autoritaria como siempre, capaz de despertar miedo al mismo diablo, pero respiraba diferente, con más esfuerzo, como si decir las barbaridades que decía o mostrarse como él era le resultara agotador. El Lagartija imaginaba que ese cambio que humanizaba al Flamenco había tenido lugar en Medina, pero, aparte de la desgracia de tener que casarse con la Campana para heredar de Simón Serrano, no encontraba otro motivo que pudiera generar semejante transformación. Por otro lado, al Lagartija no le parecía que la sagrada institución del matrimonio fuera algo que pudiera amansar el temperamento de su amo. Aun así, cuando avanzó hasta su mesa iba rezando a todos los santos, los que conocía de oídas y los que se inventaba sobre la marcha, por que no fuera ese el día en que se comiera la lengua ni en que acabara de nuevo en la calle. Porque, esa vez, tendría que sobrevivir sin el Manco.

Se sentó frente al escritorio donde el Flamenco trabajaba y esperó en silencio a que Hendrick le dirigiera la palabra antes de arriesgarse a molestarlo. En el mundo de su amo debieron de pasar unos segundos, en cambio en el del Lagartija ese intervalo no duró menos de cincuenta años y, cuando finalmente el Flamenco le preguntó qué quería, ya se había olvidado de cómo se movían los labios. Conseguir hablar paralizado por el terror era una quimera, así que metió la mano dentro del jubón y sacó las dos monedas, el ducado y el real.

Hendrick clavó la vista en ellas y, como todavía ni le había pegado, amenazado ni matado, el Lagartija encontró el ánimo para articular un par de frases temblorosas.

—Estaban en el suelo. Junto a la escalera. —Trató de buscar la mirada de su amo para evaluar cómo estaba recibiendo las noticias. No descubrió nada que lo ayudara y continuó—: Vusted no estaba y preferí guardarlas. Por si acaso.

El Flamenco las cogió con indiferencia y las guardó en su bolsa al tiempo que le preguntaba:

—¿Por si acaso qué?

Poco le faltó para dejar caer una sospecha sobre Rayssa, sugiriendo que la encontró mirando las monedas con demasiada codicia y él, como buen siervo, había eliminado el objeto de la tentación de la cocinera para evitar males mayores. Pero, como no sabía qué había visto o no Rayssa, y qué le había contado al Flamenco, si es que le había contado algo, se decidió por algo más mundano y posiblemente más creíble.

—No es bueno dejar un ducado tirado en el suelo, señor.

Hendrick se retrepó en la silla.

—Me alegro de que decidieras no quedártelas.

El Lagartija negó con la cabeza infinitas veces, asombrado de que a su amo se le hubiera ocurrido semejante idea.

—No, señor. Claro que no.

Hendrick esperó a que se cruzaran sus miradas para volver a hablar.

—Habría tenido que matarte. —Sus ojos perdieron la furia con la que había escupido esa amenaza y la reemplazó la pena, esa que solo el Lagartija sabía leer—. Sería una lástima.

—No, señor, eso no pasará nunca. ¡Dios me libre!

Lo despidió señalando la puerta con un gestó de la cabeza, y el Lagartija sintió tanto alivio que estuvo a punto de ponerse a llorar. La excitación del momento era tal que las piernas le temblaban al andar, como se imaginaba que le pasaría cuando caminara por la cubierta de un barco. Sentía su cuerpo tan blando que parecía hecho de mantequilla y hasta temió carecer de fuerza para empujar la puerta. Entonces Hendrick lo llamó con un grito violento, un trueno que se llevó de golpe todos los pensamientos y todas las sensaciones, dejando tan solo la sorpresa y el miedo.

—No quiero saber por qué lo hiciste, pero asegúrate de que no vuelva a pasar.

Fuera culpa de Rayssa o no, el Flamenco sabía que se había llevado el dinero y había decidido respetar su vida y dejarle la lengua en la boca. El Lagartija se puso a gimotear frágil y nerviosamente, aturdido por una mezcla de terror y agradecimiento por que no lo hubiera matado en esa ocasión. Hendrick esperó a que recuperara cierta compostura antes de continuar:

—Me debes dos reales.

Respondió con un inaudible «sí, señor» y volvió a las caballerizas. Allí se refugió en su camastro sin cenar, sin ni siquiera probar un bocado del pan sobado, ni tampoco con el deseo de mostrarse a Rayssa y restregarle en la cara que, pese a todo, seguía vivo y entero. Al menos de momento. Lo único que ocupaba sus pensamientos en la oscuridad de su estancia era la forma de conseguir dos reales. Él solo conocía una persona capaz de hacer aparecer dinero de la nada, el Manco, pero para acceder a él necesitaba otros dos reales. En sus fantasías, doña Ana habría oído la conversación, espiando a través de la puerta, y se acercaría a su camastro para darle los dos reales y un beso tierno en la frente. Sintió un hondo ridículo, ¿por qué imaginar un beso en la frente y no en los labios? Al fin y al cabo, esas eran sus fantasías. Por lo menos, en lugar de ese maternal beso, podría gratificarse a sí mismo con algo más sensual. Se consoló reflexionando que no le era posible imaginar algo que nunca había experimentado, como un beso en los labios. Aun así, aunque fuera solo un beso casto, sería estupendo que la viuda lo salvara, algo harto complicado, ya que doña Ana tenía en su bolsa exactamente la misma cantidad de reales que él. La desesperación por no encontrar una solución acabó con el deseo de imaginar nada, salvo empezar a rastrear las calles.

Se despertó de golpe, con la respiración acelerada, convencido de que había oído un disparo. Tardó unos instantes, rodeado por el silencio sepulcral de la casa, en aceptar que había sido un sueño. Poco a poco, las escasas imágenes que conservaba fueron haciéndose nítidas: el Flamenco con el rostro descompuesto por la pena, apuntándolo con la pistola, el taco del cañón del arma en su frente, el olor de la mecha y la explosión al apretar el gatillo. Significara lo que significara el sueño, lo dejó intranquilo y sin ningún deseo de volver a su lecho.

En cuanto los primeros rayos de luz iluminaron el patio, el Lagartija se vistió y se sentó junto a las escaleras para hacerse visible y disponible a los deseos de Hendrick. Rayssa, que volvió a dedicarle una misteriosa sonrisa, sirvió el desayuno en el salón, pero nadie bajó. No se movió en toda la mañana, hasta que Manuel, el esclavo de Juan Cabrillo, llamó al portalón con una carta que, como pudo comprobar después de que la leyera el Flamenco, describía con detalle la distribución y el valor de las mercancías que llevaría la flota, y también el impuesto de la avería que debería abonar el señor Van Belle. Si no hubiera estado al corriente de los negocios de Hendrick, aquel desglose no tendría nada sospechoso, un barco más lleno de tejidos, aceite, vinos y utensilios diversos para las colonias de la Nueva España. Pero el Lagartija sabía que el Flamenco no había cargado ni la décima parte de rollos de paño que aseguraba en esa carta oficial del Consulado. Lo que tenía Hendrick eran unas sedas de un valor descomunalmente mayor, que ya estaban listas para embarcarlas y que, por lo visto, a efectos del impuesto, se habían confundido con unas miserables telas. Tampoco tenía su amo semejante número de cucharas y, que él supiera, los barriles que había inspeccionado antes de destinarlos a la flota albergaban mucha porcelana de la que había comprado a los venecianos y que no se mencionaba de ninguna manera en la carta.

No pudo evitar una triste sonrisa; mientras el Flamenco y el maestre Cabrillo manejaban miles de ducados en mercancía e impuestos, a él lo mataba la angustia de no saber dónde encontrar dos asquerosos reales.

El Flamenco le ordenó que recogiera en los almacenes de los Corzo un fardo que de inmediato reconoció como un rollo de seda, para entregárselo al maestre Cabrillo. Hasta la catedral caminó junto a Manuel, quien lo ignoró por completo excepto por un par de miradas llenas de displicencia. Preguntó por Fernando o Remigio en el palacio de los Corzo, pero estaban de nuevo fuera de la ciudad recogiendo otro cargamento de aceite y vino para la flota.

Con la delicadeza que el tejido requería, envolvió el fardo con una manta de paño vieja y anduvo con cuidado para que la porquería que inevitablemente se acumulaba en cada rincón de la ciudad no ensuciara su valiosa carga. Manuel, que ya lo esperaba en la puerta, lo guio hasta la alcoba de Juan

Cabrillo y los dejó a solas. Abrió el paquete para que el maestre pudiera admirar la seda mientras le contaba los detalles que conocía de esta, los precios que se manejaban en la feria y los orígenes de aquel fardo. Según Hendrick, por su color púrpura no podía tratarse de seda de Lyon, sino de Bursa o de sus alrededores, y, gracias a la ignorancia de los flamencos o alemanes que inicialmente se hicieron con la mercancía, la habían adquirido en Medina a precio de ganga.

Juan Cabrillo lo miraba intrigado.

—Vaya, vaya. Veo que el señor Van Belle te ha enseñado bien.

Su amo le había enseñado un poco, pensó. Sobre todo a leer y a contar. Pero, más que nada, había sido la infinidad de cartas e inventarios que había tenido que escribir, memorizar y recitar lo que hacía que se manejara tan a su gusto. Habría querido decirle exactamente eso, que Hendrick le había abierto la puerta a aprender sobre las mercancías con las que trabajaban, pero que había sido él quien se había conjurado para absorber todo ese conocimiento y que sería capaz de hacer lo mismo con cualquier otro señor, tuviera la ocupación que tuviera, tanto si fabricaba vasijas como si se encargaba de cobrar el impuesto de la avería a los mercaderes de la flota. Pero solo se atrevió a responder con un lacónico «sí».

Durante unos instantes, Juan Cabrillo se dedicó a observarlo con detenimiento, con una sonrisa y una mirada serena. Después se levantó y le puso la mano en el hombro con delicadeza.

—Espera aquí un momento.

Regresó con unas calzas marrón claro, una camisa de algodón y un jubón negro que recordaba al que el Flamenco utilizaba cuando quería impresionar con su presencia.

—Pruébate esto.

El Lagartija recibió las ropas y miró a los lados buscando un lugar discreto donde cambiarse.

—¿Aquí?

El maestre lanzó una carcajada al sentir su azoramiento.

—No me digas que te da vergüenza cambiarte delante de otro hombre.

No estaba seguro de qué era lo que le daba vergüenza. ¿Se hubiera sentido así de incómodo si tuviera que cambiarse delante de Remigio? Posiblemente no. Ni tampoco delante del Manco. Pero hacerlo delante del maestre de la flota le parecía un atrevimiento. Sin embargo, al mismo tiempo le apenaba que el pudor que sentía defraudara a Juan Cabrillo, así que trató de alejar de su mente lo anómalo de la situación y se desvistió y volvió a vestirse a toda velocidad. Se colocó de costado al maestre, asegurándose de que no le daba la espalda por completo, pero tratando de tener un mínimo de intimidad bajo la mirada de este, que seguía clavad-a en él. Solo después de ponerse el jubón, se giró ante la insistencia del maestre.

—Te quedan como un guante. Son tuyas.

Imaginó la cara que pondría el Flamenco y se le despertó un temblor por todo el cuerpo que le afectó incluso la voz.

—No podría, mi señor. Se lo agradezco mucho, muchísimo, pero... el señor Van Belle...

—Nah, nah... Estoy seguro de que al señor Van Belle no le importará lo más mínimo. Tómatelo como parte del salario por tus servicios.

Le pareció inútil decirle que él no tenía salario y que, por lo que conocía de su amo, no tenía tan claro que no le importara que aceptara un regalo del maestre. Además, no era ese el mejor día para provocar a Hendrick. Si había que escoger, le parecía mucho más seguro desairar al maestre y decidió responder con total sinceridad.

—Son unas prendas preciosas, mi señor. Pero yo preferiría tener dos reales.

Juan Cabrillo levantó las cejas, como tratando de decidir si lo que había dicho el Lagartija se trataba de una broma o no.

—¿Dos reales? ¿Para qué?

El Lagartija se ruborizó tanto que la cara le ardía de calor.

—Una deuda que tengo.

—¿Con quién?

—Con el señor Van Belle —se atrevió a decir tartamudeando.

Juan Cabrillo volvió a reír a carcajadas mientras se acercaba a su escritorio y sacaba dos monedas de uno de los bolsillos de un elegante capote que descansaba sobre la silla.

—Toma. Quédate con las ropas y con los dos reales.

Los ojos del Lagartija se iluminaron de esperanza y apenas pudo darle las gracias. De todos modos, le pareció que, incluso si el Flamenco se alegraba de que pudiera saldar su cuenta, presentarse con la nueva vestimenta era un riesgo innecesario.

—Será mejor que me cambie.

El maestre le revolvió el pelo con ternura.

—Adelante.

Para su sorpresa, Juan Cabrillo lo ayudó a quitarse la ropa con manos expertas, como si se tratara de un niño pequeño, haciéndole sentir por un lado extraordinariamente incómodo y, de un modo indefinido, sucio y, por otro, agradecido por el cariño con que lo trataba, aunque él fuera un donnadie y el señor Cabrillo todo un maestre de plata.

26

Entre todas las posibles reacciones del Flamenco que había contemplado, la mayoría desagradables, no figuraba el gruñido indiferente que soltó al entregarle las dos monedas y las elegantes ropas que le había dado Juan Cabrillo. En cierto modo, esa respuesta tan neutra era un alivio para el Lagartija, porque reafirmaba la idea de que, a pesar del robo, su vida, y sobre todo su posible futuro como secretario o mercader, seguían intactos. Pero, por otro lado, la falta de emoción y de reconocimiento de que su deuda estaba saldada y de si el regalo del maestre lo incomodaba o no volvía a dejarlo en esa tierra de nadie adonde solía conducirlo su relación con Hendrick. Nunca alcanzaba a saber, al menos con la certeza que él necesitaba, si su amo estaba conforme o satisfecho. Quedaba siempre una especie de agujero, un limbo que le hacía imposible sentir plenamente quién era el Flamenco. Y no había nada más importante para el Lagartija que ser capaz de adaptarse a los deseos y al humor de Hendrick y así ser aceptado un día más, unos años más, los que hicieran falta hasta el momento de poder construirse una vida lejos de él. Esa búsqueda de la aprobación de su amo era una profunda falta de libertad, un sometimiento que aceptaba a cambio de un neblinoso futuro. Pero la verdadera prisión no era obedecer puntillosamente a Hendrick, sino la angustiosa sensación de no saber si su comportamiento, incluso acatando a pies juntillas sus órdenes, era suficiente. O, aún peor, que ofrecerle una total sumisión tampoco bastara.

Por prudencia, temeroso de ofender al Flamenco, decidió no vestir con las prendas que le había regalado Juan Cabrillo y las dejó envueltas en una manta junto a su camastro, esperando el momento propicio para usarlas.

Pasó un mes y medio de frenética actividad organizando la carga para el barco en el que irían a la Nueva España, La Salvadora, una nao que parecía una cáscara de nuez al lado de la capitana en la que viajaría el maestre Cabrillo, el galeón San Roque, de setecientas veinte toneladas, armado con veinticuatro piezas de artillería y más de ciento sesenta soldados. Ni el Lagartija, que había sido testigo repetidas veces de la partida y el regreso de la flota, recordaba ningún barco de semejante tamaño.

Finalmente, tras una semana de incontenible anticipación, llegó el día. No pasó nada que no hubiera visto desde el Puente de Barcas o el Arenal, pero en el interior del barco era aún más impresionante cómo los marineros conseguían moverse en aquel enrevesado laberinto de cuerdas, poleas, palos, vergas y jarcias. La velocidad a la que trepaban por los flechastes, como bailarines, creaba un espectáculo lleno de gracilidad y riesgo que ellos, los pasajeros nobles, al menos el Flamenco y doña Ana, y por extensión el Lagartija, disfrutaban en la popa, junto al piloto, tratando de molestar lo menos posible.

Esa primera noche, después de hacer la ronda diaria que le había exigido Hendrick para comprobar que la mercancía seguía intacta y bien amarrada, se encargó de ayudar a un oficial a construir con unas planchas y unas mantas dos minúsculas habitaciones en la toldilla, debajo de la cámara del capitán, donde el Flamenco y doña Ana, a cambio de un desorbitado precio, pasarían las noches a cubierto. Había imaginado que se le dejaría dormir cerca de su amo, como buen perrito faldero, pero, excepto él, nadie había considerado que un paje tuviera el derecho al lujo de dormir bajo techo. Con algún que otro empujón y muchos desplantes de los marineros, fue poco a poco desplazado hasta la proa, la parte menos noble de la embarcación, donde los pajes y los aprendices vagabundeaban como perros callejeros en busca de un hueco en el que acomodarse. Acabó, no sin poca dificultad, enroscado sobre sí mismo con la pierna de un jovenzuelo en su cara y la mano de otro acariciándole el tobillo en sueños.

La segunda noche, al ver que nadie se lo impedía, se escabulló a una cubierta inferior, donde guardaban el cargamento de telas, y allí buscó acomodo en soledad para poder dormir a pierna suelta sintiéndose el más avispado de toda la tripulación. La pestilencia de los animales, el aire estanco y húmedo y las ininterrumpidas visitas de las ratas le confirmaron que su inmejorable idea no tenía nada de favorable y se vio forzado a regresar a la cubierta y pelear por su hueco aguantando las bromas de los otros pajes más experimentados o mejor informados.

Esos primeros días, mientras navegaban por el Guadalquivir, todo su trabajo consistía en estar cerca del Flamenco. Doña Ana había sido instruida para frecuentar la cubierta lo menos posible y trataba de pasar inadvertida leyendo oculta en la toldilla hora tras hora. El Lagartija la observaba siempre que podía, imaginando caricias y besos que su piel y sus labios no conocían y que, tenía la certeza, estaban todos asignados a Hendrick, al fantasma de Diego o a cualquier otro antes que a él. Su única esperanza era que, cuantos más días pasaban sin que doña Ana le hiciera el menor caso, menos intenso era el deseo de descubrir su desnudez y el sabor de su boca. Mientras tanto, el Flamenco se dedicaba a vigilar desde la cubierta los carros que acompañaban la nao por la orilla con el resto del cargamento que no se había embarcado en Sevilla para evitar que el peso de la nave les hiciera encallar en los bancos de arena.

Para el Lagartija, hasta ese momento, viajar en barco no se diferenciaba demasiado de ir en carro camino de Medina, excepto por el permanente hacinamiento, tan brutal e incómodo que hasta el Laberinto de la Cárcel Real donde estaba el Manco parecía una espaciosa mansión. Del almadiamiento, ese insoportable malestar que dejaba a los inexpertos marineros mareados incluso cuando dormían y vomitando cuando estaban despiertos, no había ni rastro. Tan cómodo se encontraba en la cubierta que fantaseaba con la idea de que, por capricho del Señor, su destino bien pudiera ser convertirse en un lobo de mar.

La fastidiosa y estricta disciplina de las guardias, el absoluto silencio que se exigía durante la noche y la abrumadora lentitud con la que avanzaban eliminó cualquier rastro de aventura como había imaginado. La excitación con la que había vivido los días previos a la partida se había transformado en un pesado y monótono hastío gracias a la insoportable y ordinaria rutina. Y, sin embargo, era consciente de la enorme tensión que vivía la tripulación, siempre atenta a la profundidad del agua que vociferaba el marino de turno colocado estratégicamente en la proa. Entonces, toda la nao aguardaba en vilo las instrucciones del piloto, Francisco Perea, que auscultaba las corrientes y el cauce del río en busca de señales que nadie más parecía ver. Francisco Perea no sabía leer ni escribir y lo poco que hablaba en los ratos de ocio no daba siquiera para llamarlo tarugo. Pero, en el barco, él era la autoridad cuando se trataba de gestionar el agua, y sus gritos, precisos y casi siempre cargados de ira, tenían el mismo valor que la palabra del Señor. No era inusual que, con un ligero cambio de la dirección del viento, siguiendo las instrucciones del piloto, quedaran parados, en una tensa espera del momento propicio para seguir avanzando penosamente en dirección a Sanlúcar de Barrameda. Llegando a Las Horcadas, la profundidad de las aguas no alcanzaba los cuatro codos y, viendo que la marea bajaba, el capitán, Manuel de Cepeda, nacido en Toledo y que, según decían algunos pajes, era pariente lejano de Pedro de Cepeda, el hermano de santa Teresa de Jesús, ordenó a todos los pasajeros descender y recorrer a pie casi cuatro leguas para dejarlos subir a bordo poco antes de que cayera la noche, ya superado el escollo del banco de arena.

Una semana más tarde, divisaron Sanlúcar y, a sus espaldas, la inmensidad del océano, tal y como lo había descrito el Manco, infinito, vivo y misterioso. Si la visión de los setenta y tres barcos de la flota, entre los de la Armada y los mercaderes, era imponente, no lo era menos comprobar su insignificancia e indefensión frente a la interminable y turbulenta extensión de mar que los esperaba. Hasta ese instante, el enemigo había sido la arena, esos bancos que rozaban la superficie del Guadalquivir y que amenazaban con encallarlos de por vida en el río. Pero, entonces, la nerviosa agitación del agua se le apareció como un animal salvaje. El Lagartija sintió por un momento que le faltaba el aliento y miró al horizonte aterrado, comprendiendo que el verdadero monstruo del que hablaba el Manco no tenía alas ni garras ni fauces, sino que era una bestia de agua y viento.

Esa misma mañana, el Flamenco le ordenó que lo acompañara a la capitana para visitar al maestre Cabrillo y se presentó en la cubierta con sus mejores galas, sintiendo al instante la mirada indignada del resto de pajes y aprendices, que ya detestaban que el Lagartija, quien solo respondía ante Hendrick, no fregara los suelos, nunca subiera a las vergas a recoger las velas o al carajo en lo alto del mástil para otear el horizonte y no recibiera el sistemático y tradicional abuso de los marineros. Se había prohibido a todos ellos bajar a tierra y permanecer en estado de alerta para el momento en que el piloto de la capitana diera la orden de largar las velas. Para los pajes y los aprendices, con sus cuerpos doloridos del ejercicio y amoratados por los golpes, que el Lagartija se vistiera como un figurín y le permitieran visitar al maestre de plata de la Flota era, sin duda, hurgar en la herida.

Lanzaron una escalera de cuerda por la borda y la recogió un marinero que se balanceaba sobre una minúscula barca igual que el badajo de una campana. Consiguió descender temblando de miedo y al sentir la inestabilidad de la chalupa deseó volver a La Salvadora a toda velocidad y prometer limpiar toda la cubierta con tal de no encontrarse en semejante embarcación. El Lagartija había aprendido a nadar en las traicioneras corrientes del Guadalquivir y, aunque nunca se había alejado de la orilla más que unos metros, había sido suficiente para convencerlo de que sabría enfrentarse al mar. Pero, una vez que estuvo en la oscilante chalupa, toda esa confianza se esfumó sin dejar ni el menor rastro y fue incapaz de detener la tiritona que se apoderó de su cuerpo al ver la altura que tendría que escalar para alcanzar la cubierta de la capitana. Únicamente los gritos de Hendrick, apremiándolo detrás de él, consiguieron infundirle más miedo que la posibilidad de caerse en aquella masa de agua oscura y terrible.

Un soldado los guio hasta la cámara del maestre Cabrillo, donde otro caballero, vestido ostentosamente con una camisa de ocre claro, casi amarilla, que brillaba como el oro en contraste con el negro de las calzas y el jubón con bordados dorados, esperaba con una copa de vino, con toda seguridad de muy buena añada, visto el gesto de satisfacción que componía después de cada trago.

Juan Cabrillo presentó al Flamenco como uno de los más capaces y valientes mercaderes de Sevilla.

—Aquí donde lo ve, señor inspector, Hendrick van Belle será un día uno de los notables de la ciudad. —Se volvió hacia Hendrick dando la espalda al inspector y sin la sonrisa con que los había recibido—. Si sigue tomando buenas decisiones, claro está.

El inspector se levantó para ofrecerle la mano al Flamenco con la misma complacencia con la que había degustado el vino mientras Hendrick aceptaba el halago del maestre con indiferencia y la mirada perdida. La tensión o la distancia de ese gesto desaparecieron en cuanto se sentaron a la mesa.

Al tiempo que avanzaba hasta su asiento, el maestre pidió al Lagartija que se le acercara y lo felicitó por su elegante vestimenta. Con una mano afectuosamente apoyada sobre su hombro, le señaló una esquina de la cámara donde descansaba sobre un baúl una suntuosa bandeja de frutas, quesos y embutidos.

—Come lo que quieras. Es toda para ti.

Hendrick le dio el visto bueno con un gesto de la mano y el maestre Cabrillo se dirigió al inspector para eliminar la sorpresa o la posible suspicacia que se intuía en su mirada.

—Este muchacho es uno de los secretos mejor guardados del señor Van Belle. Conoce mejor que nadie el cargamento de la mayoría de los barcos de esta flota. Me atrevería a decir que incluso mejor que su amo.

El inspector levantó su copa a modo de reconocimiento, el Lagartija retrocedió hasta la puerta y, antes de salir, el Flamenco le recordó que no se moviera de allí porque quizá necesitaran algo de él.

En la cámara empezó una animada conversación y se escucharon algunas risotadas, sobre todo del inspector. No pasó mucho tiempo antes de que dos camareros llegaran cargados con un estofado de carne que le hizo salivar copiosamente y lamentar que él tuviera que conformarse con un racimo de uvas, un queso tierno y un chorizo picante. Y nada de beber.

Más tarde les hicieron llegar el postre, un surtido de los pastelitos de almendra que tanto gustaban al maestre y que el Lagartija no podía ver sin que le recordaran la ejecución del soldado que mató al pescadero en el Arenal ni el abundante vómito que le siguió y las violentas arcadas que le precedieron.

Hendrick abrió la puerta y le pidió que entrara. El inspector tenía el rostro sonrosado por el alcohol y se secaba las lágrimas de la risa al tiempo que felicitaba al maestre por la hilarante historia que acababa de relatar. Mientras el Lagartija aguardaba hierático junto a la puerta para conocer el motivo de su requerimiento, el Flamenco volvió a su asiento y aparentó que bebía vino, igual que el maestre y al contrario que el inspector, que celebró su presencia con un generoso trago.

—Al inspector le gustaría conocer más detalles del cargamento de La Salvadora. En concreto del valor de los barriles detallados en el inventario entregado al Consulado.

Asintió con lentitud, satisfecho de que tanto tiempo al lado del Flamenco le diera la confianza de saber qué se esperaba de él en esas circunstancias, y recitó con detalle la distribución de la carga, la multitud de utensilios, las muchas cucharas y el valor que tenía cada partida, incluido el precio de venta estimado en la Nueva España. Por descontado, no mencionó la porcelana que no estaba en la carta, pero que viajaba con ellos. El inspector se concentró haciendo cuentas en su cabeza y el Flamenco le ordenó que se fuera.

—Sírvete un vaso de vino, te lo has ganado —le dijo Juan Cabrillo tras darle las gracias.

Buscó la mirada del Flamenco para pedir permiso, pero en ese instante toda la concentración de su amo estaba en el inspector, que ahíto de felicidad le daba palmadas en el hombro como si se tratara de un amigo de toda la vida y balbuceaba con la dificultad de quien ha bebido demasiado.

—Si lo hubiera conocido hace una década, ya estaría viviendo de las rentas.

Aún tuvo que esperar un buen rato fuera de la cámara, escuchando las carcajadas e intuyendo, por la desgastada luminosidad que entraba por el pasillo que daba a la tolda de popa, que la tarde se iba agotando. Antes de que la falta de sol se convirtiera en una preocupación para el Lagartija, quien imaginaba lo que sería navegar en aquella diminuta chalupa en medio de la noche, los tres señores salieron de la cámara del maestre. El inspector, visiblemente cansado, estrechó la mano del Flamenco y después la de Juan Cabrillo.

—Nos vemos mañana en la inspección de las naves.

El maestre le dijo que sería un placer acompañarlo, le rogó que descansara y Hendrick se ofreció para ayudarlo personalmente poniendo al Lagartija a su servicio.

Frente a la escalera de cuerda, el cuerpo volvió a tiritarle fuera de control antes de bajar a la chalupa y, una vez más, el Flamenco tuvo que enfurecerse para que se animara a descender.

—Lo siento mucho, señor.

Hendrick negó con la cabeza para restarle importancia y

el Lagartija se acomodó con torpeza en el banco de la embarcación. El Flamenco, con mucha más destreza, se sentó a su lado mirando distraídamente en dirección a La Salvadora. La imagen de la nao, repleta de mercancías que no aparecían en los inventarios del Consulado, le causó al Lagartija un incómodo desasosiego. Al día siguiente vendrían los inspectores y habría que evitar que se abrieran los barriles o seleccionar con cuidado los que podían abrirse.

—¿Señor?

—¿Mmm?

Se aseguró de bajar la voz para que el remero no los oyera.

—Cuando mañana inspeccionen el barco...

No le dio tiempo a terminar la frase.

—Nadie va a inspeccionar nada.

27

Tal y como predijo el Flamenco, ningún inspector se acercó a La Salvadora. El alivio que el Lagartija sentía por no tener que enfrentarse a las discrepancias entre lo que decían que llevaban de carga y lo que realmente iban a vender en la feria de Nombre de Dios, allá al otro lado del océano, no era suficiente para calmar la angustia que sentía al aproximarse el momento de lanzarse al mar abierto.

Aquellos días llenos de anticipación por la inminente marcha, en los que el piloto y los marineros olfateaban el aire como si en su salobre humedad pudieran descifrar el momento de iniciar la travesía, al Lagartija se le asignó la tarea de recitar las oraciones a la salida del sol para anunciar el cambio de guardia. La razón oficial que recibió del Flamenco y del capitán era que, de entre los pajes, era quien mejor leía. Aquello era una obviedad, ya que muchos de los pajes simplemente memorizaban de otros lo que tenían que decir. Pero también resultaba necesario recitar en el cambio de guardia al mediodía y a la caída de sol, y, dado lo idéntico de la tarea, él preferiría al almuerzo en lugar de tener que hacerlo antes del desayuno. No creyó necesario explicar el trastorno que suponía despertarse antes que el resto de la tripulación y tener que desperezarse en un santiamén para leer a voz en grito y anunciar el comienzo del día. Así se lo comunicó al capitán, que ignoró su petición mientras el Flamenco lo fulminaba con la mirada. Lo que le hizo descubrir la razón real de que se le asignara la peor de las recitaciones fueron las sonrisas sádicas de los otros pajes. Exigiendo que fuera él quien se despertara el primero, el capitán Manuel de Cepeda trataba de dar cierta satisfacción a la envidia del resto de ellos, aquellos que no tenían la fortuna de servir a ningún señor. Así se lo confirmó Hendrick.

—O recitas, o friegas. Tú eliges.

Cada mañana se despertaban mirando al San Roque, la nao capitana, esperando recibir del capitán general la orden de zarpar. Nueve recitaciones, nueve amaneceres y nueve días de tensa espera hasta que al final el viento cambió. Ni el piloto Francisco Perea ni los más experimentados marineros necesitaron que el capitán general del imponente San Roque les anunciara que había llegado la hora. El piloto vociferó las órdenes con mucha más energía que de costumbre y nadie se dedicó a organizar las timbas de cartas con las que habían matado el tiempo mientras esperaban fondeados frente a Sanlúcar. Toda la tripulación parecía un caballo salvaje encerrado en el establo, consciente de que de un momento a otro se abrirían las puertas.

Al fin, como había prevenido Francisco Perea, con el cambio de la marea se dio la orden y el grito de «largar las velas» recorrió la flota de una nao a otra despertando una frenética actividad de hombres, mástiles, velas y ruido. Desde la popa, lejos del ajetreo para no dificultar los movimientos de los marineros, el Lagartija observaba admirado cómo aquella máquina, aquella criatura de madera, cuerda y paño, se desperezaba. Respondiendo a los deseos del piloto, los cabos se tensaban o se liberaban, las velas recogían el viento y la quilla horadaba las olas con una limpieza y una velocidad que en nada se parecían a la penosa travesía por el Guadalquivir.

Poco o nada le duró el gozo al Lagartija. De golpe fue consciente de que el horizonte ya no era una línea fija, sino una constante sucesión de curvas en movimiento. Descubrió que no sabía mantenerse en pie y que, incluso con los ojos cerrados, el mundo entero bajaba y subía e, imitando el ritmo del mundo, también lo hacían sus entrañas. Ese primer día no dejó de vomitar, igual que otros pajes que acababan de experimentar la verdadera sensación de navegar. Su cuerpo estaba en tan mal estado que no encontró satisfacción en descubrir que algunos marineros también cayeron presa del almadiamiento. Por lo visto, la experiencia de un marinero no se medía tanto en su capacidad de evitar ese debilitante mareo, sino en la velocidad con la que se recuperaba. Tampoco desde esa perspectiva se podía decir que el Lagartija tuviera mimbres de navegante. Solo doña Ana vomitó con más frecuencia y tardó más que él en recuperarse. Pese a todo, a partir del tercer día, había momentos en los que su cuerpo le daba un respiro y conseguía completar la ronda para asegurar que la mercancía seguía intacta y en buen estado. También, vista la alarmante debilidad de doña Ana, reorganizaron las planchas de madera para transformar las dos habitaciones de ella y del Flamenco en una única estancia, de modo que Hendrick pudiera atenderla durante la noche.

El séptimo día, el primero en que él no vomitó, avistaron las islas Canarias y el noveno atracaron en La Gomera. La vista de tierra firme mejoró de manera notable el malestar de doña Ana, pero ya no volvieron a separar los cuartos.

En cuanto atracaron, los carpinteros y calafateadores se pusieron a inspeccionar y reparar con estopa y brea hasta la más insignificante grieta que encontraban en el armazón del barco, y los buceadores, atados por un cabo, revisaron palmo a palmo las quillas en busca de imperfecciones. Dentro de la nao se revisó cada nudo, cada polea y cada vela. Se remendó hasta la más minúscula tara. En esta ocasión los marineros pudieron desembarcar, pero no hubo tiempo para el ocio: cargaron barril tras barril para reponer el agua potable, el pescado en salazón, las judías y las galletas o, mejor dicho, unas piedras de trigo que aparentaban ser galletas y que requerían horas en remojo para poder hincarles el diente. Un paje al que llamaban la Guapa bromeó diciendo que, en caso de encontrarse con los corsarios, bien podrían dispararles las galletas en lugar de la metralla de los cañones.

Igual que en Sanlúcar de Barrameda, una vez estuvieron listos, tocó esperar. Pero al cabo de dos días ya avanzaban por el océano rumbo a las islas paradisiacas de las que hablaban los que se habían aventurado en la carrera de las Indias con anterioridad. En el momento de zarpar, le atenazó el cuerpo y el ánimo la perspectiva de volver a convertirse en una piltrafa que a duras penas podía retener el alimento en su interior. Pero no ocurrió. Tras una mañana de cierta desazón, por fin, como un marinero de pelo en pecho, transformó La Salvadora en su casa y el mar en su ciudad. Sin los síntomas del almadiamiento no le quedó más remedio que volver a recitar, pero por orden expresa del Flamenco se le permitió pasar la noche frente a las cortinas que cerraban la improvisada cámara en la que dormían Hendrick y doña Ana. La viuda también se había recuperado admirablemente y, ya acostumbrada al mar, pudo dedicarse otra vez a la lectura. Tanto había mejorado que, las pocas veces que se la veía por la cubierta, se mostraba locuaz y risueña. Sospechaba el Lagartija que aquella felicidad poco tenía que ver con el viaje en sí o con el díscolo marido que esperaba encontrar en Nombre de Dios, y mucho con las caricias y los arrumacos que se intuían entre ella y el Flamenco tras la caída del sol. Esa revelación sofocó los últimos rescoldos de enamoramiento del Lagartija. Doña Ana no era para él, quien aún tenía que convertirse en un mercader para merecer el amor de una dama.

Los vientos, como era de esperar cuando la flota partía de Sevilla en primavera, eran favorables y, para su sorpresa, la tripulación pasaba horas ociosa, organizando peleas de gallos, jugando a los naipes y apostando, lo cual no estaba permitido en ningún barco de la flota, y blasfemando cuando perdían, algo que también estaba terminantemente prohibido bajo cualquier pretexto. Aun así, y a pesar de la frecuencia de las infracciones, en las dos primeras semanas solo a un pobre marinero llamado Morell, que había perdido todo lo poco que tenía en su modesta huerta de Valencia, se le castigó a pasar el resto del viaje con grilletes y en el cepo por enhebrar al Señor y el acto de defecar en la misma frase en múltiples ocasiones. Otro, un vizcaíno mal jugador y peor perdedor, se llevó una interminable ristra de latigazos con el rebenque, que la tripulación celebró, por acusar a un compañero de toquetearse con la Guapa. Como decía Francisco Perea, en el mar se podía ser un hideputa, hasta un hereje, pero no un mal compañero.

La pestilencia y el hacinamiento eran tales que no resultaba inusual que echara de menos las calles de Sevilla, incluso su hueco debajo de la escalera en los corrales de Triana. En la cubierta, protegidos por la brisa y mientras uno mantuviera cierta distancia con sus iguales, el tufo del barco era tan solo un mal recuerdo. Las noches, en cambio, siempre con el aliento de otro miembro de la tripulación cerca, hacían inevitable querer lanzar a los compañeros de sueño por la borda. Decían, y el Lagartija se lo creía a pies juntillas, que el verdadero castigo del cepo era estar tantas horas en las bodegas de la nao, respirando ese aire turbio y pringoso. Él no podía imaginarse nada peor.

La pestilencia empeoró con el paso de las semanas y la comida hizo lo propio. De su reducida dieta, lo único que no disminuyó ni en calidad ni en cantidad fueron las galletas, las cuales, debido al frecuente dolor de encías de la tripulación, tardaban más y más en consumirse. Pero lo peor para el Lagartija, lo que le hacía desear escapar de aquella cárcel de tedio flotante, era el agua, que día tras día iba adquiriendo un sabor rancio y un tacto espeso que ni siquiera el vino, mientras lo hubo, podía disimular.

Morell no solo tuvo el honor de ser el único en probar los grilletes, también fue el primero en morir. Se quedó tieso cuando todavía estaba en el cepo, dos días después de avistar las islas rebosantes de vegetación y las playas abiertas, momento a partir del que la mitad de la flota seguiría hacia el norte, camino de San Juan de Ulúa, y la otra, con ellos y con la capitana de Juan Cabrillo, tomaría rumbo sur para alcanzar Cartagena de Indias en un par de semanas, Dios —y la recién estrenada enfermedad— mediante.

El capitán, Manuel de Cepeda, puntilloso con sus obligaciones eclesiásticas, dobló los rezos para apaciguar la ira de Dios y anunció que se aplicaría la pena capital a quien osara utilizar el nombre del Señor en vano. Se acabaron los juegos de cartas y las peleas de gallos, aunque para entonces ya solo quedaban dos pájaros y el propietario del más endeble de ellos no tenía intención de comprobar la falta de piedad del otro animal.

A Morell lo tiraron al mar sin ninguna ceremonia. Al soldado que murió después, que se quejaba de un insoportable dolor de cabeza y acabó tan ido que no era consciente de que se hacía de vientre en las calzas, lo cubrieron con una manta y el fraile Rodrigo le dedicó una oración. Primero dos más, luego diez y luego treinta marineros empezaron a tener esas manchas oscuras en la piel que se extendían por todo el cuerpo y crecían hasta convertirse en una costra negra y dura. La mayoría que llegaba a ese estado ya no comían, no se podían mover y rara vez hablaban. Cuando no abrían los ojos al sacudirlos y parecían no respirar, los lanzaban por la borda. Una noche, el Lagartija pudo oír a uno de los enfermos emitir un tenue lamento mientras descendía veloz para estamparse contra el agua.

El Flamenco le prohibió beber nada que no fuera el vino de su barril, que compartía con él y con doña Ana. Y en los quince días que duró aquel espanto hasta que llegaron a Cartagena de Indias, que acabó con la vida de cuarenta y tres miembros de la tripulación, incluido el piloto Francisco Perea, solo les permitía comer galletas que roían durante horas como las ratas de las bodegas. Llevaba tanta debilidad encima que la habitual ronda acababa con toda la energía para el resto del día.

Celebraron la llegada a Cartagena con expresiones de esperanza entre los supervivientes, pero por precaución hubieron de quedarse fondeados lejos del puerto y del resto de la flota. Afortunadamente, los pequeños pataches que acompañaban al San Roque les llevaron agua y comida, y como si eso fuera lo único que necesitaban para sanar, aparte de la bendición del Señor, como bien indicó Manuel de Cepeda, la pestilencia desapareció tres días después cuando los últimos enfermos acabaron de morir. En los casi dos meses de travesía no se habían encontrado con monstruos, no se habían enfrentado a tempestades, ni siquiera a un embravecido oleaje, ni tampoco había llovido, algo que habrían agradecido aunque fuera solo por cambiar de rutina. Al contrario que en la extraordinaria y fantástica aventura del Manco, en su viaje solo le había tocado tedio, sed y muerte.

Estar bien alimentados y sin ningún enfermo a bordo no evitó que siguieran en cuarentena y, antes de que pudieran visitar la recién estrenada muralla de Cartagena de Indias, llegaron las noticias de que el convoy de la plata ya se había puesto en camino desde la ciudad de Panamá, obligando al capitán general a dar la orden de soltar amarras. Con la sensación de haber vivido en una tumba durante semanas y sin que les dejaran poner un pie en tierra y aliviar los naturales impulsos de los marineros en un burdel, se pusieron rumbo a Nombre de Dios, donde el Flamenco y él tratarían de vender en la feria toda la mercancía que traían mientras doña Ana se dedicaba a buscar un fantasma.

Para el Lagartija, que había nacido y crecido en Sevilla, el centro del universo, las poco más de cien casuchas de madera y tejados de paja que componían Nombre de Dios fue una mayúscula sorpresa y no pudo evitar preguntarse quién en su sano juicio se arriesgaría a atravesar el océano en esa sofocante atmósfera de sudor, humedad, ratas y hambre para, si sobrevivía, acabar viviendo en aquel pueblucho, más parecido a una pocilga que a un asentamiento humano. Desde la distancia se podía distinguir, sobre el fango sucio de las calles, cómo indios nativos se encargaban de montar a lo largo del embarcadero los caballetes y las mesas que constituirían la feria. Ahora entendía la desilusión de los marineros, que hubieran preferido atracar en Portobelo en lugar de en ese infierno que, según decían, las flotas iban a abandonar para siempre. Imaginar que tendría que pasarse tres o cuatro semanas allí le dejó tan mal cuerpo como el almadiamiento de la primera semana de viaje.

A pesar de todo, él tendría la oportunidad de bajar a tierra, o al menos dejar que sus pies se hundieran en el barro, mientras que los marineros deberían, como era la costumbre, seguir a bordo mientras durara la feria. Sabían todos, desde el capitán Manuel de Cepeda hasta los marineros, los pasajeros, los aprendices y los pajes, incluido el Lagartija, que, si dejaban a la tripulación campar a sus anchas por la desangelada Nombre de Dios, uno de cada diez no regresaría. La mayoría tratarían de llegar a las minas de plata y ganarse allí la vida o labrarse una fortuna, ignorantes de que gente como Tomás Vicentelo había llegado antes y se encargaba de enriquecerse a sí misma a costa del trabajo de los esperanzados marineros que arribaban a las minas, cuando lo conseguían, muertos de hambre o enfermos.

Una tensa agitación recorrió el barco cuando el capitán confirmó que, pese a que nadie había podido desembarcar en Cartagena de Indias, donde sí había una guarnición y una muralla para vigilar a los marinos, se mantendría la tradición de dejar a la tripulación en el barco. Los soldados de la capitana, previamente informados por Manuel de Cepeda, esperaban en el embarcadero y eso fue suficiente para desalentar un motín. Eso y que el generoso capitán de La Salvadora aseguró que las putas serían admitidas a bordo.

Y, mientras los marineros esperaban a que las mujeres subieran, doña Ana se aventuró a visitar Nombre de Dios en compañía del Flamenco. El Lagartija los observó descender por la pasarela mientras esperaba en la cubierta a que llegaran los esclavos que se encargarían de bajar la mercancía. Sobre el embarcadero los recibió el maestre Cabrillo, que no pudo ocultar la sorpresa y el disgusto. Fue solo un instante, lo suficiente para llamar la atención del Lagartija, pero, en cuanto doña Ana llegó a su altura, ofreció su mejor sonrisa y una reverencia sumisa y elegante. Acto seguido agarró al Flamenco por el antebrazo y señaló hacia el interior del barco, como si hubiera algo que quisiera revisar. Regresaron por la pasarela con rostros serios, los dos conteniendo un torrente de emociones que no traslucía ningún placer. Todavía agarrando a Hendrick a la altura del codo, el maestre lo empujó hasta estar fuera de la vista de la gente en tierra, a solo unos pasos a la espalda del Lagartija. Juan Cabrillo no se molestó en asegurarse de que nadie los miraba o los oyera.

—¿Qué hace todavía aquí? No me tientes, Hendrick. O desaparece ella, o yo me encargo de que la acompañes.

El Flamenco se deshizo del agarre con un movimiento brusco y le respondió con frialdad y sin mirarlo a la cara.

—Sé lo que hay que hacer y se hará.

28

Fuese lo que fuese lo que había de hacerse con respecto a doña Ana, por el momento la viuda acabó en una habitación alquilada en una casucha que se transformaba en posada cuando llegaba la feria a Nombre de Dios. Igual que los propietarios de aquella vivienda de una planta, con un patio trasero donde se cocinaba y se acomodaba a las bestias, todo el pueblo cambiaba de ocupación cuando llegaba la flota y se preparaba para acoger a un torrente de mercaderes y oficiales de la Nueva España, obligados a comprar a precio de oro, literal y figurativamente hablando, las mercancías que se traían desde la madre patria. Decían todos aquellos que conversaban con el Lagartija en su puesto de la feria que, en cuanto los barcos se fueran, cargados de plata y oro, Nombre de Dios volvería a su estado natural, a convertirse en una cloaca en el medio de la nada donde extrañas pestilencias acabarían cada año con el veinte por ciento de la población; los demás, si no tenían adónde largarse, aguantarían deprimidos, oteando el horizonte, deseosos de que alguno de esos barcos solitarios e ilegales, como aquel que fletó el Flamenco y que lo enriqueció, apareciera de improviso y los sacara del letargo y la humedad que los ahogaba un poco más cada día, en una muerte lenta e irremediable.

Haber llamado a aquel sitio Nombre de Dios era una afrenta al Señor. Por lo que podía ver el Lagartija, aquel lugar era lo más parecido al infierno que había conocido y le pareció una descabellada ocurrencia convencer a doña Ana de que su desapegado esposo regresaría a aquel pueblucho después de hacer fortuna en cualquiera de las colonias.

Todo lo contrario que ellos —es decir, el Flamenco a través del trabajo del Lagartija—, quienes sí estaban consiguiendo hacer un buen negocio. En Medina del Campo cada potencial cliente era un muro de escepticismo que había que superar alabando las cualidades de los productos, mostrando las faltas de aquellos que se vendían en otros puestos o seduciendo con mínimos descuentos que solo se atrevía a ofrecer en casos extremos, sintiendo el mismo dolor que si le arrancaran un brazo. Allí, en cambio, gran parte de la mercancía ya estaba pactada con los oficiales de Nombre de Dios a un precio desorbitado que hacía muy feliz a Hendrick, pero sobre todo al maestre Cabrillo. La tarea del Lagartija se limitaba a mostrar a los secretarios de turno que el contenido de los barriles correspondía a lo acordado. Cuando se acabó la venta oficial se inició la exposición de la mercancía que nunca apareció en el inventario del Consulado. Para ello, tal y como lo había instruido el Flamenco, lo importante era demorar la venta, nunca cerrar un acuerdo a las primeras de cambio porque siempre aparecía un cliente más desesperado por aprovechar aquella ocasión única de hacerse con los exóticos productos que traía Hendrick.

Después de la primera semana en Nombre de Dios dos cosas se hicieron evidentes: la primera, que las ganancias del Flamenco eran de tal volumen que justificaban de sobra la obsesión y la perseverancia con la que había preparado su viaje en la flota; la segunda, que las prostitutas, por muy experimentadas o novicias que fueran, no serían capaces de contener el deseo de la tripulación por bajar a tierra. Se le erizaba el vello del cuello al cruzarse con los ojos inyectados de envidia y rabia de los marineros, que maldecían que quedaran aún al menos cuatro semanas antes de que se diera por concluida la feria.

La segunda semana nada cambió para Hendrick, que siguió amasando cantidades ingentes de dinero. A los marineros se les cambió la dieta, a la que se le añadió más carne y más vino, y así se pudo contener la posibilidad de un motín. Doña Ana se dejó ver caminando por el suelo enfangado de la feria, confundida y desorientada. En la tercera semana se diluyó el efecto de la mejora en el menú y hubo que meter a los soldados en el barco, reprender a los marineros más locuaces con el rebenque y asegurar que se empezaría a ejecutar a la tripulación a diario si no empezaban a comportarse como mandaban la tradición y el Señor.

Antes de que acabara el mes, llegaron noticias de que Luís el Portugués, un marinero que había pasado inadvertido para toda la tripulación salvo para sus compañeros de rancho y de timba, se había dado a la fuga en compañía de la Guapa. El capitán Manuel de Cepeda dio la orden de capturarlos vivos, y eso fue justo lo que hicieron los soldados de la nao capitana al cabo de tres días. Luís, al que los moratones y la sangre que le cubrían la cara daban muestra de haberse resistido, avanzaba arrastrado por los brazos de dos esforzados soldados, que lo dejaron caer de mala manera en cuanto tuvieron ocasión de quitarse de encima la carga. El paje lloriqueaba a su lado de rodillas sobre el barro, jurando que el Portugués lo había obligado a irse con él. Los dos acabaron encerrados en la nao capitana, a la espera de que el capitán general decidiera el castigo. Al Lagartija le pareció que aquel incidente, y que el Flamenco y el maestre no tuvieran nada más que vender ni quedara más plata que meter en las bodegas de los barcos, propiciaron la decisión de que a mediados de la cuarta semana se adelantara la orden de prepararse para zarpar en dirección a La Habana, con la promesa, como era de recibo, de que allí sí dejarían a los marineros campar a sus anchas hasta que llegara el momento oportuno de regresar a la península.

Abandonar Nombre de Dios, aunque sonara a blasfemia, era una bendición para todos, incluido para el Lagartija, y de seguro también para el Flamenco, que en aquellas semanas apenas se dejaba ver, recluido en la cámara del maestre Cabrillo discutiendo precios, márgenes y separando puntillosamente la plata que había de declararse a la Corona y la que no. Eso, por supuesto, nadie se lo había dicho al Lagartija, ni siquiera se lo habían insinuado ni a él se le hubiera ocurrido mencionarlo, a no ser que quisiera pasarse el viaje de vuelta encerrado en las bodegas del San Roque haciendo compañía al Portugués y a la Guapa. Pero el caso era que el Flamenco sabía, o debía de saber, que su joven secretario era consciente de que un generoso montante de plata no aparecería en ninguna contabilidad.

El incontenible deseo de la tripulación por partir garantizó que las naos estuvieran relucientes y listas para largar velas en un santiamén mientras los indios nativos empezaban a desmontar los tenderetes. Tanta ansiedad había por alcanzar La Habana de una vez que ni siquiera la inminente ejecución del Portugués minó el ánimo de los marineros.

Desde La Salvadora era difícil distinguir el rostro del desertor escuchando en la cubierta del San Roque la sentencia que se le había impuesto. Lo más que podía verse era que nadie se había preocupado por limpiarle la sangre reseca y ennegrecida del rostro. Empujaron al marinero hasta la jarcia de la mesana con las muñecas atadas a la espalda y, retorciéndole los brazos, lo subieron a la verga de la vela mientras el condenado murmuraba y tiritaba de miedo. Los soldados consiguieron colocar al Portugués en la perpendicular del agua entre lamentos y quejidos al ritmo de un tambor funesto. En el momento en que se silenció el redoble, lo dejaron caer como un peso muerto que les regaló un par de volteretas antes de que la soga atada sus muñecas acabara su recorrido. Se escuchó el latigazo de la cuerda detenerse con un golpe seco, el cuerpo del Portugués quiso continuar el descenso y, con un ruido desgarrador, le descoyuntó los hombros y deformó la posición de los brazos en un ángulo absurdo, convirtiendo a Luís en un títere desmadejado. El marinero berreaba de dolor mientras lo alzaban para dejarlo caer una vez más. En esa segunda ocasión, por misericordia o para acabar con los chillidos, no lo subieron hasta la verga y a la altura de la cubierta lo volvieron a dejar caer. No había más articulaciones que desencajar o retorcer. El Portugués se desmayó, cortaron la soga y el marinero empezó a sumergirse con lentitud en el mar sin oponer resistencia. Lo siguió un silencio respetuoso que solo rompía la Guapa, quien observaba la escena descompuesto desde la cubierta. A él no le tocó morir.

El Lagartija sintió como se le aceleraba el corazón y la mirada, incapaz de apartarse del punto en el agua donde se iba sumergiendo el cuerpo del marinero, se le emborronaba, más por los alaridos que había lanzado el Portugués que por su muerte. Hendrick, a su lado, evitaba mirar al mar con la vista clavada en el suelo, pero su gesto dejaba entrever, más que nunca, esa honda tristeza que había llevado consigo desde Medina. Sin embargo, algo de atención debió de prestar al Lagartija, porque lo invitó a su habitación, hecha de planchas de madera y mantas, en la que dormía con doña Ana, para ofrecerle un trago de brandy. El Lagartija, desacostumbrado a beber algo tan fuerte, tosió con violencia al sentir el alcohol arañarle la garganta y quemarle el pecho.

Cuando pudo tranquilizarse, el Flamenco, sentado sobre un baúl con los hombros caídos, los ojos entrecerrados y las manos temblorosas, le indicó con la cabeza que se marchara. Aún se quedó unos instantes mirando a su amo, a aquel hombre agotado, abismado en sus pensamientos, en el que era difícil reconocer al animalesco flamenco o al imponente mercader Van Belle. Ante él solo había ahora una persona triste.

—¿Necesita algo de mí, señor?

Hendrick negó sin siquiera dirigirle la mirada.

Una vez en la cubierta, el Lagartija subió a la tolda, donde el nuevo piloto, Jesús Guzmán, se mantenía en estado de alerta, seguro de que ese y no otro era el momento de zarpar y de que no debían demorarse más.

—Más nos hubiera valido la pena aprovechar el viento en lugar de perder el tiempo con un desertor —se lamentó impaciente a un marinero que sujetaba uno de los cabos de la verga mayor.

Y así fue. Pocos segundos después el capitán general dio la orden, los marineros se activaron como hormigas bajo la lluvia y la flota se puso en marcha surcando las olas en dirección a La Habana, donde les había dicho Manuel de Cepeda que esperarían entre tres o cuatro semanas al resto de la flota antes de iniciar el tornaviaje.

Al contrario que la tripulación, ansiosa de llegar a puerto y, por fin, poder andar sobre tierra firme, el Lagartija estaba harto de barcos, de la Nueva España y de viajes. Lo que él quería era regresar a Sevilla y refugiarse en su camastro. Aunque sabía que sería harto complicado, soñaba con tener la ocasión de hablar de nuevo con el Manco y contarle las desventuras de su viaje. Podría visitar a Fernando para que le narrara alguno de sus amoríos y escuchar algún gruñido de Remigio. Pero, sobre todo, lo que necesitaba era alejarse de Nombre de Dios y, con suerte, olvidar el cuerpo desmadejado del Portugués y sus gritos desgarradores. Se le llenó el pecho del deseo de volver a la normalidad, a esa cotidianidad que, incluso con la sofocante tensión que se había vivido en esa casa los meses anteriores de la partida de la flota, le daba más libertad que la vida a bordo de La Salvadora.

Cayó de pronto en la cuenta.

Bajó a toda velocidad a la cubierta de la toldilla y la recorrió con la mirada sin encontrar nada. Se acercó hasta la manta que hacía de puerta en la estancia del Flamenco y, al no oír ningún ruido, se aventuró a entrar. Hendrick estaba en la misma posición en que lo había dejado hacía unos minutos y levantó la cabeza a modo de pregunta. El Lagartija cogió aire y dejó escapar las palabras entre una mezcla de estupefacción y culpa.

—Doña Ana no se halla a bordo.

Había estado tan obsesionado por el deseo de dejar ese mísero pueblucho y aturdido por la espantosa ejecución de Luís el Portugués que no había pensado ni un instante en la viuda. Hendrick respondió con una voz firme que desentonaba con su cuerpo lánguido y entristecido.

—No, no viene con nosotros.

El Lagartija rebuscó en su cabeza el modo de preguntarle al Flamenco qué sería de ella sin tener que mencionar a su fallecido esposo ni la fortuna que le correspondía y de la que se había apoderado su amo.

—¿Estará bien?

Hendrick masculló un imperceptible «sí» y permanecieron en silencio un rato interminable. El Lagartija se mordía la lengua para no ceder a su deseo de preguntar cómo sobreviviría doña Ana en aquella pocilga. Ojalá le hubieran dado algo del dinero que le correspondía. El Flamenco, por su parte, escrutaba la madera del suelo con una extraña intensidad, como si allí se encontrara la respuesta a algún misterio. Finalmente, tras un suspiro, se dirigió a él:

—¿Algo más?

Negó y regresó a la cubierta. Una vez lejos de tierra volvió a sentir la horrorosa debilidad del almadiamiento y se sentó en el suelo con la esperanza de no tener que ponerse a vomitar, ya fuera por el mareo, la ejecución o el destino de doña Ana.

29

Él mismo se encargó de encontrar una vivienda para el Flamenco durante las semanas que pasarían en La Habana. En aquella atareada mañana, en la que atracaron en el puerto y se pateó los alrededores del imponente castillo, que con razón llamaban la Real Fuerza, estaba convencido de que, por un breve espacio de tiempo, tendría la oportunidad de reemplazar la inhóspita dureza de la madera por un camastro en condiciones. No ocurrió. Hendrick, cuya conversación se había reducido a gestos y esporádicos monosílabos, no necesitaba de su compañía y lo envió de regreso a La Salvadora. Al menos, aunque no tuviera autorización explícita del Flamenco, decidió dormir en la estancia de la toldilla, y aquello ya era una mejora considerable en comparación con el suelo de la cubierta.

La exuberante felicidad de la tripulación, que se desparramaba por las calles de la ciudad en busca de mujeres y alcohol, contrastaba con el monástico retiro del Flamenco, que solo abría la puerta de la habitación en la que pasaba las horas en soledad para recibir la comida que le traía el Lagartija.

Aquel autoimpuesto aislamiento de Hendrick había dejado al Lagartija en una situación tan singular como privilegiada. Para empezar, como el Flamenco a duras penas probaba la comida, un día sí y otro también él se topaba con un banquete de tales proporciones que, a veces y asegurándose de no aparentar sobrado de nada, compartía con los otros pajes. Pero, además, y eso sí que era inusual, como Hendrick no tenía intención de dejar su estancia hasta el momento de la partida, el Lagartija se había encontrado con la sorpresa de que su amo le había dado una bolsa llena de reales para que se ocupara de las compras y de sobrevivir por su cuenta sin tener que importunarlo demasiado. Dentro de La Habana no había nada en qué malgastar los dineros de su amo, salvo las prostitutas y el juego, dos actividades para las que el Lagartija no tenía suficiente valor. La primera, porque a pesar de que a menudo imaginaba el cuerpo desnudo de las mujeres, tal y como Orlando vio a su amada, le aterraba mostrar su propia desnudez. Exhibir su huesudo y poco desarrollado cuerpo se le antojaba una invasión de su intimidad y le hacía sentirse aún más pequeño y desprotegido. A él lo que le hubiera gustado era que doña Ana, a quien conocía y tenía por una persona tímida y tierna, hubiera sido la que lo guiara por el laberinto del amor sin intimidarlo ni burlarse de su ignorancia. Por desgracia, antes de que la abandonaran en Nombre de Dios, la única desnudez que le interesó fue la del Flamenco.

El juego lo rechazaba por pura supervivencia. No solo era poco diestro con las cartas, también había sido testigo de demasiadas refriegas por una partida o una apuesta, y sabía que no solían acabar bien. Muertos no había visto, pero sí algún que otro puñetazo o tajo y, sobre todo, a los jugadores ganarse muchas enemistades, algo que al Lagartija le parecía un verdadero peligro cuando uno se adentraba en el océano encerrado en esas cárceles de madera.

La primera semana disfrutó de su inesperada libertad, de

su tripa llena y de la ciudad que, aunque minúscula y en nada remarcable, al menos era una novedad. Las dos siguientes las pasó encerrado en la toldilla salvo cuando tenía que llevar la comida al Flamenco. Allí se encontró con los libros de doña Ana, quien también disfrutaba de novelas románticas y de tragedias, y leyó a sus anchas mañana y tarde, a veces con sentimiento de culpa, imaginando la soledad de la viuda al verse obligada a sobrevivir sin su lectura en aquel miserable pueblucho. Uno de esos días llegó la flota de la Nueva España desde Veracruz y, con ello, los pilotos empezaron a otear el horizonte, a leer en la brisa y a hacer cálculos para acordar la fecha de regreso a Sevilla.

Esa nueva agitación en la tribulación impulsó al Lagartija a pasearse por la cubierta tratando de rescatar algo de información sobre la posible marcha, pero, tras algunas idas y venidas, harto de no encontrar nada, regresó a la toldilla. Allí se repantigó en las mantas para continuar la lectura de *El cerco de Numancia* mientras picoteaba una fruta y unas pastas que Hendrick no había acabado al mediodía. Tan ensimismado estaba con el valor de la ciudad celtíbera desafiando a las tropas de Escipión que no sintió la presencia del Flamenco hasta que lo tuvo frente a él.

—Deja de leer.

Se levantó de un salto, tensó el cuello y subió los hombros, preparándose inconscientemente para un violento pescozón que no llegó a materializarse.

—Lleva mis cosas al San Roque. Zarpamos en un par de días.

No se atrevió a preguntarle lo obvio, si el Flamenco viajaría en la nao capitana con el maestre, ni tampoco se le ocurrió ninguna frase ingeniosa para, de forma indirecta, dar por sentado que él también se cambiaría de navío.

La mirada de Hendrick, distraída y gris, se encontró con el libro que el Lagartija aún tenía en sus manos.

—Esos libros son del maestre Cabrillo. —Por un momento volvió a sus ojos la intensidad animalesca con la que el Lagartija recordaba siempre a su amo, una violencia contenida, a punto de explotar y de forzar a un pobre mocoso a comerse su propia lengua. Duró solo un instante fugaz y la tristeza reemplazó la violencia en el rostro de Hendrick—. Llévaselos y dile que doña Ana ya no los necesita.

Formó un hatillo con ellos y los dejó a un lado mientras guardaba todas las pertenencias del Flamenco en el único baúl que estaba permitido llevar a bordo. Cuando tuvo todo listo convenció a dos pajes a los que había dado algunas sobras de la comida de su amo con regularidad para que lo ayudaran a cargarlo hasta el San Roque, que descansaba en el lado opuesto del embarcadero. Uno de ellos, de piel oscura y manos enormes, lo cogió por delante y el otro, un muchacho de Sevilla al que todo le hacía gracia, incluso cuando recordaban la ejecución del Portugués, se encargó de levantar el baúl por detrás. El Lagartija, con el hatillo de libros en la mano, hizo un par de intentos para arrimar el hombro, pero, se pusiera por donde se pusiera, no conseguía cargar con un solo gramo de peso. Después de avanzar unas decenas de varas sin encontrar su lugar, se contentó con caminar al lado del baúl, dando conversación a los dos pajes. La vergüenza de ser de tan poca ayuda no eliminó la punzada de orgullo que sintió al imaginarse como un secretario o como un mercader con dos criados encargados de servirlo.

En el San Roque, que parecía un palacio comparado con la apestosa La Salvadora, uno de los oficiales lo acompañó hasta la toldilla, donde estaba la cámara del maestre. Alrededor de esta habían montado unas estancias temporales que, sin embargo, en poco se diferenciaban de la que había estado utilizando el Flamenco.

Siguiendo las instrucciones de su amo, se dirigió a una casa de piedra pegada a la Real Fuerza donde se había instalado el maestre. Dos oficiales hacían guardia frente al portalón, descansando sobre las lanzas y conversando distraídamente. Cuando les explicó quién era él y su cometido, tras abrir el hatillo para que pudieran ver los libros, uno de los guardias llamó al interior con una aldaba en forma de puño que sujetaba una bola. Una criada negra y menuda, con los ojos amarillentos y los dientes ennegrecidos, lo guio sin decir palabra hasta una puerta y, sin molestarse en darle ninguna instrucción o presentarlo, sin ni siquiera mirarlo a los ojos, lo dejó allí plantado. El Lagartija llamó con timidez con los nudillos y esperó hasta que las piernas empezaron a dolerle sin que nada pasara. Acercó la oreja a la puerta y, convencido de que no había nadie dentro, abrió con extremo cuidado y, a través de la imperceptible rendija, introdujo la cabeza para explorar la estancia. Sobre la mesa tan solo descansaba un libro y, al otro lado, junto a la única ventana, en una consola baja pudo distinguir la habitual bandeja de pasteles y embutidos del maestre Cabrillo. En la esquina opuesta, casi mimetizado con el color pálido de la pared, estaba la Guapa, totalmente desnudo, salvo por una cinta de seda de flores estampadas que le tapaba los ojos. El paje, tal vez alertado por el chirrido de la puerta al abrirse, levantó la cabeza en su dirección. Tenía el rostro húmedo y los labios cerrados con fuerza, como conteniendo un grito de dolor, pero, pese a todo, intentaba sonreír. Los brazos, con las manos atadas a la espalda, tiritaban. El Lagartija cerró la puerta con cuidado de no hacer ruido, sintiendo una mezcla de asco y miedo, y con la certeza de que había visto algo que no le estaba permitido.

Se preguntó si esa humillación también la habría sufrido el Portugués antes de que le descoyuntaran el cuerpo y lo dejaran hundirse en el mar.

Con el hatillo aún en las manos regresó por el pasillo y se convenció de que lo más fácil, y lo más seguro, era entregar los libros al maestre cuando estuvieran en el San Roque. Una puerta se abrió unos pasos delante de él y Juan Cabrillo salió pensativo secándose las manos en una seda con el mismo dibujo que la que habían utilizado para tapar los ojos de la Guapa. Pareció sobresaltarse con la inesperada presencia del Lagartija, pero de forma instantánea esbozó una sonrisa afable.

—¿Qué le trae por estos lares al valioso secretario del señor Van Belle?

El Lagartija se esforzó por devolverle la misma sonrisa y alzó el hatillo con los libros.

—Son de vusted. Doña Ana ya no los va a necesitar.

Juan Cabrillo los recibió complacido y miró por encima de la cabeza del Lagartija al fondo del pasillo. Sin perder su acogedora mirada, se disculpó mientras le desbarataba el pelo.

—Te invitaría a unas pastas y a leer un rato, pero ahora estoy muy ocupado. Prometo resarcirte durante el viaje.

Respondió casi en un susurro que le encantaría, sin poder evitar preguntarse qué tipo de tortura estaría sufriendo el pobre paje. Lo que más lo inquietaba no era tanto que hicieran pasar un mal rato a un desertor como la Guapa, sino que fuera el maestre quien se encargara de ello, igual que se murmuraba entre la tripulación que había sido Cabrillo quien exigió la ejecución del Portugués. Hasta encontrarse con la Guapa desnudo en el cuarto del maestre, había desechado aquellos rumores como indecentes cotilleos. Había querido agarrarse a que esa era una idea descabellada, pero ahora se había asentado dentro de sí como una inmutable verdad.

De regreso en el galeón, el Flamenco ya había hecho posesión de su improvisada estancia y repasaba con detenimiento las cuentas de la feria de Nombre de Dios que el Lagartija le había entregado hacía ya varias semanas y que, por lo visto, hasta ese momento no le habían despertado el menor interés. Ese día, en cambio, a punto de zarpar hacia Sevilla y con el San Roque cargado con la plata que habían ganado, Hendrick se mostró puntilloso. Levantó la hoja para mostrar una entrada en la contabilidad.

—A esta mercancía se le podría haber sacado más. Por lo menos un veinte por ciento más.

El Lagartija se disculpó, pero no respondió que el que marcaba los precios mínimos era el propio Flamenco y que él no tenía ni voz ni voto, sino tan solo la autorización de vender siempre y cuando el cliente pagara igual o más de lo que quería Hendrick. No obstante, al recordar la partida, unas sedas azul turquesa, también él tuvo la impresión de que las habían vendido baratas. Al contrario que el resto de la mercancía, que había alcanzado unos precios inimaginables en Sevilla. Eso tampoco lo dijo en voz alta.

Contra todo pronóstico, fue el Flamenco quien lo manifestó.

—Ha sido una feria muy beneficiosa. —Se quedó en silencio y no volvió a hablar hasta que sus miradas se cruzaron—. Has hecho un buen trabajo.

Tardó unos segundos en reaccionar al que sin duda era el primer halago que su amo le profesaba y, seguramente por la falta de práctica, no acertó a darle las gracias.

—Podríamos haber sacado más por la seda.

Hendrick apartó la mirada y volvió sobre el papel.

—Sí.

Así se acabó la impresión de que su amo había abandonado el aislamiento de las últimas semanas, con el tono cortante de ese monosílabo y el gesto con la cabeza para indicarle que dejara la estancia. Aquello fue suficiente para mostrar que seguía sin querer o necesitar mucha compañía, y no tenía intención de mantener ocupado a su secretario y mucho menos lanzarle más elogios.

Subió a la cubierta lleno de frustración, la cual, en un principio, asumió que se debía a no haber sido capaz de recibir el halago del Flamenco con más naturalidad, en lugar de rechazarlo de inmediato como si no se lo mereciera. Pero había algo más, una fractura en su relación con Hendrick que lo dejaba confundido y anhelante de contacto, aunque se tratara de una colleja o un pescozón. Le parecía humillante, pero no menos cierto, que sin el Flamenco dirigiendo su vida, abriendo puertas y dando órdenes, se sentía perdido.

El mar estaba en calma, el viento empezaba a cambiar y con él se arremolinaban los marineros, jaleados por los más expertos, que sabían que quedaban solo unas horas antes de empezar el tornaviaje. El Lagartija subió hasta la tolda, junto al piloto, donde rara vez había que levantar vergas, izar cabos o tensar poleas, pensó en Sevilla y le costó imaginarse su vida al lado de ese nuevo Flamenco que había emergido en Nombre de Dios.

30

Nada le apetecía menos que adentrarse otra vez en el océano ahora que ya sabía en qué consistía: pasarse semanas durmiendo mal, con la ropa húmeda día y noche y alimentándose de galletas duras como rocas. Sin embargo, en el momento en que levaron anclas y el San Roque avanzó majestuoso horadando el mar, sintió una nerviosa excitación y, embargado por la ilusión de regresar a Sevilla, soltó una feliz y sonora carcajada.

Del Flamenco apenas tenía noticias. Seguía encerrado en su estancia, alicaído y distante. El mismo cocinero que llevaba la comida al maestre se la servía a él y, como ya no había que hacer ninguna ronda para vigilar la mercancía —la plata estaba custodiada en las bodegas y vigilada por soldados—, rara vez tenía ocasión de ver a su amo y aún menos de conversar con él.

Aparte de Hendrick y del maestre, que se dejaba ver casi tan poco como su amo, la única persona que conocía a bordo era la Guapa. El Lagartija se moría de ganas por hablar con él y saber más sobre su intento de deserción y sobre las torturas a las que había sido sometido, pero, sobre todo, lo que más le intrigaba era qué hacía en la cámara del maestre horas y horas. El bello paje, en cambio, en las pocas ocasiones en que coincidían, no tenía el más mínimo interés en relacionarse con él ni con nadie.

Sin la protección del Flamenco, a quien le importaba un comino su presencia, los marineros fueron poco a poco encargándole tareas hasta que, no pasada una semana, se encontró un día sí y otro también fregando suelos y atendiendo las necesidades de un par de ranchos que lo habían adoptado como su criado particular.

Entre las muchas tareas que le habían asignado, desde limpiar, llevar la comida, cargar con herramientas, vigilar las pertenencias de los marineros o indicar si los contrarios hacían trampas en el juego, para lo que más ávidamente lo requerían era para las lecturas de un ejemplar de *Orlando furioso*. Con el paso de los días, de tanto leerlo el Lagartija había aprendido a modular el tono de voz y las expresiones hasta convertir su declamación casi en una representación teatral de la novela.

Sus sesiones de lectura, casi siempre antes de que terminara la segunda guardia y llegara el ocaso, atraían cada vez a más y más marineros hasta aglutinar un grupo capaz de competir en tamaño con los de las timbas de cartas o las peleas de gallos, e infinitamente mayor que el de los feligreses de fray Julián.

Uno de esos días de mar en calma, viento favorable y nada que hacer, volvió el Lagartija a recitar los versos de Orlando, casi siempre saltándose los párrafos de reflexiones y otras moralinas para centrarse en los pasajes más aventureros y jugosos, aquellos que fray Julián condenaba. Los marineros se apiñaban en torno a él, guardando silencio y reprendiéndose los unos a los otros si hablaban.

En medio de una escena de amor, la figura de Juan Cabrillo emergió por encima de los marinos sentados o acuclillados.

—Así que eres tú del que se queja nuestro buen fray Julián.

El Lagartija se levantó alarmado y juntó las manos en un ruego, con el libro entre ellas, buscando disculparse al maestre por haberlo importunado al tiempo que se ruborizaba exageradamente.

El maestre Cabrillo le puso la mano en el hombro con cariño y se dirigió a los marineros.

—Se acabaron las funciones.

Nadie dijo nada ni se movió. El maestre se giró hacia él.

—Ven.

Aunque la mano de Juan Cabrillo aún lo retenía, hizo ademán de agacharse para dejar la novela en el suelo.

—No, no. Tráete también el libro.

Lo acompañó hasta su cámara, donde esperaba la Guapa sentado en una butaca y vestido tan solo con unas calzas de seda. Pudo ver en sus ojos la sorpresa de encontrarse allí con el Lagartija y cómo la emoción mudaba primero hacia el fastidio y después a la tristeza a medida que el maestre le espetaba que se pusiera cualquier cosa y los dejara solos. De una montaña de ropa dejada despreocupadamente sobre el baúl, la Guapa cogió sus ropas de paño raídas y empezó a vestirse.

—Hazlo fuera. No nos hagas perder el tiempo —bufó el maestre con desesperación.

El paje salió de la estancia dando ridículos saltitos para no tropezar con el pantalón que se había dejado a medio subir. Por el único ventanuco del camarote entraba el sol, como una lengua de fuego que escapara de un horno, dando color y vida al ambiente sofocante del cuarto. Juan Cabrillo abrió la vitrina que había detrás de la mesa y sacó una bandeja de rosquillas.

—Todavía me quedan algunas.

El Lagartija declinó la invitación con una tímida sonrisa y el maestre, tras coger una, se sentó en la butaca que había estado utilizando la Guapa.

—¿Por qué no me lees un poco?

Abrió el libro por la primera página y se lanzó a recitar con un tono formal y sin estridencias, pero Juan Cabrillo lo detuvo.

—Así no. Hazlo como le disgusta a fray Julián.

Eligió uno de los capítulos más sugerentes y, al principio azorado y contenido por la vergüenza y después sumergido en su actuación, interpretó con el mismo desparpajo y picardía que tanto entretenía a los marineros. Le pareció que el maestre se movía y por un instante se fijó en él, sin poder evitar dejar la mirada clavada en la indecorosa erección que se marcaba en sus prietas calzas. Juan Cabrillo cubrió su entrepierna con la camisa y él se quedó mirando al suelo mientras hacía lo imposible para no tener que encontrarse con el rostro del maestre.

—¿Continuas?

Asintió sin levantar la mirada y volvió sobre los versos, pero fue incapaz de reproducir el mismo gracejo. Se trabucó tanto en la lectura que fue el propio maestre el que le pidió que parara.

—Vente por la noche y acabas de leérmelo.

La cabeza del Lagartija se atrevió a denegar la invitación mucho más rápido que sus palabras. Estaba estrictamente prohibido hacer fuego o encender velas en el barco y, salvo que el maestre tuviera algún permiso especial del capitán para esa misma noche, algo que le parecía imposible, la invitación de Juan Cabrillo poco tenía que ver con la lectura. Sintió cómo se le tensionaban los músculos del cuello y empezaba a morderse nervioso el labio inferior. Finalmente consiguió susurrar las palabras, arrastrándolas por la garganta:

—Se lo agradezco, pero me ha requerido el señor Van Belle. Tal vez en otra ocasión.

Si la negativa a la invitación frustró al maestre, no lo dejó entrever ni en sus gestos ni en su voz.

—Por supuesto. —Se levantó, y aunque tiró de la camisa para cubrirse la entrepierna, aún se distinguía la inconfundible erección. Le acercó la bandeja de rosquillas—. Llévate algunas para después.

Dejó la habitación preocupado de que la flojera que sentía en las piernas le hiciera caer y, cuando se sintió a salvo, al cerrar la puerta, se le formó un nudo en la garganta que le provocaba una respiración rápida y trabajosa. La Guapa esperaba sentado en el suelo. Se quedaron mirando el uno al otro sin saber qué decirse, aunque el alivio en los ojos del Lagartija debió de ser suficiente información para el paje.

—No te ha tocado.

El Lagartija, aún sin poder articular palabra, lo confirmó negando con la cabeza. La Guapa bajó la mirada y habló como si lo hiciera para sí mismo.

—Yo no soy un desertor. Solo me encontré con el Portugués en el bosque y me dijo que le habían encargado un trabajo.

La visión del paje, agarrándose las rodillas, le despertó una sincera compasión y al mismo tiempo se sintió muy afortunado de que a él le hubieran permitido retozar en La Habana y vivir a su aire mientras la Guapa había sido prisionero del maestre Cabrillo.

—Lo siento.

Este se encogió de hombros en un gesto cargado de derrota. Desde dentro de la cámara el maestro Cabrillo dio una voz para que entrara el paje. Volvieron a cruzar sus miradas, la Guapa sonrió y el Lagartija extendió la mano para ayudarlo a levantarse.

—¿A ti te ha tocado?

El bello paje asintió y entró en el camarote sin decir nada más. El Lagartija se quedó unos instantes frente a la puerta, esperando que por encima del súbito alboroto que los marineros habían montado en la cubierta llegara algún sonido desde el interior que le desvelara lo que le estaba pasando al desafortunado paje. Antes de que pudiera imaginar nada, apareció uno de los oficiales para informar al maestre de que el capitán requería su presencia con urgencia.

Sobre la cubierta se sentía el repentino cambio del viento, más frío y más nervioso, y el mar, que hasta la fecha había ondulado grácilmente, empezaba a crisparse, moteando el horizonte de inquietantes manchas blancas. Pero, sobre todo por babor, allí donde miraba el piloto y la tripulación, una masa negra parecía haberse levantado como un muro en medio del mar. El Lagartija culebreó hasta quedarse a algunos pasos del capitán, Sancho de Beruco y Martiato, que escupía palabras en la lengua de los vizcaínos y que, por el tono y el gesto de rabia, daban toda la impresión de ser blasfemias. El piloto, Juan Ruiz, que observaba la monumental tormenta sin dejar entrever ninguna emoción, habló al capitán sin mirarlo.

—Tres horas. Máximo cuatro.

El capitán y los contramaestres se pusieron a dar órdenes de inmediato y la tripulación se afanó en asegurar con cabos todas las pertenencias, el poco mobiliario y la artillería con su munición. Los cañones y las balas se colocaron estratégicamente en la cubierta para ser lanzadas al mar en caso de tener que aligerar la nave. Por lo que decían los marinos, tensos y sombríos, todo se echaría por la cubierta, incluidos ellos, con tal de salvar las propiedades de los señoritos: la plata y los esclavos. Mientras observaba los preparativos para la batalla contra el temporal que se avecinaba, el Lagartija se preguntó si él sería considerado un esclavo o un secretario. Esa debió de ser la primera vez que el Lagartija deseó ser un esclavo de todo corazón.

Regresó a la toldilla a la máxima velocidad que le era posible en medio del trajín de la cubierta, haciendo oídos sordos a los gritos de un contramaestre que lo reclamaba para bajar a las bodegas. Sin pensarlo ni detenerse un instante, entró en la estancia del Flamenco, que dormitaba sobre los cojines que hacían las veces de sillón. Antes de que su amo pudiera decir nada, consiguió insertar un par de frases en medio de su respiración acelerada.

—Hay una tormenta enorme. —Volvió a coger aire—. Juan Ruiz dice que quedan tres horas. —Como la noticia no despertó ninguna respuesta en el Flamenco, añadió al relato sus propias elucubraciones—: No habrá tiempo para prepararse. Van a tirar los cañones al mar. Y a gente.

Hendrick suspiró al tiempo que se levantaba con pesadez y un fastidio evidente de que bien la tormenta, bien su criado le estropearan su lastimosa soledad.

—Te aseguro que no es el primer temporal para el capitán Sancho ni para Juan Ruiz.

La confianza que el Flamenco depositaba en los que tendrían que gestionar el galeón bajo la densa lluvia, el mar embravecido y los vientos huracanados, no impidió que, tras lo que parecía un tiempo interminable, se decidiera a dejar su estancia y estudiar él mismo la situación.

Nada más poner un pie en la cubierta siguiendo los pasos de su amo, el contramaestre que le había estado gritando lo agarró de la oreja y lo alzó hasta dejarlo de puntillas.

—¿Y tú dónde crees que ibas?

Hendrick se giró al escuchar los alaridos del Lagartija, que tenía la impresión de que solo necesitaba que el contramaestre tirara un poco más para perder la oreja de por vida.

—Este paje es mi criado.

El contramaestre dejó de tirar, pero no soltó la oreja.

—Mi señor, el capitán ha ordenado que todos los pajes aprendan a utilizar las bombas y a reconocer las troneras para sacar el agua antes de que venga la tormenta.

El Flamenco lo aceptó sin dedicarle al Lagartija un segundo de misericordia y se volvió nuevamente a otear el muro grisáceo que avanzaba inexorable hacia ellos.

Aún sin soltar la oreja, el contramaestre lo llevó a rastras hasta el nivel más bajo de las bodegas que no había tenido el placer de visitar ni en el San Roque ni en La Salvadora. Después del viaje de ida, estaba convencido de que ya había experimentado la peor de las hediondeces, pero lo que se encontró allí casi le hizo desmayarse al instante. El olor que emanaban los cinco dedos de agua que se acumulaban en el fondo, de un color turbio y una consistencia pringosa, como las babas de un caballo, era repugnante y en nada ayudaba a soportarlo el aire espeso, casi sólido, que se quedaba pegado a la piel y llenaba las fosas nasales y la boca igual que si estuviera sumergido en el mar.

El contramaestre se dignó a soltarle la oreja y le explicó el camino que tendría que recorrer con las botijas cargadas de agua en caso de que la bomba ya estuviera atendida. Después subieron un nivel hasta la bomba, donde había otros pajes, y descubrió que sería incapaz de hacerla funcionar sin ayuda. Para su consuelo, un sirviente de mayor edad y más regordete consiguió bajar la vara descansando todo su peso sobre el mango y fue automáticamente seleccionado para la tarea.

Con una punzada de envidia, constató que no habían requerido la presencia de la Guapa ni para atufarse junto a la bomba ni para ahogarse cargando botijas en el caso de que el agua entrara a raudales y no les diera tiempo a escapar.

Una vez sobre la cubierta, el cocinero, con la ayuda de dos soldados, se encargó de ofrecer a cada rancho una generosa ración de carne, un buen trozo de queso, que aún no estaba rancio, y una jarra de vino sin aguar. El capitán sacó unas botellas de orujo, que picaba como el mismo fuego, y que fue pasando de rancho en rancho y de boca en boca. Durante una media hora, aunque se habló poco y sin estridencias, dentro del San Roque no se hicieron distinciones entre los señores y la tripulación ni entre pasajeros, marineros y pajes. En ese improvisado ágape, nadie se hubiera atrevido a contradecir que se trataba de una reunión de amigos.

Cayeron las primeras gotas de lluvia y los soldados y los marinos se aglutinaron en torno a fray Julián, que no había tenido nunca tanta audiencia, y los pajes, con o sin bendición, bajaron a las bodegas. Pronto empezó a sentirse la mar enrarecerse y al galeón alzarse y caer con mayor violencia. De pronto, sin apenas transición, el San Roque comenzó a bailar igual que un corcho bajo el caño de una fuente. Los golpes del agua se hicieron tan violentos que la madera rechinaba histéricamente y los pajes, cargados con las botijas, se miraban unos a otros buscando algún tipo de señal que les indicara si ese era el momento de subir a cubierta para escapar de una muerte segura.

Un carpintero y dos calafateadores corrían de un lado a otro de la bodega reparando nuevas grietas en el forro del barco.

Tras un par de horas subiendo y bajando agua, hasta el

más agorero de los pajes había asumido que el San Roque sobreviviría a la tormenta.

Entonces oyeron aquel crujido espantoso y vieron llegar al instante, por la proa del barco, una manta de agua espumosa que ascendía a borbotones cada vez que la nave caía al mar. El carpintero apremió a los pajes a que redoblaran el esfuerzo y todos, tras unos instantes paralizados por el pánico, empezaron a recoger y a bombear agua con la certeza de que en ello se jugaban la vida. Un calafateador y el propio carpintero se lanzaron hacia el agujero que había dejado el tajamar al romperse. En la oscuridad no podían distinguir a los dos esforzados marineros, pero sí oír sus gritos e imaginar la imposible batalla contra la violencia de las olas. A pesar de todas las negras fantasías que asediaban sus mentes, como un milagro, la vía de agua amainó y, aunque seguía inundando el galeón sin descanso, los pajes intuyeron con alivio que, a ese ritmo, salvarían la nave si seguían combatiendo a destajo con la bomba y las botijas. Cuando apareció el carpintero, lo vitorearon como se merecía el salvador del San Roque. El calafateador no regresó.

No descansaron en toda la noche azuzados por el terror de ver subir el nivel del agua. La idea de que si paraban, aunque fuera un solo segundo, sería su perdición pudo más que el cansancio y el hambre, y la mañana los sorprendió achicando agua. Les repartieron unas galletas que royeron sin dejar de trabajar, animados por las palabras del carpintero, que afirmaba que habían sobrevivido a lo peor.

31

El viento arreció lo suficiente para que algunos marineros bajaran a achicar agua y los pajes, reducidos a fantasmagóricas figuras desarrapadas y soñolientas, subieron en turnos a las bodegas superiores para descansar un par de horas. Sin pedir permiso y sin que nadie se lo impidiera, el Lagartija emergió a la cubierta impulsado por la curiosidad y el deseo de saber si Hendrick también había sobrevivido.

Las nubes seguían cubriendo el cielo, el mar no daba tregua y, en la escasa claridad que les proporcionaba el sol, se podía contemplar el dramático estado en que había quedado el barco; las velas desgarradas por el viento, flácidas como pellejos, dos vergas bailando sobre la cubierta enredadas en cabos que a duras penas conseguían sujetarlas y agua, agua por todas partes, igual que si el mismísimo San Roque se hubiera puesto a bucear. Para sorpresa del Lagartija, según un contramaestre que descansaba junto a la escalera, aparte del calafateador que se había tragado el mar, solo faltaban un par de marineros que las olas habían arrancado de la cubierta. Desde allí buscó con la mirada algún signo de vida en la toldilla, pero no vio nada que le sugiriera si el Flamenco seguía allí o no.

El contramaestre le ordenó que descansara, porque aún

quedaba mucho trabajo antes de creerse a salvo. Señaló el horizonte con desgana.

—Nos hemos quedado solos.

No había ni rastro de los otros barcos de la flota, ni enteros ni a la deriva ni en pedazos. Las palabras del contramaestre no llevaban un gramo de autoridad, solo camaradería y el honesto deseo de asegurar que el Lagartija descansaba para poder seguir ayudando a salvar el galeón. Encontró un hueco entre otros pajes, todos empapados y tiritando, con poca fe en poder conciliar el sueño. Haberse alejado de la flota, si es que esta aún existía, le dejó una peculiar sensación de orfandad que le sacó una triste sonrisa.

Unos golpes terribles lo despertaron. Había caído tan fulminantemente en el sueño que tardó unos instantes en comprender dónde estaba y a qué venían todo aquel griterío y agitación. Al levantarse, se dio de bruces con un marinero que los apremiaba a que bajaran a achicar agua. Como si el Lagartija pudiera entender algo de navegación, le explicó que la nave, a causa del peso extra del agua, se había vuelto ingobernable y se había atravesado al mar. A él le parecía imposible imaginar nada peor que lo que habían soportado esa noche, pero el miedo en los ojos del marino le heló la sangre y lo despabiló como si le lanzaran una jarra de agua fría en la cara.

El mar golpeaba de lado el San Roque, balanceándolo con tal violencia que en cada ola parecía a punto de volcarlo. Cuando llegó a la bomba, pudo constatar que el agua había anegado la última bodega y que la marabunta de pajes, aprendices, soldados, oficiales y marineros, que cargaban con todo tipo de utensilios para detener la hemorragia, no parecía tener éxito.

Un buzo se ató un cabo y se lanzó al agua en busca del nuevo agujero que se había abierto en la popa y fue devuelto de inmediato por un bandazo monumental. Su cabeza se estampó contra un peldaño de la escalera frente a ellos y desapareció de nuevo entre la espuma sin que nadie pensara en perder un minuto en recuperar el cuerpo. Un nuevo calafateador y el mismo carpintero, atados a sendos cabos, se lanzaron igual que había hecho el buzo y volvieron al poco tiempo con siniestras noticias. Había una grieta de más de tres metros que habría que intentar cerrar desde el exterior si la tormenta amainaba.

Pasaron tres horas antes de que las aguas se calmaran y dos buzos con el calafateador se lanzaron al agua y cerraron como pudieron el agujero de popa. Para entonces, el nivel de la bomba estaba anegado y toda la tripulación formaba una cadena humana que subía y bajaba botijas, vasijas y todo lo que encontraran para salvar la nave. El parche y la dedicación de la tripulación no fueron suficientes para bajar el nivel del agua y liberar la bomba. Sin embargo, ese esfuerzo consiguió que el nivel del agua no subiera ni un dedo más, aunque el galeón llevaba tanta carga que escupía los pernos por la tensión y de poco o nada servían las improvisadas reparaciones con planchas de plomo y duelas.

Tal y como le habían advertido los marineros antes del temporal, el capitán ordenó aligerar el barco poco antes de que cayera la noche y lanzaron por la borda ocho piezas de artillería. Acto seguido se cortó el palo mayor y, después de tirarlo al mar, la tripulación pareció quedarse muda. Nadie quería decirlo, pero hasta un ignorante como el Lagartija sabía que la nave estaba desahuciada.

Fray Julián anduvo muy atareado esa noche. También bendijo al Lagartija, pero a él ganarse el cielo no era algo que le preocupara en demasía. Ya se había convencido a sí mismo hacía mucho tiempo de que Dios tendría que ser misericordioso con un muchacho como él, que no buscaba el mal de nadie y cuyo único pecado era imaginarse rico y poderoso. No, al Lagartija lo que le paralizaba de terror era imaginarse la muerte. Ya había decidido que, cuando llegara el final, buscaría un barril o una madera para quedarse al capricho del mar. Pero, sin remedio, todos los caminos de su imaginación acababan con su cuerpo sumergido en el agua, tratando de capturar ese momento en el que sus pulmones se llenarían de mar y él trataría de rebelarse para respirar, para arrebatar al destino un segundo más de vida. ¿Cuánto tardaría en morir agonizando? ¿Sentiría dolor? Recordó al soldado que fue ejecutado al garrote y le horrorizó estar en su lugar, esperando el movimiento del borne, sentir la presión en su piel y ese momento en que perdería la consciencia o el dolor, insoportable, que estallaría en su cabeza. Nada en el mundo le pareció en ese instante peor que caer en manos del Santo Oficio, que había conseguido meterle el miedo en el cuerpo hasta tal punto que aún lo obsesionaba, incluso a pocas horas de su muerte. Pensó que dentro de poco ya no tendría que preocuparse más por la Santa Inquisición y se le inundó el pecho de una inmensa soledad.

Volvió su turno de descanso e, igual que la vez anterior, la ansiedad no fue mayor que el agotamiento y pudo dormir. Imaginó que la muerte podría alcanzarlo en su sueño, evitándole tanto el sufrimiento como la consciencia de su propio fin. Sin embargo, cuando lo despertaron, sintió una enorme alegría de seguir vivo.

Con la noche llegó la calma. «Ahora sí, hemos pasado lo peor», pensó fugazmente el Lagartija antes de reprenderse a sí mismo. Sobrevivir la tempestad a cambio de una muerte agónica antes de llegar a puerto no tenía nada de atractivo. Se imaginaba una conversación con el Manco si, por la gracia de Dios, conseguía volver a Sevilla, cuando les llegó a las bodegas la algarabía de cubierta. Habían divisado una luz a estribor, un barco.

La cadena humana se aceleró, tratando de ganar al agua hasta la mañana para poder ser rescatados. La excitación de haber encontrado al resto de la flota se diluyó a medida que pasaba la noche, no aparecían más luces y se confirmaba que lo que habían atisbado era una embarcación solitaria, que bien podría ser de la flota como un corsario. De cualquier modo, que se tratara de un único navío apagó la esperanza que se había despertado en la tripulación.

Las malas noticias se confirmaron con la llegada del alba. Todo lo que habían encontrado era uno de los pataches que acompañaban a la nao capitana. El coro de lamentos quedaba perfectamente recogido en una frase sentenciosa de un experimentado marinero de nombre Diego, como el marido de doña Ana:

—En ese barco solo entrará la plata.

Aquella apreciación debía de ser un hecho consumado para la tripulación, que no celebró en modo alguno que el patache, después de innumerables maniobras, alcanzara el San Roque poco antes del mediodía. Para rematar cualquier esbozo de optimismo, los soldados dejaron de achicar agua y se colocaron en la borda dispuestos a proteger al capitán y al maestre. Disminuyó el ritmo de la cadena humana, e incluso algunos pajes, entre ellos el Lagartija, se escabulleron con la secreta misión de despertar la suficiente compasión en los oficiales para ser trasladados al barco salvador. El mismo capitán del patache San Nicolás se montó en una chalupa y subió a bordo para conversar con el capitán Sancho y el maestre

Cabrillo. El Flamenco también estaba allí, en un segundo plano, y no se percató de la presencia del Lagartija, a pesar de que este lo llamaba a gritos. Sintió la indiferencia de Hendrick como una puñalada en el corazón. No esperaba de su amo ningún cariño, pero sí alguna responsabilidad por su fiel secretario venido a menos, a mucho menos. Consideró lanzarse a los brazos del maestre Cabrillo, convencido de que fuera lo que fuera que le había hecho a la Guapa no era peor que la muerte. Sin embargo, precisamente la presencia del bello paje, pegado al maestre como una sanguijuela, lo cohibía con la sensación de que Juan Cabrillo ya había decidido salvarle el pellejo a su joven pasatiempo.

El capitán Sancho llamó a los contramaestres y acto seguido algunos marineros, bien custodiados por los soldados, se encargaron de mover los cofres con la plata de las bodegas a la cubierta y se lanzaron dos chalupas, además de la del patache, para que fueran trasladadas del San Roque al San Nicolás. Desde el castillo del galeón, el capitán Sancho comunicó a la tripulación lo que ya sabían, que al patache solo se llevaría la plata, pero añadió que el San Nicolás había avistado otros barcos de la flota hacía dos noches, de modo que pronto estarían todos a salvo. Al Lagartija le parecieron unas noticias extraordinarias, pero a los marineros, en cambio, lo único que les despertó fue ira y agitación. Muchos gritos tachaban al capitán Sancho de mentiroso, y este se vio en la obligación de desenvainar la espada para acallar semejante afrenta y dar la orden a los soldados de castigar con la muerte cualquier acto de insurrección.

El Lagartija y la Guapa, igual que otros pajes que aprovechando la confusión y pesadumbre que se había posado sobre el San Roque, habían abandonado las bodegas y miraban acongojados el traslado de la plata. El Flamenco, que se había apostado en la cubierta, cerca del maestre, apuntaba con detalle la carga de la plata sin prestar un segundo de atención al Lagartija, a pesar de estar solo a unos pocos pasos de distancia.

Dentro del barco, el agua ganaba poco a poco la batalla a los marineros y a los pajes, a los que les faltaban manos y utensilios para achicar el agua. Con el paso de las horas, el galeón gemía como un animal agonizando y era imposible no tener la sensación de que podría partirse en dos en cualquier momento.

Tras uno de los viajes, el capitán del San Nicolás regresó con una única chalupa.

—Esta es la última. No cabe más.

El Lagartija y la Guapa intuyeron la importancia del momento y avanzaron hasta quedar inclinados sobre la cubierta, observando la barca ahíta de plata. A gritos, el maestre trató de convencer al capitán del San Nicolás de que hiciera hueco para un par de viajes más, pero este se negó en rotundo. Juan Cabrillo frunció el ceño, pero no discutió y se subió a la escalera que bajaba a la chalupa. Desde el castillo, el capitán Sancho miraba indiferente cómo el maestre desertaba del galeón y un marinero a la espalda del Lagartija escupió en el suelo y maldijo en un murmullo a Juan Cabrillo. Hendrick se subió también a la escalera y se dirigió al maestre.

—Esa plata también es mía.

En la chalupa, el capitán del San Nicolás bufó con indignación.

—Eso no es lo acordado, mi señor. Ni un pasajero más.

El maestre Cabrillo bajó un par de varas hasta poner un pie sobre la embarcación. Dudó un instante antes de subirse a la chalupa y luego miró hacia arriba.

—Baja. Pero te va a salir caro hacerme desobedecer al capitán.

El Flamenco empezó a descender en medio de los reproches del capitán del San Nicolás, que señalaba la línea de flotación de la chalupa con desesperación.

En la cubierta del galeón, aterido por el miedo, el Lagartija se asomó aún más sobre la barandilla y, sin atreverse a atraer la atención del resto de la tripulación, llamó a Hendrick sin llegar a gritar, quien no lo oyó o no quiso oírlo. Sintió que se había quedado en tierra de nadie, ya no era esclavo ni secretario. Era un paje, un aprendiz de marinero que moriría ahogado en su primer viaje. Quería chillar, suplicar, pero sabía que hacía semanas que el Flamenco ya no contaba con él. Los únicos que podrían salvarlo, si es que aparecía otro barco, eran los marineros que se quedaban condenados en el San Roque. Apartándolo de un empujón, la Guapa se encaramó a la escalera y gritó:

—¡Mi señor! ¡Maestre!

Uno de los soldados agarró del brazo al bello paje al tiempo que el Flamenco alcanzaba la chalupa y le decía algo a Juan Cabrillo. La Guapa volvió a chillar.

—Lléveme con vusted, señor. Por favor. Para lo que necesite.

El maestre levantó la cabeza y apuntó al Lagartija.

—Dejad bajar a ese.

El Lagartija giró la cabeza de un lado a otro aturdido. Fue fray Julián, a su espalda, quien le dio el aliento que necesitaba.

—Baja, hijo. No te demores.

Evitando cruzar la mirada con ninguno de los marineros, se subió a la escalera y empezó a descender con el corazón latiendo desbocado y los ojos humedecidos de gratitud. Solo en una ocasión levantó la cabeza y pudo ver las copiosas lágrimas que recorrían las mejillas de la Guapa.

Entró en la diminuta y sobrecargada embarcación, que flotaba vacilante entre las olas, y dio las gracias al maestre y al Flamenco, en ese orden, porque, deseara lo que deseara Hendrick, que le permitieran viajar a bordo del San Nicolás era decisión de Juan Cabrillo.

La carga de la plata hacía que la chalupa se escorara hacia un lado y el otro, dejando entrar lenguas de agua que tenían que devolver al mar a toda velocidad. Alcanzaron el patache y los breves instantes en los que pudieron desprenderse de la angustia de viajar en aquella chalupa los ahogó en una nueva preocupación el capitán del San Nicolás, que se refirió a su barco como una cáscara de nuez empachada de plata.

—Será un milagro llegar a puerto.

Ya se habían arrojado por la borda toda la artillería y las mercancías de unos comerciantes que, con la vista clavada en barriles y fajos que flotaban por babor, calculaban con desolación las pérdidas que habían acumulado para dejar sitio a la plata del maestre y del Flamenco.

En medio de un reconfortante silencio sepulcral, mucho menos aterrador que los gemidos y los crujidos del San Roque, pusieron rumbo a España.

32

La tripulación se apelotonaba en la cubierta, incluidos el maestre y Hendrick, que de una tacada habían salvado la vida y su preciosa plata y, de paso, perdido sus privilegios y comodidades de pasajeros notables. Aunque al Lagartija le había tocado la guardia de la tarde, aún estaba despierto en mitad de la noche cuando la linterna del San Roque se apagó. El fraile, cuyo nombre desconocía, rezó por las almas de los marineros y rogó al Señor que, si no podían ser rescatados, al menos los acogiera en su seno, los bendijera con el perdón a sus pecados y los cubriera de amor, cosas que sí entraban dentro de su competencia divina.

El fraile describió en detalle el cielo, que debía de ser un lugar maravilloso, pero eso no consiguió que el Lagartija sintiera menos gratitud por seguir vivo ni menos culpa por haber abandonado a tanta gente a una muerte segura.

Ese momentáneo consuelo de no estar en el San Roque no contribuyó a rebajar la tensión en el San Nicolás, que avanzaba pesadamente por el mar, sumergido muchas varas más de lo aconsejable. Se siguió aligerando la nao lanzando al mar todo lo que no fuera plata y, por fortuna, lo que tampoco fueran personas.

Había tan poco espacio que dormían y comían unos encima de otros, y con tan solo llenar los pulmones de aire invadían el espacio del compañero. Se habían deshecho de todos los utensilios y los baúles de la tripulación, de modo que comían con las manos y en la mayoría de las ocasiones tenían que estar de pie, haciendo malabarismos para que no se les cayera el queso rancio, el puñado de lentejas reblandecidas en agua, pero sin cocinar, o las inevitables galletas empeñadas en convertirse en rocas. Si el menú de La Salvadora le había parecido miserable al Lagartija, para el del San Nicolás no encontró adjetivo que describiera fielmente lo patético que era. Incomestible y además insuficiente, ya que se decidió reducir las raciones hasta hacerlas exiguas por temor a que el tornaviaje durara más de lo esperado.

Dejaron las islas Azores por babor y a mucha distancia para evitar encontrarse con barcos ingleses, que no hacía tanto habían atacado San Juan, en Puerto Rico. Dos semanas después, avistaron el cabo de San Vicente, pero no hubieron de preocuparse en demasía por los corsarios franceses, ya que allí alcanzaron algunos barcos de la flota y, además, la Armada los recibió con un par de galeones rebosantes de cañones y culebrinas que ahuyentarían al más intrépido de los piratas.

Pocos días después, Sanlúcar de Barrameda apareció en el horizonte y, por fin, el Lagartija se sintió a salvo, aunque el capitán advirtió a la tripulación de que la mayoría de las desgracias acaecían cerca de la costa. El cielo estaba limpio de nubes como una patena, tenían el viento a favor y no llevaban a nadie enfermo, solo marineros agotados y hediondos.

Atracaron antes de entrar en la bocana del río, junto con otras naves, donde se completaría la inspección antes de partir a Sevilla y, como era de obligado cumplimiento, informar a la Corona de sus ganancias. Ese día fue el primero desde que salieron de Nombre de Dios en el que el Flamenco le asignó un trabajo que no consistiera en llevarle comida. Del mismo modo que en el cargamento de ida no aparecían en el inventario las sedas de extrema calidad, en el de vuelta, al menos así lo redactó el Lagartija por instrucción de Hendrick, tampoco estaba reflejada toda la plata.

En el transcurso de esas semanas, el maestre Cabrillo y el Flamenco se acomodaron en una posada a mitad de camino entre el palacio del duque de Medina Sidonia y la playa mientras la totalidad de la flota regresaba y se inspeccionaba, bulto a bulto, su carga. Tan solo dos barcos se habían perdido en la tormenta, el San Roque y otro de sus pataches, algo que le contó el maestre lleno de júbilo por las buenas nuevas. No podía haberse hundido mejor barco que uno de apoyo, que no llevaba plata, y además habían salvado casi la totalidad de la del San Roque.

Al Lagartija no le ofrecieron habitación, camastro o suelo en el que dormir en la posada, así que esa primera tarde, como todas las siguientes, regresó en una chalupa al San Nicolás.

Salvo por las ratas, que siempre encontraban el modo de sobrevivir, no quedaban animales vivos en el barco cuando llegaron a Sanlúcar, pero su olor seguía impregnado en la madera y hacía imposible dormir dentro. Buscó un hueco en la cubierta de popa, se arropó con una manta que había pertenecido al maestre y, seguro de que esa noche no moriría, durmió a pierna suelta.

Se encontró cargando con vasijas, tratando de salvar un barco que podía ser el San Nicolás o el San Roque, donde el nivel del agua subía inexorablemente hasta llegarle al cuello. Hendrick flotaba muerto a su lado junto al cadáver de doña Ana, y la Guapa, cuyo rostro tenía la piel podrida, se reía de él sentado en el regazo del maestre Cabrillo. Quiso gritar para pedir ayuda y el mar le inundó la boca.

El marinero que le había lanzado el vaso de agua a la cara se desternillaba de risa mientras el Lagartija trataba de deshacerse de la grotesca imagen de la Guapa. El contramaestre, al que no le había divertido tanto lo de despertarlo con agua, le entregó un mensaje.

—Es del maestre. Llegas tarde.

Regresó a la posada y de inmediato lo sentaron para repasar todas las transacciones de la flota, barco a barco, mientras, rodeados de buenos vinos y mejores viandas, el maestre y Hendrick despachaban con el inspector de la Corona, cuyo salario consistía en una generosa bolsa de ducados por cada barco que no visitaba.

La relación con el inspector seguía siendo tan sólida como hacía unos meses, bien anclada en un fabuloso sobresueldo, que era lo menos que podía esperarse de dos serios señores como lo eran el maestre y el Flamenco. El único momento de tensión en aquellas desenfadadas conversaciones sobre los montantes que iban a ingresar las arcas del rey tuvo lugar cuando discutieron la inspección del San Nicolás. El maestre, secundado por el Flamenco, quien parecía haber recuperado el habla cuando se trataba de dinero, le sugirieron al inspector que no hacía falta que entrara en las bodegas. Este, reclinado en una silla, con el vino en la mano y con el desparpajo de quien se siente entre amigos, resopló con evidente consternación.

—Siento discrepar. En el caso del San Nicolás, lo apropiado será visitarlo.

Juan Cabrillo, que hasta entonces lo había agasajado con palabras dulces y un humor exquisito, se irritó y mostró verdadera indignación al responderle.

—¿Es posible que no se fíe vuestra merced de mi palabra? Yo mismo hice el traslado de la poca plata que pudimos salvar del San Roque.

El inspector arqueó las cejas sorprendido por el tono brusco del maestre.

—No, no. No pretendía ofenderle. En absoluto. Pero, precisamente por la pérdida del San Roque, creía necesario constatar las pérdidas para evitar futuros engorros.

El maestre le sirvió más vino, aunque era evidente que su vaso aún estaba lleno.

—Respeto el celo que pone vuestra merced en su trabajo. Sobre el San Nicolás bastará mi palabra aquí, en Sevilla o en la misma Corte. Yo estaba a bordo de ese barco y yo mismo puse en riesgo mi vida para salvar esa plata.

—Claro, claro. Habrá sido un espanto.

Hubo un momento de silencio en que el maestre Cabrillo se acarició la frente evocando un cansancio extremo.

—Después del drama que nos ha tocado vivir, nos gustaría partir a Sevilla enseguida. Tengo que rendir cuentas al Consulado lo antes posible. Hacía mucho tiempo que no se perdía un galeón.

Y así se hizo. El San Nicolás, con solo diez marineros y las bodegas a reventar, empezó a remontar el Guadalquivir con la misma prudencia y lentitud con la que habían navegado el camino inverso hacía unos meses. Y también, como la vez anterior, cuando llegaron a Las Horcadas, ni el viento ni la marea favorables los salvaron de descargar toda la plata en los carros que los habían acompañado por tierra siguiendo el curso del río. Cuando pasaron la zona más delicada, volvieron a subir la plata. No toda; por la cuenta de carros que había visto el Lagartija, estimaba que al menos la mitad no había vuelto a bordo. Por precaución, decía el maestre, esos carros irían directos a la Casa de la Moneda.

Avistaron la flamante torre de la Giralda cinco días más tarde y al sexto ya estaban atracados frente al Arenal. El Lagartija solo podía pensar en volver a su cuartucho al lado de las caballerías y sentir que su vida recuperaba la normalidad. Se preguntaba si el Flamenco sería el mismo de antes y si tendría ocasión, arriesgando algún coscorrón, de preguntarle lo que le dijo al maestre Cabrillo para convencerlo de que se lo llevaran con ellos al San Nicolás, salvándole de paso la vida. Deseaba como nada en el mundo estar en tierra sin tener que contar los días para volver a embarcar. Extrañamente, cuando descendió por la pasarela, una dolorosa nostalgia le llenó el pecho. A pesar del tedio y la dureza del viaje, del terror a la muerte y de que en sueños lo asaltara la Guapa, tenía la certeza de haber vivido los meses más intensos de su corta vida y el deseo de paz y descanso, muy a su pesar, iba acompañado de cierto poso de derrota. Se había instalado en su pecho la creencia de que había vivido algo irrepetible, con la sensación de que Dios solo permitía vivir una aventura por cabeza y que la suya había sido esa y acababa de terminar. Había cruzado el océano y, aunque no había visto monstruos y las miserables casuchas de las colonias no habían despertado su curiosidad, había sobrevivido a una pestilencia, a una tempestad y había sentido la inminencia de su propia muerte, y todo ello le hacía sentirse gozosamente vivo. Recordó el momento de bajar a la chalupa para trasladarse al San Nicolás y la mirada se le nubló de gratitud. Le hubiera encantado poder compartir esos sentimientos con alguien, sobre todo con el Flamenco, quien había sido compañero de penurias y que también había estado en aquella lancha y había salvado la vida de auténtico milagro. Miraba a su amo con la remota esperanza de que le diera la posibilidad de acercarse a él.

Precisamente Hendrick lo estaba esperando al final de la pasarela. Le habló con tono hosco e impaciente.

—¿Qué te pasa?

El Lagartija se secó las inesperadas lágrimas y negó con la cabeza. Todo el equipaje del Flamenco se había hundido con el San Roque, pero en Sanlúcar había tenido tiempo de comprarse un jubón y unas calzas nuevas. Al contrario del Lagartija, que apestaba a heces y a humedad y que deseaba regresar a la casa para poder cambiarse.

—Si quiere, me adelanto para avisar a Rayssa y que tenga preparado algo de comida.

Por un momento, como el Flamenco no respondió, le pareció que no lo había oído a causa del jolgorio que se había empezado a montar en el Arenal, con puestos de comida y un sinfín de criados, esclavos y soldados encargados de custodiar el tránsito de la plata hasta la Casa de la Moneda, así como voluntariosos campesinos que se acercaban en busca de cualquier trabajo. Repitió la sugerencia y esta vez sí tuvo respuesta.

—No.

Se lo quedó mirando a los ojos intensamente y el Lagartija sintió que esperaba algo de él, pero como no se le ocurrió nada se limitó a responder con un neutro «como vusted guste».

—Tú no vienes conmigo. A partir de ahora, trabajarás para el maestre Cabrillo. —Hendrick seguía con la mirada clavada en él.

Negó con la cabeza, sorprendido de su propia reacción a algo que hasta hacía no mucho tiempo hubiera sido un sueño hecho realidad. Hendrick ignoró el gesto y señaló en dirección a la Puerta del Arenal.

—Aquella es su litera.

—¿No puedo quedarme con vusted?

Hendrick no se molestó en hablar, simplemente le indicó con la cabeza que se fuera.

Avanzó aturdido, mirando una y otra vez a su espalda en busca del Flamenco para asegurarse de que no era una broma. Hendrick agitó el brazo para que se apresurara y, trotando, alcanzó al maestre Cabrillo.

—¡Ah! Ya está aquí el valioso secretario.

El Lagartija saludó con una forzada sonrisa y las palabras atascadas en la garganta por culpa de la emoción.

—Date una carrerita hasta la casa y dile a Manuel que estamos a punto de llegar. Y tú espérame en mi alcoba.

Dijo «sí, señor» con voz entrecortada y antes de ponerse a correr giró la cabeza una vez más para ver el Arenal bajo el sol de la tarde. Unas mujeres vendían ostras, como aquel día en que mataron al pescadero ante sus ojos. Al fondo, frente al patache, distinguió la figura del Flamenco y lo recordó vestido de militar con su mirada animalesca cuando se escapó de él corriendo por el Puente de Barcas.

Juan Cabrillo le llamó la atención y salió despedido hacia la calle Las Palmas. Manuel ya estaba al corriente de la llegada del maestre y, pese a la insistencia del Lagartija, no se avino a llevarlo a la alcoba de su señor remarcando que era inapropiado y lo dejó en la casapuerta, sentado en el suelo, pensando obsesivamente en la Guapa.

A pesar de que el maestre rebosaba buen humor, le fastidió que Manuel lo hubiera desobedecido dejando a su nuevo asistente junto a la letrina, como si fuera un donnadie. El esclavo trató de disculparse, pero su amo no tenía tiempo para nimiedades y lo reprendió nuevamente. Una vez en su alcoba, Juan Cabrillo lo dejó pasar con una inquietante sonrisa y cerró la puerta con llave.

—Me alegro de que Hendrick accediera a que te quedaras a mi servicio ahora que se va a Medina para su boda.

El Lagartija no deseaba encontrarse con la Campana, pero le hubiera encantado acompañar al Flamenco y quedarse a vivir con el señor Simón Serrano. Quiso mentir y responder que él también se alegraba, pero solo sonrió con timidez.

—Confío en que demuestres la misma discreción y sentido común que con Hendrick.

Tragó saliva para responder al tono serio, con un poso de amenaza, que había utilizado el maestre.

—Por supuesto, mi señor.

Juan Cabrillo asintió complacido y recorrió con la mirada su cuerpo de pies a cabeza. Señaló unas prendas que descansaban en una de las sillas junto a la ventana.

—De momento, habrá que cambiarte de ropa. Pareces más un mendigo que mi asistente.

Se acercó hasta la silla y recogió con manos trémulas unas calzas verdes y una camisa de lino blanca. En la alcoba del maestre Cabrillo, el Lagartija supo que había abandonado la posibilidad de vivir en la calle para siempre, que ya no tendría que pelear por llenarse la tripa y que era posible que nunca más le recriminaran con esos violentos pescozones del Flamenco. En cambio, lo que sintió en aquel instante antes de vestirse con esas elegantes prendas era que estaba a punto de perder algo muy valioso e indefinido que no sabía describir. Se llenó de rabia contra el Flamenco por haberlo dejado marchar, pero el maestre lo apremió y él le dio la espalda para desvestirse.

Antes de ponerse las nuevas calzas, con la piel de gallina más por el miedo que por el frío, el maestre llegó a su altura.

—No te vistas todavía.

El Lagartija cruzó los brazos y se cubrió inconscientemente la entrepierna. Sentía el aliento del maestre rozándole la espalda. No se atrevió a girarse. Por encima del hombro, Juan Cabrillo le mostró una cinta de seda.

—Véndate los ojos.

TERCERA PARTE

33

—¿Quedan alcachofas?

Rayssa, que tras el regreso a Sevilla trataba al Lagartija con mucho más cariño del que recordaba cuando vivían juntos, seguía siendo tacaña en todo lo que se refería a la comida. Aun así, lo premió con una rebosante cucharada, prueba de que, a fuerza de estar ausente, se había ganado un lugar mucho más generoso en el corazón de la cocinera.

Al acabar su ración, se retrepó en la silla y se estiró con satisfacción. Rayssa le golpeó la tripa con el mango de la cuchara de madera.

—Se nota que el maestre te trata bien.

Le sobrevino una punzada de vergüenza, como le pasaba siempre que alguien se refería a su cuerpo, aunque fuera del modo más inocente, y murmuró un escueto «sí» con la esperanza de zanjar la conversación. Era de todos conocido que el maestre tenía unos gustos culinarios exquisitos y, aunque Juan Cabrillo comía como un pajarito, el resto de los sirvientes se beneficiaban tarde o temprano de unos deliciosos menús y de unas generosas sobras para repartir. Pero nada de eso tenía que ver con el cambio físico del Lagartija, o al menos no tanto como la cocinera daba a entender. Rayssa, que no lo había visto durante los nueve meses que estuvo con el Flamenco en Medina, podría tener la impresión de que el cambio había sido progresivo y como resultado de la vida acomodada que llevaba al servicio del maestre. Pero la realidad, en cambio, era que su cuerpo se había transformado en el transcurso de un mes, no en su totalidad, pero sí era cierto que en unas pocas semanas sus hombros se habían ensanchado, el vello corporal había empezado a aparecer y su voz era a veces grave y otras estridente.

El primero en notar el cambio, antes de que él mismo tomara consciencia, fue el maestre. Como en otras ocasiones, el Lagartija había asumido su posición en el fondo de la estancia —desnudo, con los ojos fuertemente vendados con una cinta de seda— y esperaba, siguiendo el ritmo de la respiración de Juan Cabrillo, a que este acabara de masturbarse y se fuera de la habitación para permitirle vestirse. Pero aquella noche, por el esfuerzo que denotaba la respiración del maestre, podía visualizarlo peleando con su pene por no querer eyacular. Se paró de golpe y por el ruido de la silla supo que se había levantado. Las primeras veces, el crujido de la madera le había aterrado, convencido de que eso significaba que se acercaría a él y lo tocaría o lo forzaría. Pero nunca pasó. Con el tiempo, muchas noches después, sabía que ese ruido denotaba el final del espectáculo. En aquella ocasión, la primera en que su desnudez no fue suficiente para satisfacer al maestre, en lugar de marcharse se acercó hasta él y le acarició la casi imperceptible pelusilla del bigote.

—Cada día estás más feo.

El Lagartija apretó los puños y tragó saliva, sorprendido por ese cambio en la rutina y aterrado de que fuera el comienzo de algo nuevo, algo que requiriera más de él que estar de pie y desnudo frente al maestre. Volvió a imaginar, como en aquellas primeras ocasiones, cuando lo reclamaba un día sí y otro también, que acabaría por tocarlo o le obligaría a hacerlo él, y, por alguna razón, lo que más asco le daba no era tanto que le acariciara el pene ni que él tuviera que hacer lo propio con el de Juan Cabrillo. Lo que más le desagradaba era la idea de que un día lo besara, le tocara los labios con su boca y le hiciera saborear su lengua.

Pero nada de eso ocurrió. Aquella noche el maestre salió de la habitación dando un portazo y, en la siguiente ocasión, unas semanas más tarde, a pesar de que la pelusilla era más oscura y seguía en su sitio, no fue un impedimento para que acabara con éxito de masturbarse. Sin embargo, los episodios en los que Juan Cabrillo se retiraba de su estancia frustrado, indignado por el inevitable cambio físico de su criado, se fueron haciendo más y más frecuentes a medida que el Lagartija crecía, y las visitas a su estancia menos ocasionales, casi hasta convertirse en algo inusual. Sin la rutinaria obligación de satisfacer las fantasías sexuales de su amo, salvo por la violencia que le generaba al maestre que él dejara de ser un niño, podría decirse que su vida era razonablemente tranquila. No obstante, cada noche esperaba en su camastro en tensión para saber si ese día le tocaba exhibirse o no. En realidad, si por un milagro dejaba de ser el objeto de la ira de Juan Cabrillo, no estaría lejos de tener una vida decente, de un aburrimiento extraordinario, pero decente.

Decían los otros sirvientes, nunca enfrente de Manuel, por descontado, que la razón del evidente malhumor del maestre tenía que ver con la tensión entre la Corona y el Consulado de Cargadores que se había estado cocinando durante años, y que ahora que el rey empezaba nuevas guerras quería tener mucho más control sobre la plata de la Nueva España. El Lagartija, que tantas veces había oído aquella historia, nunca los corrigió para hacerles saber que, al menos en parte, ese irascible humor se debía a que su cuerpo, sin remedio, cada vez se parecía menos al de un niño.

Rayssa había vuelto sobre los pucheros y el Lagartija salió al patio para no estorbar a los criados que llegaban con bandejas desde el salón principal, donde se estaba celebrando la cena. Uno de ellos regresó y, tras dejar su carga sobre la mesa, le espetó un mensaje de Isabel Serrano con impaciencia, como si fuera culpa de la cocinera el que todos tuvieran que soportar el humor de la Campana.

—Dice la señora que te has vuelto a equivocar de queso. Quiere el más curado.

La cocinera dedicó una mirada iracunda al joven criado, que se sintió en la obligación de defenderse.

—Lo dice ella. —Rápidamente, para no tener que seguir enfrentándose a Rayssa, se dirigió al Lagartija y cambió de tercio—. El maestre ha preguntado por ti.

Asintió y abandonó el patio mirando de reojo a la cocinera, que buscaba de mala gana el queso correcto en la alacena.

Hacía ya dos meses desde que el Flamenco y su flamante esposa habían regresado a Sevilla y en ese tiempo, solo en contadas ocasiones en las que había visitado la casa de Hendrick, porque el maestre debía asistir a una reunión o a una cena de carácter social, había tenido la oportunidad de conversar brevemente con Rayssa, pero habían sido suficientes para constatar el odio acérrimo que la cocinera sentía por la Campana.

Al Lagartija le consumía la curiosidad por saber qué había ocurrido en Medina para que Rayssa no pudiera soportar a la joven esposa del Flamenco, pero intuía que avivar la ira de la cocinera solo la expondría a un castigo innecesario, o peor, y por añadidura, lo condenaría también a él, a quien, en el fondo, la Campana le era indiferente, algo que parecía ser mutuo.

Desde el primer momento, Isabel Serrano había actuado como si nunca hubiera visto al Lagartija con anterioridad y se había dirigido a él solo cuando era estrictamente necesario y con la misma displicencia con la que se trata a un vagabundo. Ese sistemático menosprecio de la heredera del señor Simón Serrano quedaba de sobra compensado por el trato que le dispensaba Hendrick, que siempre asentía a modo de saludo, a veces pedía su opinión en conversaciones sobre la carga de algunos barcos y, para su sorpresa y deleite, en un par de ocasiones le había sonreído, algo impensable cuando estaba a su servicio.

Cuando entró en el salón, la Campana ni se percató de su presencia, enfrascada en una animada conversación con Sofía, la hija del banquero Spínola, unos años mayor que la joven esposa del Flamenco y quien se había encargado de integrarla en la vida social de Sevilla. Isabel Serrano solo abandonaba la casa en contadas ocasiones, y cuando lo hacía, excepto que fuera para una comida o cena que le permitiera pasar el tiempo sentada ocultando su cojera, siempre era en compañía de Sofía Spínola, confirmando que la fortuna y la influencia del banquero eran suficientes para desalentar cualquier burla sobre el balanceo de la Campana.

Al contrario que Isabel Serrano, Sofía levantó la cabeza cuando pasó a su lado en dirección al maestre, y hasta podría pensarse, siendo muy generosos, que alzó una ceja a modo de saludo. El Lagartija se detuvo un instante para responder con una formal reverencia y tuvo ocasión de oír a la Campana quejarse de la austeridad de Hendrick, que se negaba a cambiar de morada y la obligaba a vivir en esa minúscula e indigna casucha.

Al otro lado de la habitación, en una mesa apartada, disfrutaban a dos carrillos del queso equivocado el maestre, Hendrick y Garcilaso Spínola. El Flamenco, sentado frente a Juan Cabrillo, lo saludó con un gesto de cabeza, pero no llegó a sonreír. La tensión en la cara del banquero y del maestre indicaba que la cena estaba lejos de ser una fiesta.

Juan Cabrillo escribía acelerado una carta y, aunque tratara de ocultarlo con su tono de voz despreocupado, se lo notaba nervioso, como si estuviera a punto de levantarse de un salto y largarse de aquella casa.

—No hay razón para dar cabida a esos rumores. Siempre ha habido tensión entre los Vicentelo y la Corona, y siempre han encontrado cómo arreglarse.

Garcilaso Spínola resopló con frustración.

—Lo repito y se lo vuelvo a repetir, no son rumores. Mañana mismo se informará al Consulado de que a partir de este momento será la Corona quien nombre a los maestres de plata.

También el Flamenco intentó que el maestre entrara en razón.

—Señor maestre, ya habíamos discutido esta posibilidad hace un año cuando le llegó la carta del duque de Lerma lamentando la escasa plata recibida en la última flota.

Juan Cabrillo firmó vigorosamente y calentó el lacre para sellar la carta.

—Maestre Cabrillo... Si lo confirma Tomás Vicentelo, tendrán que acostumbrarse a llamarme de otro modo.

Lo dijo como una broma, desenfadado, pero no hizo gracia a sus compañeros de mesa. Sobre todo al banquero.

—No solo cambiará el título.

Se notaba por los gestos del maestre, si es que aún se le podía llamar así, que empezaba a estar harto de aquella conversación.

—Es cuestión de dinero. Se arreglará, como siempre.

Garcilaso Spínola negó con la cabeza.

—No es solo dinero. Van a por los Vicentelo y vuestra merced está muy cerca.

Juan Cabrillo empezó a decir algo, pero el banquero habló por encima de él.

—Pueden utilizarlo a vuestra merced para llegar a Tomás Vicentelo. Ya sabe que el duque de Lerma es muy religioso.

El maestre ignoró al banquero y le entregó la carta al Lagartija.

—Dile que quiero una respuesta lo antes posible. Y, si no puede ser escrita, me presentaré en cualquier momento. —Después se giró hacia el señor Spínola—. Yo también soy muy religioso.

El banquero bajó la voz y habló con un tono firme pero cargado de sincera preocupación.

—Y aborrece sus aficiones, maestre.

El Lagartija no pudo evitar sonrojarse y salió del salón a toda velocidad antes de tener que enfrentarse con la mirada de Cabrillo.

Agitado por la importancia y la urgencia que desprendía aquella conversación, corrió todo lo que pudo hasta el palacio de los Vicentelo en la calle Toqueros, no lejos del de los Corzo. Se preguntaba qué sería de él si se acusaba al señor Cabrillo de sodomita y si eso lo convertía a él también en lo mismo y, por tanto, en candidato a la hoguera o al garrote. Era una terrible injusticia que él, que no tenía otra alternativa que obedecer y callar, tuviera que perder la vida o cargar con el sambenito de ser un pecador y, además, enfrentarse a una tortura por ello. Quería consolarse con la idea de que, en un sentido estricto a la verdad, y con su muy limitado conocimiento y experiencia, al menos en lo que se refería a su relación con Juan Cabrillo, no era un sodomita. Posiblemente deseaba serlo, y eso había aterrorizado al Lagartija las primeras noches desnudo, vulnerable y con los ojos vendados, pero hasta la fecha no lo había tocado. Lo único que le había puesto encima era la mirada.

Los sirvientes de Tomás Vicentelo escrutaron el sello minuciosamente, muy poco acostumbrados a la presencia del Lagartija, que se dedicaba casi en exclusiva a las relaciones menores del señor Cabrillo, aquellos como el Flamenco y otros comerciantes que le rendían pleitesía y, sobre todo, le debían su fortuna. De las relaciones con la familia Vicentelo y con los Corzo, que tenían el mismo origen y los mismos antepasados si uno recorría el árbol familiar unas cuantas generaciones, se encargaba Manuel, que no solo tenía toda la confianza del en apariencia defenestrado maestre, sino que tampoco necesitaba desnudarse frente a él.

Tal y como había previsto su amo, el poderoso Tomás Vicentelo no tenía tiempo para escribir y prefería que el propio Juan Cabrillo se presentara en su palacio. El Lagartija salió escopetado a casa del Flamenco para descubrir que su amo ya hacía un rato que había salido en dirección a la suya. Lo alcanzó en la calle Sierpe. No le pidió que lo acompañara, pero le ordenó que se mantuviera despierto en caso de que necesitara enviar mensajes tras la reunión con su benefactor.

Pasaron al menos tres horas antes de que Juan Cabrillo regresara a la casa de la calle Las Palmas. Los gritos a las criadas, y un inusual desplante agrio y violento al propio Manuel, dieron muestra del pésimo humor con el que le había dejado la charla con Tomás Vicentelo, y seguramente confirmaba lo que ya le había anticipado el banquero Spínola, que tendría que buscarse otro título y otro quehacer.

El Lagartija aguzó el oído para averiguar si alguien se dirigía a su minúscula habitación. Esperó en tensión una hora, hasta que las campanas volvieron a repicar y, contento de que ya no se lo requiriese esa noche, se acomodó en su camastro con la esperanza de que el sueño lo rescatara de sus preocupaciones. Si era verdad que la Corona se había fijado en el señor Cabrillo para atacar a Tomás Vicentelo, las consecuencias se harían sentir en todo el entramado de relaciones del maestre, incluidos sus criados. El Flamenco lo había amenazado innumerables veces con cortarle la lengua, pero le aterraba la idea de que si alguien quería asegurarse de su silencio ese sería Juan Cabrillo, y no se detendría con acabar con su voz, también querría cortarle las manos para eliminar la posibilidad de que escribiera algo, y, ya puestos, para ahorrar esfuerzos, simplemente terminaría con su vida. Al fin y al cabo, al maestre no le tembló el pulso para matar al Portugués por algo mucho menor. Lo que estaba claro era que, si alguna vez hubo buenos tiempos en la casa de la calle Las Palmas, ahora tocaban a su fin. Le vino a la mente la ejecución del soldado que presenció en aquellas primeras semanas al servicio del Flamenco. Sería el colmo de la mala fortuna sobrevivir al único naufragio de la flota para acabar con el rostro descompuesto por el garrote. Desde aquel día en que vomitó los pastelillos del maestre, pocas cosas le habían aterrado tanto como caer en manos del Santo Oficio, pero, pese al miedo, no podía evitar fantasear con la posibilidad de que, si acusaban a Juan Cabrillo de sodomita, fuera precisamente la Santa Inquisición quien lo arrancara de su vida.

34

Pasaron dos semanas antes de que el señor Cabrillo lo reclamara para algo. En ese tiempo, había imaginado que el imperio del maestre se derrumbaría como un castillo de naipes, pero no ocurrió. La única pérdida que había sufrido Juan Cabrillo, aparte del título, era el obsceno margen que ganaban con cada barco que no declaraban a la Corona. Eso lo pudo confirmar al cabo de unas semanas, ya que ni el Flamenco ni el banquero Spínola parecían particularmente disgustados con el cambio. La inversión que se requería para competir con la red de proveedores, fabricantes, cargadores, pilotos y demás que habían construido bajo la tutela del antiguo maestre era tan extensa y tupida que, a efectos prácticos, el comercio seguía pasando por sus manos casi en su totalidad. Y las ganancias, después de tener que pagar puntillosamente el impuesto de la avería, seguían siendo mayúsculas y no merecía la pena ponerlas en riesgo por un simple título. Hasta la avaricia del Flamenco tenía un límite.

Mucho de lo que estaba pasando lo supo a través de Manuel, que no perdía ocasión de pavonearse por volver a ser el preferido de su amo y de mostrarle el desprecio que sentía por él una vez comprendió que el maestre no lo reprendería por ello.

Mientras Juan Cabrillo se lamía las heridas en su orgullo, le había dado instrucciones a Manuel para mantener el contacto con los comerciantes y entregar unas cartas formales con unas palabras serenas que les aseguraban que no había nada que temer ni ocultar en el nuevo escenario. Tal y como lo describía el señor Cabrillo a través de los labios de Manuel, que la Corona quisiera tener control directo de los maestres de plata era una idea que se había estado debatiendo durante los últimos años y que contaba con el apoyo del Consulado y, por descontado, de Tomás Vicentelo.

Sin embargo, era para todos evidente que habría una reducción de los beneficios y algunos expresaban, con mucho cuidado de que no sonara a queja, que hubiera sido razonable haber conocido de antemano esas negociaciones para anticipar los ingresos, la necesidad de liquidez para esos momentos más complicados que vivían y otras tantas minucias que uno había de gestionar cuando se estaba haciendo de oro.

La única ocasión en que Juan Cabrillo se dirigió a él directamente fue para reñirlo, frente a Manuel, por tener aún «esa asquerosa pelusilla» en la cara.

—No sé por qué sigo dándote trabajo en esta casa.

Cuando se encontró con la mirada de Manuel, este levantó las cejas entretenido, satisfecho de disfrutar de otro exabrupto al Lagartija y de que no se le hubiera ocurrido rasurarse *motu proprio* en lugar de esperar a disgustar al señor.

Esa noche, con un cuchillo fino que las cocineras utilizaban para cortar los intestinos de las vacas, se afeitó el bigote y la ingle, repasando en la oscuridad la piel con la punta de los dedos una y otra vez. Los negocios seguirían viento en popa, pero eso no se reflejaba en el talante del señor Cabrillo, y para el Lagartija la felicidad de este era infinitamente más importante que su fortuna.

Al día siguiente no se cruzó con su amo, así que no pudo evaluar si su artesanal trabajo de quitarse hasta el último pelo que encontró en su cuerpo recibía la necesaria aprobación. Tampoco Manuel, que tenía un recado para él y que lo había estado mirando con una curiosidad burlesca, hizo ningún comentario sobre su nueva imagen.

La indiferencia del esclavo no impidió que cruzara la ciudad cabizbajo, con la impresión de que toda Sevilla, tanto los que lo conocían como los que no, notaría enseguida que habían desaparecido esos pelos que apuntaban a bigote y que, de un modo más o menos consciente, todos sabrían que ese cambio solo tenía el propósito de satisfacer a Juan Cabrillo. Esa sensación se multiplicó al pasar cerca de las gradas de la catedral, donde acudían muchos de los comerciantes, secretarios y criados con los que trataba ocasionalmente, y se escabulló de la multitud por los soportales acelerando el paso hasta llegar al principio de la calle Ancha de San Pablo, camino de la casa de Hendrick, como le habían ordenado.

El pudor o reparo que había sentido mientras paseaba por la ciudad frente a conocidos y desconocidos se convirtió en una lacerante vergüenza en cuanto Rayssa abrió la puerta y le apuntó a la cara.

—¿Para qué te has quitado esos cuatro pelos?

En lugar de explicar o justificar por qué había acabado con ese embrión de masculinidad que asomaba en su cara —gracias a Dios no había necesidad de mostrar la entrepierna—, se limitó a informar a la cocinera de que tenía un asunto que tratar con el Flamenco.

—No está, pero ha dicho que vendrá enseguida.

Rayssa lo invitó a esperar en un banco de madera nuevo que habían colocado en el patio, debajo de las ventanas de las que antaño fueron las alcobas de doña Ana y que, por lo que le había contado la cocinera, ahora pertenecían a la Campana. Decía Rayssa que la joven esposa del Flamenco ponía el mismo empeño en no encontrarse con su esposo que el que doña Ana había puesto para todo lo contrario. También añadió que no le extrañaba que la Campana lo rehuyera porque, cuando se iban las visitas, no era difícil sentir la antipatía que doña Isabel despertaba en Hendrick.

Aceptó un vaso de vino y se sentó en el banco, sorprendido por la nostalgia que el recuerdo de los meses en que vivieron con doña Ana le había despertado. Pero, en realidad, lo que necesitaba era no tener que estar al servicio del señor Cabrillo, más que el deseo de situarse al lado del Flamenco, de quien siempre había querido ser libre. La vida era sin duda un misterio; por aquel entonces, trabajando para Hendrick, fantaseaba con pasarse las tardes leyendo en la alcoba del maestre, junto a la ventana, picando olivas, chorizo o cualquier otro tentempié con que lo agasajaba. ¡Qué lejos quedaban esos días y qué poco había cambiado su deseo de que un golpe de suerte lo alejara de su amo, fuese quien fuese! Tampoco Hendrick había cambiado. Por lo visto seguía siendo el mismo, solamente preocupado por su propio beneficio. De todos modos, había cristalizado dentro de él la idea de que el Flamenco valoraba la memoria y el sentido común que aplicaba el Lagartija en el comercio, sobre todo de telas. Juan Cabrillo no lo involucraba en los negocios como había hecho Hendrick y, al menos desde fuera, uno diría que su desnudez, su lampiña desnudez para ser más exactos, era toda su valía.

Fue entonces cuando alguien entró en la alcoba de Isabel Serrano y la conversación se deslizó a través de las ventanas. La Campana se quejaba con amargura de la decisión de su abuelo de casarla con semejante individuo, un flamenco, quién sabía si parte de una familia de herejes, con unos modales más cercanos a los de un soldado o un criado que a los de un rico mercader, y con tan poco atractivo y deseo sexual que era evidente que no tendrían descendencia, y no es que ella lo estuviera deseando; como le explicó a su amiga, una se estremecía de solo imaginar compartir el lecho con él. Se decía por ahí, apuntilló Sofía, que se había encamado con doña Ana, nada más y nada menos que una mujer casada. Isabel Serrano chascó la lengua llena de asco.

—Qué se puede esperar de un hombre que solo muestra afecto a una adúltera y a un aprendiz de sodomita como el Lagartija.

Con sumo cuidado de no llamar la atención, dejó el banco y, tras bordear el patio para no exponerse, se escondió en las caballerizas, donde saludó a Generoso, que no dio especiales muestras de conocerlo, pero que tampoco se puso nervioso cuando empezó a cepillarlo.

Dentro de él bullían dos emociones completamente opuestas, pero que apuntaban en la misma dirección: tenía que alejarse de Juan Cabrillo. Por un lado, que la Campana estimara que el Flamenco le tenía afecto avivaba sus fantasías de que este deseaba que regresara a su lado, y, por su parte, él estaba dispuesto a soportar unos pescozones de cuando en cuando y los eternos silencios en los que el Lagartija no sabía dónde meterse con tal de recuperar esa vida. Por otro, y lo más preocupante, era constatar que una recién llegada a Sevilla como Isabel Serrano ya anduviera chismorreando sobre lo que ocurría dentro de la alcoba de Juan Cabrillo, lo que indudablemente significaba que lo sabía toda Sevilla y que algo también habría llegado a los oídos del Santo Oficio. Un escalofrío le hizo estremecerse con tanta violencia que hasta el mismo Generoso lo notó y coceó inquieto. Se tocó la cara sin darse cuenta y al no sentir su bigotillo le irritó haberlo rasurado en lugar de dejarlo crecer, afeándolo a los ojos de Juan Cabrillo todo lo posible para así darle a su amo una razón para echarlo de su lado.

La llegada del Flamenco lo apartó por un instante de sus cavilaciones y de la sensación debilitante de que estaba en un laberinto en el que solo había dos salidas, el garrote o que Hendrick lo acogiera, ya fuera como criado, o como esclavo, y sobrevivir, aunque a su servicio no hubiera espacio para tener una vida propia ni otra finalidad que satisfacer al otro, nunca a sí mismo. La falta de amor y la soledad, y también fragilidad, que había sentido cerca del Flamenco eran preferibles a la certeza de ser un juguete de Juan Cabrillo, y que, injusto o no, sería la razón por la que acabarían ejecutándolo.

El Flamenco le pidió que lo acompañara a su habitación y allí leyó con detenimiento las misivas de Juan Cabrillo. Mientras Hendrick redactaba su respuesta, el Lagartija se armó de valor para interrumpirlo:

—Mi señor, ¿cree que algún día volveré a su servicio?

Hendrick habló sin dejar de escribir.

—No mientras el señor Cabrillo te necesite.

Se quedaron en silencio hasta que lacró la carta. Entonces Hendrick lo miró directamente a los ojos, serio, con esos ojos fríos que no dejaban entrever ni un destello de amor.

—¿Por qué lo preguntas?

El Lagartija estaba preparado y respondió desapasionadamente:

—Se aprende más del negocio con vusted, mi señor.

Hendrick le entregó la carta y, sin decir nada más sobre el asunto, lo acompañó hasta la puerta. Al despedirlo, le dio una palmada en el hombro llena de familiaridad, que remató con «eres un buen muchacho» y que llenó de esperanza al Lagartija. Para él, ese gesto, en lugar de una colleja, un pescozón o un exabrupto, era la prueba que necesitaba para confirmar que lo que había dicho la Campana era verdad, el Flamenco le tenía algún afecto y, aunque distara mucho del cariño, estaba seguro de que no le importaría que volviera a su servicio.

Manuel no estaba en la casa, así que se aventuró a la estancia de su amo, confiando en que su nuevo aspecto no fuera tan de su agrado que se convirtiera en un obstáculo para lo que planeaba decirle. Para bien o para mal, el señor Cabrillo no comentó nada al respecto y, vista la indolencia con que lo recibió, posiblemente ni siquiera se fijó en él. El habitual desagrado por su presencia y el inusual murmullo de satisfacción al leer la respuesta del Flamenco lo interpretó como una señal inequívoca de que esa era su oportunidad para exponer su propuesta.

—Me preguntaba, mi señor... —Esperó a que su amo levantara la cabeza—. Ahora que no necesita tanto de mí, si no sería más útil que yo regresara con el señor Van Belle.

Juan Cabrillo se balanceó en la silla.

—¿Por qué dices que no te necesito tanto?

Lo primero que se le vino a la cabeza al Lagartija fue señalarle a su amo que, a pesar de los pesares, y con independencia de cuantas veces se afeitara, él seguiría creciendo, algo que a todas luces le disgustaba. Y, después, que le aterraba que, a él, que solo recibía sus instrucciones, lo ejecutaran por sodomita. Como esas eran las únicas razones y no pensaba compartirlas con su amo, tuvo que pensar un buen rato qué responder frente a la desafiante mirada del señor Cabrillo.

—Vusted dijo que no sabía por qué aún me daba trabajo. Me imaginé...

Su amo lo interrumpió, con voz y gesto animados, casi alegres, como si se tratara de una conversación con un amigo.

—¿Así que prefieres trabajar para Hendrick?

El Lagartija no dijo nada, pero no pudo reprimir que su cabeza asintiera frente a aquella incontestable verdad. Juan Cabrillo se inclinó sobre la mesa, como si buscara algo entre los papeles que tenía frente a él.

—Más vale que te olvides de eso.

Se imaginó un día tras otro metido en aquella casa, expuesto a los caprichos del señor Cabrillo, sometido a sus deseos a sabiendas de que semana tras semana su presencia le era más incómoda a su amo, incluso desagradable, y que a lo único a lo que conducía era a caer en manos de la Santa Inquisición. Si tanto asco le daba el Lagartija, solo cabía la posibilidad de que lo estuviera reteniendo a su lado por desconfianza o miedo.

—No diría nada, se lo prometo.

Juan Cabrillo levantó la vista y la afabilidad que antes había tratado de expresar desapareció.

—¿Decir qué?

Le sudaban las manos y el corazón le latía desbocado en el pecho, pero sentía que esa era su oportunidad para asegurarle a su amo que podía contar con su discreción en esta o en cualquier otra vida. Que él supiera, la desconfianza de este no se debía a su talante y disposición, sino a su cuerpo, que no dejaba de crecer.

—De nosotros, señor. Nunca se me ocurriría compartirlo. Puede vusted creerme.

—¿Nosotros?

Nada aparentemente había cambiado en la voz o el gesto de Juan Cabrillo, pero el Lagartija supo que esa conversación se había terminado y que él no trabajaría nunca más para el Flamenco.

—Los contratos, las mercancías, los márgenes...

El señor Cabrillo le indicó la puerta.

—Puedes irte.

Pasó el resto de la tarde en la cocina, sofocando con pan y queso la ansiedad que le había dejado su atrevimiento. Ni Juan Cabrillo ni Manuel requirieron sus servicios, pero se quedó despierto hasta tarde en su camastro en caso de ser solicitado. Tardó en dormirse, dando vueltas una y otra vez, con la sensación de que había traspasado una barrera que no hubiera debido cruzar.

Un inesperado y descomunal dolor en la boca del estómago lo despertó y, antes de poder gritar y de entender que lo habían golpeado, una mordaza de cuerda le descoyuntó la mandíbula arañándole la comisura de los labios. Abrió los ojos para en la oscuridad reconocer las sombras y pedir clemencia con la mirada. No tuvo tiempo. Una bolsa de paño le cubrió la cabeza y lo sacaron de la habitación en volandas.

35

Lo dejaron caer al bajar los últimos escalones de lo que había reconocido, por el olor, como el acceso a las caballerizas. El Lagartija gritó al golpearse la pierna contra el suelo, y como premio recibió un nuevo puntapié en la tripa que le cortó el aliento de cuajo. El punzante dolor de la rodilla le ocupaba toda su atención y solo comprendió vagamente que lo estaban metiendo en un carro.

Allí, hecho un ovillo, como si aquella posición fetal pudiera aliviarle las desgarradoras palpitaciones de la pierna, fue cuando empezaron las patadas y los bastonazos, que en unos segundos le hicieron olvidar el dolor de su rodilla, cuyo sufrimiento se confundió entre la amalgama de nuevas aflicciones que le recorrían el cuerpo. Una estaca le alcanzó en la cara, a la altura de la ceja, y, antes de perder la consciencia, sintió la sangre tibia recorrerle una mejilla y metérsele en la boca.

Volvió en sí cuando lo bajaban del carro y notó el tacto frío y húmedo de la arena en los pies. Lo tenían sujeto por las axilas, como un pelele que gemía imperceptiblemente, cuya borrosa mirada no alcanzaba para distinguir rostros ni paisaje, solo tres sombras que lo rodeaban y que bien podían ser fruto de su imaginación. Se oyeron gritos indignados en la lejanía, que se acercaban pidiendo explicaciones y exigiéndoles que se marcharan. Las formas humanas se agitaron nerviosas y reconoció la voz violenta y fastidiada de Manuel frente a él.

—¡Acaba y vámonos!

La hoja del cuchillo chocó contra las costillas a la altura del pecho, pero el segundo corte entró en su cuerpo y el Lagartija se dejó caer, sorprendido del poco daño que le había producido esa incisión comparada con el resto de las magulladuras.

El carro se alejó y el Lagartija se sintió ligero, con la sensación de que podía verlo todo desde el cielo, flotando en el aire y recorriendo con la mirada cómo Manuel y los otros dos, fuesen quienes fuesen, lo dejaban tirado, tal vez muerto. El dolor había desaparecido, o, si no lo había hecho, era tan abrumador e indefinido que su mente había decidido que no era suyo, sino de su cuerpo, pero no de él, que planeaba por encima de esos campos que se imaginaba iluminados torpemente por una luna menguante. Llegaron las otras voces. Él quería seguir volando, pero su cabeza se empeñaba en prestar atención a los ruidos, a la conversación y a la brisa fresca de la noche que le recorría la cara.

—¿Está muerto?

—Lo estará pronto.

—Quítale las ropas, parecen buenas.

Le desataron los brazos y las piernas y lo menearon de un lado a otro logrando que el dolor, que había conseguido ignorar durante unos instantes, regresara a él con una furia renovada, y volvió a desear morir, desprenderse de su cuerpo y volar, alzarse sobre la tierra, sobre la ciudad, subir liviano, sereno y, al final, descansar en el cielo.

—¿No lleva bolsa?

—Nada, ni un real.

—A saber qué ha hecho este desdichado.

Desnudo, pudo sentir mejor el tacto de la arena y se imaginó descansando sobre la tierra recién arada. Quería irse, alejarse de ese instante y desaparecer, y, sin embargo, su mente y sus sentidos se concentraban una y otra vez en ese entorno inmediato y confuso.

—Déjalo ya. Seguro que vuelven para enterrarlo.

No le hubiera importado estar muerto, pero no lo estaba, y lo que no quería por nada del mundo era sentir otra vez que lo mataban, recibir de nuevo golpes con la ansiedad de no saber cuál de ellos sería el definitivo. Intentó abrir los ojos y el izquierdo estalló en punzadas de dolor que lo alejaron de su etérea existencia y lo incrustaron con violencia en su miserable realidad corpórea. Finalmente, tras mucho sufrimiento, comprobó que estaba tumbado al borde de un hoyo recién excavado y que, además del olor de la tierra húmeda, se distinguía otro más pútrido, a carne. Enfocado en su respiración para contener el dolor, se le aclaró la mente lo suficiente para comprender que lo habían dejado junto a su tumba y que Manuel y los otros regresarían para esconderlo bajo tierra. Imaginar que lo enterraban vivo, dejando que esa arena arcillosa se le metiera por la boca y los orificios de la nariz hasta sofocarlo, lo llenó de terror y decidió apostar por vivir.

Examinó la penumbra de la noche tratando de identificar dónde se encontraba, pero lo único que vio fue la sombra oscura de un arbusto a unas quince varas de él. No intentó incorporarse, consciente de que ni sus piernas ni su espalda serían capaces de aguantar su peso hasta allí. La insignificante distancia le pareció un abismo y respiró profundamente para armarse de valor y enfrentar la agonía de tener que arrastrarse como una lombriz, encogiendo su cuerpo entre horrorosas convulsiones. Le pareció oír el ruido de cascos y azuzado por el miedo aceleró su reptar sofocando como podía los gemidos de dolor. Un afortunado desnivel le permitió acurrucarse detrás de la planta, cerrando la boca con fuerza para contener el sufrimiento y la sensación de que lo desgarraban por dentro. Los caballos, o las mulas, cuyo trotar lo había inundado de terror y del deseo de vivir, se acercaron hasta detenerse a su altura. El Lagartija se aplastó contra el suelo y se quedó inmóvil, con los ojos cerrados y el oído concentrado en los jinetes. Volvió a reconocer la voz de Manuel:

—¿Está ahí?

Otro andaba sobre la tumba y daba patadas a la arena.

—No. Ya te dije que no eran alguaciles, que no había de qué preocuparse.

Manuel blasfemó en portugués.

—Si fueran ladrones, habrían dejado el cuerpo. Lo habrán llevado al hospital. Mañana te pasas para preguntar si está allí.

—Seguro que está muerto.

Manuel remató la conversación al tiempo que el caballo empezaba a caminar.

—Más nos vale.

Desde su escondrijo, el Lagartija permaneció en la misma posición para asegurarse de que ningún movimiento o ruido desvelaba su presencia mucho después de que se dejaran de oír los cascos de los caballos. Se conjuró para no dormirse y alejarse de aquel lugar antes de que llegara el alba. Solo necesitaba que lo dejaran descansar un poco. Cabeceó un par de veces y a la tercera, a pesar de su empeño, se durmió.

Se despertó de golpe, incómodo por el sabor metálico de la sangre en la boca y el cuerpo entumecido y débil. Una luz pálida anunciaba el amanecer. Consiguió incorporarse con mucha dificultad y, antes de levantar la vista para ver dónde se encontraba, se tocó el pecho con curiosidad, sorprendido de que el corte que había sentido no hubiera acabado con su vida. Sin embargo, por la razón que fuera, él seguía allí, y alrededor de la herida se había formado una costra de barro y sangre seca, incrustada en su piel como si fuera una parte más de su ser. Intentó levantarla, pero con tan solo rozar esa masa negruzca un latigazo de dolor le recorrió el cuerpo hasta la misma punta de los pies y lo obligó a dejarse caer de nuevo sobre la arena, exhausto y tiritando. Cuando recuperó la consciencia, tras permanecer adormilado un tiempo indefinido, se dio cuenta de que solo era capaz de abrir el ojo izquierdo levantando el párpado con la mano, aunque todo lo que veía eran sombras difuminadas.

Encontró las fuerzas para mirar a su alrededor y pudo reconocer el cementerio que estaba detrás del Hospital de Santa María de las Cuevas, a la salida de Triana. Morirse allí sería lo adecuado para alguien de su condición, un miserable. Allí se enterraban, o más bien se echaba un poco de tierra por encima, los cadáveres de los apestados, de los mendigos o de los ejecutados. Bastaba aguzar un poco la mirada, incluso con un solo ojo como el Lagartija, para descubrir una mano, una pierna o un trozo de cuero cabelludo que el viento o los pasos de los enterradores habían dejado al descubierto.

Manuel, al menos, se había encargado de cavar un hoyo de una vara de hondo, mucho más de lo que podría esperarse en un lugar como aquel. Pero el Lagartija intuía que nada tenía que ver la profundidad de su tumba con un gesto de respeto, sino con el deseo de que su cuerpo no saliera nunca a la luz.

Pasaron las horas mientras él entraba y salía de la consciencia, medio adormilado, y, cuando llegó la tarde, la caída del sol avivó el tembleque y una sed inaguantable le hacía desear estar muerto.

Logró atisbar a unas monjas saliendo del hospital en dirección a Triana y, con un esfuerzo sobrehumano, se arrastró fuera de su arbusto y agitó las manos tratando de llamar su atención. Hubiera querido gritar, pero solo llegó a gemir mansamente. Para su sorpresa y como prueba irrefutable de que ese no era el día en que debía morir, una de ellas lo vio y dio un par de pasos dubitativos en su dirección. En cuanto reconoció que era un hombre vivo, se acercó presurosa, y lo mismo hicieron las otras dos.

La monja hablaba a tal velocidad y hacía tantas preguntas que el Lagartija no podía entenderla, ni tampoco quería esforzarse en hacerlo. Despegando la lengua del paladar con mucho dolor consiguió pronunciar, en un suspiro:

—Agua.

Le siguieron hablando mientras el Lagartija se deslizaba hacia la inconsciencia, a un mundo etéreo y fácil. Sintió el frescor del agua en sus labios y su mente regresó al cementerio como impulsada por un resorte. Tragó con dificultad, sintiendo que el líquido era fuego que le quemaba las entrañas. Pero, una vez en su tripa, sintió una satisfacción inmensa, como si el mismísimo Dios lo estuviera recogiendo en su seno. Pidió más de beber con gestos ansiosos y el agua volvió a desbordarle los labios, escurriéndose por su pecho hasta su herida, que empezó a escocerle igual que si le hubieran tocado con una tea.

Agotado por el esfuerzo, dejó caer la cabeza y reconoció una mano sujetándole la nuca. Se sumergió una vez más en sus ensoñaciones, pero volvió a la realidad un momento al sentir el tacto de la manta y el balanceo de un lado a otro que le hizo vomitar bilis y sangre. Sudaba, y la aspereza de la paja del camastro le irritaba, como si estuviera tumbado en una cama llena de agujas. En una imagen llena de olores extraños y luces palpitantes, se escuchó decir que lo llamaban el Lagartija y acto seguido lo negó con vehemencia. Creyó que había estado gritando y que le habían reprendido por ello. Después nada.

Era la mitad de la noche cuando volvió en sí. Tenía la impresión de que había pasado más de un día, pero no podía garantizarlo. Extrañamente, antes de mirarse el cuerpo, se aseguró de que no lo habían atado o encadenado. Estaba libre, tumbado en un catre cerca de la puerta de una sala inmensa, pestilente y atestada de moribundos quejumbrosos como él. Intentó incorporarse y se le escapó un grito espontáneo y desesperado. No quería moverse, pero allí no estaba seguro. El maestre Cabrillo —aún le costaba quitarle el título en su cabeza— no se iba a andar con miramientos con tal de evitar que hubiera un testigo de sus aficiones. Lo irónico y lamentable de su situación era que el Lagartija no tenía la menor intención de compartirlo con nadie. Bastante vergüenza le daba inspirar las masturbaciones del señor Cabrillo como para hacerlo público. Pero estaba claro que a su amo le importaba bien poco lo que él pensara de todo aquello. Prefería quitárselo de encima con la misma indiferencia con la que se había desecho de la Guapa. El contraste con el bello paje era que por lo visto la mar mataba mucho mejor que el taimado Manuel y quienes fueran que lo habían ayudado. O, tal vez, como había apuntado en alguna ocasión el Flamenco, simplemente era un muchacho con suerte.

Se le aceleró el corazón lleno de inquietud al pensar en la posibilidad de que Manuel o algún sirviente del señor Cabrillo fuera a buscarlo al hospital. Consiguió ponerse de rodillas y apoyándose en la pared se incorporó poco a poco hasta estar prácticamente erguido, con todo el peso sobre una pierna. También utilizó la pared para avanzar a saltos cortos, atreviéndose despacio a plantar la otra pierna y a sobrellevar el dolor que sentía en cada paso.

Al otro lado de la habitación, sobre una silla, descansaban una camisa y un pantalón de paño. Su dueño, un hombre escuálido, respiraba con dificultad con la vista perdida en el infinito. Se alejó de la seguridad que le daba el muro y avanzó a cuatro patas, casi a rastras, parando cada dos o tres segundos para contener la insufrible presión del pecho y escupir flemas cargadas de sangre que le subían por la garganta a causa del esfuerzo. Al lado del enfermo había una jarra con vino y, después de olfatearlo, se atrevió a probarlo. Satisfecho con el contenido, se lo acabó a prudentes sorbos mientras su dueño lo miraba con el ceño fruncido y la respiración alterada.

Desde su posición de sentado, alargó el brazo y cogió la camisa y el pantalón. El enfermo empezó a emitir unos susurros nerviosos y a negar con la cabeza enérgicamente mirando a los ojos al Lagartija. Sin prestar atención a la agitación del dueño de las prendas, se vistió, parando después de cada movimiento para dejar pasar las oleadas de dolor. Tal y como había hecho anteriormente, utilizó el muro para levantarse. El enfermo empezó a golpear el camastro con la cabeza y a abrir la boca amenazando con un grito que no podía salir. El Lagartija le dedicó una última mirada.

—Lo siento.

Las pocas energías que creía haber recuperado con el reposo se le agotaron al alcanzar la puerta del hospital. Nadie lo detuvo para preguntarlo ni les llamó la atención su agónico deambular ni la sangre que empezaba a manchar la camisa.

Una vez fuera le asaltó la duda de si no hubiera estado más seguro protegido dentro de las paredes del hospital que vagabundeando por las calles de Triana. Recordó la indiferencia con la que lo habían visto cruzar la puerta y dejar el edificio y eso lo convenció de que, si Manuel volvía al hospital para acabar con él, nadie se lo impediría.

Al mediodía alcanzó la calle de Santo Domingo, con el Puente de Barcas al final de esta. Bebió en una fuente y se quedó sentado en el suelo, con los ojos cerrados durante horas, en las que entraba y salía del sueño, a veces zarandeado por mujeres que querían comprobar si estaba vivo o simplemente apartarlo del medio para poder llenar sus jarras y vasijas en el caño.

Sintió que se le escapaba el día y que si no empezaba a moverse no llegaría a tiempo antes de que cerraran las puertas de Sevilla. La herida del pecho se había abierto y la mancha de sangre había crecido hasta convertirse en una rosa de dos palmos que al andar se quedaba pegada a la piel. Atravesó casi de rodillas el Puente de Barcas, aturdido por el movimiento oscilante de la pasarela, y se detuvo a vomitar sangre en un par de ocasiones. Una vez en la orilla de Sevilla, con la impresión de que tendría tiempo para entrar en la ciudad, se cambió la camisa de lado para no mostrar la sangre en su pecho y con la esperanza de que los alguaciles no prestaran atención a su espalda. Tras descansar media hora recogido en las sombras de la muralla, avanzó junto a ella y se armó de valor para alejarse del muro y caminar con pasos lentos pero decididos por la Puerta de Triana. Nadie reparó en él y en la primera esquina que encontró, fuera de la vista de los alguaciles, se dejó caer.

Lo despertó el repicar de las campanas. Aún no se había escondido el sol en su totalidad y el cielo conservaba los colores rojos y anaranjados del atardecer. Volvía a tener una sed inaguantable que le hacía retorcerse de desesperación, pero al menos la herida del pecho no sangraba. Caminó por la calle Ancha de San Pablo, fantaseando con que el Manco aparecía para cuidar de él. En cambio, se arrastró hasta la casa del Flamenco y con las pocas fuerzas que le quedaban dejó descansar su cuerpo agarrado a la aldaba y, más por la inercia de su peso que por su intención, llamó.

36

Se había propuesto aguantar consciente para explicarle al Flamenco lo que le había pasado. Sin embargo, el último recuerdo que se le quedó grabado en la memoria antes de volver a la oscuridad fueron unos pasos acelerados que se acercaban al otro lado de la puerta. Lo siguiente que entró en su consciencia fue la voz de Rayssa y, cuando abrió los ojos —en realidad solo un ojo—, reconoció las paredes y el olor de su antiguo cuartucho al lado de las caballerizas.

Rayssa estaba concentrada en su herida del pecho, sobre la que vertía un líquido amarillento, y no se percató de que había vuelto en sí. Respiró hondo un par de veces y consiguió hablar.

—Gracias.

Estaba asombrado de seguir vivo. La cocinera, en cambio, reaccionó como si hubiera estado esperando que se despertara en cualquier momento y señaló la jarra que llevaba en la mano.

—Es manzanilla. Es buena para las heridas.

El Lagartija trató de sonreír, pero los cuidados de Rayssa, la seguridad que le ofrecía estar en la casa del Flamenco, lo llenó de esperanza y, con ello, la idea de que se iba a morir, por primera vez, le causó una lacerante angustia. Hasta ese momento, solo había tratado de sobrevivir un paso más para alejarse del alcance de Manuel y, aunque lo que él deseaba era vivir, o por lo menos no padecer más sufrimiento, no había tenido tiempo de pensar en su futuro más allá de unas pocas horas. Tumbado en su camastro, pese al dolor, el cansancio y la debilidad, se convenció de que podría recuperarse. Para su sorpresa, esa idea le hizo ser consciente con una desoladora desazón de que aún podría no tener un futuro. Sobrevivir era alargar la agonía antes de que Juan Cabrillo lo encontrara y lo matara. Por instinto, casi sin llegar a cuajar en pensamiento, tuvo la certeza de que no podía quedarse en Sevilla.

Rayssa lo abandonó al poco rato y se quedó adormilado escuchando la respiración nerviosa de Generoso con la vista perdida en las caballerizas, donde descansaba un carro cargado con un par de baúles. Cambió de posición un centenar de veces hasta que el intenso dolor de la pierna y el pecho también se acomodaron y dejaron de lanzarle aquellos inesperados pinchazos que le tensaban todo el cuerpo. Así, evitando pensar en qué sería de él si su cuerpo no se rendía, se quedó adormilado hasta que entró el Flamenco. Su antiguo amo lo saludó con un gesto de la cabeza y se acuclilló a su lado mirándolo fijamente con el ceño fruncido.

—¿Qué ha pasado?

Respondió sin pensar demasiado en las consecuencias de sus palabras, convencido de que Hendrick era la única persona que podía ayudarlo. Y, si su antiguo amo no estaba por la labor, le quedaban pocas horas de vida y ya daba igual lo que dijera.

—Fue Manuel.

—¿Por qué?

—Le dije al señor Cabrillo que quería trabajar para usted.

Al Flamenco no le pareció suficiente explicación y le indicó con la cabeza que siguiera.

—Le prometí que no le diría a nadie lo que me pide que haga.

Hendrick se acarició la cara como si de golpe le hubiera sobrevenido un cansancio infinito. La Campana apareció en la puerta con gesto de fastidio.

—Hay que irse ya o no llegaremos antes del anochecer.

El Flamenco no se molestó en responder a su esposa y se dirigió a un criado que esperaba detrás de doña Isabel:

—Subidlo al carro.

La Campana tardó unos segundos en entender que se trataba del Lagartija.

—¿Qué? ¡No digas bobadas!

El Lagartija pensó que, en otros tiempos, por ejemplo aquel primer día en que el Flamenco los acompañó a punta de daga al Manco y a él a su agujero debajo de las escaleras, su respuesta hubiese sido un sopapo monumental que habría lanzado a la Campana un par de metros por el aire. Pero ese Hendrick desapareció en la Nueva España. El que regresó taciturno y callado, el que lo regaló al maestre Cabrillo para salvar la vida, simplemente pasó al lado de doña Isabel como si esta no existiera. Pero la Campana no estaba dispuesta a que la ignoraran y agarró el brazo del Flamenco.

—Yo no voy a pasarme todo el viaje con un moribundo apestoso a mi lado.

Hendrick le quitó la mano con suficiente fuerza para que doña Isabel soltara un leve quejido. Mientras ella se acariciaba el brazo, el Flamenco respondió ya una vez fuera de la estancia.

—Se viene con nosotros.

Doña Isabel miró con asco al Lagartija y acto seguido levantó la voz para asegurarse de que su esposo la oía.

—El señor Cabrillo no lo va a dejar pasar.

Hendrick no respondió.

En menos de una hora, con la ayuda de Pedro, así se llamaba el criado que los acompañaría en el viaje, ya estaba acomodado en el carro, tapado con una manta, con Rayssa a su lado y la Campana en la otra esquina, evitando tener que cruzar la mirada con él o con la cocinera. El Flamenco cabalgaba delante, montado en Generoso. Cuando Pedro se hizo cargo de las riendas, el Lagartija le preguntó adónde se dirigían, pero el criado miró de soslayo a doña Isabel y decidió no responderle. En cambio, una vez se pusieron en marcha, Rayssa no tuvo ningún reparo en hablarle.

—A Medina. El señor Simón Serrano ha fallecido.

El Lagartija consideró la posibilidad de que la generosidad mostrada por el Flamenco al llevarlo con ellos a Medina del Campo estuviera menos teñida de compasión y más de un cálculo financiero, como casi todo lo que hacía Hendrick. Si el abuelo de la Campana había muerto y había que hacerse cargo de los negocios, su antiguo amo sabía de sobra que había muy pocos que pudieran reconocer el valor de las prendas mejor que el Lagartija, y en ninguno podía confiar como lo había hecho en él. El amor no había sido suficiente para salvar a doña Ana de abandonarla a su suerte en Nombre de Dios, y tampoco lo libraría a él. Pero saber distinguir una seda de mala calidad en un lote o conocer el valor del algodón *daka* sí le daba una oportunidad. Al menos hasta que Juan Cabrillo descubriera su paradero.

Durante las dos primeras semanas de viaje se acostumbró a no utilizar el ojo izquierdo. Fuese lo que fuese que le habían roto, el párpado se le caía como un pesado cortinaje y solo podía levantarlo con la ayuda de la mano. Por otro lado, había recuperado algo de visión y, si dejaba el párpado levantado durante un buen rato, las sombras iniciales se iban perfilando hasta reconocer algunas figuras. Rayssa le decía que, en lugar de Lagartija, haría bien en cambiarse de nombre a «el Triste», porque, con el párpado cerrado, la ceja se inclinaba y daba la impresión de que estuviera a punto de llorar.

Hasta que llegaron a Aranjuez, se pasó el viaje entre sueños, quejidos, los rebufos de doña Isabel, que insistía en que sus heridas apestaban, y los cuidados de Rayssa, que todas las noches, después de que la Campana se refugiara en la posada o venta de turno, le limpiaba la herida con manzanilla, le daba de comer y le cambiaba el paño con el que le había vendado el pecho.

Aquella noche, Rayssa le dijo que «las heridas no olían a podrido», dijera lo que dijera doña Isabel, y que le había vuelto el color a las mejillas.

—Vivirás.

Los últimos días del viaje, en parte por darle un poco más de intimidad a doña Isabel, que a medida que se acercaban a Medina estaba más ansiosa, pasaba algunos ratos sentado con Pedro, que era una mezcla perfecta entre Remigio y Fernando. Era un parlanchín agotador que repetía una y otra vez las mismas frases y los mismos comentarios sobre el carro, el camino, el paisaje... Como Fernando, Pedro siempre tenía algo que decir. Eso sí, solo hablaba con las mulas y hacía que estar a su lado tuviera el mismo efecto que tratar de tener una conversación con Remigio.

La tensión también era notable en el Flamenco, que se mostraba iracundo e impaciente con todos, en particular con su esposa, a la que evitaba todo lo posible y, cuando no lo conseguía, le bufaba para que no le dirigiera la palabra.

—¡Cierra la boca!

Ella callaba, al menos en su presencia, pero, en cuanto

Hendrick se alejaba, doña Isabel, con un comentario aquí y otro allá, dejaba claro que, en cuanto se formalizara que ella era la heredera del señor Simón Serrano, «se le acabaría la fiesta» al Flamenco y, por descontado, sus malos modos.

—Además —añadía—, en Sevilla él será quien tenga que ser, pero en Medina no es nadie. Yo sí.

Con lo poco que conocía a la Campana, el Lagartija no se atrevía a evaluar si ella sería capaz de gestionar los negocios del señor Serrano. Lo que a él le transmitía era que ella tenía mucha más determinación que competencia. En cambio, el Flamenco albergaba mucha más experiencia y poco que envidiar a su esposa en cuanto a determinación.

La ilusión de doña Isabel de llegar por fin a Medina le duró medio día, exactamente el tiempo que tardaron en instalarse en habitaciones separadas en la monumental casona del señor Simón Serrano y en descubrir, a través del escribano de la familia, que Hendrick, como esposo, debía estar presente en la lectura del testamento. Para cercenar cualquier fantasía o para prepararla, Rayssa le contó que había escuchado al escribano decir que el señor Simón Serrano sentía «mucho afecto por el señor Van Belle».

El Flamenco, en lugar de buscarle un hueco en las habitaciones para los criados, lo alojó en una diminuta estancia que había en el mismo piso, a unos pocos metros de su alcoba. Dentro de la casa, con la ayuda de las paredes, empezó a andar con mucha prudencia, pero también con mucha ilusión, sintiendo que, a pesar del sufrimiento y la hinchazón, conseguía poner algo de peso sobre su maltrecha pierna e incluso, en alguna ocasión, hasta llegó a doblarla. Al menos, pensó, si no se quedaba cojo, no tendría que soportar que lo llamaran el Badajo, que era aún peor que el Triste, como insistía en llamarlo Rayssa.

Dos días después, en los que la infelicidad de doña Isabel fue aumentando a medida que recababa más información sobre los últimos deseos de su abuelo, el escribano de la familia congregó en el salón principal a todos los interesados y se leyeron las últimas voluntades del poderoso Simón Serrano.

Gracias a Dios, la Campana había tenido la oportunidad de prepararse para recibir la mayor frustración de su vida. El afecto del anciano señor Serrano por el Flamenco, añadido a la falta de experiencia de su nieta, sospechaba el Lagartija, lo habían convencido de que la generosa parte de sus negocios que iban a parar a las manos de doña Isabel, sobre todo los contratos y las relaciones con Amberes y Venecia, debía ser gestionada en exclusiva por su esposo, don Hendrick van Belle. En otras palabras, la Campana seguiría siendo inmensamente rica, más que nunca, pero cómo invertir o gastar su fortuna, y también cómo dilapidarla, dependía por completo del Flamenco.

Esa tarde, el desengaño y la ira retuvieron a doña Isabel en su cuarto, y también al día siguiente. Al tercero, al mismo tiempo que Hendrick le había pedido al Lagartija que revisara unos contratos y unas partidas que estaban pendientes de cerrarse con unos socios de Burgos, la Campana entró sin llamar y se sentó al lado de este para leer los documentos que descansaban en la mesa.

El Flamenco se levantó de su silla.

—¿Qué haces?

Doña Isabel, que claramente había preparado la escena, respondió sin mirarlo a la cara, revolviendo entre los papeles.

—Son mis negocios. Tengo el derecho a saber la naturaleza de los contratos y cómo se están gestionando.

El Lagartija se atrevió a mirar de reojo al Flamenco, a quien la desfachatez de su esposa había conseguido despertar esa mirada animalesca que tantas veces había visto cuando vivían en Triana.

—Tu tendrás derecho a lo que yo diga. —Dio dos pasos rápidos y levantó a doña Isabel de su silla—. Sal de aquí.

Ella se revolvió para zafarse de su presa.

—Ni se te ocurra tocarme.

Intentó tomar asiento, pero al Flamenco sí se le ocurrió tocarla a su manera y lanzarla hacia la puerta con tanta violencia que a punto estuvo de conseguir sacarla de la estancia de un solo empujón. La Campana se quedó despatarrada en el suelo, pero en absoluto intimidada.

—¡Qué valiente eres para pegar a una mujer! Pero te falta hombría para enfrentarte al señor Cabrillo. Un miserable esclavo es lo que eres, un esclavo de un sodomita y un parásito. Lo sabe todo el mundo, te vistas como te vistas y tengas el dinero que tengas. —El Flamenco se había acercado hasta su altura y con el brazo levantado amagaba con darle un sopapo. Doña Isabel ignoró por completo la amenaza y siguió hablando mientras volvía a ponerse en pie—: Y no te olvides de quién soy. No te creas que a mí me puedes tratar como a la putilla esa de doña Ana.

La Campana dio un paso hacia la mesa donde estaba el Lagartija, pero antes de que pudiera completarlo el Flamenco le soltó una bofetada brutal que la devolvió al suelo, tan aturdida y asustada que ni siquiera consiguió gritar. Hendrick, no satisfecho aún, la alzó y la sentó en una silla y sin llegar a soltarla volvió a abofetearla una y otra vez. La cabeza y el pelo de la Campana se balanceaban de un lado a otro, como si se tratara de una muñeca. El Lagartija, sin saber muy bien por qué, avanzó con torpeza hasta la altura del Flamenco y le agarró el brazo. Hendrick se giró sobresaltado.

—Mi señor, os lo ruego.

Doña Isabel tenía la cabeza inclinada hacia delante, como si no pudiera sujetarla, pero los gemidos y el llanto contenido daban muestras de que seguía viva. El Flamenco le dedicó una mirada llena de odio y por un instante el Lagartija pensó que lo único que había conseguido era que le dieran una paliza a él en lugar de a la Campana. Pero no le pegó. En su lugar, agarró la barbilla de su esposa y le levantó la cabeza hasta obligarla a mirarlo.

—Tú tampoco te olvides de quién soy yo.

Acto seguido dejó la estancia dando un portazo que debió de resonar en toda Medina. El Lagartija se inclinó para observar el rostro de doña Isabel.

—¿Está vusted bien?

La Campana asintió y con mucha dificultad, pero negando la ayuda que le ofrecía el Lagartija, se puso en pie. Apoyada en la puerta, antes de abrir, se giró. Tenía el rostro rojo e inflamado por los golpes.

—Gracias.

37

El Lagartija peleaba por encontrar una posición cómoda en su camastro, inquieto por la violencia de la paliza a la Campana y su imprudencia por haber intervenido, cuando lo despertaron ruidos de pasos y de muebles cayendo en el cuarto del Flamenco. Nadie se había encontrado con Hendrick desde que dejara su alcoba con aquel tremendo portazo, ni tampoco nadie había visto a doña Isabel, que se había refugiado en la otra ala de la casa.

Abrió la puerta de su cuartucho y desde allí, aunque no se distinguía nada, pudo intuir que había una persona en la estancia del Flamenco. Muy despacio, en parte por la lentitud a la que lo obligaba su lastimado cuerpo y en parte por el temor a encontrarse con una sorpresa desagradable, avanzó hasta la alcoba de Hendrick y asomó la cabeza fugazmente, convencido de que su curiosidad podría ser tan arriesgada como haber defendido a la Campana. En el suelo, frente al enorme escritorio, se intuía la sombra de un hombre despatarrado.

—¿Señor?

Hendrick gruñó y se escorzó como si quisiera ponerse en pie, pero todo lo que consiguió fue quedarse sentado resoplando sonoramente. Sus ojos brillaban en la oscuridad mientras jugueteaba con unos papeles desperdigados por el suelo que debían de haberse caído de la mesa. El Lagartija entró dentro de la alcoba y cerró la puerta tras él.

—¿Quiere que encienda una vela?

El Flamenco carraspeó con suficiente claridad para que el Lagartija entendiera que deseaba quedarse a oscuras.

—¿Prefiere que me vaya?

La sombra se inclinó hacia delante, se puso a cuatro patas y fracasó en su intento de levantarse. Solo en otra ocasión había visto al Flamenco achispado, pero esa era la primera vez que lo encontraba ahíto de vino hasta perder el control. Eso le causó tanta extrañeza como temor. Había algo de profesionalidad en cómo Hendrick evitaba el alcohol, como si intuyera que los efectos de un par de vasos de más de vino reducían su habilidad para cerrar buenos tratos. De hecho, en muchas ocasiones se aprovechaba precisamente de que sus interlocutores sí llevaban encima algunas copas de más para mejorar las condiciones de los contratos. Pero también había algo más oscuro, como si el propio Flamenco supiera que dentro de él habitaba un animal que había de ser contenido y que bajar la guardia con una estúpida borrachera podría liberarlo.

Hendrick consiguió volver a su posición de sentado con las piernas abiertas y señaló al Lagartija.

—Ven. Siéntate a mi lado.

Con mucha reticencia se agachó en el mismo sitio en el que se encontraba y se sentó lejos del alcance de los brazos de su antiguo amo. Una vez acostumbrado a la penumbra del cuarto pudo distinguir la sonrisa burlona de Hendrick.

—Acércate más. No te voy a morder. —El Lagartija no hizo ningún intento de moverse y el Flamenco lo invitó a sentarse a su lado palmeando el suelo—. Solo estoy borracho. Nada más.

Lo primero que pensó el Lagartija fue que la causa de la

borrachera tenía que ser las bofetadas a la Campana. Más que la agresión en sí, de la que, conociendo al Flamenco, no se sentía responsable en absoluto, lo que quizá torturaba a Hendrick eran las posibles consecuencias para su recién estrenada fortuna. ¿Qué pasaría si doña Isabel contaba a sus familiares lo que había ocurrido? Fantaseó con ese escenario mientras arrastraba el trasero en dirección al Flamenco sin apartar la mirada de sus ojos y concluyó, en esa rápida reflexión, que no creía que pasara nada. Dijera lo que dijera la Campana, no había nadie mejor que el Flamenco para gestionar los negocios del señor Simón Serrano, y todos querían seguir siendo ricos. Además, y eso era lo que más lo inquietaba, Hendrick nunca perdía el control en nada relacionado con el dinero. Algo había ocurrido que el Lagartija no llegaba a descifrar. Recordó de golpe el insulto de la Campana a la viuda, «la putilla esa de doña Ana», como la había llamado, intrigado por cuál podría haber sido el efecto en las ocultas emociones de Hendrick. Finalmente, cargado de prudencia y preparado para huir si fuera necesario, llegó al lado del Flamenco y este le puso la mano en el muslo asintiendo satisfecho. El Lagartija esperó unos segundos por si este tenía algo que decir, pero seguía en silencio, mirando al suelo, como si el peso de la cabeza fuera demasiado para su cuello.

—¿Es por doña Ana?

Hendrick giró la cabeza con el ceño fruncido.

—¿Doña Ana?

Pudo sentir la confusión y el desagrado que le despertó su pregunta. El Lagartija levantó los hombros a modo de disculpa, consciente de que hubiera sido mucho mejor mantener la boca cerrada. Hendrick suspiró y se recostó hasta apoyarse sobre los codos, cansado por el movimiento y también por el esfuerzo que le suponía hablar.

—No se merecía morir.

Un incómodo cosquilleo le recorrió la espalda.

—¿Está muerta?

Hendrick se lamentó con un chasquido de la lengua y alzó la mano con la forma de una pistola.

—Pum.

Aún con el brazo extendido, se quedó mirando al infinito y los ojos se le humedecieron. El Lagartija carraspeó para llamar la atención de su amo, deseando confirmar con detalles la veracidad de aquella noticia, pero ni se atrevió a preguntar ni lo necesitaba para sentir que era cierto. Parecía que hubieran pasado siglos desde la última vez que vio a la viuda pasearse por Nombre de Dios. Contuvo a duras penas la desazón que le crecía en el pecho mientras observaba a Hendrick balancearse para volver a sentarse erguido.

—Era lo acordado con el hideputa de Cabrillo —consiguió decir el Flamenco una vez que su cabeza se quedó quieta.

Al Lagartija le asaltó un sofocante sentimiento de culpa sabiendo que había sido él quien había seducido a doña Ana para que se encontrara con su antiguo amo, para robarle y finalmente matarla. Deseó estar lejos de Hendrick y, al mismo tiempo, sabía que no tenía alternativa. Sobrevivir era quedarse cerca de él, a pesar de confirmar que el Flamenco estaba dispuesto a matar para proteger sus planes, como tantas y tantas veces lo había amenazado con hacer. El miedo que había sentido al conocerlo era justificado y real, y, para bien o para mal, sobre todo para mal, él era su única salvación. Quiso convencerse, inmerso en la desolación que la ejecución de doña Ana le había ocasionado, de que el Flamenco no lo mataría a él. Podría haberlo entregado a Juan Cabrillo antes de emprender el viaje a Medina y no lo hizo. Pero eso no bastó para eliminar la certeza de que su vida no tenía una gran valía para nadie. Hendrick empezó a hablar en medio de una frase, como si lo hubiera estado haciendo para sí mismo y de golpe se pudieran oír sus pensamientos.

—... y también organizó que ese marinero, el Portugués, se deshiciera del cadáver en la selva. A un día de marcha, le dijo. No entendía nada cuando lo arrestaron por desertor.

Automáticamente se le vinieron a la cabeza los gritos desgarradores del Portugués cuando le descoyuntaron los hombros antes de hundirlo en el agua y dejarlo morir. Y también vio el rostro aterrado de la Guapa cuando los abandonaron en el San Roque.

—¿Y la Guapa?

—¿Qué guapa?

—El paje.

El Flamenco negó y gruñó malhumorado, como si esa pregunta lo hubiera obligado a interrumpir sus recuerdos con algo irrelevante. El Lagartija esperó un rato, sumido en unos pensamientos oscuros y vacíos de esperanza, y cuando consideró que había pasado un tiempo prudencial hizo ademán de levantarse. Hendrick no lo detuvo, pero empezó a hablar.

—Tiene razón la muy puta.

Volvió a sentarse y esperó. Hendrick negaba con la cabeza.

—Un simple esclavo. —Escupió las palabras con asco—. Toda la vida siendo un esclavo. Da igual el dinero. Da igual.

Siguió hablando en portugués, largas parrafadas de las que el Lagartija solo entendía palabras sueltas y percibía el tono, violento y desesperado, de alguien que ha peleado mucho, pero que no ha evitado perder.

Sin apenas transición, el Flamenco pasó de la verborrea a

los ronquidos y el Lagartija lo dejó donde estaba, deseando que la borrachera le impidiera recordar su conversación. Muy posiblemente, en el estado en que se encontraba Hendrick, no sería consciente de que le había desvelado al Lagartija que había matado a doña Ana o que pensaba que Juan Cabrillo era un hideputa, pero él hubiera preferido no saber nada, sobre todo que entre los dos habían acordado acabar con la vida de la viuda para que no siguiera enviando cartas a la Corona. No sintió una pena abrumadora, en parte porque ya había asumido que doña Ana no sobreviviría en Nombre de Dios —la habían tirado en un pueblucho pestilente sin dinero donde la única certidumbre era que una pestilencia acabaría por matarla—. Lo que le costaba digerir era la fragilidad de su existencia, confirmar que vivía gracias al deseo de otros y que lo matarían por el mismo motivo cuando él fuera un estorbo, como ya lo había intentado Manuel, y tal y como le había ocurrido a doña Ana. Trató de recordar su rostro, esos labios que había deseado besar, pero no pudo rescatar ninguna imagen nítida. En cambio, sí recordaba su voz, gritando a Hendrick o susurrando gemidos de placer que se deslizaban desde su alcoba al patio. Y también le llegó la voz del Flamenco, tierna, amable, asegurándole que confiara en él. De todos modos, lo que lo tuvo toda la noche en vilo fue descubrir que el dinero no era el objetivo último que perseguía el Flamenco, sino que ser rico era solo el camino para dejar de ser un esclavo, una idea que al Lagartija lo llenó de perplejidad. A él no le incomodaba obedecer o no tener opinión, nunca le había importado en demasía, pero era consciente de que complacer a alguien para sobrevivir, como hacía él, era una condena. Nada de eso le había quitado el sueño cuando vivía en la calle, donde tratar de comer cada día invadía todos sus pensamientos, y, cuando eso dejó de ser un problema, le preocupó que le pegaran. Más tarde, le aterró que lo tocaran, lo manosearan o lo besaran. Y, sorprendentemente, cuando la ardua tarea de sobrevivir el día a día se había aliviado, sufría más que nunca el tormento de que lo torturaran o lo mataran, consciente, tal vez por primera vez, de que nada dependía de él. Y eso era ser un esclavo, justo lo que el Flamenco deseaba evitar y que no había podido resolver con dinero.

El sueño lo venció de golpe mientras observaba por el ventanuco que el día estaba a punto de empezar y que el cielo era de un azul tan claro que nadie se hubiera atrevido a decir que no era blanco. Esa quietud de las primeras horas de la mañana le despertó una enorme gratitud por seguir vivo. Al contrario que Pequeño, Gordo, doña Ana o la Guapa, él había sobrevivido, de momento.

Se giró en el camastro y se encontró de frente con el rostro impertérrito y magullado de la Campana. Con la mayor rapidez que pudo, que no era demasiada, se incorporó y se quedó mirándola atontado, demasiado sorprendido para articular palabra. Fue doña Isabel la que habló:

—Ya es mediodía.

Respondió con un sumiso «lo siento», aunque no tenía constancia de que tuviera que servir a la Campana y, lo que era más preocupante, si tal cosa al Flamenco le parecería apropiada. A doña Isabel no le resultó difícil adivinar su turbación.

—Hendrick no está. Ha salido de caza con los banqueros de mi abuelo.

No abrió la boca con la sensación de que cualquier cosa que dijera sería inapropiada o lo pondría en un compromiso si el Flamenco se enteraba. Por desgracia, a doña Isabel le importaba un comino la reacción de su esposo.

—¿Eres tan bueno como Hendrick nos hace creer?

Se encogió de hombros sin saber cómo responder. A él lo había enseñado el Flamenco, y este apreciaba que el Lagartija siguiera a pies juntillas sus instrucciones. Había aprendido a valorar los tejidos tal y como le habían indicado, y después de tantas transacciones, tantos inventarios, era imposible no recordar su valor. Pero serle útil al Flamenco y ser bueno en los negocios eran dos cosas totalmente diferentes. En su cabeza se había convencido de que, si hubiera sido tan bueno, Juan Cabrillo lo habría utilizado para algo más que para masturbarse. La Campana no esperó demasiado para saber si el Lagartija tenía algo que decir o no.

—Quiero que me enseñes.

Por un instante, el Lagartija creyó que se le había parado el corazón y empezó a lamentar haber interrumpido la paliza de Hendrick a su esposa. Tragó saliva.

—Yo no sé mucho.

—No importa.

El Lagartija no sabía qué tendría que contarle primero y pensaba sinceramente que, si lo que la Campana quería era aprender, su esposo era el maestro adecuado. Aunque lo que quería decir en realidad era que, si Hendrick se enteraba de que estaba enseñando a doña Isabel a sus espaldas, más le valía poner tierra de por medio, y era posible que la Nueva España no estuviera lo bastante lejos. Negó con la cabeza y rogó con las manos juntas como si estuviera rezando.

—Me matará.

—De ti depende que se entere.

Él siguió negando con la mirada perdida y agotado de que su vida fuera una sucesión de sorpresas cuyo único propósito era dejarlo permanentemente en ascuas, angustiado con el siguiente cambio y sin ninguna certeza sobre la que sostenerse.

—O si quieres escribo una carta al señor Cabrillo para que vengan a buscarte —insistió doña Isabel.

Escrutó el rostro de la Campana buscando cuánto había de broma y cuánto de cierto. Ella sintió que había dado en el blanco y continuó:

—Pero creo que es mejor para ti que te quedes y me enseñes.

Un esclavo, eso es lo que era, la misma maldición que perseguía al Flamenco. No quería regresar a Sevilla, lo que significaba que solo le quedaba la opción de seguir al lado de Hendrick y doña Isabel, haciendo lo que ellos quisieran, y así seguir vivo, al menos unos días, unos meses, ojalá que unos años más.

—Prefiero quedarme en Medina.

La Campana le confirmó con indiferencia que, mientras ellos estuvieran en Medina, él seguiría allí y quedó acordado que, en cuanto el Flamenco dejara la casa para ocuparse de sus asuntos en la ciudad, el Lagartija acompañaría a doña Isabel al almacén para instruirla en las peculiaridades de las diferentes telas.

Hendrick regresó de su día de caza con los banqueros, le pidió al Lagartija que repasara unas cifras y no mencionó su borrachera de la noche anterior ni dio muestras de preocupación por haber hablado más de la cuenta. Su talante, en cambio, había empeorado casi tanto como las semanas posteriores a dejar Nombre de Dios. Seguía siendo encantador con los socios de Simón Serrano y sus familiares, que lo adoraban, pero una vez dentro de sus aposentos lo embargaba la misma tristeza que había emanado a raudales camino de La Habana.

Por su parte, la Campana no dijo nada de la paliza. Se limitó a quejarse de su pierna boba, que le había fallado en las escaleras. El Lagartija no sabía cuántos se habían creído la historia, sobre todo porque parecía improbable que en semejante caída solo se hubiera golpeado las mejillas, pero nadie comentó nada ni parecía preocuparlos.

A la mañana siguiente, mientras el Lagartija se vestía lenta y dolorosamente al tiempo que en su cabeza trataba de decidir qué podía contar a doña Isabel y qué no para no disgustar al Flamenco, Hendrick apareció en la puerta, vestido con las botas de montar.

—¿Puedes cabalgar?

Andar era un martirio porque a cada paso la rodilla le estallaba y le daba la impresión de que no soportaría su peso, pero, al menos, la lentitud del caminar le protegía de sentir la herida del pecho. A caballo, sin embargo, tenía la impresión de que, sin fuerza en las piernas para sujetarse, se pasaría todo el camino rebotando y, además del dolor, se le podría abrir la frágil cicatriz que estaba creciendo en su torso.

—No lo he hecho nunca, señor. Y, además, me da reparo que se abra la herida.

Al Flamenco le pareció suficiente garantía.

—Serán solo un par de leguas. Te espero en las caballerizas. —Antes de llegar a la escalera levantó la voz—. Date prisa.

Eso fue lo que hizo el Lagartija y estuvo listo en un santiamén, con un poco de dolor en la pierna y una angustia por todo el cuerpo imaginando el sufrimiento que tendría que soportar para atravesar esas insignificantes dos leguas.

Desde el rellano de las escaleras, doña Isabel lo crucificaba con una mirada iracunda asumiendo que sus lecciones habrían de demorarse. Lo esperó con los brazos en jarra y cuando llegó a su altura le preguntó con voz queda pero dura y autoritaria:

—No le habrás dicho nada.

Negó con genuina sorpresa, pero no consiguió calmar a la Campana, que en esos días tenía que enfrentar una frustración tras otra.

—Ven a verme en cuanto regreses.

El Flamenco tuvo la decencia de no ir al galope y la tortura que temía el Lagartija fue mucho menor. Pero no quitaba que en cada paso se le escapara un gemido y gesticulara como si toda la tripa se le hubiera encogido. Ni sus lamentos ni sus gestos conmovieron a Hendrick, que ya había cumplido con su obra de caridad diaria al aceptar cabalgar a la velocidad de las mulas para beneficio del quejumbroso mozalbete.

—El señor Minucho tiene un cargamento de algodón de Goa. Quiero que lo veas. Es demasiado barato.

Con esa frase se acabó toda la conversación entre ellos, pero había sido suficiente para conocer lo que deseaba el Flamenco de él y, sobre todo, para eliminar la incertidumbre de haberse convertido en un estorbo por conocer sus secretos o de que, de algún modo mágico, se hubiera enterado de la propuesta de la Campana.

Llegaron a la casona antes de que el sol alcanzara su cénit. Desde la distancia, se podían distinguir un enorme almacén y unas caballerizas propias de un comerciante acaudalado. Frente a la puerta del almacén, vestidos para la ocasión, se reunían cinco hombres que charlaban amistosamente. Uno de ellos levantó el brazo para saludarlos.

Cuando las caras se hicieron visibles, el Flamenco dudó y por un instante detuvo a Generoso. Fue solo un segundo imperceptible para quien no estuviera cabalgando a su lado, pero sin duda algo había sorprendido o incomodado a Hendrick.

El dueño de la casona, el señor Minucho, que según decía podía traer algodón de Goa a un precio excepcional, abrió los brazos para recibir al Flamenco con una inmensa sonrisa.

—Señor Van Belle, es un honor que haya aceptado mi invitación. —Hendrick bajó del caballo y recibió a regañadientes el abrazo del señor Minucho—. No le va a decepcionar, se lo garantizo —continuó el comerciante al tiempo que se separaba del Flamenco y le guiñaba el ojo.

Con la ayuda de un criado que se había acercado para encargarse de los caballos, el Lagartija pudo finalmente poner pie en tierra. Le dolían todos los huesos y los músculos del cuerpo, y, si por él fuera, se hubiera refugiado en un camastro para dormitar.

El Flamenco le indicó con la mirada que se acercara. Sospechaba el Lagartija, por las ropas y los modos de hablar, que todos los presentes eran familia del señor Minucho o proveedores de este. Todos excepto uno, impecablemente vestido, como solían hacerlo los ricos venecianos.

El comerciante agarró del brazo al Flamenco y lo arrastró hasta aquel individuo.

—Señor Van Belle, permítame que le presente a don Miguel Coutinho. No solo es nuestro socio, responsable de lo que quiero mostrarle, y un gran amigo, sino también consejero del duque de Lerma.

El invitado de honor extendió la mano hacia el Flamenco y Hendrick la estrechó con dejadez.

—Es una grata sorpresa conoceros, señor Van Belle. En Medina se habla mucho de vuestra merced.

Hendrick no respondió durante unos segundos que al Lagartija le desconcertaron, pero pareció despertar de repente y devolvió el cumplido con una amplia sonrisa exultante de confianza.

—El placer es mío. No todos los días se tiene ocasión de departir con alguien de su valía.

La visita por los almacenes fue breve y superficial, con el Flamenco andando a pasos agigantados que el Lagartija era incapaz de seguir. El señor Minucho no podía ocultar su desilusión al ver que Hendrick apenas hacía caso a los tejidos, en ocasiones sin ni siquiera dignarse a tocarlos. Tras ellos, sofocado como una bestia que tira de un carro cargado de plata, el Lagartija se había quedado apoyado en una pared recobrando el aliento.

Así lo vio el Flamenco y se dirigió hacia él con el mismo paso veloz que había utilizado para evaluar por encima la mercancía del almacén. El Lagartija se incorporó y dio dos pasos hacia él para demostrar que no estaba haciendo el vago. En un acto reflejo, cuando Hendrick llegó a su altura, encogió los hombros para recibir un pescozón que no llegó.

—¿Te duele?

—Un poco —respondió, pero acto seguido le rogó que no se preocupara por él, que aceleraría el paso.

Casi sin dejarle terminar, el Flamenco se dirigió a su anfitrión.

—Me va a tener que disculpar, señor Minucho. Su mercancía es muy interesante, pero mucho me temo que tendré que venir en otro momento. Mi secretario está convaleciente y le he exigido demasiado al pedirle que me acompañara.

El mercader lanzó una mirada llena de resentimiento al Lagartija y, camino de los establos, trató de convencer a Hendrick para que, al menos, se quedara al almuerzo. Por lo visto todo estaba listo. Si era necesario, él mismo pediría a uno de los criados que fuera en busca de un sanador. Nada de eso persuadió al Flamenco, que rechazó la invitación sin dar más explicaciones. Antes de montarse en Generoso, se giró hacia el señor Coutinho.

—Ha sido un enorme placer conocerlo.

El asesor del duque de Lerma se acercó para ofrecerle la mano.

—El placer ha sido mío, señor Van Belle. Se lo aseguro.

Regresaron a galope tendido y, cuando por fin entraron en la ciudad, el Lagartija tenía el rostro compungido por el dolor y húmedo por unas lágrimas que no había podido contener. El Flamenco dejó el caballo y, sin dirigirse a él, desapareció dentro de la casa. Una vez que acabó la insufrible tarea de poner los pies en tierra por su cuenta, se aseguró de que la Campana no estaba a la vista antes de lanzarse hacia las escaleras, y de allí arrastró su cuerpo hasta su cuartucho, donde se dejó caer agotado en el camastro.

Poco después de despertarse de una reparadora siesta, como si le hubiera leído el cerebro, Rayssa le llevó algo de comer y le dio las buenas nuevas de que la Campana no estaba en la casa; no hubiera tenido la energía para pasearla por los almacenes. La cocinera lo miraba comer con una media sonrisa dibujada en el rostro.

—Fue el Flamenco, ¿verdad? —El Lagartija levantó la vista y ella continuó—: Las marcas en la cara de la Campana.

Asintió y a ella le pareció que era de esperar y que lo normal, con semejante niñata, era que a partir de entonces la abofetearan con más frecuencia.

Escucharon la puerta de la estancia del Flamenco gemir y guardaron un sepulcral silencio siguiendo los pasos que se acercaban inexorablemente. Hendrick entró de golpe.

—Ven, quiero que ordenes toda la documentación. Nos vamos a Sevilla mañana. —Sin dejar que el Lagartija pudiera responder, se dirigió a Rayssa—: Dile a Pedro que tenga todo preparado e informa a doña Isabel.

Masticando el queso que le había llevado la cocinera y atragantado con las nefastas noticias de tener que regresar cerca de Juan Cabrillo, cojeó hasta el cuarto del Flamenco. Se sentó en la mesa pequeña que había al lado del escritorio y se dedicó a amontonar y a organizar inventarios y contratos durante horas sin atreverse a pedirle a Hendrick que lo dejara en Medina, donde podría cuidar de sus relaciones igual que había hecho en Sevilla. Los alarmó que la puerta se abriera de golpe y apareció sin previo aviso don Miguel Coutinho, tan impecable y compuesto como lo habían dejado en casa del señor Minucho. Cerró con llave y se volvió hacia ellos ofreciéndoles una maravillosa y afectuosa sonrisa.

—Vaya, vaya, vaya... Quién lo diría. Encontrarme, después de tanto tiempo, con Gonzalo Soares, el diligente y temido, y hasta la fecha fallecido, leal servidor del malhadado Frédéric Mertens.

38

El Flamenco se limitó a mirar al consejero del duque de Lerma con el ceño fruncido, observando cómo el inesperado invitado se acomodaba en la silla frente al escritorio.

—No está mal para un criado huérfano salido de la nada.

Durante un par de segundos, el Lagartija creyó que se estaba refiriendo a él, pero el señor Coutinho continuó hablando y eliminó esa asombrosa posibilidad.

—La última vez que estuve con tu amo, el señor Mertens había decidido dejar Amberes y centrarse en el comercio con Goa. Tenía un ojo único para las telas. Entonces no llevabas barba. —Observó la reacción del Flamenco y, como este seguía en silencio, continuó—: Ya hace siete años de aquella visita mía, pero la recuerdo bien. —Tamborileó en la mesa con los dedos—. Le llevaste la contraria y te echó de la estancia antes de que pudieras acabar. ¿Cómo te llamaba?

Hendrick ignoró la pregunta.

—¿Qué quieres?

—¿Muñeco?... No, no era eso.

El Flamenco insistió.

—¿Qué quieres de mí?

—Me muero de curiosidad por saber cómo te deshiciste de Frédéric Mertens. Se decía que su barco nunca llegó a Goa.

—¡Y a ti qué más te da!

—¡Su utensilio! Te llamaba su utensilio.

Acabó la frase con una sonora risotada. El Lagartija seguía con la cabeza inclinada sobre los papeles, mirando de reojo y tratando de hacerse invisible en su rincón. Hendrick espiró por la nariz.

—Yo no lo maté, si es lo que te preocupa.

«Pero a doña Ana sí», pensó el Lagartija, que se preguntaba cuánto habría de verdad en la negativa del Flamenco. Tampoco el consejero del duque de Lerma dio demasiada credibilidad a las palabras de Hendrick.

—Puede ser...

—Nos hicieron prisioneros unos piratas musulmanes nada más dejar Mozambique. Yo pude escapar, él no. Así es la vida.

El señor Coutinho se reclinó en su silla y digirió las palabras del Flamenco durante un buen rato. Luego algo pareció cambiar en la actitud y en la voz del consejero del duque de Lerma, como si se hubiera acabado el tiempo para los acertijos, las carcajadas y las impertinencias.

—¿Cómo llegaste a Sevilla?

—Como pude.

También Hendrick había cambiado y ahora se lo escuchaba mucho más irritado e impaciente.

—Me han dicho que Hendrick van Belle es uña y carne con el famoso Juan Cabrillo.

La nueva dirección que estaba tomando la conversación sorprendió al Flamenco, que se acarició la barba con la mirada perdida durante unos instantes antes de responder.

—Hago negocios con él.

—Muchos, por lo visto. —Hendrick permaneció inmóvil y el impecable señor Coutinho continuó—: Me imagino que estás al tanto de que vuestros tejemanejes no hacen feliz a la Corona.

—Ve al grano.

—Hasta esta mañana, solo esperaba poder conocer a un corrupto llamado Van Belle. Ahora creo que podrías ser muy útil. —Hendrick suspiró y el gentilhombre se levantó de la silla—. Porque me imagino que el utensilio de Frédéric Mertens quiere seguir siendo Hendrick van Belle, ¿verdad?

El Lagartija sintió un orgullo ridículo por que a él nunca lo hubieran considerado un objeto. Es más, experimentó una inusual y fugaz gratitud hacia el Flamenco, que se había contentado con darle collejas y pescozones en lugar de insultarlo. El invitado no necesitó conocer la respuesta de Hendrick y se dirigió a la puerta sin esperar a que lo acompañaran. Con medio cuerpo fuera de la estancia se volvió.

—Ya me enteré de que tenías mucha prisa por irte. A mí también me parece mejor que regreses a Sevilla lo antes posible. Allí te visitaremos.

El Flamenco se había quedado en silencio, con la cabeza caída mirándose los pies. Sin saber muy bien por qué, sintió pena por él.

—¿Quiere que me vaya? —le dijo el Lagartija.

Hendrick se quedó mirándolo durante medio minuto sin decir nada, después sacudió la cabeza como para despejar un pensamiento molesto y le respondió con una sonrisa y los ojos llenos de tranquilidad. El animal que vivía dentro de Hendrick se había ausentado por unos segundos.

—No. Termina de ordenar.

Esa mirada le recordó al Lagartija la tarde en que robó las monedas del Flamenco y el alivio que le produjo devolvérselas. En aquel momento, la incertidumbre de que pudieran descubrirlo había sido más insoportable que la certeza de una posible paliza de su amo. Él había robado solo unas monedas que Hendrick no necesitaba para nada. Gonzalo Soares, en cambio, se había despojado de una identidad y casi seguro que había matado para conseguirlo. Tuvo en la punta de la lengua preguntar si Hendrick van Belle existía de verdad y si el Flamenco había vivido con miedo esos siete años, pero la precaución ganó a la curiosidad.

—Como vusted diga, señor.

Cuando se acababa la tarde, Hendrick lo envió en busca de Rayssa para que les sirviera la cena en su alcoba mientras trabajaban. Pedro también estaba en la cocina picando algo mientras se quejaba amargamente de tener que preparar el viaje a toda velocidad y de la cantidad de sacos y baúles que doña Isabel le había ordenado cargar. Rayssa, a quien la paliza del Flamenco no había despertado ninguna compasión por su señora, se apiadó de Pedro y criticó los abusos de la Campana.

En el camino de regreso se cruzó con doña Isabel.

—¿Estás todavía con él? Tengo que enseñarte algo.

Asintió con gravedad y la esperanza de que no le exigiera tener que atenderla en ese mismo instante mientras Hendrick requería su presencia. Tanto si fue por la seriedad de su gesto, por simple falta de urgencia o por intervención divina, doña Isabel se limitó a responder «de acuerdo» y se marchó.

Acabaron el trabajo bien entrada la noche y, tras enviarlo a su camastro a descansar, el Flamenco en persona se fue en busca de Pedro para informarlo de que saldrían con la fresca. El Lagartija se refugió en su cuarto y se quedó dormido al instante.

Un leve zarandeo lo privó de seguir disfrutando de un sueño agradable y lleno de paz. Se le había quedado grabada la impresión de que a lo largo de la noche había recorrido un sinfín de lugares, conocido a una multitud de gentes e incluso de que lo habían amado. La única imagen nítida que pudo rescatar era una de lo que él había interpretado como el principio del sueño. Estaba cerca del Hospital de Santa María de las Cuevas, en las ruinas donde conoció al Manco, refugiado con su amigo a la sombra en un día en que la tierra seca y polvorienta se torraba al sol. Charlaban despreocupados observando a la gente pasar mientras comían dulces y frutas de dos enormes bandejas, que regaban con un vino fuerte.

Pedro, que tenía pinta de no haber dormido mucho, lo meneó una segunda vez con más violencia.

—¡Date prisa, diantre!

Todo el desayuno que le ofrecieron fue una jarra de vino aguado y un pan sobado, que al menos estaba caliente, y la manteca de cerdo derretida no tenía un tacto pringoso y revenido.

Todavía con el último pedazo de pan en la boca, fue hasta las caballerizas donde el Flamenco, más perplejo que enfadado, interrogaba a Pedro por la cantidad de bártulos que había cargado. El criado se limitó a responder que eran las instrucciones de doña Isabel y no necesitó decir nada más porque en aquel mismo instante apareció la Campana acompañada de un hombre monumental, una cabeza más alto que el Flamenco y dos veces su ancho. El Lagartija inspeccionó asombrado el grosor de los brazos de aquel gigante. Doña Isabel se dirigió a su esposo con todo el desdén del que era capaz.

—Son mis cosas. Nada tienen que ver contigo.

Sin esperar ninguna reacción de Hendrick, pidió ayuda al gigante para que la subiera al carro y a continuación lo siguió él.

—Tú viajarás delante, con Pedro —le dijo la Campana a Rayssa.

La cocinera no se movió, esperando la respuesta de Hendrick. El Flamenco observó al mastodóntico criado sentarse encima de un baúl al lado del asiento con mantas que había utilizado la Campana.

—¿Y este quién es?

—Mi criado, Máximo. Nos va a acompañar. —Se detuvo hasta que su mirada se cruzó con la de Hendrick—. Para que no me vuelva a caer por las escaleras.

El Flamenco se marchó en busca de su caballo sin decir una sola palabra.

Le tocó al Lagartija el turno de subir y se acomodó como pudo entre los bultos, el gigante y doña Isabel. Poco después, cuando las mulas y Generoso estuvieron listos, empezaron el viaje en una mañana fría y húmeda. Al cruzar la muralla recordó con pesadumbre que irremediablemente iba a encontrarse con Juan Cabrillo. Se llevó la mano al párpado caído y volvió a sentir el dolor en su cuerpo como hacía semanas que no le pasaba. La herida del pecho se hizo presente y la rodilla volvió a quejarse. Le sobrevino una angustia punzante y tuvo que hacer uso de toda su voluntad para que el llanto no desbordara sus párpados. No esperaba ninguna compasión de quien ya había tratado de matarlo y lo había dejado tullido. Intentó calmarse pensando que, mientras le fuera útil al Flamenco, cabía la esperanza de salvar la vida.

Levantó la vista para encontrarse con el rostro de doña Isabel clavado en él. La intensidad de su mirada, su actitud y temperamento le hacían olvidar que era casi una niña, pocos años mayor que él.

—Tengo todo lo necesario para que empieces a enseñarme.

En un acto reflejo, el Lagartija levantó la cabeza para confirmar si Rayssa o Pedro la habían oído o, lo que hubiera sido aún peor, que Hendrick estuviera cabalgando cerca de ellos en lugar de unas varas delante del carro, como le gustaba a su amo y como, por fortuna, era el caso.

Nada manifestaba su posible acuerdo, pero su opinión era indiferente para la Campana, que de uno de los fardeles de paño sacó unas cuantas prendas que debía de haber sustraído del almacén de su difunto abuelo.

Y así, sin ningún miramiento ni preparación, empezó el Lagartija a contarle todo lo que él sabía.

Bastaron tres o cuatro días para que el Lagartija se convenciera de que la sangre del señor Simón Serrano corría por las venas de doña Isabel. Si le daban una oportunidad, la Campana no tendría problemas en aprender el negocio y en gestionarlo a su antojo. Sin embargo, no fue la velocidad a la que aprendía ni el deseo de conocer lo que más impresionó al Lagartija. Fue su dureza y su ambición, esa sensación de que nada ni nadie sería un obstáculo para ella. Algo parecido había sentido siempre del Flamenco, con una sutil pero esencial diferencia: Hendrick peleaba por pertenecer, por ganarse un hueco entre los mercaderes de la carrera de las Indias y, por lo que había visto el Lagartija, estaba dispuesto a someterse por conservarlo. Doña Isabel no peleaba por formar parte de ese mundo, uno que ya le pertenecía por nombre y derecho divino, y no estaba dispuesta a recibir órdenes de nadie.

El viaje transcurría entre lecciones de tejidos y contratos, largos silencios si el Flamenco estaba presente y susurrados cotilleos cuando Pedro, Rayssa y el Lagartija se quedaban solos. La cocinera sabía que él se pasaba charlando con la Campana muchas horas, aunque, gracias al traqueteo del carro y la compañía del dicharachero Pedro, ninguno de los dos tenía ni idea de cuál era el contenido de aquellas conversaciones de las que solo oían palabras sueltas. Convencido de que lo mejor para él era que nadie supiera a qué se dedicaba, les contó que doña Isabel tenía mucho interés en conocer todos los detalles del viaje a la Nueva España y de cómo había entrado él al servicio del Flamenco.

Las semanas volaron y sin darse cuenta habían pasado Despeñaperros, dormido en Córdoba y se dirigían a Écija. Desde allí, apenas les quedaban dos días para llegar a Sevilla. Un escalofrío le recorrió el espinazo. Nunca antes había sentido con tanta claridad que estaba a punto de enfrentarse a su destino. Si volvía al servicio de Juan Cabrillo, moriría. La vista de Écija en el horizonte le recordó a Gordo, que le había rogado que lo sacara de aquella venta antes de que lo mataran. Nunca habló con el Flamenco de su amigo. ¿Qué hubiera perdido por hacerlo? ¿Un sopapo o una paliza? En aquel viaje había considerado que lo que Gordo quería impedir es que le siguieran pegando, pero lo que su amigo intentaba decirle era que tenía la certeza de que no sobreviviría. Gordo sabía que iba a morir, igual que él sabía que Juan Cabrillo lo mataría. Se detuvieron a la salida de la ciudad, precisamente en la misma venta en la que Gordo había perdido la vida. Ayudó a Pedro con las bestias y, mientras encendían una hoguera, el Lagartija se acercó al edificio. Desde la ventana que daba al salón, vio al Flamenco sentado solo, esperando la cena. Se armó de valor y entró.

Hendrick lo vio acercarse y lo miró extrañado.

—¿Pasa algo?

El Lagartija tragó saliva al tiempo que negaba con la cabeza.

—Me preguntaba qué será de mí cuando lleguemos a Sevilla.

Apartó la mirada de su amo, convencido de que se derrumbaría de miedo si lo obligaba a irse con el señor Cabrillo o de gratitud si lo informaba de que se quedaría a su servicio. En el silencio, podía sentir los ojos de Hendrick clavados en él.

—Yo tampoco lo sé.

Antes de que pudiera decir nada más, el Lagartija habló con voz trémula, conteniendo el llanto.

—Yo preferiría quedarme con vusted.

El Flamenco bajó la cabeza y habló sin mirarlo.

—No depende de mí.

Salió de la venta con el ánimo decaído, solo satisfecho de que al menos Hendrick supiera que quería quedarse con él, aunque aquello debía de ser evidente para todo el mundo. ¿Quién quiere seguir trabajando para quien ha intentado matarlo?

En lugar de acercarse al fuego donde estaban Rayssa y Pedro, se dirigió hasta el carro y se tumbó bocabajo, apagando los sollozos contra su brazo.

La cocinera llegó al poco rato con un plato de habitas salpimentadas con jamón y un mollete. Dejó la comida junto a él y se sentó en silencio, haciéndole compañía hasta que se tranquilizó. Cuando levantó la vista, Rayssa le sonrió.

—Come.

Se forzó a tragar un par de cucharadas de habitas. La cocinera seguía sonriendo y él trató de corresponderle como pudo. Más tranquilo al sentirse arropado por alguien, se confesó:

—En Sevilla me van a matar.

Ella le señaló el plato para que siguiera comiendo y levantó los hombros.

—Parece que has hecho buenas migas con la Campana.

El Lagartija afirmó con un murmullo para no negar lo evidente: doña Isabel lo trataba infinitamente mejor, hasta le daba los buenos días. Él se había empeñado en serle útil al Flamenco y no se le había ocurrido que también doña Isabel podría querer tenerlo a su lado.

—¿Valdrá para algo? —preguntó lleno de inocencia y ansiedad.

Dos lágrimas silenciosas recorrieron las mejillas del Lagartija. Rayssa le puso la mano en el hombro.

—Puede que sí.

39

En los dos últimos días de viaje, doña Isabel lo acosó con una marea de preguntas, como si quisiera exprimir las últimas gotas de conocimiento que pudieran quedar en el cerebro del Lagartija. La ansiedad de la Campana por aprovechar cada segundo de su compañía evaporó el frágil optimismo que había mostrado Rayssa. Doña Isabel, igual que el Flamenco, lo utilizaba para alcanzar sus objetivos, pero, en el fondo, daba lo mismo si se llamaba Lagartija, la Guapa, Gordo o Manuel. Sintió una incómoda extrañeza al recordar que él era el que había tenido suerte dentro de la banda del Manco. Y, sin embargo, no morirse de hambre vagabundeando por las calles de Sevilla no le parecía ahora tan desolador. ¿Qué había ganado él? Una tripa llena, muchas collejas, mucho miedo y una paliza de muerte que lo iba a dejar tullido para el resto de sus días. Había respondido con discreción y lealtad, como le había pedido Hendrick, no había mostrado rebeldía ni expresado ni una sola queja a Juan Cabrillo. ¿Y toda esa obediencia para qué? Manuel removería hasta la última piedra de Sevilla para matarlo. Se le ocurrió que tal vez la muerte no fuera tan mal final a pesar de todo. Le aterraba la agonía, pero se la imaginaba como un merecido descanso. Dios lo acogería en su seno y allí se reencontraría con Pequeño y

Gordo. Pero también estaría la Guapa y es posible que aún le guardara rencor por haber sido él al que salvaron la vida. Seguramente se toparía con sus padres, aunque no se podía imaginar cómo iban a reconocerlo. ¿Qué recuerdos se lleva uno a la muerte? Ojalá no sintiera dolor al morir, que el tránsito fuera un simple pestañeo y al abrir los ojos ya estuviera al otro lado, sereno, protegido y amado.

Pedro suspiró de gozo al divisar la Giralda en el horizonte. El Lagartija cerró con fuerza los ojos y le sorprendió la indiferencia de su párpado muerto, incapaz de responder a su tensión, como si ya no le perteneciera. De algún modo, Juan Cabrillo ya había conseguido matar una parte de él.

En cuanto cruzaron la muralla, se mantuvo alerta todo el trayecto hasta la casa, temiendo reconocer en cada sombra que habitaba en las esquinas la silueta de Manuel o Juan Cabrillo. No se cruzaron con ellos, pero, cuando entraron en las caballerizas de la casa del Flamenco y se encontró con dos caballos imponentes, el Lagartija pensó que se les habían adelantado y lo estaban esperando dentro.

Hendrick no se detuvo ni un segundo para dar instrucciones, dejó a Generoso de un salto y entró en el patio apresurado y molesto. Dos voces lo saludaron con distinguidos modales y luego se oyó el ruido de una puerta al cerrarse. Mientras Máximo, ya en el suelo, ayudaba a bajar a la Campana y luego los dos desaparecían en el patio, él se entretuvo en el carro fingiendo que buscaba algo. Reconoció el ruido de las escaleras y se imaginó que doña Isabel y su gigante se dirigían a sus aposentos. Pasados unos minutos se convenció de que, fuesen quienes fuesen los dueños de esos caballos, no habían ido a buscarlo a él.

Ayudó lo mejor que pudo a Pedro a descargar los enseres de la Campana, aunque a ratos, sobre todo cuando había que mover los pesados baúles, resultaba evidente que él era más un estorbo que otra cosa. El ejercicio físico lo agotó y, pese al gesto de reproche de Pedro, cuando todos los bártulos estuvieron en el suelo, se dejó caer en el carro incapaz de mover un músculo más. Lo que más le dolía era la rodilla, pero lo que más le asustaba eran los pinzamientos que sentía en el pecho al acelerar la respiración, como si algo aún estuviera roto dentro de él.

Rayssa le llevó una sopa, un queso y una jarra de buen vino. Comió en el carro y desde allí vio a doña Isabel y a su gigante abandonar la casa mientras Hendrick seguía encerrado en la sala del patio. Con la tripa llena bajó del carro y se acurrucó en su camastro del cuartucho entre las caballerizas y el patio.

Cabeceó un par de veces por el sopor de la digestión, así que, cuando el Flamenco apareció en la puerta, no sabía si se había quedado dormido o no, pero en cualquier caso reaccionó con la misma lentitud y torpeza. Hendrick indicó el patio con un gesto de la cabeza.

—Sígueme.

Volvió a atenazarlo el terror de encontrarse con Juan Cabrillo. No se atrevió a expresar su miedo al Flamenco, pero no pudo evitar preguntarle casi en un susurro:

—¿Ha pasado algo?

Su amo negó y le cedió espacio para que pasara delante de él. Ya en el patio, lo cogió del brazo sin que el Lagartija supiera si lo estaba ayudando a andar o lo estaba apremiando a moverse más deprisa. Llegó casi en volandas y el Flamenco lo colocó frente a la puerta.

—Entra.

Dos señores vestidos de negro, con ropas de calidad, pero tan sobrias que lo único que evocaban era tristeza, esperaban sentados con gesto serio. Sintió por un momento la felicidad de que ninguno fuera Cabrillo ni nadie que él hubiera visto en el tiempo que estuvo a su servicio. No obstante, había algo oscuro en la mirada de los hombres, nada que pudiera describir, pero algo que también había percibido el Flamenco, cuya tensión era evidente. Hendrick lo empujó hacia el interior y movió una silla para que se sentara.

Tras unos instantes de silencio en que los dos señores lo examinaron detenidamente, uno de ellos se llevó la mano al ojo.

—¿Te lo hizo el señor Cabrillo?

El Lagartija se tocó el párpado inconscientemente y murmuró un azorado «sí».

—Ya nos ha contado el señor Van Belle que mantenía una relación pecaminosa contigo.

Miró desconcertado al Flamenco y después abrió la boca repetidas veces, boqueando como un pez fuera del agua. Solo acertó a balbucear un confuso «yo no hice nada». El hombre que llevaba la voz cantante levantó la mano para indicarle que se detuviera.

—Nos consta que tú eres solo una víctima.

El Lagartija suspiró con alivio, pero la incertidumbre de no saber qué hacía en esa sala ni qué querían de él lo mantuvo rígido sobre su asiento.

—La Santa Inquisición tiene el deber de censurar comportamientos como los del señor Cabrillo. El señor Van Belle nos ha garantizado tu disponibilidad para declarar frente a un tribunal del Santo Oficio.

Comprendió que aquellos visitantes debían de ser dos inquisidores y tuvo que hacer un esfuerzo monumental para que el miedo no le impidiera responder. Finalmente, después de tragar saliva, asintió al tiempo que trataba de imaginar qué significaba todo ello para él. La mirada del Flamenco no desvelaba ninguna emoción ni pista de la que pudiera deducir si había decidido quedarse con él a su servicio. Pero ¿qué otra cosa podía ser? Por otro lado, si haberse quedado desnudo delante de Juan Cabrillo había sido suficiente motivo para que lo intentara matar, ahora que estaba dispuesto a denunciarlo, lo menos que podía esperar era que Manuel lo desollara vivo. Hendrick se levantó y abrió la puerta.

—Puedes irte.

Se despidió con una reverencia y regresó hasta su cuarto, de pronto angustiado con la idea de que ante un tribunal de la Santa Inquisición sería su palabra contra la de Juan Cabrillo o, dicho de otro modo, la de un donnadie frente a la del antiguo maestre de plata. Lamentó más que nunca haber sugerido al señor Cabrillo que deseaba trabajar para el Flamenco. Al fin y al cabo, ¿qué más le daba a él que lo utilizara para masturbarse? Pero sí que le importaba. Y mucho. Había aborrecido la idea de que lo tocara, de que lo besara y dejara su saliva en su piel. O que un día decidiera desahogarse dentro de él, como había oído contar que hacían los marineros con la Guapa. Pero, sobre todo, sabía que había dejado de gustarle a Juan Cabrillo y que eso lo enfurecía. Le pareció que había algo profundamente injusto en lo que le estaba tocando vivir, pero de inmediato se arrepintió de ese pensamiento, preocupado de que Dios pensara que le estaba echando a él la culpa de sus desgracias.

Esperó sentado en su camastro a que la visita del Flamenco se marchara y poder compartir con él, si tenía la ocasión y el valor de hacerlo, sus preocupaciones respecto a acusar en público a Juan Cabrillo de sodomía. Se levantó en un par de ocasiones, necesitado de mover el cuerpo para liberar un poco de ansiedad. En una de ellas vio a Rayssa salir de la estancia con una bandeja vacía. Le chistó con la lengua, pero ella no lo oyó o prefirió ignorarlo.

Antes de que el Flamenco acabara su reunión, regresaron doña Isabel y su gigante, y la joven esposa de Hendrick le pidió que la acompañara a su alcoba. Para aprovechar el viaje, Máximo se cargó un baúl enorme al hombro con la misma facilidad con la que Rayssa llevaba las bandejas de comida.

La Campana le señaló una silla y ella se acomodó en otra que tenía un cojín y sedas para hacerla más cómoda y acogedora.

—Me ha dicho Sofía que conoces a un tal Manco, de la banda de Monipondio.

Se lamentó de haberse quejado de su mala fortuna, lo que seguramente había molestado al Señor y ahora le tocaba lidiar con un nuevo problema. Descartó la posibilidad de mentir. Al fin y al cabo, era verdad que eran amigos y que él nada tenía que ver con la banda de Monipondio ni con la famosa cadena de la hija del banquero Spínola.

—Sí. Cuando vivía en la calle antes de trabajar para el señor Van Belle.

—Está prisionero en el castillo de San Jorge. El Santo Oficio ha cogido a unos cuantos que trabajan para Monipondio. Los ejecutarán la próxima semana.

Eran sin duda malas noticias, mucho peores de lo que se había imaginado. Se quedó petrificado recordando al soldado ejecutado al garrote y lo inundó un profundo asco al imaginar así la cara de su amigo. Aturdido, dejó la mirada perdida a través de la ventana. La Campana se levantó y le indicó que ya podía marcharse.

—Pensé que querrías saberlo —le dijo antes de que él dejara la alcoba.

Arrastró los pies por el pasillo, asfixiado por una presión en el pecho que lo obligaba a respirar entrecortadamente. La idea de que los cuatro estaban destinados a morir jóvenes se asentó en su cabeza y lo llenó de una abrumadora soledad, olvidándose de cuánta otra gente había visto morir que nada tenía que ver con ellos.

La presencia del Flamenco en lo alto de las escaleras lo sobresaltó.

—¿Qué hacías en ese lado de la casa?

No tuvo ni los reflejos ni las ganas de mentir.

—Doña Isabel me ha informado de que van a ejecutar a un amigo mío.

Hendrick ignoró la respuesta del Lagartija como si no hubiera sido él mismo quien le había preguntado con tono brusco qué hacía en las estancias de la Campana.

—Pasa.

Entró en la habitación y se sentó distraído en la silla frente al escritorio sin esperar a que el Flamenco se lo indicara o le explicara qué quería de él. Recordó el sueño que había tenido antes de dejar Medina, ese en que había visto al Manco sentado a su lado, a la sombra, charlando, comiendo y observando la gente, dejando pasar el tiempo. Aceptó que el sueño era una premonición y que a él lo aguardaba la muerte, igual que al Manco, y que entonces se verían en la otra vida, más jóvenes y con menos sufrimiento.

—Te quedarás en la casa hasta que encierren a Cabrillo. Serán solo un par de días. Después te llamarán para que te presentes en el tribunal. Yo te diré lo que tienes que decir.

—¿Y si no me creen?

—Te creerán. Quieren a Cabrillo en la cárcel.

—¿Por sodomita?

Hendrick lo miró asombrado, pero, contrario a lo que

hubiese ocurrido en otras ocasiones, no terminó la conversación con un pescozón.

—No, por sodomita no. Porque está bajo las órdenes de Tomás Vicentelo.

—¿Eso es malo?

El Flamenco no pudo evitar una tierna sonrisa.

—Tomás Vicentelo no quiere financiar una nueva guerra con Inglaterra. A la Corona no le ha hecho mucha ilusión.

—¿Y dará el dinero para salvar al señor Cabrillo?

—No lo sé, pero al involucrar al Santo Oficio con la acusación de sodomía sabrá que la Corona va en serio.

Al Lagartija no le interesaba demasiado saber la estrategia que había seguido la Corona para presionar a Tomás Vicentelo, aunque era evidente que acusarlos de corrupción, quitando el título al maestre Cabrillo, y de ser unos sodomitas era parte de ese plan. Se podía imaginar que le habían exigido al Flamenco que explicara la trama que había urdido con Juan Cabrillo. Pero lo que a él lo inquietaba era sencillamente qué iba a ocurrir con su vida, lo único que quería saber por boca del Flamenco.

—Pero... —Hendrick puso cara de que la conversación se estaba alargando demasiado. Aun así, el Lagartija no se encontró con la mirada iracunda y animalesca, sino con algo de pena, de derrota, pero también de paz, y decidió continuar—: ¿Qué va a pasar si la Corona consigue lo que quiere?

El Flamenco respondió sin inmutarse.

—Juan Cabrillo volverá a ser libre y posiblemente recuperará su título de maestre.

40

Las palabras del Flamenco continuaron resonando en su cabeza los dos días siguientes, que pasó encerrado en su cuartucho imaginando el momento en que el Santo Oficio liberara a Juan Cabrillo. El Lagartija no conocía de nada a Tomás Vicentelo, pero sí había visto cómo se protegían entre ellos Juan Cabrillo y Hendrick con otros ricos y poderosos. Algo en su cabeza le decía que, con independencia de lo que hubiera contado el Flamenco, tarde o temprano lo sacarían de la cárcel. Con esa certeza en la mente, le confundía la tranquilidad de Hendrick, porque estaba seguro de que, si él también había traicionado al antiguo maestre, revelando sus corruptelas, no habría lugar para que siguiera comerciando en la carrera de las Indias, ni siquiera contando con el dinero y los negocios de doña Isabel. No se le había ocurrido preguntarle al Flamenco por sus planes, pero tenía la impresión de que su futuro estaba más cerca de Medina que de Sevilla.

Eso mismo debía de pensar la Campana, a quien se la veía animada, yendo y viniendo de la catedral, siempre acompañada de su gigante, que cargaba con una silla a sus espaldas fuera donde fuera doña Isabel. Decía Rayssa que la Campana se pasaba horas en las gradas y que estaba siempre rodeada de comerciantes, banqueros u oficiales del Consulado. A la cocinera todo aquello no le despertaba la menor curiosidad y lo relataba con la misma indiferencia con la que hubiera contado que la esposa del Flamenco se sentaba bajo la sombra de los naranjos a conversar con la hija del banquero. Pero al Lagartija que la Campana ya se hubiera ganado un hueco entre los habituales de las gradas le parecía poco menos que el resultado de un hechizo. No albergaba ninguna duda de que doña Isabel podría mantener una conversación con cualquiera de ellos sobre posibles negocios. Sin embargo, le gustara o no a la Campana, ella no tenía ningún negocio que ofrecer a nadie, todo lo decidía el Flamenco. Se imaginaba el Lagartija que doña Isabel, que debía de estar más o menos al tanto del chantaje de la Corona, daba por finiquitado a su esposo. Si la Campana llegaba a enterarse y a demostrar que Hendrick van Belle era en realidad Gonzalo Soares, la herencia de su abuelo iría directamente a ella. Además, la actitud de Hendrick, relajado, casi desinteresado por lo que estaba ocurriendo a su alrededor, debía de estar dando alas a la imaginación de la Campana, que ya no percibía en él ni la resistencia ni la intensidad de antes.

Para el Lagartija, esa sensación de que el Flamenco ya no pensaba luchar más, como si hubiera aceptado que una vez que se había descubierto su verdadera personalidad solo le quedaba esperar el golpe de gracia a su vida, eran pésimas noticias. Sin la presencia del Flamenco, la única esperanza de que alguien peleara por él era doña Isabel, una niña sin relaciones ni poder. Desde un punto de vista estrictamente comercial, si la Campana era avispada, bien podría vender al Lagartija para ganarse el favor de Juan Cabrillo.

También se había asentado en él la impresión de estar llegando al final del camino, de haber agotado la vida que veía con Hendrick. Ya no le quedaban demasiadas fuerzas para escapar de su destino y era posible que eso mismo le pasara al Flamenco. Ojalá fuese de otra manera, que doña Isabel decidiera apostar por él y le ofreciera refugio en Medina para dedicar el resto de sus días a servirla en silencio. Podría ser un futuro fabuloso, pero no solo no creía que realmente pudiera pasar, tampoco tenía el arrojo para perseguirlo. Estaba cansado, harto de no tener ninguna prueba de que podría sobrevivir un mes más, una semana más. Desde el encierro de esos días sombríos, recordaba el tiempo antes del viaje a la Nueva España como unos meses llenos de paz y lamentaba no haber podido disfrutarlos más. En aquel momento, aún vivía aterrado por desairar al Flamenco, pero Juan Cabrillo, tuviese lo que tuviese en la cabeza, se conformaba con observarlo mientras leía novelas de caballería. Bien mirado, aquellos meses eran lo mejor que se podía esperar de una vida como la suya y, una vez agotados, no le restaba más que empeorar y finalmente morir.

Volvió a angustiarle el momento de la muerte y deseó que le llegara mientras dormía, ignorante del tránsito que tanto le aterraba. Se le vino la imagen del Manco ejecutado en el garrote y se estremeció. Su minúsculo cuarto lo asfixió y salió al patio a sabiendas de que doña Isabel se había metido en su alcoba al regresar y de que estaría esperando la cena, y de que el Flamenco, siguiendo su habitual rutina, se hallaría refugiado en la suya y no saldría hasta que la Campana hubiera acabado de comer. Y, tras mirar al cielo, dedujo que aún quedaban una o dos horas para eso. Se sentó en el banco que había bajo la ventana de doña Isabel y cerró los ojos, dejando que imágenes sueltas llenaran su cabeza. Recordó el tacto de la arena cálida en las ruinas donde conoció al Manco, después su mente viajó a La Salvadora y se encontró tumbado al sol, sobre la cubierta, húmedo, agotado y sediento mientras escuchaba en la distancia el chapoteo del cuerpo de un marinero echado al mar. Luego se trasladó a la estancia de Juan Cabrillo, con las ventanas abiertas invitando al sol a reflejarse en la mesa de madera pulida y en la plata de las bandejas.

Llamaron a la puerta, pero no se movió. Desde donde estaba podía ver la alcoba del Flamenco. Tampoco su amo respondió a la llamada. Volvieron a tocar y en esa ocasión apareció Rayssa, con las manos blanqueadas de harina, irritada por tener que dejar su tarea. Miró al Lagartija y le recriminó su dejadez con un forzado tono de enfado.

—¿Y tú qué? ¿Te has quedado sordo o se te ha olvidado andar?

Luego, con un gesto de cabeza le indicó que se alejara y el Lagartija se apartó para que nadie pudiera verlo desde la puerta y tener así la opción de escabullirse por la cocina si fuese necesario. No se trataba de Juan Cabrillo ni de Manuel, pero la voz familiar de la visita lo intrigó y volvió sobre sus pasos al patio. Vestido tan impecablemente como recordaba y con un paso alegre y despreocupado, entró el señor Coutinho, quien inmediatamente reconoció al Lagartija.

—Llévame con el señor Van Belle.

Dio unos pasos torpes por el entumecimiento de los músculos y, cuando estuvo a la altura del consejero del duque de Lerma, le indicó las escaleras para que lo siguiera. Por el rabillo del ojo le pareció ver la figura de doña Isabel asomada a la ventana de su cuarto.

La última vez que el señor Coutinho había visitado al Flamenco, había entrado en su alcoba como si la casa del señor Simón le perteneciera, así que dudó un instante antes de llamar a la puerta. El consejero del duque de Lerma lo invitó con la mano a que lo presentara y el Lagartija repitió la llamada con más energía, por si el Flamenco estuviera dormido. ¿Qué otra cosa podía hacer metido allí veinticuatro horas al día?

—¿Qué ocurre?

—Ha venido el señor Coutinho, señor.

Al consejero del duque de Lerma se le acabaron la paciencia y los modales y él mismo abrió la puerta. El Flamenco estaba sentado en su escritorio estudiando unos mapas y el señor Coutinho habló mientras avanzaba hasta Hendrick.

—Cierra la puerta, chico.

Como no le habían pedido que se marchara, el Lagartija se quedó dentro, de pie en una esquina, evitando cruzar su mirada con la de Hendrick o la de Coutinho. El invitado se sentó en la silla junto al escritorio y dejó el sombrero sobre la mesa. Se inclinó sobre los mapas.

—Goa es un buen sitio para alguien como Hendrick van Belle. —Se giró para mirar al Lagartija—. ¿No te parece, muchacho? —El Lagartija levantó la cabeza, pero no dijo ni insinuó nada. El consejero del duque de Lerma continuó—: Traigo buenas noticias. —Azuzado por la curiosidad y la excitación, el Lagartija dio un par de pasos hacia donde se encontraban el Flamenco y el señor Coutinho—. Tomás Vicentelo ha comprendido la importancia que la victoria de la Corona contra Inglaterra tiene en el comercio con las colonias. —Dejó pasar unos segundos antes de seguir por si el Flamenco tenía algo que decir, pero Hendrick no se inmutó—. Así que no será necesaria vuestra presencia frente al Santo Oficio.

La ansiedad pudo más que la prudencia y el Lagartija preguntó aceleradamente:

—¿Han soltado a Juan Cabrillo?

El consejero del duque de Lerma se puso en pie.

—No ha habido necesidad de apresarlo. —Se giró para hablar directamente al Flamenco, en cuyo rostro solo se apreciaba el cansancio—. No sería recomendable que permanecierais en Sevilla.

Hendrick pareció despertar de golpe.

—¿Cuándo debo partir?

—Hoy mejor que mañana. Yo salgo para la corte dentro de dos días. Desde ese momento estarás solo.

Coutinho recogió su sombrero de la mesa.

—Has sido de gran ayuda a la Corona, Gonzalo. Hay un barco en Sanlúcar de Barrameda. El capitán tiene la orden de esperar a unos pasajeros de Sevilla o recibir una nueva instrucción antes de partir a Lisboa.

El Flamenco musitó «lo entiendo» y el consejero del duque de Lerma sacó dos cartas de su jubón y se las entregó a Hendrick.

—De ti depende qué tengo que decirle al capitán.

El Flamenco leyó por encima las dos cartas y le devolvió una.

—Dile que nos espere.

Coutinho cogió la pluma y la tinta para firmar la carta mientras el Flamenco calentaba el lacre. Antes de que el gentilhombre plasmara con su anillo el sello bajo su firma al final del papel, consciente de que Hendrick no había solicitado un salvoconducto únicamente para él, supo el Lagartija que había una posibilidad de escapar y salvar la vida. También comprendió de golpe que huía de Sevilla y que posiblemente no regresaría jamás. Al menos mientras Juan Cabrillo estuviera vivo. Se le contrajo el estómago. Abandonar Sevilla era también renunciar al Manco. La pregunta salió de él como un torrente, como si fuera esencial hacerla antes de que Coutinho acabara de limpiar el anillo.

—¿Le puedo pedir un favor, mi señor? —Clavó la mirada en el consejero del duque de Lerma evitando descubrir la reacción del Flamenco, quien, en cualquier caso, no dijo nada. El Lagartija insistió en medio de un incómodo silencio—. Yo estaba dispuesto a servirlo a vusted, a declarar para ayudar a la Corona.

Coutinho respondió con un simple y neutro «habla».

—Un antiguo compañero se vio forzado a trabajar para la banda del Monipondio. Ahora lo quiere ejecutar el Santo Oficio. Una carta de un señor como vusted podría ayudar a que lo miraran con más generosidad.

El consejero cogió la pluma con indiferencia.

—¿Cómo se llama tu compañero?

Al Lagartija se le escapó una inocente sonrisa.

—Todo el mundo lo conoce como el Manco.

El señor Coutinho garabateó un par de frases a toda velocidad y luego dobló la carta ocultando su contenido antes de sellarla con el poco lacre que había sobrado y que apenas permitía distinguir ningún dibujo.

—Muy posiblemente no valga para nada.

El Lagartija le dio las gracias dos o tres veces mientras, ahora sí, el señor Coutinho se levantaba y salía de la estancia sin más despedida que un leve movimiento de cabeza dirigido a Hendrick.

Una vez se quedaron solos, el Lagartija temió la ira del Flamenco, pero, como la constatación final de que el animal que habitaba en su amo se había evaporado, este lo miró largo y tendido con un vago rastro de curiosidad.

—Salimos mañana.

—Sí, señor.

—Si no estás aquí, nos iremos sin ti.

Antes de que pudiera responder, doña Isabel, plantada en la puerta y con el gigante a su espalda, interrumpió la conversación con brusquedad.

—¿Adónde te vas?

Hendrick se mordió el labio irritado, pero no dejó que se notara en su voz.

—A Medina del Campo. Nos vamos todos.

—¿Por qué?

—Porque lo digo yo y tú irás donde yo te mande si quieres seguir recibiendo dinero para vivir.

La Campana se giró y salió balanceándose con violencia en dirección a su alcoba.

Hendrick esperó en silencio hasta que se dejaron de oír los pasos en el pasillo.

—Dile a Rayssa que se prepare para partir mañana a Medina del Campo. Y que Pedro se encargue de traer dos caballos y dos mulas.

—¿Nos vamos a Medina o a Sanlúcar?

El Flamenco le señaló la puerta.

—Haz lo que te he dicho.

Se encontró con Pedro en el patio, le dio el recado y luego fue a la cocina para informar a Rayssa. La cocinera se quejó de tener que ponerse otra vez en camino y volver a Medina, un sitio que le repugnaba porque en la casa de la familia Serrano se convertía en una más de las cocineras y perdía la poca libertad que tenía cuando estaba en Sevilla, donde solo tenía que atender al Flamenco y a la Campana. Cuando dejó de lanzar improperios, puso la mano en el hombro del Lagartija.

—Pero me alegro por ti.

Él le dio las gracias y le pidió permiso para coger unos mantecados que había preparado esa misma mañana.

—Come lo que te apetezca.

Mientras Rayssa regresaba al fuego, el Lagartija se metió un mantecado en la boca y, con mucha discreción, robó un pequeño cuchillo que descansaba en la mesa. Se despidió de la cocinera levantando las cejas y ella respondió del mismo modo.

En su cuartucho se guardó la carta en el jubón y el cuchillo en la bota. Salió de la casa por las caballerizas y, antes de dirigirse hacia el Arenal, escudriñó la calle de cabo a rabo, buscando algo anormal y temiendo encontrarse con el rostro de Manuel. No había nadie o, al menos, nadie que le hiciera sospechar. A paso ligero recorrió la calle hasta la Puerta de Triana y, sin dejar de mirar por encima del hombro, como si de pronto hubiera desarrollado un tic, enfiló al Puente de Barcas. Al otro lado, en la orilla de Triana, el sol de la tarde pintaba de naranja el castillo de San Jorge.

El recuerdo de la última vez que había cruzado ese puente, herido y semiinconsciente, lo atenazó de miedo. Volvió a sentir la daga entrar en su cuerpo y el dolor punzante en la cabeza y la rodilla. Hasta ese momento no se había cuestionado si lo que estaba haciendo era una locura o una quimera. Se paró en seco, imaginando que el Flamenco lo abandonaba a su suerte en Sevilla y tuvo el impulso de volver sobre sus pasos y refugiarse en la casa. Pero no lo hizo. Se convenció de que no había riesgo. No solo ya estaba alerta para escabullirse si lo perseguían, también llevaba un arma para protegerse. Despejó sus dudas concentrándose en esa carta, que, de tener validez, podría salvar la vida del Manco, del mismo modo que él pudo haberlo hecho con la de Gordo y no lo hizo.

Nada más llegar al castillo enseñó el sello a uno de los guardias y aseguró que tenía órdenes de entregárselo en mano a uno de los inquisidores o, si eso no era posible, a uno de sus secretarios. El guardia inspeccionó el sello con desconfianza, pero al cabo de un rato debió de reconocer alguno de sus elementos y desapareció dentro del edificio.

Pasó el tiempo mientras el Lagartija miraba con ansiedad el sol descender, acercándose peligrosamente el ocaso y el cierre de las puertas de la ciudad. Desde donde estaba se podía ver a los campesinos y a los habitantes de Triana abandonar Sevilla. No sabía si podría correr y si, en el momento en que oyera el tañido de la campana, ya sería demasiado tarde para regresar. Miró la carta con resignación y pensó en abandonarla con el otro guardia que estaba en la puerta. Se contuvo y decidió esperar un poco más. En el peor de los casos, si no podía entrar en la ciudad, buscaría un escondrijo en el Arenal y esperaría despierto hasta el amanecer para entrar a toda velocidad por la Puerta de Triana y llegar a la casa antes de que el Flamenco se marchara. Dudaba mucho que Hendrick quisiera ir en contra del consejo del señor Coutinho, pero, aun así, no quería correr el riesgo de no estar con él en el momento de la partida, ya fuera a Medina del Campo o a Sanlúcar de Barrameda.

Al fin, el guardia regresó con un señor vestido del mismo modo que los hombres que visitaron al Flamenco en su casa. Eso le dio al Lagartija la confianza suficiente para entregarle la carta.

—Es sobre un preso. El Manco. Un chico joven al que le faltan dos dedos de la mano izquierda. Estaba sometido por Monipondio, pero él no es de la banda.

El inquisidor desdobló la carta y la leyó con indiferencia. En ese instante se escuchó el primer tañido de la Giralda y el Lagartija se giró espantado. Antes de salir escopetado para cruzar el puente, se dirigió al señor vestido de negro:

—No lo maten, por favor.

El hombre se volvió y el Lagartija empezó a correr como no lo había hecho en semanas, aguantando un dolor espantoso en el pecho y con una debilidad en la pierna que le daba la sensación de que se descoyuntaría en cualquier instante. Se negó a disminuir el paso, la campana seguía repicando, lo que alimentaba la angustiosa esperanza de que aún podría entrar en la ciudad. Pero llegó el momento en que se dejó de oír a la Giralda y el Lagartija se lanzó en un galope desbocado que llamó la atención de uno de los alguaciles, quien, con una sonrisa, dejó abierto el postigo hasta que llegó.

—Ya está, chico. Has tenido suerte.

El Lagartija sonrió, sin aliento ni fuerzas para darle las gracias. Cruzó el postigo y ya en la calle se sentó para contener las náuseas y el dolor que le había ocasionado la carrera. Cerró el único párpado que respondía a sus deseos para descansar un rato antes de subir la calle hasta la casa del Flamenco.

Lo alzaron de golpe por los sobacos y, cuando un par de segundos más tarde se recuperó de la turbación, reconoció en la penumbra el rostro de Manuel.

41

En parte por el cansancio y en parte por la sorpresa, pero, sobre todo, por el terror que le recorrió el cuerpo, obedeció sin rechistar en cuanto Manuel se puso el dedo en los labios para indicarle que guardara silencio. El esclavo lo llevó en volandas por una calle paralela a la muralla y, cerca de la Puerta del Arenal, lo subió a un carro, y otro hombre, con una sonrisa cínica, le dio la bienvenida antes de cubrirle los ojos con una venda.

Recorrieron la ciudad de arriba abajo y en tantas direcciones que el Lagartija perdió la noción de dónde se encontraban y, cuando lo obligaron a bajar, lo único que reconoció fue el fétido olor de una calle cualquiera de Sevilla.

Lo hicieron entrar en un edificio y atravesar una estancia antes de bajar unos escalones. Allí, con un fuerte empujón, lo tiraron al suelo. Aunque no le habían atado las manos, pensó que lo mejor era no tentar aún más a la suerte y permanecer con los ojos vendados. Por otro lado, fantaseó con la idea de que, si no veía dónde estaba ni con quién, la muerte lo sorprendería sin tiempo para reaccionar y, ojalá, sin tiempo para sufrir.

Escuchó la puerta cerrarse y continuó sentado sobre el frío suelo de piedra, sin atreverse a mover un músculo. Se abrazó a sus rodillas tratando de contener las grotescas fantasías que llenaban su mente de dolor y sangre. Quiso consolarse con la idea de que, si lo golpeaban como la otra vez, podría perder el sentido o aventurarse en ese limbo donde no sabría si estaba vivo o muerto y no sentiría nada, solo una vaga confusión en la que se iba desvaneciendo rodeado de un aire pringoso. Al bajar la mano sobre la bota tocó a través del cuero el mango del cuchillo que le había quitado a Rayssa. Se le aceleró el corazón mientras se esforzaba por encontrar el valor necesario para utilizarlo si tenía una oportunidad.

Pasó un tiempo indefinido que al Lagartija le parecieron horas antes de que la puerta se volviera a abrir y sintiera a alguien descender los dos escalones.

—Quítate la venda.

La voz de Juan Cabrillo le puso la piel de gallina y se resistió unos instantes a obedecer. Lo embargó un estúpido e irracional sentimiento de culpa por tener que enfrentarse a él tras haberlo delatado al Santo Oficio y se ruborizó avergonzado a pesar de estar frente a quien había ordenado matarlo.

La oscuridad de la habitación lo desconcertó por un momento y clavó la mirada en el brillo de los ojos de Juan Cabrillo antes de reconocer su rostro y su figura. Sonreía con los brazos relajados y las manos juntas, jugando con un anillo. No había nadie más en la habitación. El Lagartija permaneció inmóvil, sentado con las rodillas recogidas sobre su torso.

—No he contado nada, señor Cabrillo.

—Maestre Cabrillo, si no te importa. Es una lástima que el señor Van Belle no vaya a beneficiarse de mi restitución.

Si el nuevo maestre de plata esperaba alguna respuesta del Lagartija, lo único que recibió de él fue un breve pestañeo.

—Esta vez no te van a poder salvar ni Hendrick ni la Corona. —El Lagartija abrió la boca, pero no llegó a hablar, y Juan Cabrillo continuó—: Me ha dicho un pajarito que contaste con pelos y señales cómo yo te sodomizaba.

—¡No he dicho nada!

El maestre Cabrillo suspiró con pesadez, dejando claro que le aburría esa conversación o la desesperanzada negativa del Lagartija.

—Casi me causas un problema. —Chascó la lengua con frustración—. Eso pasa por hacer chapuzas, como la de Manuel contigo. Pero no se repetirá. Esta vez, aparte de explicarte con todo lujo de detalles lo que es la sodomía, se encargará de hacerte desaparecer.

La rabia sonrojó el rostro del Lagartija, que se sintió traicionado por el destino, que ni siquiera podía ofrecerle una muerte rápida e indolora. Acarició la bota para notar la forma consoladora del cuchillo, y toda su cólera y su miedo se concentraron en sus dedos al introducirlos debajo del cuero. Tocó el mango y la hoja delgada del arma mientras el maestre Cabrillo terminaba su amenaza.

—Ten un poco de paciencia. Manuel ha ido a buscar a unos amigos y enseguida estarán contigo.

Juan Cabrillo giró para subir los dos escalones que daban a la puerta y él aprovechó para ponerse en pie ágil y sigilosamente, como una lagartija, y en dos rápidas zancadas llegó hasta la altura del maestre. Blandió el cuchillo con la intención de clavárselo en el cuello, pero Juan Cabrillo se inclinó para subir el primer escalón y la hoja se hundió en la cara igual que si cortara manteca de cerdo. El maestre se giró aturdido, palpando con manos temblorosas el metal que había entrado por un moflete y salido por el otro, atravesando en su camino la lengua, estampada contra una de las mejillas y con su punta ensangrentada colgando en la comisura de los labios. Dio un paso hacia el Lagartija mientras se tocaba la barbilla, por donde corría a borbotones una sangre roja brillante. Trató de hablar, pero solo emitió unos gorgoritos ridículos que salpicaron de sangre el rostro del Lagartija. Después, como si se le hubieran derretido los huesos, el cuerpo del maestre, con los ojos en blanco, se desmayó y quedó bocabajo sobre el suelo de piedra.

Se escuchó el ruido de una puerta fuera del cuarto y el Lagartija se acercó hasta la salida. Pegó la oreja a la madera y esperó hasta asegurarse de que no se oía nada más para abrir una rendija muy cuidadosamente. Frente a él estaba la casapuerta sumida en un inquietante y oscuro silencio. Al final de esta, el postigo del portalón estaba entreabierto, lo que le permitía intuir la negrura de la noche.

Volvió a mirar al maestre. Seguía tumbado, inmóvil y manchando de sangre el suelo de piedra. Respiró hondo y, tras un fugaz vistazo a izquierda y derecha, salió despedido de la estancia y corrió hasta el postigo ignorando el dolor en su rodilla. Sin prestar atención a dónde se encontraba, optó por ir cuesta arriba para alejarse de unas voces en la dirección opuesta. Callejeó sin rumbo y se distanció todo lo posible del maestre, de Manuel y de los amigos que le iban a enseñar de qué se trataba la sodomía y, de propina, matarlo. Tras cinco minutos de carrera, su cuerpo no dio para más. Se dejó caer en un oscuro callejón respirando ruidosa y entrecortadamente. Recuperó el aliento y se quedó en silencio, agazapado en una esquina llena de desechos. Cuando estuvo seguro de que nadie lo seguía salió de su escondite y trató de reconocer el lugar donde estaba. Tras recorrer un par de calles, consiguió ubicarse en un barrio no lejos de la Puerta de la Macarena, a veinte minutos de marcha hasta la casa del Flamenco. Su primer impulso fue continuar su alocada carrera para buscar la protección de Hendrick antes de que lo alcanzara Manuel. A los pocos pasos se paró. Por un lado, se daba cuenta de que ya le había pedido a su cuerpo más de lo que podía dar y asumió que no podría correr hasta la otra punta de la ciudad. Además, lo más normal era que Manuel y sus amigos se encargaran de vigilar el camino y la casa del Flamenco. Volvió a descansar en otro callejón, oculto en las sombras, y siguió alerta, mirando a su espalda constantemente para asegurarse de que no había nadie cada vez que entraba en una nueva calle. Se encontró de pronto a pocas manzanas del palacio de los Corzo y, sin darle demasiadas vueltas, se aventuró con el alma en vilo a pedir ayuda a las dos únicas personas que en ese momento podrían echarle una mano. Si es que se atrevían.

Rodeó la casa hasta la puerta de los establos y llamó con mucha delicadeza al tiempo que susurraba:

—Fernando. Remigio. ¿Estáis ahí?

Esperar que Fernando se encontrara en los establos era muy improbable. A no ser que estuvieran preparando un viaje, el parlanchín criado de los Corzo solía encontrar acomodo en las estancias de alguna cocinera. Al menos, eso decía él. Remigio, en cambio, estaría durmiendo cerca de los animales, que le daban toda la conversación que él necesitaba y que requerían toda la que estaba dispuesto a dar.

Volvió a llamar una vez más. Nadie respondió.

En el silencio de la noche se escucharon unos pasos en alguna calle cercana. Se concentró para tratar de averiguar si se acercaban o se alejaban. Cuando tuvo la certeza de que estaban cada vez más cerca, llamó de nuevo con mucha más fuerza.

Fernando abrió la puerta soñoliento. Reconocer al Lagartija lo despabiló de un golpe.

—¿Qué haces aquí?

El cansancio y el fastidio por que lo hubieran despertado en mitad de la noche quedaron de inmediato reemplazados por el miedo y un tenso nerviosismo. Eso fue suficiente para hacerle entender al Lagartija que, del mismo modo que el maestre Cabrillo y sus secuaces sabían de su acuerdo con la Corona, también lo debía de saber medio Sevilla.

—¿Puedo pasar?

El criado de los Corzo dudó un momento y luego, con evidente recelo, abrió más la puerta y le indicó con la cabeza que entrara.

Remigio lo miró con curiosidad, pero el Lagartija se volvió hacia Fernando, con quien era más fácil conversar.

—Tengo que dejar Sevilla. Esta noche.

Uno de los caballos resopló, posiblemente incómodo con esa inesperada visita a altas horas de la noche o por la palpable tensión en el rostro de Fernando, quien, por una vez, no tenía nada que decir. Al Lagartija ya se le había caído el alma a los pies viendo la pasividad de Fernando, cuando, también por una vez, Remigio pareció recuperar la voz.

—Por la Puerta de Osario. No podrás llevar ninguna montura, así que, una vez fuera, más te valdrá andar toda la noche y, por el día, hacerlo fuera del camino.

Remigio salió de la estancia y el Lagartija no tuvo tiempo de darle las gracias. Cruzó la mirada con la de Fernando, que seguía en silencio, disgustado, como si la cena le hubiera sentado mal. Un minuto más tarde Remigio apareció de nuevo con una jarra de vino en la mano y, sin decir nada más, salió a la calle. Ya en la opresiva oscuridad de la noche dio un mal paso y se le escapó un lamento. Remigio le susurró enfurecido que se mantuviera en silencio y que no se separara de él, algo que, pese a la gratitud que en ese momento sentía por el inescrutable criado de los Corzo, lo ofendió. Era una advertencia normal, sin segundas intenciones, quizá tan solo un recordatorio del riesgo que estaban corriendo, pero que, tamizada por las emociones del Lagartija, se transformó en una prueba más de que él era incapaz de cuidar de sí mismo. En esa minúscula regañina se condensó la frustración al pensar que su estupidez y su incompetencia se traducían en tantos males, que había aceptado desnudarse un día sí y otro también para que Juan Cabrillo se masturbara, que, aunque lo habían educado, le habían enseñado una profesión y había comido todos los días, no había sabido sacar partido ni conservar todo eso. Y, aunque intuía que aquellos pensamientos no eran reales, el susurrado bufido de Remigio le transmitió la sensación de no servir para nada, ni siquiera para mantenerse en silencio camino de la Puerta de Osario.

Remigio se paró en seco al llegar a una esquina.

—Quédate aquí. Conozco al alguacil. No te abrirá el postigo, pero sí podré llevármelo lejos de la puerta un par de minutos. —Se asomó con mucho cuidado y cuando se retiró le pidió al Lagartija que hiciera lo mismo—. ¿Ves la puerta?

El Lagartija imitó a Remigio y respondió con un casi imperceptible «sí». Junto a la puerta había visto al alguacil, sentado en el suelo con la espalda apoyada en la muralla.

—Me lo llevaré unas casas más arriba para compartir un trago.

El Lagartija asintió y rápidamente negó.

—No podré cerrar el postigo. Se notará que alguien lo ha abierto.

—No te preocupes por eso. Le diré que se lo había dejado abierto. Es algo que ha ocurrido antes, más aún con vino dentro del cuerpo.

Remigio parecía sereno. Todo lo contrario que el Lagartija, que apenas podía contener su angustia. Hasta ese instante, no se le había ocurrido que Remigio pudiera traicionarlo y venderlo a la justicia o, peor aún, a Juan Cabrillo. Pero la facilidad con la que pretendía sacarlo de la ciudad le hizo, muy a su pesar, considerar esa posibilidad. Pero ya no había alternativa. Si Remigio no podía sacarlo de Sevilla, daba lo mismo si lo traicionaba o no. Aun así, trató de ganárselo una vez más.

—Gracias, Remigio. Muchas gracias.

Inspeccionó la reacción del criado con detenimiento. Remigio ni siquiera parpadeó y torció la esquina de la calle en dirección a la muralla sin decir una palabra. Desde allí, oculto en la sombra, lo vio acercarse hasta el alguacil, que dormitaba en el suelo, y empezaron a intercambiar un par de frases. Se los oyó reír y Remigio le tendió la mano a su conocido para ayudarlo a levantarse. El otro recogió la lanza y desaparecieron en la noche. El Lagartija, aún con el miedo de que pudieran traicionarlo, pero sin otra alternativa, avanzó hasta la muralla con la mirada clavada en el callejón por donde se habían ido Remigio y el alguacil. Cuando llegó hasta el postigo el cerrojo estaba echado, pero no había cadena y simplemente había que descorrerlo. Con enorme cuidado de que el hierro no tintineara lo desplazó lateralmente y con el mismo cuidado lo dejó reposar de nuevo sobre la madera. De inmediato, el viento o el ángulo de las bisagras movió la puerta hacia dentro y la hizo gemir y, de paso, heló la sangre del Lagartija, que se giró espantado hacia el callejón. No se vio ni se oyó nada. Tiró del postigo lo mínimo para que su cuerpo pasara y, una vez fuera, lo dejó cerrado, salvo por un par de dedos que se resistían a encajarse al marco.

Cargado de adrenalina, anduvo con premura unas cuantas varas de arbusto a arbusto y, cuando imaginó que estaba a suficiente distancia para que no se reconociera su figura desde la muralla, se lanzó a correr todo lo que la oscuridad de la noche le permitía.

42

En el primer cruce de caminos, el Lagartija tuvo que enfrentarse a la pregunta que le había estado rondando la cabeza desde que dejó Sevilla sin que hubiera podido responderla: ¿Medina o Sanlúcar? Era posible que el sitio más seguro para el Flamenco fuera regresar a la casa del señor Simón Serrano. Allí tendría el soporte de su familia política. O no. Y, en ese caso, si la Corona también se había encargado de desvelar su verdadera identidad a los familiares de la Campana, Hendrick, mejor dicho, Gonzalo Soares, podía darse por muerto.

Pero, si eso era cierto, ¿qué necesidad tenía la Corona de deshacerse del Flamenco en Medina? Le bastaba con dejarlo en manos del maestre antes de que saliera de Sevilla, algo que todavía era posible que ocurriese.

La decisión que tenía que tomar el Flamenco era un auténtico laberinto de posibilidades y eso hacía que la del Lagartija, en medio de la noche, aterido de frío, de dolor y de cansancio, fuera imposible.

Además, cada vez que su mente concluía que tomar la dirección de Medina era lo correcto, se le encogía el estómago. Se veía incapaz de utilizar la razón para llegar a alguna decisión y, sumido en esa absoluta falta de criterio, lo único que le restaba era la intuición, y esta le decía que el Flamenco preferiría arriesgarlo todo e irse a Lisboa o a Goa para empezar de nuevo antes que quedarse prisionero de su joven esposa. Pero el Flamenco había cambiado, y lo inquietaba que ese reciente amansamiento también acabara con la ambición de Hendrick. Agitó la cabeza para evitar darle más y más vueltas inútiles. Si él fuera el Flamenco, se iría a Lisboa y se arriesgaría a que la Corona le hubiera tendido una trampa en Sanlúcar o en la misma Sevilla. Así, sin más, se dirigió hacia el sur y una hora más tarde ya estaba en la carretera camino de Sanlúcar de Barrameda.

Hacía un buen rato que el Lagartija arrastraba lastimosamente los pies cuando se dejó caer al borde del camino y, a cuatro patas, se adentró en un bosquecillo, arropado en una inescrutable negrura. Allí se refugió y prometió descansar solo unos minutos, lo justo para recuperar un poco de fuerzas y seguir adelante. Cabeceó peleando testarudo contra el sueño y se conjuró para levantarse y reanudar el camino. Volvió a cabecear y lo siguiente de lo que fue consciente era de que el sol le molestaba en la cara y se puso en pie de un salto con el corazón acelerado de angustia.

Ignorando la recomendación de Remigio, caminó por el centro de la carretera, haciéndose todo lo visible que podía. Por la posición del sol, intuía que no era muy temprano, pero no tenía ninguna forma de saber cuánto tiempo llevaban abiertas las puertas de la ciudad. Claro que tampoco conocía el plan del Flamenco. Solo se permitió dejar el camino al alcanzar una venta para pedir un poco de agua y comida. Como no llevaba ninguna moneda encima le ofrecieron un trozo revenido de pan sobado que le recordó a su dieta cuando vivía con el Manco y los gemelos debajo de una escalera. Tardó una eternidad en masticar la masa para tragarla, pero fue suficiente para calmar el hambre, y el agua, fresca, recién sacada del pozo, le refrescó el cuerpo y le reanimó el espíritu, tanto que empezó a valorar qué alternativas tenía en caso de no encontrarse con Hendrick. Si al cabo de unos días no aparecía por Sanlúcar, podría irse a Medina por su cuenta, algo harto complicado sin un triste maravedí en la bolsa. Lo que sí podía intentar, y estaba dispuesto a ello, era embarcarse a Lisboa y, de allí, a Goa, como fantaseaba el mismo Flamenco para comerciar con algodones de alta calidad. No sabía cómo hacerlo, pero estaba seguro de que, si cualquier comerciante le daba la menor oportunidad, él sabría ganárselo con lo que había aprendido de Hendrick. Y, si alcanzar Lisboa no era posible, le quedaba la opción de la Nueva España. Eso sí, volver a realizar aquel penoso viaje para, muy posiblemente, morir de alguna pestilencia en la selva era el último recurso, solo para cuando estuviera sumido en la extrema desesperación.

Pasado el mediodía se agotó el efecto reparador del pan y del agua. La garganta se le había secado y en cada trago de saliva saboreaba la polvorienta arena del camino. Ya no solo atendía al ruido de cascos de caballo, ahora buscaba con la mirada cualquier venta o granja donde pedir de beber y aguzaba el oído esperando escuchar algún riachuelo que le aliviara la sed.

Se detuvo bajo la sombra de unos olivares para protegerse del sol y masticó unos hierbajos con la esperanza de quitarse el sabor sucio y pastoso de la arena. En lontananza, atisbó la polvareda de lo que podía ser un grupo de caballos. El Lagartija avanzó para alejarse del recodo y hacerse visible en la distancia y, por si acaso, se subió a una roca que descansaba al borde del camino. El ruido de los cascos se fue haciendo más audible y de golpe apareció el Flamenco, seguido de doña Isabel. A una considerable distancia, avanzaba sobre una mula el gigante con un hatillo enorme a la espalda.

El Flamenco se detuvo a su altura con una amplia sonrisa, como si estuviera realmente contento de verlo aún con vida. La Campana también sonrió, aunque parecía más sorprendida que otra cosa, incluso se podía decir que disgustada, pero fue ella la primera en hablar.

—¿Has sido tú el que casi le corta la lengua al señor Cabrillo?

Hubiera preferido responder con gravedad e indiferencia para dar a entender que él daba muy poco valor al maestre Cabrillo, pero se le escapó una sonrisa pícara llena de orgullo.

—Solo quería defenderme. Me habría matado.

El gigante, cuya mula resoplaba exhausta, los alcanzó, y Hendrick miró al Lagartija.

—Hay sitio en el barco si quieres venir conmigo a Lisboa.

Era evidente que él deseaba acompañar al Flamenco adonde fuera, sobre todo si lo llevaba al otro lado del mundo conocido para estar lejos del alcance del maestre. Pero, aturdido por que Hendrick le hubiera dado la opción de elegir, se quedó en silencio, dando la impresión de meditar la respuesta. Fue consciente de que, en realidad, la noche anterior, cuando el Flamenco lo dejó salir de la casa para tratar de salvar al Manco, ya le había dado la libertad de decidir qué hacer con su vida, aunque no lo comprendió hasta ese momento.

Aceptó sin dar ninguna explicación ni adornar la respuesta. Doña Isabel lo miró con compasión o tristeza, y Hendrick señaló el caballo de la Campana.

—Monta con ella.

Máximo obligó a la sufrida mula a avanzar hasta la altura de su dueña, dispuesto a defender su honor, pero no fue necesario. La Campana le ordenó que lo ayudara a subir al caballo. El Flamenco tenía razón y ella lo sabía. La única forma de que el Lagartija los acompañara era compartir la montura con doña Isabel, que era menuda, y él, aunque había pegado un estirón en los últimos meses, tanto como para desagradar a Juan Cabrillo, seguía siendo fino y fibroso.

Doña Isabel se negó a soltar las riendas y el Lagartija viajó como una damisela a la que pasea su prometido. Tras una breve pausa en una venta, en la que comieron y cambiaron de monturas, reemprendieron la marcha y, solo cuando la oscuridad era tal que se arriesgaban a romper la pata de algún animal, se ocultaron para dormir al raso con el gigante haciendo guardia la mayor parte de la noche. Con los primeros rayos de sol se pusieron en camino, el Lagartija en la grupa del caballo agarrado a la cintura de doña Isabel, el Flamenco tenso y alerta, y Máximo dormitando sobre su nueva mula, mucho más tozuda e indignada que la anterior. Querían llegar esa misma tarde a Sanlúcar y, por unos momentos, cuando el gigante se retrasaba porque su mula, para reducir el paso y la tortura, se detenía a mordisquear algún hierbajo aquí y allá, pensó el Lagartija que para llegar a tiempo tendría que ser el propio Máximo quien cargara con ella. No hizo falta, fustigar al animal dos veces con una vara que el gigante cogió en el camino y unas cuantas patadas bastaron para imponer su voluntad y llegaron todos más o menos al mismo tiempo a las puertas de la ciudad antes de que cayera la noche.

El Flamenco sabía el barco que buscaba, A Misericordia, y le bastó preguntar a un par de personas en el puerto para que le indicaran dónde encontrar al capitán. Los tres, aún a caballo, llegaron hasta una posada que rebosaba vida, atestada de marineros ruidosos. Doña Isabel no se separaba un dedo de Hendrick, posiblemente tratando de averiguar qué planes tenía el gestor de su patrimonio. Tampoco el gigante se alejaba de la Campana y el Lagartija los seguía satisfecho consigo mismo, disfrutando de una esperanza que no había sentido en meses y recordando con gozo la cara de espanto del maestre Cabrillo al tocarse la punta de su lengua que colgaba en la comisura de los labios. Como una familia de patos, todos en línea siguiendo a su madre, entraron en la posada después de dejar los caballos en los establos, y el camarero, con las manos cargadas de platos y vasijas, les indicó con la cabeza la mesa en la que estaba la persona que buscaban. El capitán, un portugués llamado Jorge Dias, recibió la carta de manos del Flamenco lleno de interés y asintió satisfecho.

—Tenemos que zarpar de inmediato. Si no aprovechamos el viento, habrá que estar aquí otra semana o diez días más. La tripulación lo sabe y está harta de esperar.

Hendrick le respondió que ellos también estaban listos y que no llevaban equipaje. El capitán habló con el posadero y se habilitaron dos habitaciones en la planta baja. Una para doña Isabel y el gigante, que durmió en el pasillo, custodiando la puerta, y otra para el Flamenco y el Lagartija, al que se le permitió dormir en un camastro en lugar de en el suelo. Cenaron cada uno en su habitación por orden de Hendrick, que bajo ningún concepto quería llamar la atención, más allá de cargar con un tipo como Máximo, que destacaba por su tamaño, lo pusieras donde lo pusieras. Doña Isabel aceptó a regañadientes que Máximo no saliera al pasillo hasta que la posada estuviera en silencio, aunque tuviese que esperar hasta el alba.

Cenaron un potaje con patatas, judías y unos generosos pedazos de carne, pescado frito y unos quesos con membrillo. La nueva personalidad del Flamenco era tan reservada como la animalesca, pero uno no tenía la impresión de estar molestándolo por existir y hallarse cerca de él. Aun así, seguía siendo frío y distante, enfrascado en sus pensamientos. Solo en un instante sus miradas se cruzaron y el Lagartija se atrevió a hablar:

—¿Rayssa y Pedro se han quedado en Sevilla?

El Flamenco se tomó su tiempo para masticar y tragar la cucharada de potaje que acababa de meterse en la boca.

—No. Están camino de Medina.

—¿Vamos nosotros a Medina?

—No, de momento. Primero a Lisboa. Luego ya veremos.

Se imaginó que Hendrick tenía muchas cosas en las que pensar antes de tomar una decisión. Para empezar, el que alguien como el señor Coutinho conociera su verdadero nombre y procedencia lo dejaba en una posición muy arriesgada, aún más con el maestre Cabrillo campando a sus anchas. El comercio en las colonias estaba cercenado. Solo le quedaba Amberes o lanzarse a Goa para mercadear con telas o especias. Por otro lado, eso solo pasaría si la promesa del consejero del duque de Lerma era cierta. Yendo a Sanlúcar, Hendrick había dejado su destino en manos de la Corona.

—¿No le preocupa que Coutinho le tienda una trampa, señor?

—Sí —respondió el Flamenco al instante.

Ahí se acabó la conversación. Terminaron sus platos y, sin consultar con el Lagartija, Hendrick se tumbó en la cama sin desvestirse y le ordenó que apagara las velas del cuarto. En la oscuridad pensó que, si la Corona quería eliminar al Flamenco, tendría que llevarlo a cabo antes de subir a bordo del A Misericordia o, al menos, de que llegaran a Lisboa, y esa idea lo dejó en vela durante horas. Hendrick tampoco roncó esa noche.

Tomaron unos huevos fritos y torreznos de desayuno mientras el Lagartija se preguntaba cómo era posible que el capitán Jorge Dias fuera capaz de tener a toda la tripulación del barco lista en tan solo una noche. Pero esa inquietante duda se le disipó al ver el minúsculo patache que era A Misericordia, que solo requería de una decena de marineros y un piloto. Había una única cabina, aparte del camarote del capitán, que gentilmente, o quizá por puro pragmatismo, el Flamenco cedió a doña Isabel. Él, el Lagartija y el gigante dormirían en la cubierta, cerca del timón, donde se podía poner una lona que los protegiera del viento y la lluvia. Todo el protocolo que el Lagartija recordaba de la flota para comenzar el viaje, las múltiples instrucciones, los marineros como hormigas histéricas con las primeras gotas de lluvia, se reducía en A Misericordia a un par de gritos del capitán y a dos lánguidos marineros desplegando las velas sin ninguna ceremonia. El barco se hizo a la mar y, aunque no lo compartió con el Flamenco, la posibilidad de que la Corona hubiese querido deshacerse de él empezó a ser más lejana.

No dejaron de ver la costa en todo momento y, gracias a eso, ningún pasajero sufrió el temido almadiamiento. Doña Isabel, que se movía por el barco con asombrosa facilidad —tal vez acostumbrada a tener que guardar el equilibrio—, andaba enfurruñada, incómoda en todo momento, como si una prenda de ropa le apretara demasiado o alguien la hubiera humillado. Su gigante se sentaba al lado del mástil de la mayor y desde allí controlaba los movimientos de su ama y de paso del resto de ellos. Hendrick se inclinaba sobre la borda para ver la costa, ansioso de llegar a Lisboa.

Al quinto día, doña Isabel le pidió que la acompañara a su estancia y le demandó su opinión sobre una muestra de telas vulgares que hasta la persona más ignorante hubiera sabido decir que no valían nada para un negocio imposible en Lisboa. Y, con toda seguridad, la Campana no requería de su opinión para algo tan elemental. Entonces se oyó al Flamenco quejarse a Máximo lleno de sorpresa allá en la cubierta. El tono de voz despertó la curiosidad del Lagartija, que giró la cabeza en la dirección de la voz. Doña Isabel reclamó su atención tocándole en el hombro para que la mirara.

—Aún no me has dado un precio.

Hendrick gritó y a continuación se escuchó el chapoteo de un objeto chocando con el agua. Salió del camarote de la Campana como una centella y buscó al Flamenco con la mirada. El gigante observaba la costa desde la cubierta con indiferencia y, desde la popa, Jorge Dias hacía lo mismo con un gesto de asco. El Flamenco no estaba por ningún lado y el Lagartija, abrumado por la angustia al intuir lo que había ocurrido, dio unos pasos rápidos hasta poder ver el mar. Allí, entre el oleaje, en la distancia, le pareció ver la figura de Hendrick agitarse unos instantes para luego desaparecer.

43

Se quedó sin aliento, no tanto paralizado por la muerte del Flamenco, sino por la falta de emoción que le despertaba. El Lagartija había visto el horror y la soledad de la muerte tan de cerca que habría esperado experimentar alguna muestra de aflicción. Seguramente, había pena en sus ojos clavados en el mar, allí donde había desaparecido Hendrick, pero no era ese el sentimiento que lo embargaba. A él lo que se le había quedado clavado en el pecho era un gélido vacío. Nunca había sentido que él fuera parte de la vida del Flamenco, pero Hendrick sí era, en cambio, parte de la suya, y ya no lo sería nunca más. No se había sentido querido por el Flamenco, ni siquiera aquellas veces en que lo había necesitado y ocasionalmente cuidado. Y él tampoco lo había amado. Lo había temido y había deseado su muerte para ser libre. Pero no le quedaba duda de que el joven en el que él se había transformado era en gran medida obra de Hendrick. Sin él, no habría vislumbrado que podía tener un futuro mucho mejor que el que lo aguardaba en las calles. Ahora leía y escribía, sabía de telas, había viajado. Pero se negaba a sentir gratitud, igual que se resistía a albergar compasión frente a su muerte. Y, aunque las lágrimas acechaban detrás de sus ojos, no se desbordaron. Lo asaltó una honda soledad. Salvo que ocurriera un milagro, el Manco sería ejecutado en breve, los gemelos ya no estaban, no podía regresar a Sevilla y ahora tampoco podría contar con Hendrick para que le ofreciera una vida lejos del maestre Cabrillo. Sin la experiencia de haber sido abandonado por el Flamenco al servicio de Juan Cabrillo, podría sentir un aterrador vértigo a enfrentarse a una vida sin su presencia. Pero ya había malvivido sin él antes y no era miedo lo que sentía, sino cansancio, la sensación de que daba igual cuánto peleara; al final, solo quedaba soledad y, demasiadas veces, sufrimiento. También el Flamenco habría sufrido lo suyo —¿qué otra explicación tenía el animal que vivía dentro de él?—, pero ya nadie podría escuchar su historia. Siguió sin llorar. Si no supiera que Hendrick había matado a doña Ana, sería más fácil creer que había algún rastro de injusticia en su muerte. Pero no la había.

Sin embargo, bajito, lleno de emoción y sin que nadie lo oyera, rezó al Señor para que lo acogiera en su seno. Mucho iba a tener que perdonar Dios al Flamenco. Eso le hizo pensar en doña Isabel, que sin duda estaba detrás de la muerte de Hendrick. También a ella iba a tener que perdonarla Dios, aunque en su caso aún le quedaban años para enmendarlo.

Sintió pasos detrás de él y se giró como un resorte, de golpe consciente de que Máximo podría hacer con él lo mismo que con el Flamenco. La Campana percibió el miedo en su mirada.

—No te va a pasar nada.

El Lagartija no respondió y, sin quitarle ojo a ella y a su gigante, dejó la cubierta y se acercó hasta la minúscula cocina del barco y se sirvió un vaso de vino. Nadie se unió a él ni le impidió tomar un vaso más, y luego otro, hasta que la jarra estuvo vacía y él, por fin, logró calmarse. Se recostó en el suelo y se quedó dormido al instante.

Soñó con una muerte violenta, pero demasiado nebulosa como para que pudiera identificar qué esperpéntica imagen le había mostrado su sueño que lo despertara tan agitado, triste y asqueado. No pudo rescatar nada de su mente, pero, fuese lo que fuese lo que había visto, esa visión descarnada de la muerte lo había impactado lo suficiente como para sentir alivio de no haber sido él quien matara al maestre Cabrillo, a pesar de haberlo deseado con ardor y haberlo intentado.

El cocinero o, mejor dicho, el marinero que se encargaba de cocinar esa mezcla de legumbres y verduras que se atrevía a llamar menestra, lo echó de la cocina y salió a la cubierta, donde una lluvia fina y fría empapaba las velas y a los marineros. Máximo descansaba bajo la lona que habitualmente compartía con ellos. Dudó durante unos instantes sintiendo el agua sobre el rostro y al final se dirigió a buscar refugio en la lona. El gigante se desplazó a un lado para dejarle sitio y el Lagartija se sentó todo lo lejos de él que pudo.

La Campana, que debía de estar pendiente de él, salió del camarote mientras aún se estaba acomodando. Se balanceó hasta quedarse frente al Lagartija, lo que le hizo imposible ignorarla.

—Quiero hablar contigo.

El Lagartija dio unos pasos vacilantes hacia ella pensando que sería mucho más difícil tirarlo por la borda si estaba en el camarote que en la cubierta. Aun así, no le quitó ojo al gigante de doña Isabel.

Solo había una silla, pero la Campana le pidió que no se quedara de pie y le señaló una manta para que se sentara en el suelo. En los pocos segundos de silencio entre ellos, el Lagartija frunció el ceño y estaba dispuesto a obligar a doña Isabel a confesar, pero ella se adelantó:

—No tenía alternativa. Sabes de sobra que Hendrick me

habría matado si mi muerte lo hubiera ayudado a salvarse él. —No dijo nada, pero recordó a doña Ana, asesinada en Nombre de Dios, al Portugués y a la Guapa. La Campana continuó—: Cuando lleguemos a Lisboa escribiré al maestre Cabrillo para confirmarle que no tiene que preocuparse por Hendrick y que yo me haré cargo de los negocios de mi familia.

La idea de que la Campana hubiese acordado la muerte del Flamenco con el maestre Cabrillo le heló la sangre y, sin poder evitarlo, la ira o el miedo le hicieron ruborizarse y respirar aceleradamente. Doña Isabel no le prestó la menor atención.

—No esperaba encontrarme contigo. —Sin darse cuenta, el Lagartija miró en dirección a la puerta del camarote esperando que esas palabras de la Campana fueran la señal para que su gigante entrara y acabara con él. Nadie apareció y ella sonrió—. Aunque me alegro mucho de que escaparas. De verdad.

Doña Isabel esperó para ver la reacción del Lagartija, que apenas pudo asentir sin saber muy bien qué se esperaba de él ni qué sentía por aquella muchacha.

—El capitán y la tripulación no tienen ni idea de quién eres. Ni saben quién es Juan Cabrillo —dijo con un tono de voz lleno de alivio.

Finalmente, el Lagartija se sobrepuso a la repugnancia y a la tristeza que le daba esa conversación y recuperó el habla.

—¿Lo tenías todo planeado con el maestre Cabrillo?

La Campana pareció sorprendida.

—¿El accidente de Hendrick?

El eufemismo de doña Isabel hizo que al Lagartija se le escapase un bufido involuntario que ella vio y que prefirió ignorar.

—No. Hendrick había decidido que íbamos a trasladarnos a Goa en lugar de a Medina, como me había prometido. Me lo comunicó en el barco en cuanto salimos de Sanlúcar. No hubo forma de hacerle entrar en razón.

En eso no mentía doña Isabel, el Flamenco no cambiaba de opinión con facilidad, ni tampoco bajo presión. Lo que no tenía tan claro era cuánto tiempo habría dedicado la Campana para convencerlo de que lo mejor era ir a Medina antes de decidir que eliminarlo era la única opción.

—¿El capitán?

Ella negó con la cabeza antes de hablar.

—Le daba igual. A él le iban a pagar por matarlo o por llevarlo a Lisboa. Ahora además le pagaré bien por su silencio.

—¿Y yo? ¿También me vas a pagar por mi silencio?

—No lo necesito. Eres un criminal al que colgarán en cuanto te pongan la mano encima. —Chascó la lengua con frustración—. Hendrick tenía razón. Eres muy despierto. Me hubiera gustado que estuvieras a mi servicio, pero eso significaría perder la relación con el maestre.

A punto estuvo el Lagartija de decirle que estaba acostumbrado a ser prescindible, ya lo había sido para el Flamenco y para Juan Cabrillo. Lo raro sería que no lo fuera también para ella. Pero le interesaba más lo que tenía planeado para él que su propio sarcasmo.

—¿Y qué va a pasar conmigo?

—Te puedes quedar en Lisboa.

No iba a quedarse en Lisboa, pero prefirió no decir nada al respecto y responder con un lacónico «tal vez».

—O puedes ir a Goa, encontrar la forma de desaparecer y hacer negocios con una familia importante de Medina.

Respondió que no tenía dinero para ir y ella sentenció

que eso no sería un problema. Lo hizo con una sonrisa amplia descubriendo en el brillo de los ojos del Lagartija que aquella era una opción que no le desagradaba.

—Me puedo escapar con tu dinero.

La Campana levantó los hombros con indiferencia.

—Considéralo tu salario por las clases que me diste.

Al poco rato salió del camarote y se sentó bajo la lona, junto a Máximo y sin el miedo a que lo lanzaran al mar. No podía decir que se sintiera feliz, la soledad que le había causado la muerte del Flamenco aún llenaba casi todo su ser, pero la propuesta de doña Isabel lo dejaba a un paso de ganarse la libertad y de tener una oportunidad de disfrutar de una vida diferente. Muy probablemente establecerse en Goa era un sueño imposible. No sabía portugués, no conocía nada de aquellas tierras, ni siquiera cómo llegar. Quería creer que el Flamenco le había permitido aprender algo valioso, una forma de valorar los tejidos, de entender sus propiedades que le sería útil en Sevilla, en Medina o en un sitio tan remoto como Goa. Al menos, creía tener el conocimiento suficiente para intentarlo y sobrevivir, aunque fuera al servicio de otro señor, uno, Dios lo quisiera, más humano que Hendrick. Su gran esperanza era que en esa nueva etapa había una enorme diferencia con el día en que conoció al Flamenco. En aquel entonces lo único que él podía prometer era discreción y obediencia, ahora podía ofrecer conocimiento.

Durmió mejor de lo esperado en los días que siguieron y solo una noche el fantasma del Flamenco se le apareció para aterrorizarlo. Tenía los brazos descoyuntados, como el Portugués, y sollozaba mientras lo acusaba de no haberlo servido bien. Al Lagartija que el espíritu de Hendrick lo persiguiera por no haberlo ayudado o defendido, ni siquiera haber llorado, le pareció muy propio del Flamenco, siempre pensando primero en él en lugar de considerar el trastorno que causaba a los demás, incluso una vez muerto. Después de un vaso de vino fuerte, se le aclaró la mente y supuso que el espíritu de Hendrick no se habría reunido aún con Dios.

Los días siguientes pasaron a más velocidad que los anteriores, imaginando su futuro, ansioso por poner en marcha su nuevo proyecto de vida lejos, lo más lejos posible del maestre, aunque eso supusiera dejar para siempre la ciudad que lo vio nacer. Y a pesar de que pensaba que la vida le ofrecía una oportunidad real de ser libre, tanto como el Flamenco no había podido serlo por culpa de su ambición de ser inmensamente rico, también se daba cuenta de que se lanzaba a lo desconocido confiando a ciegas en una muchacha rica, casi una niña.

Una mañana, el capitán Jorge Dias los informó de que estaban a dos días de su destino y, para cuando avistaron Lisboa, doña Isabel había recabado suficiente información de esta para detallarle al Lagartija lo que iba a ocurrir en las próximas semanas.

Para empezar, el capitán exigió que, si él tenía que regresar a Sanlúcar con la señora y el gigante, el Lagartija debería quedarse como garantía en Lisboa con su segundo, Fernando Gomes. En lo que tardara en volver, el Lagartija viviría en la misma fonda que su segundo y solo se le liberaría cuando recibieran el pago acordado. A doña Isabel le pareció un acuerdo justo y al Lagartija una solución inmejorable. No solo se quedaría ocioso en Lisboa, además, Jorge Dias había aceptado que su persona tenía algún valor, que no se trataba de un simple criado. Eso, considerando su posible futuro como mercader, eran unas noticias extraordinarias.

Aún hubieron de esperar un par de días anclados en el estuario a que inspeccionaran el patache, que no llevaban ninguna carga digna de pagar impuestos y, cuando ese requerimiento administrativo estuvo listo, amarraron A Misericordia en el puerto. Al cabo de unos días, y tras conseguir alguna mercancía que incrementara la ya generosa ganancia que le había prometido doña Isabel, zarpó A Misericordia inmediatamente hacia Sanlúcar para que la Campana se encargara de enmendar la relación con el maestre Cabrillo, de hacerse legalmente cargo de sus negocios relacionados con la Nueva España y, tras enviar a Máximo a Lisboa con el dinero de Jorge Dias y el salario del Lagartija, regresar al fin a Medina del Campo. Antes de irse, doña Isabel le rogó que no se dejara ver demasiado. Ese párpado permanentemente a medio cerrar era muy llamativo y nadie sabía hasta dónde llegaban los hilos del maestre Cabrillo o de Tomás Vicentelo. Más aún, le pidió que se olvidara de su vida pasada lo antes posible y dejara atrás ese ridículo mote de Lagartija que no le convenía para hacer negocios. Este se lo prometió, al fin y al cabo, nadie de los que lo reconocían por ese nombre seguían vivos —salvo el Manco, si la carta de Coutinho había tenido algún efecto—. Pero también le pidió un favor y la Campana dijo, sin mucho interés, que haría lo que pudiera.

44

En las cinco semanas que el Lagartija vivió en Lisboa —sería más preciso decir en las calles adyacentes al puerto, de las que no se alejó ni una cuadra—, Fernando Gomes no se despegó de él y se encargó de que compartieran el mismo camastro en la fonda Senhora Maria, nombre que heredaba de su dueña, una viuda de marinero, aunque por el tamaño de su cuerpo y lo tupido de su bigote, bien podría haberse tratado del difunto esposo. Era una casucha mugrienta en una de las calles que daba al puerto y en la que nada invitaba a pensar que allí se servían comidas y se alquilaban habitaciones. El menú no mejoraba la bazofia que habían tenido que tragarse en A Misericordia, y las habitaciones, unos espacios minúsculos, resultado de dividir las estancias con largas telas de paño clavadas a las vigas del techo y del suelo, conservaban en las esquinas restos de comida y excrementos de clientes anteriores, que nadie se había molestado en tirar por la ventana como se esperaba de cualquier establecimiento que respetara las normas de higiene más elementales. Para su propio alivio y sorpresa, al segundo día, ya se había acostumbrado al hedor y la nauseabunda pitanza conseguía quitarle el hambre.

El marinero lo obligaba a seguirlo en sus quehaceres, que

consistían en ir de taberna en taberna ofreciendo A Misericordia para dirigirse hasta Amberes en cuanto estuviera de regreso. Mientras tanto, el Lagartija charlaba poco, conjurado para no compartir nada de información sobre su vida con Fernando Gomes. Sin embargo, el capitán o doña Isabel ya le habían comunicado que debía embarcarse hacia Goa y, por las noches, cuando se metían en el cuarto y apagaban las velas, el segundo del capitán le preguntaba de un modo u otro las razones para su viaje. El Lagartija se limitaba a no responder o a respirar hondo, como si ya hubiera conciliado el sueño y así escapar del interrogatorio.

El tiempo en Lisboa podría haberse convertido en una prisión de aburrimiento. Para el Lagartija, en cambio, supuso un merecido descanso, tanto físico como mental. Cabía la posibilidad de que doña Isabel lo traicionara y de que, en lugar de su gigante, enviara a Lisboa a algún esbirro del maestre Cabrillo. Pero, del mismo modo que jamás se habría atrevido a confiar plenamente en el Flamenco, por alguna razón, sí lo hacía en la Campana y sabía que ella era lo bastante despierta como para apreciar el valor de tener un agente en Goa, una ruta de comercio fuertemente controlada por los portugueses.

Por indicación de doña Isabel, que estaba en todo, el marinero se había forzado a llamarlo Duarte Dias, un joven pariente del capitán Jorge Dias, que iba a iniciarse en la profesión del mar. Con el paso de los días, a base de escucharlo incesantemente, el Lagartija acabó por acostumbrarse a su nuevo nombre. En verdad, cualquiera que los hubiera visto en la mesa del comedor, esforzándose por diseccionar y tragar el desayuno de la senhora Maria, habría aceptado que el Lagartija era un simple aprendiz que se pasaba horas escuchando las historias del marinero, algunas que solo a él le parecían enormemente graciosas. Y, para un desconocido, el tal Duarte, que tenía un ojo siempre medio cerrado, asentía en silencio, absorbiendo las lecciones con atención. Aquella percepción no era del todo errónea. La verborrea de Fernando Gomes era, sobre todo, incomprensible y a todas luces carente de todo interés, pero servía de ayuda. A fuerza de escuchar una y otra vez historias idénticas de viajes entre distintos puertos de Europa, el Lagartija consiguió familiarizarse con el idioma y, al cabo de cinco semanas, cuando Máximo apareció en la fonda, Duarte Dias se atrevía a farfullar algunas palabras en portugués.

Pero, más que aprender un idioma y apuntalar su nueva identidad, en lo que el marinero resultó de un valor incalculable fue en identificar un buen barco para su viaje, el Bom Jesus, del que se decía que había traído más de doscientas sesenta mil piezas de tela desde Goa y que ahora descansaba en el puerto mientras lo iban cargando con una mercancía diversa y de poco valor, algunas armas, utensilios de cocina, vinos y aceites. La plata, el oro y el cobre se subirían a bordo solo unas semanas antes de partir, algo previsto para menos de un mes, una fecha que encajaba como anillo al dedo con los planes de doña Isabel. Pero, por encima de otras razones, el piloto de la carraca, João Rodrigues, era conocido del capitán de A Misericordia y compartía una moral tan influenciable al dinero como la de Jorge Dias. Nada se concretó mientras no hubo un pago de por medio. Sin embargo, en cuanto regresó A Misericordia, el piloto se plantó impaciente en el salón de la senhora Maria.

Se realizó un cuidadoso y discreto reparto de los ducados que llevaba el gigante, casi todos para Jorge Dias y los restantes para el Lagartija —ahora Duarte Dias—, de lo que hubo que descontar aún una parte para que João Rodrigues se encargara de inscribirlo como soldado del Bom Jesus.

Era una mañana muy calurosa del mes de julio cuando, después de dos semanas cargando la carraca sin descanso y de pasar una minuciosa inspección por los funcionarios del puerto, que incluyó las pertenencias de todos los soldados y marineros, finalmente se dio la orden de zarpar. Como los soldados eran una molestia para las maniobras del Bom Jesus, buscó un lugar apartado donde sentarse junto a los barriles de vino y aceite y cuando estuvo a solas sacó del jubón el anillo y la carta que le había entregado Máximo. La joya no tenía el menor valor y su único propósito era que doña Isabel reconociera el sello de la correspondencia que él enviaría en caso de llegar vivo a Goa y de ser capaz de establecerse allí como mercader. Lo observó y lo devolvió al jubón. La carta, en cambio, ese favor que le había pedido antes de que ella regresara a Sevilla, tenía todo el valor del mundo y volvió a leer la única frase sin firma ni sello que la componía.

El Manco no ha sido ejecutado.

Duarte Dias se sintió feliz y se le humedecieron los ojos al recordar ese único pedacito del Lagartija que se llevaba con él a su nueva vida.

Agradecimientos

Se dice que escribir es un oficio solitario. Supongo que es verdad cuando pienso en las innumerables horas en las que la historia se va desgranando en mi cabeza y otras tantas frente al ordenador, celebrando o arrancando una palabra tras otra. Y, sin embargo, esta novela no hubiera visto la luz sin la contribución y el apoyo de cuatro personas extraordinarias:

Ana María Caballero, que creyó y apostó por el Lagartija.

Sandra Bruna, que me abrió las puertas de su agencia para lanzarme a una nueva dimensión.

M. J. Bausá, que fue capaz de comunicar ilusión y dar valor a este proyecto.

Y, sobre todo, Félix J. Palma, profesor y amigo, que me ha impulsado a ser cada día un poco mejor escritor.

Tampoco esta novela existiría si mi hija Juno hace seis años no me hubiera preguntado por qué mi trabajo no era escribir si era lo que más me gustaba hacer. Ese día, después de darle una respuesta vaga sobre ganar suficiente dinero y posiblemente muchas excusas, aterrado del mal ejemplo que estaba dando en ayudarla y animarla a perseguir sus sueños, le dije que en realidad no sabía por qué no lo había hecho hasta la fecha, pero le prometí que lo intentaría.

Del mismo modo, no creo que existiera sin la confianza

de mi hijo Loek, que aceptó desde su más tierna infancia que mi trabajo era contar historias. Aunque le parecería mucho mejor si las escribiera para él y no con tantas páginas y tan pocos dibujos. A Loek simplemente le ocupa saber cuándo se publicará mi siguiente novela, no si llegará a publicarse.

Mi último agradecimiento es para mi mujer, Ahua, y mi hermana Ana, que son las que están siempre a mi lado y las que con su amor me sostienen.